CATHLEEN SCHINE

Alles Glück der Welt

GOLDMANN
Lesen erleben

Buch

Betty Weissmann staunt nicht schlecht, als ihr Mann Joseph nach 48 Ehejahren die Scheidung einreicht. Joseph ist 78 Jahre alt, Betty 75, der Grund: »unüberbrückbare Differenzen«. Bald stellt sich heraus, dass diese Differenzen auch einen Namen haben: Felicity. Felicity ist auch daran schuld, dass Betty aus ihrer New Yorker Stadtwohnung ausziehen muss und dass Joseph alle Zahlungen an sie einstellt. Als ihr Cousin Lou ihr in Westport ein kostenloses Domizil anbietet, ergreift Betty die Chance – was hat sie schon noch zu verlieren? Doch Betty ist nicht alleine: Ihre 49-jährige Tochter Miranda hat sich ihr berufliches Grab geschaufelt, und ein Tapetenwechsel kommt ihr gerade recht. Mirandas 51-jährige Schwester Annie hat eine Scheidung hinter sich, und ihre beiden Kinder sind erwachsen – was soll sie ohne Betty und Miranda in New York? Gesagt, getan. Und so beginnt für die drei Weissmanns in Westport die abenteuerlichste Zeit ihres Lebens, mit einer neuen Liebe, einer halsbrecherischen Kajakfahrt und jeder Menge starker Cocktails.

Autorin

Cathleen Schine wurde 1953 in Westport, Connecticut, geboren und arbeitete lange Jahre als Journalistin u.a. für Vogue und The New Yorker. Sie lebt als freie Schriftstellerin mit ihrem Mann, dem Filmkritiker David Denby, und ihren beiden Söhnen in Manhattan und schreibt für mehrere Zeitungen und Magazine, unter anderem für die New York Times Book Review und The New York Review of Books. Mehrere ihrer Romane wurden bislang verfilmt.

Cathleen Schine

Alles Glück der Welt

Roman

Deutsch
von Sibylle Schmidt

GOLDMANN

Die Originalausgabe erschien 2010 unter dem Titel
»The Three Weissmanns of Westport« bei Sarah Crichton Books,
an imprint of Farrar, Straus and Giroux, New York.

Die deutsche Erstausgabe erschien 2010
unter dem Titel »Die drei Frauen von Westport«
als Hardcover im Goldmann Verlag, München.

MIX
Papier aus verantwortungsvollen Quellen
FSC
www.fsc.org
FSC® C014496

Verlagsgruppe Random House FSC-DEU-0100
Das FSC®-zertifizierte Papier *München Super* für dieses Buch
liefert Arctic Paper Mochenwangen GmbH.

1. Auflage
Taschenbuchausgabe September 2012

Published by arrangement with Sarah Crichton Books,
an imprint of Farrar, Straus and Giroux, LLC, New York.
Umschlaggestaltung: UNO Werbeagentur München
Umschlagmotiv: © Corbis / Antony Nagelmann; FinePic
Redaktion: Kerstin von Dobschütz
AG · Herstellung: Str.
Druck und Bindung: GGP Media GmbH, Pößneck
Printed in Germany
ISBN 978-3-442-47793-7

www.goldmann-verlag.de

In ewigem Gedenken an

Bertha Ehrenwerth

Der Apfel fällt nicht weit vom Stamm

I

Als Joseph Weissmann sich von seiner Frau scheiden ließ, war er achtundsiebzig Jahre alt, und sie war fünfundsiebzig. Seinen Entschluss tat er in der Küche ihrer Wohnung im zehnten Stock eines eleganten, um die Jahrhundertwende erbauten Apartmenthauses am Central Park West kund, umgeben von den weiß schimmernden Originalkacheln an den Wänden. Joseph, der bei seinen Kollegen als Joe bekannt war, von seiner Frau jedoch stets Joseph genannt wurde, stellte fest, dass seine Gattin sehr verwirrt wirkte, als er die Worte »unüberbrückbare Differenzen« aussprach.

Unüberbrückbare Differenzen?, sagte sie. Selbstverständlich gibt es die. Aber was um alles in der Welt hat das mit Scheidung zu tun?

In Joes Fall hatte das tatsächlich sehr wenig mit Scheidung zu tun. In Joes Fall – wie es so oft der Fall ist – war der Grund für die Scheidung eine andere Frau. Doch eine andere Frau war – was wiederum nicht weiter verwunderlich ist – nicht der Grund, den er bei seiner Ehefrau als Grund angab.

Unüberbrückbare Differenzen?

Betty war verblüfft. Seit achtundvierzig Jahren waren sie verheiratet. Sie war vertraut mit Joseph und ging davon aus, dass es sich bei ihm ebenso verhielt. Doch er ließ sich nicht umstimmen. Ihre gemeinsame Geschichte war von nun an Geschichte für ihn.

Joseph war früher ein gut aussehender Mann gewesen. Auch

jetzt hielt er sich noch kerzengerade, und sein kahler Schädel wirkte eher vornehm als ältlich, ganz als sei eine schimmernde Glatze ein Merkmal bedeutsamer Männer. Seine schmale Nase ragte markant hervor. Seine Augen waren ebenfalls schmal und zunehmend unter Hautfalten verborgen wie sorgfältig gehütete Geheimnisse. Frauen mochten ihn gerne. Das war bei Betty freilich früher auch der Fall gewesen. Joseph war ruhig und bescheiden und brauchte nichts außer einem ausgiebigen Frühstück, bevor er zur Arbeit aufbrach, einem großen Glas Scotch, wenn er nach Hause kam, und einem leichten Abendessen um Punkt halb acht.

Doch im Lauf der Jahre hatte Betty vergessen, dass sie Joseph gerne mochte. Sie empfand das ausgiebige Frühstück zunehmend als grotesk, den abendlichen Drink als zwanghaft und das leichte Abendessen als affektiert. Diese Veränderung trat in ihrem dritten gemeinsamen Jahrzehnt ein und dauerte bis zum vierten an. Dann merkte Betty, dass Josephs Gewohnheiten beruhigend auf sie wirkten, wie der Herzschlag der Mutter auf ein Neugeborenes. Betty war wieder zufrieden und nahezu verliebt. Sie reisten in die Toskana und beobachteten auf den Chianti-Hügeln, wie Schwalben durch die Luft sausten und schiefergraue Regenwolken heranzogen. Sie unternahmen Schiffsreisen durch die Fjorde von Norwegen und zu den Galapagos-Inseln. Sie fuhren in Indien mit dem Zug von einem Palast zum nächsten, versetzten sich in die Kolonialzeit zurück und aßen köstlich duftende Curry-Gerichte. All das erlebten sie zusammen. Und dann war all das ganz plötzlich vorbei.

»Unüberbrückbare Differenzen«, sagte Joe.

»Aber, Joseph. Was soll das denn mit Scheidung zu tun haben?«

»Ich möchte großzügig sein«, sagte Joseph.

Großzügig?, dachte Betty. Sie kam sich vor wie ein Dienstmädchen, das entlassen werden sollte. Wollte er ihr zwei Monate Lohn als Abfindung anbieten?

»Du kannst mit meinem Eigentum nicht großzügig sein«, erwiderte sie.

Und die Scheidung war in gestrecktem Galopp unterwegs, wie schwitzende Pferde beim Rennen.

Der Name von Josephs unüberbrückbaren Differenzen lautete Felicity, wobei Betty hartnäckig so tat, als könne sie sich den Namen nicht merken, und ihn auf vielfältige Weise verballhornte. Doch das geschah erst später, nachdem Betty sich gezwungenermaßen von der Wohnung am Central Park West getrennt hatte. Während der Unterredungen, die zu diesem Ereignis führten, blieb Betty und ihren Töchtern nichts anderes übrig, als darüber zu spekulieren und argwöhnisch zu vermuten, dass es da irgendwo eine Felicity gab, der sie niemals offiziell vorgestellt worden waren.

»Ich werde großzügig sein zu meiner Frau«, sagte Joe zu Felicity. »Ich habe mit dieser Frau schließlich fast fünfzig Jahre meines Lebens verbracht.« Als er »meine Frau« sagte, schaute Felicity ihn böse an. Was Joe jedoch entging, denn er fühlte sich bei dem Wort »fünfzig« plötzlich verwirrt und traurig. Das war mehr als die Hälfte seines Lebens. Was machte er nur? Er war zu alt, um ein neues Leben anzufangen. Doch als ihm das Wort »alt«, diese triste, bedrückende Silbe, durch den Kopf ging, dicht gefolgt von dem Wort »neu«, verflogen seine Zweifel, und er sagte »diese Frau«, als sei Betty eine unhöfliche Angestellte in einer Mautstelle, eine wildfremde Person, die ihm die ungepflegte Hand entgegenstreckte. Darauf wurde Felicitys Blick merklich sanfter.

»Aber natürlich wirst du großzügig sein«, sagte sie. »Du bist ein großzügiger Mann. Alles, was du tust, ist großzügig, Joe.«

Sie nahm seine Hand und küsste sie. »Und ich werde dir dabei helfen, Joe«, fügte sie hinzu. »Ich werde dir helfen, großzügig zu sein.«

»Natürlich werde ich ihr die Wohnung überlassen«, sagte Joe. »Das ist nur recht und billig. Wir haben unser ganzes Leben dort verbracht, und sie hat so viel Mühe darauf verwandt. Die Wohnung ist ihr Werk.«

Felicity hatte diese Wohnung schon einmal gesehen. In einer Zeitschrift. Die Räume strahlten den Charme und die Eleganz vergangener Zeiten aus. Behauptete jedenfalls die Zeitschrift. Felicity empfand sie vor allem als geräumig und luxuriös, obwohl die unterschiedlichen Beigetöne ihrer Ansicht nach hie und da einen Farbtupfer vertragen konnten und die Möbel, ob sie nun wertvolle Antiquitäten waren oder nicht, ihr zum Teil etwas altersschwach vorkamen. Sie hätte gerne in so einer Wohnung gelebt. Doch sie sagte: »Natürlich, keine Frage.« Dann betrachtete sie Joe gedankenvoll, der auf ihrer Couch in ihrem Wohnzimmer saß, in einem durchaus ansehnlichen Apartment in den Lincoln Towers, das früher einmal über eine Aussicht auf den Hudson verfügt hatte. Felicity stand auf, trat ans Fenster und blickte auf den Trump Tower, der dieser Aussicht nun im Weg stand. »Ihr habt die Wohnung damals für einen Pappenstiel bekommen, oder?«, fragte sie.

Joe lächelte. »Ja. Und wir haben immer unsere Raten bezahlt.«

»*Du* hast die Raten bezahlt«, rief Felicity ihm in Erinnerung.

»Ja, sicher. Das stimmt.«

»Von deinem Einkommen?«

»Nun, ein anderes gab es ja nicht«, antwortete Joe. »Betty hat nicht einen Tag in ihrem Leben gearbeitet. Es war nicht nötig. Das weißt du ja.«

Felicity war das wohl bewusst. Sie dagegen hatte sehr viele Tage in ihrem Leben gearbeitet.

»Aber die Anzahlung haben wir mit ihrem Geld gemacht«, fügte Joe hinzu. Er betrachtete sich selbst gerne als gerecht.

»Was nicht viel war«, erwiderte Felicity. »Das hast du selbst gesagt.«

Joe sann über ihre Worte nach. »Stimmt. Eine Anzahlung von fünftausend Dollar. Kannst du dir das vorstellen?«

»Und jetzt ist die Wohnung wie viel wert? Drei Millionen?«

»Ach, das dürfte nicht reichen.«

Felicity blieb stumm, verarbeitete diese Information.

»Das ist eine ziemlich hohe Entschädigung für eine Investition von fünftausend Dollar, nicht wahr?«, sagte Joe.

»Ich vermute, man muss heutzutage sehr viel Geld in die Wohnung stecken«, bemerkte Felicity.

Joe nickte.

»Eher eine Belastung, so eine riesige alte Wohnung«, gab Felicity zu bedenken. »Die arme Betty. Ich beneide sie nicht.«

»Sie sollte sich wirklich was Kleineres suchen«, meinte Joe. »Wir könnten die alte Wohnung verkaufen, und sie könnte sich mit ihrem Anteil etwas Überschaubareres zulegen.«

»Du bist wirklich sehr großzügig, Joe«, sagte Felicity. »Und so selbstlos.«

Joe sah sie mit leerem Blick an. Er wusste, dass er großzügig und selbstlos war, aber in diesem Augenblick war ihm nicht ganz klar, wie es sich mit diesen Eigenschaften vereinbaren ließ, wenn er die Hälfte des Ertrags einstrich, anstatt darauf zu verzichten. Dann bemerkte Felicity plötzlich erschrocken: »Aber was ist mit den Steuern? Wenn die Steuern abgezogen sind, wird ja kaum etwas übrig bleiben für die arme Betty.« Sie sah, dass es sechs Uhr war, und schenkte Joe seinen Scotch ein. »Das wäre wirklich eine echte Belastung für sie, viel mehr als für dich. Du hast so viele Abzüge, sie nicht. Weil sie ja nicht berufstätig ist.«

Joe war nicht dumm, und ihm war daran gelegen, sich selbst als großzügig betrachten zu können; aber er liebte die weitläufige helle Wohnung, die Betty für ihn so behaglich gestaltet hatte, und er liebte Felicity. Natürlich würde diese Wohnung eine Belastung für Betty darstellen, sagte er sich. Wie konnte er nur so gedankenlos und unsensibel sein?

»In ihrem Alter«, murmelte Felicity, als könne sie seine Gedanken lesen.

Für Felicity und ihn wäre die Wohnung viel besser geeignet. Felicity war jung und kraftvoll. Auf ihn traf beides nicht zu, aber er war vertraut mit dieser Wohnung. War es denn sinnvoll, sich aus seinem eigenen Zuhause vertreiben zu lassen, nur um der Regierung haufenweise Geld in den Rachen zu werfen? Das wäre kein kluger Zug. Und Betty würden die Steuern zu Grunde richten. Ganz und gar nicht schön.

Und so wurde die Sache beschlossen. Joe würde großzügig sein und die Wohnung behalten.

Betty war schon einmal verheiratet gewesen, bevor sie Joseph Weissmann kennen lernte. Ihr erster Mann war in jungen Jahren bei einem Autounfall ums Leben gekommen, und danach war sie mit den beiden kleinen Töchtern, der vierjährigen Annie und der zweijährigen Miranda, allein gewesen. Ein Jahr nach dem Unfall trat Joseph in ihrer aller Leben. Er heiratete Betty, und obwohl die Mädchen in der Küche zu Abend aßen, bevor er von der Arbeit kam, und ihn samstags nie zu Gesicht bekamen, weil er immer ins Büro ging, übernahmen sie seinen Nachnamen, nannten ihn »Josie« und liebten ihn, als sei er ihr leiblicher Vater.

Als Annie von ihrer Mutter am Telefon erfuhr, dass Joseph sich nach fast fünfzig Jahren wegen unüberbrückbarer Differenzen scheiden lassen wollte, riet sie dringend an, dass er seinen Neurologen aufsuchen sollte. Hatte Josie in letzter Zeit über Kopfschmerzen geklagt? Zerstreutheit, Kopfschmerzen, Schwindel: Er musste einen Gehirntumor haben. Erinnerte Betty sich noch an Annies Freund Oliver aus der Schule? Der war daran gestorben. Betty musste unbedingt sofort einen Arzttermin vereinbaren. Der arme Josie.

»Er hat keinen Gehirntumor«, sagte ihre Mutter. Joseph ging es so gut wie seit Jahren nicht mehr. »Und du weißt, was das bedeutet.«

Annie akzeptierte schließlich zähneknirschend den Tatbestand, den ihre Schwester Miranda in der ersten Sekunde erfasste.

»Er ist verliebt«, sagte Miranda, als Betty anrief und ihr die Neuigkeiten mitteilte.

»Ich fürchte, das stimmt«, bestätigte Betty die Vermutung.

Die beiden Frauen verfielen in Schweigen. Sie glaubten beide an die Liebe. Doch diese Liebe war Ketzerei.

»Was sagt Annie dazu?«

»Sie will mit ihm sprechen. Und sie meint, ich soll mir einen Anwalt nehmen.«

»Einen Anwalt?«, fragte Miranda. »Und was meint Josie?«

»Er sagt, wir sollen einen Mediator nehmen.«

»Das kann doch alles nicht wahr sein«, äußerte Miranda.

Dann beschloss auch sie, mit Josie zu sprechen.

»Ich habe ein Anrecht auf ein eigenes Leben«, verkündete Joseph, als die beiden Schwestern in seinem Büro auftauchten. Aber in seinen Augen standen Tränen. »Ich habe ein Recht darauf, mein Leben so zu gestalten, wie ich will.«

Die beiden Frauen waren gerührt angesichts dieser Tränen. Und sie pflichteten Joseph beide bei, dass er selbstverständlich ein Anrecht auf sein Leben habe, aber unter folgenden Vorbehalten: Annie erklärte, dass Josie ein Anrecht auf sein bisheriges Leben mit ihrer Mutter habe. Und Miranda, die romantischer veranlagt war, erklärte, dass man zwar sein Leben in der Tat in vollen Zügen genießen solle, dass Josie jedoch sein jetziges Leben für einen Mann seines Alters ausreichend genießen könne.

»Für mich ist das auch nicht einfach«, erwiderte Joseph und presste die Fäuste auf die Augen wie ein kleines Kind. Die beiden Frauen nahmen ihn in den Arm.

»Ist doch gut, Josie«, murmelten sie beruhigend, um den Mann im Nadelstreifenanzug zu trösten. Sie hatten ihren Stiefvater noch nie weinen sehen.

Joseph löste sich von ihnen und sah seine beiden Töchter an, seine »Mädchen«, und ihm fiel auf, dass sie keine Mädchen mehr waren. Miranda mit ihrer temperamentvollen Ausstrahlung und ihren feurigen Augen war so bezaubernd wie eh und je. Sie trug ihr schimmerndes hellbraunes Haar schulterlang, beinahe im selben Stil wie als Teenager. Doch ein Hauch von Härte und Anstrengung hatte sich in ihre noch immer schönen und jugendlichen Züge gestohlen. Annie dagegen war immer schon zu ernsthaft gewesen, um wirklich jung zu wirken, und ihre dunklen Augen nahmen die Welt in sich auf, ohne etwas preiszugeben. An ihrem Scheitel bemerkte Joseph nun eine Spur Grau, und sie sah verstört aus. Was konnte er nur für sein trauriges Mädchen tun? Früher, als er noch jünger war, hätte er ihr ein paar Geldscheine in die Hand gedrückt und gesagt, sie solle sich einen neuen Hut kaufen. Er stellte sich ein Samthütchen vor, das kokett schief auf ihrem Kopf saß. Das Bild war so unpassend, dass er Annie am liebsten geschüttelt hätte.

»Ich werde eurer Mutter gegenüber sehr großzügig sein«, sagte er. »Darauf könnt ihr euch verlassen.«

Und die Schwestern verließen sein Büro, wütend und enttäuscht, aber zumindest beruhigt hinsichtlich des materiellen Wohlergehens ihrer Mutter.

»Hallo, Felicity«, grüßten sie mit gezwungener Heiterkeit die attraktive Vizechefin, der die zunehmend erfolgreichere Online-Strategie des Unternehmens zu verdanken war. Es war ja zwecklos, sich seine Verzweiflung anmerken zu lassen. Vielleicht würde die ganze Sache wieder ins Lot kommen, bevor Felicity und die anderen im Büro etwas davon erfuhren.

»Na ja, zumindest nehmen sie sich keine Anwälte«, sagte Miranda. »Anwälte sind schmarotzende Aasgeier.«

»Du vermischst unangenehme biologische Eigenschaften.«

»Geschmeiß«, äußerte Miranda angewidert. Sie war Literaturagentin und konnte die Vertreter des Rechtswesens generell nicht ausstehen, weil sie sich in Angelegenheiten einmischten, die sie nichts angingen – wie zum Beispiel die Verträge ihrer Autoren. Doch im vergangenen halben Jahr waren ihre Erfahrungen mit Anwälten ganz besonders schmerzhaft gewesen. »Die sollen sich um ihren eigenen Mist kümmern.«

»Leider gehören Scheidungen zu ihrem Beruf. Bei einigen jedenfalls.«

Miranda selbst hatte nie eine Scheidung durchlebt. Dies war – was sie selbst genau wusste – lediglich der Tatsache zu verdanken, dass sie nie geheiratet hatte. Denn Miranda verliebte sich viel zu oft und zu heftig, um zu heiraten. Sie war verliebt ins Verliebtsein. Für dieses Vergnügen war sie bereit zu leiden, und sie wollte es nicht opfern. Derzeit war sie in einen glücklosen Tageshändler verliebt. Ein wohliger Schauer überlief sie, wenn sie an ihn dachte: Wie er sich spätnachts in ihrem dunklen Schlafzimmer über den Computer beugte, sein gestresstes Gesicht bläulich beleuchtet vom Bildschirm.

Die Liebe war der Hauptgrund, den sie immer angab als Erklärung für ihren Familienstand. Doch es gab auch noch einen anderen Grund. Sie war immer viel zu beschäftigt, bellte ihrer geplagten Assistentin Befehle zu, flirtete am Telefon mit Verlegern, die sie gewinnen wollte, oder sprach demoralisierten Autoren Mut zu. Miranda war auf ein Genre spezialisiert, das Annie gerne als »beschauliche Schauermemoiren« bezeichnete. Ihre Klienten, die »Schrecklichen Schriftsteller«, wie sie sogar von Miranda genannt wurden, hatten alle irgendetwas gar Schauerliches und Grauenvolles erlebt, etwas, das so schauerlich und grauenvoll gewesen war, dass sie ihre Leidensgeschichte in allen schauerlichen und grauenvollen Einzelheiten schildern mussten. Am Ende gab es immer ein hübsches Wunder, und da niemand wirklich etwas gegen Wunder einwenden konnte, nicht einmal Annie, waren diese Werke ausgesprochen beliebt, und Miranda hatte sich eine erfolgreiche Agentur damit aufgebaut, die sie unentwegt in Atem hielt.

Bis die Anwälte sich darüber hergemacht haben, dachte sie.

»Geschmeiß«, wiederholte Miranda. »Ha! Kein Scheidungsanwalt wird sich jemals an meinem Fleisch gütlich tun.«

Annie schwieg dazu. Mirandas Abneigung gegen die Ehe war seit jeher ein Zankapfel zwischen ihnen. Annie hatte stets behauptet, dass Miranda einfach zu fantasielos sei, um zu heiraten.

»Die Ehe ist einfach zu sehr wie ein Roman für dich«, hatte sie einmal zu Miranda gesagt. »Zu unberechenbar, zu sehr von eigenwilligen Figuren bestimmt.«

Miranda, die sich selbst für eine hoffnungslose Romantikerin hielt, hatte erwidert: »Wieso, in Romanen gibt es doch immer wieder denselben vorhersehbaren Handlungsablauf. Wieso soll das unberechenbar sein?«

»Weil es von Temperament, Persönlichkeit, Umständen und Zufällen abhängt. Aber in deinen Büchern und in deinen Romanzen geht es immer darum, die Kontrolle zu verlieren und dann wiederzugewinnen.«

Bei solchen Äußerungen über Memoiren und Herzensdinge schüttelte Miranda nur den Kopf, betrachtete mitleidig lächelnd ihre unbedarfte ältere Schwester, sann über deren eigentümliche Vorliebe für Kleidung in tristen Farben nach und sagte dann sanft: »Ich möchte frei sein können, Annie. Und ich bin es.«

An dieser Stelle der Auseinandersetzung pflegten die Schwestern regelmäßig Louisa May Alcott zu zitieren – »Sie liebt Bücher zu sehr. Das hat ihr das Hirn verdreht« – und sich dann anderen Themen zuzuwenden.

Als Miranda nun neben ihrer Schwester herging, fragte sie sich, ob Josie auch frei sein wollte. Frei von ihr und Annie und natürlich von ihrer Mutter.

»Es ist ohnehin schon so traurig«, bemerkte Miranda. »Wenn nun noch Anwälte dazukommen, wird es auch noch scheußlich.«

Ihr Handy vibrierte. Sie meldete sich nicht, als sie sah, wer da anrief.

»Ach herrje«, murmelte sie, aber Annie hörte sie nicht.

»Und teuer«, sagte Annie. »Mit Anwälten wird alles teuer.« Sie hatte einschlägige Einfahrungen auf diesem Gebiet. Vor vielen Jahren war sie einmal verheiratet gewesen. Aus der Ehe waren zwei mittlerweile erwachsene Söhne hervorgegangen. Aber ihr Mann, ein rastloser, lebenshungriger junger Bursche, hatte sich als Glücksspieler erwiesen. Seit der Scheidung vor achtzehn Jahren hatte Annie ihn nicht mehr zu Gesicht bekommen, und er hatte auch keinen Kontakt zu den Jungen gehalten. Vor zwei Jahren hatte sie erfahren, dass er an Leukämie gestorben war. »Nichts ist von Dauer«, sagte sie jetzt und dachte daran, was für eine Verschwendung die Liebe doch war.

»Dass du immer so nüchtern sein musst«, entgegnete Miranda.

Und die beiden Schwestern spazierten weiter Arm in Arm die Straße entlang. Sie waren nachsichtig und liebevoll im Umgang miteinander, dennoch lag nun auf beider Lippen ein kleines zufriedenes Lächeln der Überlegenheit.

Annie hatte Felicity Barrow freundlich gegrüßt, als sie Josephs Büro verließen, aber im Grunde genommen konnte sie diese Frau nicht leiden. Felicity hatte riesige hellblaue Kulleraugen, wie eine Schauspielerin, die genau weiß, wie sie ein Kind spielen muss. Annie war sich durchaus im Klaren über die Leistungen der Mitarbeiterin ihres Stiefvaters. Sie wusste, dass Felicity fleißig war und dass ihr die Firma viel zu verdanken hatte. Felicity sorgte dafür, dass man darüber im Bilde war. Dabei prahlte sie keineswegs, ganz im Gegenteil. Sie war unendlich bescheiden, worauf sie jedoch in so gut wie jedem Gespräch hinwies. Ferner betonte sie ständig, dass sie doch gar nichts wisse und völlig unbedeutend sei, was natürlich jedermann zum Widerspruch veranlasste.

Dennoch wäre Annie unter anderen Umständen stehen geblieben und hätte ein paar Worte mit Felicity gewechselt, denn deren Bruder war der bekannte Romancier Frederick Barrow, und durch Felicitys freundliche Vermittlung würde Barrow in der Bibliothek lesen, in der Annie angestellt war. Es handelte sich dabei um eine kleine private Bibliothek, im neunzehnten Jahrhundert gegründet von reichen Pelzhändlern, um die Bildung des Nachwuchses in ihrem Gewerbe zu fördern. Doch um die Finanzdecke der Bibliothek war es nie wirklich gut bestellt, weshalb Annie als stellvertretende Leiterin dazu angehalten war, Lesungen zu organisieren. Die Bibliothek befand sich an der Upper West Side, wo sich die Lesungen inzwischen großer Beliebtheit erfreuten. Die Eintrittskarten kosteten fünfundzwanzig Dollar, und nach einem etwas holprigen Start kamen nun seit drei Jahren regelmäßig über zweihundert Leute.

Annie verstand sich darauf, die Autoren zur Teilnahme zu bewegen. Anfangs hatte sie nur darauf geachtet, von wem demnächst ein neues Buch erscheinen würde, und dann Kontakt zu den entsprechenden Personen aufgenommen. Doch nach einiger Zeit ging sie dazu über, den Autoren einen Prozentsatz der Einnahmen zu geben; das hatte sie bei Lesungen in Deutschland beobachtet. Es schien den Autoren besser zu gefallen, wenn sie ihnen anstatt eines Schecks ein Bündel abgegriffener Geldscheine überreichte. Sie kamen ihr dann immer vor wie Kinder, die sich über schimmernde Münzen freuen. Annie machte sich keine Illusionen über Schriftsteller. Einerseits war sie beeindruckt von ihnen, weil sie die Bücher erschufen, von denen sie beeindruckt war. Andererseits empfand sie sie als ziemlich traurige Gestalten, die es nicht geschafft hatten, einen anderen Beruf zu ergreifen. Und sie drückte ihnen die Geldscheine mit derselben Miene in die Hand, die sie aufsetzte, wenn sie einem Portier Trinkgeld gab.

Doch selbst mit der Zugabe eines Bündels Zwanziger gelang es selten, einen Autor wie Frederick Barrow einzuladen. Er war nicht nur reich und berühmt, sondern überdies scheu, und ließ sich fast nie in der Öffentlichkeit blicken. Felicitys Angebot war Annie deshalb sehr willkommen gewesen.

Annie hatte Felicity vor einem Jahr kennen gelernt, als sie

abends überraschend im Büro ihres Stiefvaters aufkreuzte, um ihn auf dem Heimweg zu begleiten. Ungeachtet des Wetters ging Joseph jeden Tag zu Fuß nach Hause, und Annie schloss sich ihm manchmal an. Der Weg von seinem Büro zur Wohnung war nicht weit, achtzehn Häuserblocks, und an jenem Frühlingsabend schien noch die Sonne, und die Finken auf den Laternenpfosten trällerten munter.

Die Empfangsdame war nirgendwo zu sehen, als Annie aus dem Aufzug trat. Felicity, die gerade aus Josephs Büro kam, schien der einzige andere Mensch weit und breit zu sein, und Joseph machte die beiden Frauen miteinander bekannt. Damals hatte Felicity Annie das Angebot mit ihrem Bruder gemacht. Annie fand die Vorstellung zwar aufregend, nahm die Sache aber nicht ernst und vergaß sie wieder. Einen Monat später erhielt sie eine E-Mail von Felicity mit Frederick Barrows Telefonnummer, E-Mail-Adresse und der Zusage für eine Lesung.

Die Veranstaltung versprach ein großer Erfolg zu werden. Sie hatten Einladungen verschickt, und hundert Karten waren im Voraus verkauft worden. Frederick Barrow schrieb zwar aufwühlende Bücher, war jedoch selbst der ruhigste Mann, dem Annie jemals begegnet war. Sie tranken noch ein Glas zusammen, um die Lesung zu besprechen; daraus wurde ein gemeinsames Abendessen, und danach nahmen sie noch einen Drink in Bemelman's Bar. Am späten Abend spazierten sie zusammen die Fifth Avenue entlang, vorbei an den stillen Museen und dem dunklen Central Park. Stundenlang wanderten sie durch die windige Nacht, hielten sich an der Hand und zitierten Shakespeare wie Studenten im ersten Semester.

Dies war der schönste Abend, den Annie als Bibliothekarin jemals erlebt hatte, und die Stimmung begleitete sie noch wochenlang. Dann wurde Frederick Barrow Mitglied der Bücherei und nutzte sie für seine Recherchen, was zu weiteren gemeinsamen Mahlzeiten und weiterem gemeinsamem Zitieren führte. Auch an diesem Tag, an dem die beiden Schwestern ihren Stiefvater im Büro aufgesucht hatten, war Annie abends mit Frederick verabredet.

»Er sieht toll aus auf seinen Autorenfotos«, bemerkte Miranda.

»Die sind schon ziemlich alt. Inzwischen sind seine Haare fast weiß. Ich finde, Schriftsteller sollten aktuellere Fotos verbreiten. Wenn er dann irgendwann mal ein neues benutzen will, kriegen die Leser doch einen Schock und denken, er sei schwer krank gewesen.«

»Ach, Annie. Was du nur immer für Ideen hast.«

Mirandas Handy gab einen klagenden Ton von sich, und Miranda überflog eine SMS, runzelte die Stirn und stieß einen unterdrückten Fluch aus. »Wo lebt er überhaupt?«, fragte sie, während sie eine Nachricht eingab. »Diese Sausäcke.« Sie steckte das Handy weg. »Also? Wo?« Es war ihr wichtig, dass Frederick Barrow in New York lebte. Wenn er in San Francisco wohnte oder an der University of Iowa lehrte, brachte das nichts.

»Im letzten Jahr war er in Berlin – da hab ich ihn zum ersten Mal kontaktiert.«

»Oh, Berlin!« Vor Begeisterung über diese Stadt, die Miranda endlos faszinierend fand, vergaß sie einen Moment, dass Frederick ja in der Nähe leben sollte. »Super.«

»Aber ich glaube, seinen festen Wohnsitz hat er in Massachusetts, auf Cape Cod oder so. Wenn er hier ist, wohnt er bei seinen Kindern.«

Massachusetts war nicht schlecht. Miranda nickte wohlwollend. Während sie in New York an der Barnard studiert hatte, war sie mit einem Studenten aus Harvard liiert gewesen. Es gab eine gute Zugverbindung dorthin. Miranda liebte Züge. Im Zug spürte man die Geschwindigkeit mehr als im Auto oder sogar im Flugzeug. Und das Gefühl von Schnelligkeit war für Miranda beinahe ebenso wichtig wie die Schnelligkeit selbst. Sie langweilte sich leicht und wurde dann ungeduldig, hatte jedoch bemerkt, dass sie alles interessant fand, was von einem Zugfenster eingerahmt war – ganz als seien die hässlichen Ecken und Winkel sterbender Städte Episoden eines aufregenden Lebens. Ihr Harvard-Freund war ihr damals nach kurzer Zeit auf die Nerven gegangen, aber die Zugfahrt war niemals eine Enttäuschung gewesen. Nein, es war tatsächlich nichts dagegen einzuwenden, dass Frederick Barrow in Massachusetts lebte.

»Aber er sieht auch jetzt noch ziemlich gut aus«, sagte Annie. »Trägt immer schöne alte Tweed-Sakkos.«

Annie hörte sich ernsthaft und liebevoll an. Miranda schnaubte.

»Was denn?«, fragte Annie.

»*Ha*!«

»Ach, du spinnst doch.«

»Aber ich bin nicht blöd«, versetzte Miranda.

Ein paar Wochen später trafen sich Betty und Joseph zur ersten Scheidungsmediationssitzung, die sonderbarerweise in Chelsea stattfinden sollte.

»Wie bist du auf diese Frau gekommen?«, erkundigte sich Betty.

»Durch Empfehlung.«

»Das ist aber ein ziemlich schäbiges Büro«, flüsterte Betty, während sie eine schmale Treppe zum Kellergeschoss eines heruntergekommenen Backsteingebäudes hinunterstiegen. »So was nannte man ›English Basement‹, als man es in New York erstmals gebaut hat, im neunzehnten Jahrhundert. Erinnert an *Das Haus am Eaton Place,* findest du nicht? Weißt du noch, als Annie sich diesen Schreiner aus den Kleinanzeigen in der *Village Voice* rausgesucht hatte? Hast du diese Frau auch da gefunden, Schatz? Annies Bücherregale waren dann jedenfalls eine Katastrophe.«

Eine kleine stämmige Frau erschien in der Tür. Sie hatte dichte, unvorteilhaft geschnittene, grau durchwirkte Haare. Und sie trug plumpe Gesundheitstreter, wie Betty bemerkte.

»Ist ja beeindruckend, dass es solche Schuhe noch gibt«, sagte sie zu der Frau. »Sind die wieder in Mode? Unser Zahnarzt trug solche in den Fünfzigerjahren.«

Die Mediatorin lächelte nicht, hielt ihnen jedoch die Hand hin und stellte sich als Nina Britsky vor. Mit einem Matzengesicht geschlagen, dachte Betty bei sich und bedauerte die Frau ein wenig.

Das Büro war klein und quoll fast über von vollgestopften Aktenordnern. Im Grunde genommen wirkte es eher wie ein mit Aktenordnern vollgestopfter Schrank. Die Mediatorin ließ sich auf einem komplizierten ergonomischen Stuhl nieder und platzierte ihre Füße auf einem Schaukelhocker. So viele Spezialgerätschaften, dachte Betty, und alles nur, um Joseph und mir beim Streiten zuzuhören.

Nina Britsky klappte ihren Laptop auf und begann zu sprechen und zu schreiben.

Betty bekam von dem Redeschwall nicht viel mit. Die krude Mischung aus esoterischen Plattitüden und Küchenpsychologie, vorgetragen in einem harschen Bronx-Akzent, veranlasste Betty dazu, sich dezent auf Tagträume zu verlegen. Außerdem sah Nina Britsky, wie sie so auf ihrem ergonomischen Bürostuhl kauerte, einem Schimpansen verdächtig ähnlich: die zottlige Haarkappe, die nachdenklich vorgestülpten Lippen, die großen Zähne, die gelegentlich entblößt wurden. Betty kam sich vor wie in einer dunklen Schimpansenhöhle, obwohl ihr dann auffiel, dass Schimpansen nicht in Höhlen, sondern auf Bäumen lebten. Aber in diesem Büro war es beinahe so dunkel wie in einer Höhle. Vielleicht gab es Lichtkonzepte zur Scheidungsmediation, etwa dergestalt, dass die Partner sich leichter trennen würden, wenn sie sich nicht mehr sehen konnten. Aber vermutlich versuchte die Frau bloß, ihre Stromrechnung niedrig zu halten, und das konnte man ihr schließlich nicht übel nehmen. Betty selbst hatte auch gerade mit der Umstellung auf die neuen Energiesparlampen begonnen. Sie flimmerten so hübsch, wie in alten Zeiten …

»Zum Glück geht es bei Ihnen nicht um ein Sorgerecht«, äußerte die Frau und bearbeitete mit wichtiger Miene die Tastatur ihres Laptops. »In solchen Fällen kann es sehr unangenehm werden.«

»In solchen Fällen?«, sagte Betty. »Doch wohl eher in allen Fällen, würde ich denken.«

»Na ja, bei gleichgeschlechtlichen Paaren ist es besonders schlimm.«

»Joseph und ich sind aber nicht gleichgeschlechtlich«, erklärte Betty geduldig.

Joseph schien diese Bemerkung unangenehm zu sein.

»Oder doch, Joseph?«

»Ich meine damit die dritte Person«, sagte Nina Britsky.

»Es gibt keine dritte Person«, äußerte Joseph hastig.

»Und falls doch, glaube ich kaum, dass es sich um einen Mann handeln würde«, sagte Betty.

»Nun, ich war davon ausgegangen, dass es sich um eine Frau handelt«, erwiderte Nina Britsky und warf Betty einen bedeutsamen Blick zu. »Eine sexuell gleichgeschlechtlich veranlagte Frau«, fügte sie dann hinzu, was Betty endgültig in

Verwirrung stürzte. »Warum würden Sie sonst zu mir kommen?«

Erst nachdem sie Flyer ausgehändigt bekommen hatten, auf denen sie zu einer Selbsthilfegruppe für Eheleute eingeladen wurden, deren Partner plötzlich ihre Homosexualität entdeckten, und ziemlich benommen Nina Britskys Büro verlassen hatten, fragte Betty Joseph, wer ihm denn nun wirklich die ergonomische Schimpansin empfohlen hatte.

»Denn, mein lieber Joseph, sie scheint mir eine ziemlich spezialisierte Mediatorin zu sein.«

»Das war eine Katastrophe. Lass uns was essen gehen«, sagte Joseph.

»Hier, schau dir mal ihre Visitenkarte an: *Für Paare, die sich scheiden lassen, wenn Frauen sich Frauen zuwenden.* Könnte schon eine Kleinanzeige in der *Village Voice* sein, oder? Vielleicht könnte sie uns ein schiefes Bücherregal bauen.«

Joseph musste lachen. Betty hatte ihn immer schon zum Lachen gebracht.

»Du bist so witzig«, sagte er.

Betty brach in Tränen aus.

2

Etwa um dieselbe Zeit hatte Miranda ihren folgenschweren Auftritt in der Oprah-Winfrey-Show. Sie befand sich in einer Art Trance – wurde aus dem Raum mit den Häppchen geführt, die sie vor Nervosität nicht angerührt hatte, stieg über Kabel hinweg, betrat die Bühne, setzte sich auf eine Couch, Applaus, die selbstsichere Frau ihr gegenüber, Fragen und Antworten … *Wie hatte sie das zulassen können? Überprüfte sie denn die Geschichten ihrer Autoren nicht? Fiel ihr so etwas denn nicht auf? Oder war es ihr etwa egal?*

Miranda kam sich vor wie ein korrupter Politiker, der Journalisten auflaufen ließ, wie ein Verbrecher, wie einer ihrer geschmähten Autoren. Aber was sie zu dieser Frau sagte, die so sehr Oprah war, dass sie Miranda fast irreal vorkam, war nicht nur wahr, sondern hatte auch Hand und Fuß. Wieso verstand niemand, was sie zu erklären versuchte? Dass ihre Autoren Geschichten aus dem wahren Leben schrieben, auch wenn diese erfunden waren?

»Weil die Menschen auch im wahren Leben Geschichten erfinden«, sagte Miranda zu Oprah.

Doch Oprah schüttelte nur ihren berühmten Kopf, und Miranda schämte sich in Grund und Boden.

Danach verließ sie wochenlang ihre Wohnung nicht mehr, ging nicht ans Telefon, beantwortete weder die Anrufe ihrer Autoren, die sie zu verteidigen versucht hatte, noch beachtete sie die dringlichen Stimmen auf ihrem Anrufbeantworter: ihre

Mutter, ihre Schwester, sogar den Anwalt, der ihre Verteidigung übernehmen wollte, denn mehrere Verleger wollten sie nun wegen Betrugs verklagen.

Miranda blieb im Bett liegen, in den Laken verheddert, und fragte sich selbst und die vier Wände mit lauter klagender Stimme: *Warum*?

Und dann stellte sie sich vor, wie die ironische Stimme mit dem jiddischen Akzent, die sie immer Gott zugeschrieben hatte, quasi achselzuckend und mit ratloser Geste antwortete: *Warum nicht*?

Hier spricht Miranda Weissmann, sagte der Anrufbeantworter. *Und hier spricht Ihr Anwalt*, antwortete die Maschine, *und da Ihr gesamter Besitz verpfändet ist, bis ein Urteil erfolgt, möchte ich Sie doch bitten, mich zurückzurufen.*

Im wahren Leben rufen Menschen nicht zurück, erklärte Miranda ihrem Kissen. Im wahren Leben kriegen die Menschen Wutanfälle.

Annie und Betty wollten sie besuchen, aber Miranda machte nicht auf, obwohl sie an die Tür hämmerten und Annie schrie: »Sei doch nicht so verdammt blöde.«

Erst als Annie eine Nachricht auf dem Anrufbeantworter hinterließ, in der sie in schrecklichsten Einzelheiten den Zustand ihrer unglücklichen Mutter schilderte, fühlte Miranda sich bemüßigt, ans Telefon zu gehen.

»Sie leidet wirklich furchtbar«, erklärte Annie, als Miranda sich meldete. »Sie braucht dich.«

Miranda duschte, zog sich an und fuhr zur Wohnung ihrer Mutter. Ihr selbst war durchaus bewusst, dass sie sehr selbstbezogen war, aber niemand hatte Miranda Weissmann je vorwerfen können, dass sie selbstsüchtig sei.

Aus der Wohnung ihrer Eltern im zehnten Stock hatte man einen Blick über den gesamten Central Park. Joseph hatte immer gesagt, der Park sei ihr Vorgarten. Als die Mädchen noch klein waren, hatten er und Betty den Versuch gemacht, außerhalb der Stadt zu leben, in Westport, Connecticut. Öde und einsam dort, hatten sie beide gefunden. Und da viele junge Paare New York verließen, hatten die Weissmanns nach nur einem Jahr diese große Wohnung am Central Park West ergattert und sie für einen Pappenstiel gekauft. Diesen Ausdruck hatte Joseph damals benutzt, und Betty erinnerte sich noch genau an den Tag, an dem sie die Papiere unterschrieben und sich ihr neues Zuhause ansahen. Damals hatte dort die bedrückende Atmosphäre des Alters geherrscht – schmutzige Fingerabdrücke an Lichtschaltern, blinde Fenster und eine mit toten Insekten gespickte Fliegenpapierspirale. Aber Betty dachte nur daran, dass sie die Wohnung für einen Pappenstiel bekommen hatten, und Joseph wusste noch genau, wie schön und glücklich sie damals im silbrigen Licht der Stadt ausgesehen hatte.

Doch nun streiften sie durch die Zimmer wie griesgrämige alte Hauskatzen und belauerten einander.

»Da du mich ja verlassen willst«, sagte Betty eines Vormittags, »könntest du doch allmählich ausziehen, oder?«

»Was meinst du mit ›allmählich‹?«

»Nun, ich finde, angesichts der Umstände sollten klare Grenzen gezogen werden, oder nicht? Es sei denn, du willst den Abschied absagen, natürlich.«

Es gab Zeiten, in denen Joe das tatsächlich erwog. Doch dieser Tag gehörte nicht dazu. Betty war unerträglich. Sie ließ sich hemmungslos gehen, lief im Morgenmantel herum, sprach mit überdreht fröhlicher und zugleich melodramatischer Stimme und trank zu allem Überfluss schon vormittags Whisky.

»Dieser Single Malt sollte genossen, nicht runtergeschüttet werden«, merkte Joseph an.

»Ich bin verzweifelt.«

»Du benimmst dich albern, Betty. Du siehst aus wie aus dem Film *Das verlorene Wochenende*. Es ist nicht gesund, hier Trübsal zu blasen und sich volllaufen zu lassen.«

»Mein Mann verlässt mich nach fünfzig Jahren«, entgegnete Betty.

Achtundvierzig, dachte Joseph.

Als hätte sie ihn gehört, sagte sie: »Dreckskerl.«

Und warf ihr Glas nach ihm.

»Schon recht, Elizabeth Taylor«, sagte er und holte ein Handtuch aus dem Badezimmer.

»Falscher Film«, kreischte sie.

»Wir sind hier nicht im Film, Betty«, sagte Joseph. »Genau darum geht es.«

»Dreckskerl«, sagte sie noch einmal und ließ sich auf die Couch sinken.

Es klingelte, aber Betty rührte sich nicht von der Stelle, sondern blickte starr auf den offenen Kamin. Den Kaminsims mit dem imposanten Spiegel und der dekorativen Gesso-Struktur hatte sie vor vielen Jahren auf einem Schrottplatz entdeckt. Wie konnte Joseph nur von ihr erwarten, dass sie sich von ihrem Greek-Revival-Kamin trennte? Ihrem heimischen Herd? Sie sah ihr trübsinniges Gesicht im Spiegel. Die reglosen griechischen Frauenbüsten auf dem Sims starrten zu ihr herüber. Sie hörte Josephs Schritte. Er hatte einen schweren Gang. Wie würde sie diese Laute vermissen, wenn Joseph nicht mehr hier sein würde, wenn sie mit diesen beiden gleichgültigen weißen Büsten alleine zurückbleiben würde. Sie hörte, wie der Portier an der Sprechanlage Miranda ankündigte. Als Miranda noch klein war, hatte sie immer mit den Kamindamen gesprochen und elegante Teeeinladungen für die körperlosen, mit Goldblättern verzierten Köpfe gegeben.

»Willst du, dass sie dich so sieht?«, fragte Joe, als er ins Wohnzimmer zurückkam.

Einen Moment lang dachte Betty, er spräche mit einer der Büsten. Dann verstand sie.

»Willst du, dass sie dich sieht?«, erwiderte sie. Der Klang ihrer eigenen Stimme war ihr zuwider. Am liebsten hätte sie gesagt: Oh, Joseph, lass uns doch aufhören mit diesem Unsinn.

Sie hörten, wie Miranda die Tür aufschloss. Ich muss diesen Schlüssel zurückfordern, dachte Joe. Und den von Annie auch. Er sah seine Frau an. Wie sie da eingerollt auf der Couch lag, in ihrem alten weißen Bademantel, sah sie aus wie ein zerknülltes und entsorgtes Papiertaschentuch. Joe zuckte innerlich zusammen bei diesem Gedanken. Selbstverständlich entsorgte er seine Frau nicht. Er würde großzügig sein. Er war grundsätzlich großzügig. Sie dagegen benahm sich völlig irrational, was ihr gar nicht ähnlich sah. Sie sah nicht einmal mehr aus wie sie selbst, weil ihre Augen so geschwollen waren vom vielen Weinen. Wenn sie sich nur vernünftiger benehmen würde, könnte man alles gütlich regeln; in einer neuen Wohnung würde es ihr bestimmt gleich besser gehen.

»Verworrene Lage«, bemerkte er.

»Ich würde sie eher verheerend nennen wollen«, erwiderte Betty.

Miranda kam herein, ging zur Couch und gab ihrer Mutter einen Kuss.

»Huu«, machte Miranda dann und schnüffelte. »Da hat aber jemand früh angefangen.«

»Ich leide.«

Miranda setzte sich und nahm ihre Mutter in die Arme.

»Mein armes Schätzchen«, sagte Betty. »Du auch, wie? Na komm schon, Süße. Ist ja gut, ist ja gut.«

Joe betrachtete die beiden, wie sie sich gegenseitig den Rücken tätschelten, und murmelte: »Ist ja schon gut.« Er fühlte sich schrecklich, wie ein Unhold mit einem gigantischen weißen Badehandtuch in den Händen. Aber was hatte er eigentlich verbrochen? War es denn tatsächlich so schlimm, wenn man sich verliebte?

»Das ist eine äußerst ungesunde Situation«, bemerkte er.

Die beiden Frauen beachteten ihn nicht.

Joseph ließ das Handtuch auf die Whiskylache fallen und starrte darauf. Der warme Duft von Scotch verbreitete sich im Zimmer.

»Ich bin kein Unhold«, sagte Joe.

Am nächsten Tag packte Joe seine Koffer und flog aus geschäftlichen Gründen nach Hongkong.

»Jetzt bist du bestimmt erleichtert, dass er weg ist«, sagte Annie am Telefon zu ihrer Mutter.

Doch Betty war keineswegs erleichtert, sondern noch untröstlicher als zuvor.

Außerdem hatte sie nun ein Geldproblem. Ein äußerst dringliches, ungewohntes und unangenehmes Problem. Auf Anraten seiner Anwälte, hatten Josephs Anwälte ihr mitgeteilt, habe Joseph sämtliche Kreditkarten gesperrt. Das gemeinsame Konto, das Betty für die Haushaltsausgaben benutzte, würde erst wieder aufgefüllt werden, wenn man zu einer Einigung gelangt war.

»Ich dachte, Mr. Weissmann wollte keine Anwälte hinzuziehen«, sagte Betty zu den Anwälten. »Wir haben doch eine Mediatorin.« Woraufhin die Anwälte lediglich erwiderten, da Mr. Weissmann sie zweifellos beauftragt habe, könne man wohl davon ausgehen, dass er sich anders entschieden habe.

»Tut mir furchtbar leid«, sagte Joseph, als er sie anrief. »Meine Anwälte haben mir geraten, Anwälte hinzuziehen.«

»Raten sie mir auch, Anwälte hinzuziehen?«

»Wir können uns bestimmt gütlich einigen. Es dauert nur ein Weilchen. Ich bin bereit, großzügig zu sein.«

»Joseph, du vertreibst mich aus meinem Zuhause.«

»Tja, das wäre wohl wirklich am besten. Während wir alles ordnen.«

Allein der Klang seiner Stimme verbesserte Bettys Wohlbefinden. Diese Stimme hatte sie tagaus, tagein gehört. Nach dem Gespräch fühlte sie sich wieder mehr wie sie selbst.

»Das ist doch verrückt«, sagte Annie, als ihre Mutter ihr davon erzählte. »Er benimmt sich grauenvoll. Und du darfst jetzt nicht ausziehen. Das kannst du in jedem Scheidungshandbuch nachlesen.«

»Aber er hat den Vertrag unterschrieben. Rechtlich gehört die Wohnung ihm. Er muss eben erst alles rechtlich regeln, dann einigen wir uns. Bis dahin darf er mich hier gar nicht wohnen lassen. Rechtlich betrachtet.«

»Mutter, du weißt, dass das überhaupt keinen Sinn ergibt, oder? Ich meine, du bist dir doch darüber im Klaren?«

»Und ich habe natürlich jetzt auch kein Geld, um die Wohnung zu halten. Hast du eine Ahnung, was es kostet, so was zu halten? Bestimmt ein kleines Vermögen. Aber ich weiß das gar nicht. Joseph hat sich darum gekümmert. Er hat sich immer so gut um mich gekümmert…«, sagte sie mit einem wehmütigen Seufzer, in dem Dankbarkeit und Erinnerungen an bessere Zeiten mitschwangen.

Annie musste an das kleine mit Geld gefüllte Säckchen denken, das ihre Urgroßmutter immer für Notfälle um den Hals getragen hatte. »Hast du irgendwelche Rücklagen?«, fragte sie.

»Wie meine Großmutter? Warum sollte ich?«

»Zum Beispiel für den Fall, dass so was passiert wie jetzt.«

»So was wie jetzt hätte vor dreißig Jahren passieren sollen, wenn die Kinder aus dem Haus sind und man als Frau nicht mit so was rechnet«, sagte Betty.

»Aber du hast jetzt auch nicht damit gerechnet«, entgegnete Annie.

»Es hätte ja auch vor dreißig Jahren passieren sollen«, erklärte Betty geduldig ein zweites Mal.

Bald nach Josephs Abreise bekam Betty wieder einmal einen Anruf von ihrem Cousin Lou. Cousin Lou war ein elegant gekleideter Herr mit rosa Gesicht, für den man wohl die Redewendung »das Geld mit vollen Händen zum Fenster hinauswerfen« erfunden hatte. Zum einen hatte Cousin Lou überdurchschnittlich große Hände, mit denen er unentwegt Leuten auf den Rücken klopfte, ihnen die Wange tätschelte oder die hilflosen, kleiner geratenen Hände der Menschen, die er um sich geschart hatte, fest umfasste. Lou war 1939 als fünfjähriger Junge aus Österreich evakuiert und in die Staaten gebracht worden. Er hatte damals nichts bei sich gehabt außer einer Bettdecke und dem ersten Winnetou-Band von Karl May. Bettys Onkel und Tante hatten ihn während des Krieges bei sich aufgenommen, aber Lou blieb auch nach dem Krieg bei ihnen, weil er seine gesamte Familie im Konzentrationslager verloren hatte. Er sprach nie über den Verlust seiner Familie. Wenn er über jene Zeit sprach, dann nur über eine Person namens Mrs. James Houghteling.

Mrs. H., wie er sie zu nennen pflegte, war Gattin des Leiters der Einwanderungsbehörde gewesen, als der fünfjährige Flüchtling auf Ellis Island eintraf.

»Nun, im selben Jahr wurde eine Gesetzesvorlage beim Kongress eingereicht«, hatte Lou gesagt, als er mit den Weissmann-Mädchen zum ersten Mal über Mrs. H. sprach. »Wisst ihr, was der Kongress ist?«

Die beiden nickten, obwohl sie damit lediglich ein Bild aus ihrer Schule in Verbindung brachten, auf dem im Halbkreis sitzende Männer zu sehen waren.

»Und was ist dann passiert, Cousin Lou?«, fragte Annie und fügte gleich noch hinzu: »Mach dir keine Sorgen«, denn trotz seiner rauschenden Festlichkeiten sah Cousin Lou immer ein wenig besorgt aus.

»Im selben Jahr«, fuhr Cousin Lou fort, »fand jemand, es sei doch eine gute Idee, zwanzigtausend Flüchtlingskinder in den USA aufzunehmen. Kinder wie mich. Wisst ihr, dass ich mit einem Schiff hierhergekommen bin, als ich noch klein war?«

Annie nickte abermals. Sie wusste Bescheid über den Zweiten Weltkrieg und den Holocaust, weil sie sich einmal eine erschütternde Dokumentation im Fernsehen angeschaut hatte.

Miranda begann auf den Fersen zu wippen.

»Zwanzigtausend!«, fuhr Cousin Lou fort. »Das sind viele Jungen und Mädchen, nicht wahr? Deshalb musste man erst den Kongress um Erlaubnis fragen, der solche Dinge entscheidet. Aber der Kongress hat gesagt: Nein, wir wollen diese zwanzigtausend Kinder nicht. Was sollen wir denn mit zwanzigtausend Kindern? Wir haben doch unsere eigenen!«

An diesem Punkt der Geschichte nahm Annie Miranda an der Hand. Hatte Miranda womöglich auch schon vom Holocaust gehört? Wippte sie deshalb so komisch auf und ab?

»Unsere eigenen Kinder«, sagte Annie, um die Erzählung zu beschleunigen.

»Nun, ich habe Mrs. H. nie persönlich kennen gelernt, aber es kommt mir so vor, als seien wir alte Freunde. Und eines Abends war Mrs. H. auf einer Party, und da sagte sie, das Problem mit der Wagner-Rogers-Bill – so hieß diese Gesetzesvorlage – , also zwanzigtausend Kinder in den USA aufzunehmen, bestünde darin, dass sie bald darauf zwanzigtausend abscheuliche Erwachsene sein würden!«

Miranda begann zu schluchzen, jedoch nicht, weil sie Bescheid wusste über den Holocaust, sondern weil sie Angst hatte vor so vielen abscheulichen Menschen. Danach hatte sie eine Woche lang Albträume, aber niemand machte Cousin Lou Vorwürfe. Es war schlechterdings unmöglich, Cousin Lou für irgendetwas Vorwürfe zu machen. Und im Laufe der Zeit geriet die Geschichte von Mrs. H. zu einem Begrüßungsritual, wann immer Cousin Lou und die Mädchen sich trafen.

Wenn Lou die Geschichte später erzählte, ließ er sich mehr Zeit dabei. Er verengte die Augen und schürzte die Lippen, als müsse er angestrengt nachdenken. Dann sagte er »Mrs. Houghteling«, wobei er das *H* und das *gh* mit einem übertrieben harten jiddischen *ch* aussprach, was sich anhörte, als müsse er einen Haarball auswürgen. Erst Jahre später kamen Annie und Miranda dahinter, dass die korrekte Aussprache des Namens »Hefftling« lautete. »Mrs. *Checht*ling«, trällerten die Mädchen damals und spürten, wie dieses scheußliche Wort für eine scheußliche Person aufregend in ihrem Hals vibrierte. Dann zuckte Lou immer die Achseln und sagte: »Tja, ich muss ein besonders hübsches Baby gewesen sein.« Und Miranda und Annie antworteten im Sprechchor wie fromme Kirchgänger: »Das kann man heute noch sehen.«

Sie hatten die Geschichte so oft zu hören bekommen, dass »chechtling« in der Familie Weissmann zum Synonym für arrogantes Verhalten wurde. »Hör bloß mit diesem *chechtling* auf, du schnöselige Ziege«, sagte Miranda beispielsweise, wenn Annie über jugendliche Stilextravaganzen von Miranda die Nase rümpfte. »Du bist doch echt eine selbstsüchtige, spießbürgerliche *Chechtlerin*«, kommentierte Annie, als Miranda sich über ihre kurze maoistische Phase in der achten Klasse lustig machte.

Cousin Lou, der darauf bestand, dass alle ihn so nannten, war nicht eben dezent, aber aufrichtig. Als Immobilienmakler hatte er viel Geld verdient, doch seine eigentliche Berufung schien darin zu bestehen, eine größtmögliche Menge an Gästen mit Speis und Trank zu bewirten. Er liebte seine amerikanische Adoptivfamilie von Herzen, hatte jedoch die Auffassung von seiner Familie im Laufe der Jahre so nachhaltig erweitert, dass seine Familie nicht mehr in einem Haus zu bewirten war. Auch zwei Häuser reichten nicht mehr aus. »Ihr gehört zur Familie!«, pflegte Cousin Lou zu sagen und zählte dabei Schnorrer, Freunde, Mitläufer und entfernte Bekannte ebenso zur Familie wie angeheiratete Verwandte und irgendwelche Kinder aus der Nachbarschaft. Wie viele Immigranten war er mit Leib und Seele Patriot und erachtete seine obsessive Gastfreundlichkeit als Bürgerpflicht.

Seine erste Anpassung an die Überzahl von Gästen bestand darin, für sich selbst ein größeres Haus zu bauen. Cousin Lou wohnte jetzt in einem riesigen, modernen Haus mit vielen Glasflächen auf einer Anhöhe mit Blick auf den Long Island Sound. Doch nicht einmal in diesem Anwesen konnte er alle Gäste zugleich empfangen. Die Freunde, die er als »seine Familie« bezeichnete, vermehrten sich wie Fruchtfliegen in einem Glas, und schließlich ging Lou dazu über, sie nur noch in einer Art Schichtwechsel einzuladen, einen Schwarm nach dem nächsten.

Betty gehörte zu der hochgeschätzten Gruppe, die zum Labor Day geladen wurde. Als Lou in diesem Jahr anrief und Betty, Joe und die Mädchen zur üblichen Labor-Day-Party in Westport einlud, sagte Betty zu ihm: »Ach, wie schade. Joseph wäre bestimmt gern gekommen, aber er lässt sich gerade von mir scheiden. Na, vielleicht nächstes Jahr«, und legte auf.

Dieses skurrile und absonderliche Benehmen, das ihrer ansonsten fröhlichen und umgänglichen Mutter so gar nicht ähnlich sah, besorgte Annie und Miranda nicht nur zutiefst und brachte sie gegen Josie auf, sondern – wenn sie ehrlich waren – auch gegen Betty selbst.

»Sie spinnt«, sagte Annie, als Lou anrief, um sich nach den Hintergründen von Bettys Verhalten zu erkundigen. »Er hat sie in den Wahnsinn getrieben. Man kann ihr nichts mehr sagen, weil sie gar nicht mehr zuhört. Sie schaut sich nur noch den ganzen Tag alte Schwarz-Weiß-Filme an und zitiert daraus. Sie ist wie gelähmt, sie hat kein Geld mehr, sie sitzt den ganzen Tag neben dem Telefon und wartet darauf, dass er anruft. Sie nimmt schon beim ersten Klingelton ab, hast du's gemerkt? Und vermutlich war sie auch noch betrunken. Meine Mutter! Betrunken! War sie betrunken? Gott, ich hoffe nicht. Oder doch?«

»Na ja, warte mal –«

»– und ich musste sie noch dazu zwingen, sich einen Anwalt zu nehmen! Sie wollte nicht mal einen Anwalt, weil sie die Rechnungen nicht bezahlen kann. Der Mistkerl hat ihr den Hahn abgedreht und behauptet, er könne das erst wieder ändern, wenn die Wohnung geräumt sei und …«

Inzwischen hatte Cousin Lou die Lage erfasst und kam zu dem Schluss, dass Betty sich gewissermaßen in der Lage eines Flüchtlings befand, und Flüchtlingen konnte er nicht widerstehen. Binnen weniger Minuten hatte er Betty angerufen und ihr mitgeteilt, dass sie zeitlich unbegrenzt in einem Cottage in Compo Beach wohnen könne, das ihm gehörte.

Betty wusste, dass dieses Cottage heutzutage sehr viel wert war. Es lag an einer kleinen Straße zwischen anderen kleinen Strandhäuschen. Die Häuser – mit schmalen Vorgärten und ohne Garage – standen dicht an dicht und waren zu der Zeit, als das Vorstadthaus mit Vorzeigerasen in Mode kam und sie mit Joseph eine Weile in Westport gelebt hatte, nicht sehr beliebt gewesen. Damals wohnten dort Lehrer, geschiedene Mütter und mittellose Witwen. Solche wie ich, dachte Betty. In den Achtzigern allerdings schlug die Stimmung um, die Häuschen wurden verkauft und aufwändig renoviert und waren nun hübsch sanierte Feriendomizile – »McCottages«, wie Annie sie nannte. Lediglich Lous Haus war noch unverändert aus alter Zeit übrig geblieben, denn er hatte es seit vielen Jahren an eine Frau und ihren Sohn vermietet – »Sie gehören zur Familie!« Doch inzwischen war der erwachsene Sohn längst weggezogen und die alte Frau verstorben.

»Willst du es sanieren?«, fragte Betty, da sie wusste, dass Cousin Lou damit »abreißen« meinte.

»Kann ich später noch machen«, antwortete er. »Wenn du darin wohnst, ist das doch erst einmal Sanierung genug.«

Betty versuchte, sich an das Haus zu erinnern. Ein kleiner Junge schaukelte dort im Garten, zwischen zwei blühenden Apfelbäumen. Oder hatte sie das in einem Film gesehen? Aber das spielte ja keine Rolle. Es war jedenfalls äußerst charmant; musste es auch sein, es war schließlich ein Cottage. Was für ein bezauberndes Wort. Betty stellte sich Tapeten mit Rosenmuster vor. Sie würde lange, einsame Spaziergänge am Meer machen. Zwar handelte es sich streng genommen nur um den Long Island Sound, nicht um das Meer, aber windige, graue Tage konnte man dort auch haben. Betty blickte aus dem Fenster auf die vertraute nächtliche Stadt. Der Park war eine dunkle Fläche, hie und da unterbrochen durch gelbe Lichtteiche von Straßenlaternen. Die Rücklichter eines Taxis glommen rot in der Dunkelheit auf und verschwanden. Erwartete Joseph wirklich, dass sie ihr Leben verließ, so wie er sie verließ? Tja, dann. Was hatte sie schon noch zu verlieren? Es war ja alles schon verloren.

»Du bist sehr großzügig«, sagte sie, woraufhin sie ein heftiges Unbehagen überkam, denn sie hörte ein Echo von Josephs Stimme – *Ich werde sehr großzügig sein … sehr großzügig.* »Danke, Cousin Lou. Was täte ich nur ohne dich?«

»Ha!«, schrie Cousin Lou. »Ich glaube, das müssten wir Mrs. James Houghteling fragen!« Und er sprach noch dreimal den Namen jener längst verschiedenen Dame aus, bevor er auflegte.

Und so kam es, dass Betty Weissmann gegen den Rat des Scheidungsanwalts, den sie sich auf Annies Drängen hin genommen hatte, und gegen die Gesinnung des Geistes der Gattin des einstigen Leiters der Einwanderungsbehörde beschloss, aus New York zu emigrieren und an einem Ort Zuflucht zu suchen, den Cousin Lou nun mit dem Namen »Houghteling Cottage« versehen hatte.

3

Miranda Weissmann war schrecklich. Zu diesem Schluss waren die Leute gekommen, als Augengymnastik vor einigen Jahren der letzte Schrei war, weshalb Miranda sich weigerte, Brille oder Kontaktlinsen zu tragen, und infolgedessen grußlos an Leuten vorüberrauschte, die sie eigentlich kannte. Als sie sich zu diesem vermeintlich unnahbaren Gehabe noch die Gewohnheit zulegte, ihre Assistentin zur Suche nach Gegenständen aufzufordern, die direkt vor ihrer Nase lagen, und Verleger zum Essen einzuladen, die Rechnung jedoch dann zu übersehen, so dass die Betreffenden selbst zahlen mussten, hatte sie ihren Ruf begründet. Kurzsichtigkeit hatte dafür gesorgt, dass Miranda als launisch, arrogant, verschlagen und herrschsüchtig galt. Kurzsichtigkeit hatte ihr Image geformt.

Dies war zu Anfang ihrer Karriere gewesen. Ein Jahr später verlegte Miranda sich auf Inversionstherapie und Marathonlauf, versah zu diesem Zweck ihre Augen mit Kontaktlinsen und begrüßte nun herzlich alte Freunde und Bekannte, die sie plötzlich wieder sehen konnte. Die Leute waren gerührt und geschmeichelt, und bei jungen Schriftstellern hieß es bald, Miranda Weissmann sei zwar unberechenbar, jedoch sehr verlässlich, wenn sie jemanden erst einmal wahrgenommen hatte. Was auch tatsächlich zutraf, und so ging die Miranda Weissmann Literary Agency auf Erfolgskurs.

»Ich bin ein wandelnder Albtraum«, pflegte Miranda mit

unschuldigem Lächeln zu ihrer jeweils neuesten Assistentin zu sagen.

Auch das traf zu. Sie konnte bissig und entwaffnend warmherzig zugleich sein. Sie ging rüde mit ihren Assistentinnen um, verlangte Ordnung und Gehorsam, um ihre eigene Unordentlichkeit und chaotische Zerstreutheit auszugleichen. Dann wieder verhätschelte sie die Frauen wie eine fürsorgliche Mutter. Ihre Assistentinnen zitterten vor ihr, blühten auf, wenn sie gelobt wurden, bewunderten und verabscheuten Miranda. Sie kündigten jeweils so bald wie möglich, aber es war am Ende immer Miranda selbst, die dafür sorgte, dass sie wunderbare neue Stellen fanden. Man sagte Miranda vieles nach – dass sie das personifizierte Grauen, eine Furie oder eben ein wandelnder Albtraum sei –, aber niemals hatte in der Klatsch- und Tratschküche ihrer kleinen Welt jemand an ihrer Verlässlichkeit oder ihrem guten Willen gezweifelt. Im Privatleben wie im Beruf war Miranda Weissmann auf Melodramen spezialisiert. Aber sie bestand in beiden Bereichen immer auf einem Happy End.

Für ihre Familie war Mirandas Unberechenbarkeit berechenbar geworden. Als sie noch klein war, bekam Miranda Wutanfälle; später widmete sie sich allem, was sie gerade interessierte, mit besessener Leidenschaft und gebärdete sich mit Vorliebe dramatisch. Doch bei aller Neigung zu Pathos und Dramen konnte Miranda auch ungemein liebevoll sein. Miranda ist manipulativ, raunte Joseph eines Abends Betty zu, als sie im Bett lagen und er darüber nachsann, wie glücklich er darüber war, diese kleine Familie geerbt zu haben. Gewiss, manipulativ war Miranda, aber von wem ließe man sich lieber manipulieren?

»Manipulanda« wurde sie von Annie genannt.

Doch nun hatte Manipulanda Angst. Die Scheidung von

Betty und Josie war eine Katastrophe, für sämtliche Beteiligten ohne Aussicht auf ein Happy End. Miranda war wohl bewusst, dass ihre Mutter sie nun brauchte – eine erschreckende Erkenntnis für das jüngste Kind der Familie. Noch schlimmer allerdings fand sie die Tatsache, dass auch sie ihre Mutter mehr brauchte als je zuvor.

Manchmal konnte Miranda jetzt nachts nicht schlafen, sondern starrte versteinert vor Angst an die Zimmerdecke wie ein Kind nach einem bösen Traum.

Aber sie war kein Kind mehr, sondern neunundvierzig Jahre alt. In diesem Alter sollte man mit einer Scheidung eigentlich gelassener umgehen können. Wurde ihr gesagt.

»Das ist wie in diesem Witz, in dem das alte jüdische Ehepaar in Miami zum Rabbi geht und sagt, wir wollen uns scheiden lassen, und der antwortet, ihr seid seit fünfundsiebzig Jahren verheiratet, warum jetzt? Und sie sagen: Wir wollten warten, bis die Kinder tot sind.« Diese Bemerkung hatte Mirandas aktueller Lover eine Woche vor dem Oprah-Debakel gemacht.

»Ich bin aber nicht tot«, hatte Miranda erwidert und den Tageshändler missbilligend angeblickt, wobei ihr etwas auffiel, das sie gewusst, aber bislang nicht beachtet hatte: In Wahrheit war er ein emeritierter Professor für Wirtschaftswissenschaften, der jetzt seine Tage vor dem Computer zubrachte und dabei Geld verlor. »Ich bin nicht tot«, wiederholte sie. Und weshalb sollten eigentlich ihr Alter und die lange Ehe ihrer Eltern es ihr leichter machen, die Scheidung zu akzeptieren? Ihr Alter machte es nur noch schlimmer. Ihr fünfzigster Geburtstag nahte, für jede Frau ein traumatisches Ereignis. Joseph und ihre Mutter waren ein Paar gewesen, solange Miranda denken konnte. Eine Ewigkeit also. Und Joseph war ihr Vater, sie hatte ihn immer als ihren Vater betrachtet – einen anderen kannte sie nicht.

Manchmal weinte sie nachts und sehnte sich danach, ihre Mutter in der Nähe zu haben: um sie zu trösten und selbst getröstet zu werden.

An dem Abend, an dem der Tageshändler ihr diesen Witz erzählt hatte, konnte Miranda nicht einschlafen und wälzte sich hin und her. Als sie schließlich doch eindöste, wurde sie von dem Tageshändler gepiekt, der sie aufforderte, mit dem Schnarchen aufzuhören. Sein unfreundlicher Tonfall gefiel Miranda nicht, weshalb sie ihn anraunzte: »Und weshalb hörst du nicht auf, ein Arschloch zu sein?« Am nächsten Morgen zog er aufgebracht von dannen und kehrte nie mehr zurück, und Miranda weinte, wanderte den Rest des Tages durch ihre Wohnung, nahm dann ein Beruhigungsmittel und ging ins Bett.

Sie begann sich als Spross einer kaputten Ehe zu betrachten.

»Sei nicht albern«, sagte Annie dazu. »Dein Verfallsdatum ist abgelaufen, Miranda.«

Trennung ist etwas Gutes, erklärte Felicity Joseph. Er hatte sie zwar gehört, reagierte aber nicht auf ihre Bemerkung, sondern winkte den Kellner herbei. Diese Scheidung machte ihn mürbe. Wenn alle sachlich wären und sich vernünftig benehmen würden, könnte man ja alles klären. Allerdings sah er Betty immer in der Wohnung vor sich, wenn er an seine Frau dachte. Da gehörte sie in seiner Vorstellung hin. Betty war für ihn ganz plötzlich Teil seiner Vergangenheit, ebenso wie die Wohnung seinen Erinnerungen an ein anderes Leben angehörte, ein Leben, das er nun hinter sich ließ. Deshalb war die Trennung in der Tat etwas Gutes, gewiss. Aber nun sah es so aus, als müsse er sich nicht nur von Betty trennen, sondern als müsse er überdies Betty von ihrer Wohnung trennen.

»Wie geht es deinen Stieftöchtern?«, erkundigte sich Felicity, nachdem sie bestellt hatten.

Joseph nannte die Mädchen niemals Stieftöchter. Sie waren seine Töchter. Offenbar zeichnete sich sein Missfallen über diesen Ausdruck auf seinem Gesicht ab, denn Felicitys große Augen wurden noch etwas größer, und ihre Lippen öffneten sich. Rasch sagte sie: »Ich habe sie lange nicht im Büro gesehen. Sie fehlen mir.«

»Mir auch.«

»Die arme Miranda. Was für ein furchtbarer Skandal!«

»Geballtes Pech.«

»Kein Wunder, dass sie sich nicht mehr blicken lässt. Die arme Frau traut sich wahrscheinlich nicht mehr aus dem Haus.«

Joseph hatte einen Moment lang Mühe, das Wort »Frau« mit Miranda in Verbindung zu bringen. Sie war ein Mädchen und würde es immer bleiben. Wenn sie jetzt eine Frau sein sollte, was wäre er denn dann?

»Die Zeit vergeht wie im Fluge«, bemerkte er und goss sich Wein nach. »Ich habe den beiden Gutenachtgeschichten vorgelesen. Und jetzt sind sie Frauen mit Skandalen am Hals.«

»Na ja, Annie nicht. Bei der sind Skandale sehr unwahrscheinlich.«

Felicity sah die Lage richtig: Miranda wagte es tatsächlich nicht mehr, das Haus zu verlassen. Früher hatte sie immer so wenig Zeit wie möglich in ihrer Wohnung verbracht, einem überteuerten, spärlich eingerichteten, gemieteten Loft. Stattdessen hatte sie sich in der Agentur oder bei Verabredungen in Restaurants aufgehalten oder war einfach ausgegangen. Jetzt bestellte sie sich ihr Essen bei jedem Restaurant in Tribeca, das Lieferservice anbot, öffnete die Tür im Nachthemd, zahlte mit Kreditkarte und schlurfte ins Bett zurück. Ihre Pantoffeln machten ein trostloses klatschendes Geräusch auf dem teuren Parkett. Draußen vor den großen Fenstern nahm die Welt ihren Lauf, uninteressant und uninteressiert. Miranda hörte weder das Hupen und die erbosten Schreie von Autofahrern, die hinter Lkws feststeckten, noch das Dröhnen von Hubschraubern. Sie hatte keine Kraft, die Außengeräusche wahrzunehmen. Nur die Laute in ihrer Nähe konnte sie hören: ihre Pantoffeln, den murmelnden Fernseher, das Knarren des Betts, wenn sie sich wieder hinlegte, das entnervende Klacken der Plastikdeckel, wenn sie die Dosen mit ihren pappigen Mahlzeiten öffnete, ihren unglücklichen Herzschlag.

Auch mit ihrer anderen Bemerkung lag Felicity durchaus richtig: Es war ein furchtbares Jahr gewesen für die Miranda Weissmann Literary Agency, ein *annus horribilis*, wie es schlimmer gar nicht sein konnte. »Die Mutter der Skandale« war in den Blogs zu lesen. Und Mirandas Starautoren waren davon betroffen. Als Erstes hatten sich die ergreifenden Gefängnismemoiren von Rudy Lake – ein Bestseller, mit dem der Autor Bewährung für den Mord an seiner Frau bekommen hatte – zu großen Teilen als Plagiat eines unbekannten ungarischen Romans aus den Fünfzigerjahren erwiesen; dann stellte sich heraus, dass sich hinter dem siebzehnjährigen walisischen Heroinsüchtigen Bongo Ffrancis eine Hausfrau mittleren Alters aus dem Mittleren Westen verbarg; und zuletzt kam ans Licht, dass Sarah-Gail Laney, die Hausfrau aus dem Mittleren Westen, die über ihre schmerzhafte Suche nach einem normalen Leben schrieb, nachdem sie in Uganda als Tochter von Missionaren aufgewachsen war, die sie sexuell missbrauchten und sich am Ende gegenseitig vergifteten, in Wirklichkeit in Hoboken groß geworden war, wo ihre Eltern noch immer in der ruhigen Zweizimmerwohnung von damals lebten und an den Einnahmen vom Buch beteiligt wurden.

Miranda hatte auf diese Enthüllungen mit ihrer üblichen lautstarken und wirkungslosen Vehemenz reagiert; sie beschimpfte zum einen die Presse und die Welt im Allgemeinen und legte zum anderen gegenüber ihren Autoren eine verwirrende Fürsorglichkeit an den Tag. Als der Skandal vor einem halben Jahr publik wurde, hatte sie unermüdlich Termine mit Anwälten gemacht, Interviews arrangiert, Entschuldigungen abgegeben. Inzwischen forderten die Verlage ihre Vorschüsse zurück, Mirandas andere Autoren hatten das Weite gesucht, und Miranda brauchte die Anwälte, Interviews und Entschuldigungen nicht nur für ihre betrügerischen Memoirenschreiber, sondern auch für sich selbst.

Vor dem Skandal hatte Miranda als Agentin gegolten, die in der kargen Einöde anekdotischer Schilderungen die Goldklumpen erfolgreicher Memoiren sichtete; die am einen Tag jemanden im Flugzeug kennen lernte und am nächsten Tag einen Vertrag über ein Buch abschloss, von dem der Autor zuvor noch nichts geahnt hatte. Sie war im Stande, überall Talente und aufregende Projekte zu entdecken. Begonnen hatte sie mit zwei wunderbar geschriebenen, zutiefst anrührenden Memoiren – eine Kindheit in Rhodesien und eine in Ägypten –, die mit Literaturpreisen ausgezeichnet wurden. Miranda hatte die Werke aufgespürt, gehätschelt und zum Erfolg geführt. Und gut an ihnen verdient.

In den darauffolgenden Jahren hatte sie kontinuierlich mit derart sicherer Hand außergewöhnliche und authentische Geschichten entdeckt, dass man ihre kleine Agentur auch »Memoirenschmiede« nannte. Und nun hatte sich plötzlich herausgestellt, dass einige dieser außergewöhnlichen und authentischen Geschichten nichts als erfundene Lügen waren.

Miranda war betrogen und belogen worden. Sie war von den Geschichten, die sie mit so viel Liebe und Sorgfalt gepflegt hatte, verlassen worden. Wenn sie sah, wie ihre Mutter unter der Trennung und unter Joes Betrug litt, erkannte sie sich selbst wieder. Es gibt solche und solche Scheidungen, dachte sie. Und ich kriege beide ab.

Und auch Felicitys Äußerung, dass bei Annie nicht mit Skandalen zu rechnen war, traf zu. Annie war eine disziplinierte, ausgeglichene Frau, die sich bemühte, alles so zu nehmen, wie es kam, ohne einen großen Wirbel zu veranstalten. Während Miranda ihre Siegeszüge feierte, vergrub Annie sich zufrieden in ihren Bücherhöhlen und las immer wieder dieselben Romane: die Klassiker aus dem England des neunzehnten Jahrhunderts, die weniger imposanten Werke aus dem England des zwanzigsten Jahrhunderts. Annie war ein nüchterner Mensch, dennoch stand sie mit Fakten auf Kriegsfuß. Das grelle Licht der Realität, in dem Miranda Tag für Tag ihre melodramatischen Kämpfe ausfocht, drang nicht in Annies gedämpfte Welt. Annie kam Miranda manchmal vor wie eine Opiumsüchtige, die mit erfundenen Fremden in einer verrauchten, süßlich duftenden Höhle lag, unansprechbar und gleichgültig gegenüber der Außenwelt, die Augen geschlossen, versunken in den Träumen anderer Menschen. Vielleicht war Miranda aufgrund dieser Eigenheiten ihrer Schwester so erstaunt, als sie feststellte, dass auch Annie traurig, orientierungslos und vor allem wütend war.

»Ich vermisse ihn«, sagte Annie. »Und ich hasse ihn. Aus tiefster Seele. Ich verabscheue und hasse ihn.«

»Das Leben ist von tragischen Widersprüchen durchsetzt«, verkündete Miranda recht triumphierend.

Das gehörte zu ihren Überzeugungen: Das Leben war von tragischen Widersprüchen durchsetzt – doch am Ende wurde alles gut. Derzeit allerdings fiel es ihr angesichts von Josies Umgang mit ihrer Mutter schwer, die zweite Hälfte dieses Glaubenssatzes auszusprechen.

Annie, der diese Unterlassung nicht entgangen war, wollte

sich gerade dazu äußern, als Mirandas Handy klingelte. Früher hätte sich Miranda an dieser Stelle genüsslich in ein Gespräch gestürzt, in dem kein noch so schmutziges Detail von der Art gefehlt hätte, wie ihre Autoren sie bevorzugten. Doch diesmal sagte sie nur mit matter Stimme: »Das muss wohl dann reichen.«

»Was Geschäftliches?«, fragte Annie, als ihre Schwester das Handy wegsteckte.

»Zumindest das, was noch davon übrig ist.« Miranda holte tief Luft. Scheitern war wie eine tödliche Krankheit. Die Leute versuchten so zu tun, als gäbe es dergleichen nicht, wandten sich mit mitleidigem Blick hastig ab, verstummten, wenn man unvermittelt zu ihnen trat. Und auch Miranda selbst verhielt sich so; dennoch war das Scheitern immer da, wie die Luft, die sie atmete.

Annie, die offenbar die Stimmung erspürte, sagte: »Tut mir leid«, und sah dabei genauso peinlich berührt aus wie alle anderen.

»Du kannst ja wohl kaum was dafür.«

»Tut mir trotzdem leid.«

Miranda hakte sich bei ihrer Schwester unter, um sie zu beruhigen; nach ein paar Schritten hoffte sie, dass Annie nun genügend beruhigt war, und ließ wieder los.

In der umkämpften Wohnung leerte Betty Weissmann mit einer gewissen Zufriedenheit eine Flasche von Josephs bestem Single Malt Whisky. Besonders groß war die Zufriedenheit allerdings nicht, denn Betty mochte Single Malt nicht.

Und wo steckte Joseph? Mit einer Frau abgehauen, zweifellos. Einer anderen Frau. Und Betty blieb nur dieser grässliche Whisky, der nach Moder und Schmutz schmeckte. Die andere Frau dagegen, wer auch immer sie sein mochte, hatte

Joseph. Zum Heulen. Aber Betty hatte keine Kraft mehr zu heulen, weil sie es bereits zu ausgiebig getan hatte. Sie würde ihre Habe in ein Taschentuch knoten, selbiges an einen Stock hängen, ihn über die Schulter legen wie eines der drei kleinen Schweinchen und mit dem Zug zu einem Cottage in Westport fahren, ihrem Schicksal entgegen. Ein Wolf, der ihr Haus zerstörte, war in ihrem Schicksal nicht vorgesehen, denn das war bereits geschehen. Aber Betty konnte sich das Schicksal einer älteren geschiedenen Frau durchaus vorstellen: Es war düster.

Ich habe eine Idee.

Annie nahm diese Bemerkung ihrer Schwester ebenso am Rande wahr wie das unablässige Rauschen des Verkehrs. Sie reagierte auch nicht auf Mirandas Äußerung, sondern ging im Kopf die Rücklagen durch, die Joseph schon vor langer Zeit aus steuerlichen Gründen im Namen ihrer Mutter angelegt hatte. Davon konnte sich Betty einen Teil für Essen und Benzin abzweigen. Und auch der neue Josie mit seinem Gehirntumor – denn eine andere Erklärung konnte es für sein widerwärtiges Benehmen nicht geben – würde gewiss ihre Krankenkassenbeiträge weiterhin bezahlen. Die Autoversicherung war bereits für den Rest des Jahres erledigt. Das hatte Annie mit Josies Sekretärin geklärt, die zwar ihrem Arbeitgeber gegenüber loyal war, aber Verständnis für Bettys missliche Lage zeigte. Wenn Annie und Miranda ihre Mutter zusätzlich finanziell unterstützten, würde sie knapp über die Runden kommen.

»Hm«, gab Annie von sich.

Die Umzugsfirma würde sie von ihrer Steuerrückzahlung bestreiten. So ein Jammer, die schöne Wohnung ihrer Mutter zu zerpflücken. Annie überlegte, wie viele von Bettys Möbeln wohl in das kleine Haus passen würden.

»Wir ziehen einfach *alle drei* nach Westport«, sagte Miranda.

Die Stühle aus dem Wohnzimmer würde man wohl dort unterbringen können. Bei der Vorstellung dieser Stühle in einer fremden Umgebung packte Annie unvermittelt die Wut.

»Das ist *die* Idee«, hörte sie Miranda sagen.

»Ach, Miranda«, erwiderte Annie mechanisch, wie sie es so oft tat.

Aber Miranda hatte sich bereits alles genau überlegt, und als sie bei ihrer Mutter eintrafen und ihr davon berichteten, war Betty hellauf begeistert.

»Ich weiß, dass du das nicht ernst meinst«, sagte Annie.

»Das ist so praktisch, Liebes«, sagte Betty. »Dann könntet ihr Mädchen nämlich eure Wohnungen untervermieten und viel Geld damit einnehmen.«

Mirandas Handy klingelte. Sie schaute darauf, meldete sich jedoch nicht. Einer der Verlage hatte sie verklagt. Deshalb hatte sie kein Geld mehr; zumindest hatte ihr Anwalt ihr das so dargelegt. Alles war gesperrt, bis die Rechtslage geklärt war. Miranda lebte von ihren Kreditkarten. Das war zwar immer schon so gewesen, aber früher hatte sie einen Angestellten gehabt, der die Abrechnungen bezahlt hatte. Jetzt hatte sie kein Geld mehr, um einen Angestellten fürs Bezahlen der Kreditkarten zu bezahlen. »Viel Geld«, wiederholte sie hoffnungsvoll die Worte ihrer Mutter.

»Mom«, sagte Annie, »du hast uns gerade ›Mädchen‹ genannt. Aber wir sind Frauen jenseits der fünfzig. Ihr beide spinnt euch mal wieder was zurecht.«

»Ich bin neunundvierzig«, betonte Miranda. »Und ich spinne nicht.«

»Es wird so sein wie während der Weltwirtschaftskrise, als alle zusammenwohnten«, schwärmte Betty. »Oh, das wird toll, ich kann's kaum erwarten.«

Annie kannte diese Stimmlage ihrer Mutter zur Genüge. Es war ihre Picknick-Stimme. »Das ist aber kein Picknick«, sagte sie hilflos.

Betty sah sie betroffen an. »Das sagt Josie auch immer«, sagte sie und brach in Tränen aus.

»Ein abscheuliches Experiment«, sagte Annie zu ihrem Sohn Charlie, als er sie ein paar Tage später anrief. »Drei erwachsene Frauen, der Erinnerung an das Leben einer Kleinfamilie aufgepropft. So eine Art Frankensteins Monster. Es wird bestimmt Horden gewalttätiger Bauern geben. Mit Fackeln.«

»Du brauchst doch nicht mitzugehen, wenn du nicht willst«, erwiderte Charlie.

»Wenn ihr euch einbildet, ihr könnt euch darum drücken, mich im Alter zu pflegen, du und dein Bruder, indem ihr mir erlaubt, meine Mutter in dieser Zeit der Not alleinezulassen, habt ihr euch geschnitten.«

Charlie lachte. »Und wie willst du das mit deiner Arbeit hinkriegen?«

»Ich muss eben pendeln. Werd mir einen grauen Flanellanzug zulegen.«

Charlie war zu jung, um diese Anspielung zu verstehen.

»Okay«, erwiderte er etwas unsicher.

»Ich kann einfach nicht fassen, dass ich mich dazu habe überreden lassen«, sagte Annie.

»Tante Miranda kann jeden zu allem überreden.«

Das Einpacken verzögerte den Aufbruch, obwohl Betty zu Anfang lediglich eine Zahnbürste mitnehmen wollte. Was hielt sie hier noch? Was war ihr geblieben?

»Dein Leben?«, schlug Annie vor.

»Mein Leben ist vorbei.«

»Das finde ich aber sehr dramatisch, Mutter.«

»Nur ein paar Cracker für die Fahrt«, sagte Betty. »Und eine Strickjacke.«

Doch dann führte ein Pulli zum nächsten, der wiederum passende Röcke und Hosen, Jacken, Schuhe und Handtaschen erforderlich machte. »Und die brauche ich natürlich«, sagte Betty und packte Fotos und diverse große Gemälde ein. »Und etwas, worauf man sitzen kann. Und schlafen. Und etwas zum Kochen. Und Teller und die Teekanne … Und das gute Kristall und das Silber werde ich ganz bestimmt nicht hierlassen …«

In den folgenden Wochen trafen sich die drei wiederholt in der Wohnung am Central Park, um Möbel mit Aufklebern zu versehen und Bettwäsche, Töpfe und Pfannen zu sichten.

»Ich ziehe ja nicht wirklich aus«, hörte man Betty murmeln. »Ich bringe das alles wieder zurück, sobald die Sache geklärt ist.«

»Wenn ich einen Garten hätte«, sagte sie an einem Tag, »würde ich einfach alles bis zu meiner Rückkehr dort vergraben.«

»Wenn die Kampfhandlungen eingestellt werden? Cousin Lou mag das so sehen, aber in Wirklichkeit bist du kein Flüchtling, Mutter.« Annie bereute ihre Worte noch im selben Moment. Wieso gönnte sie ihrer Mutter nicht das Vergnügen, sich diese schäbige Scheidung zu einem heroischen Kriegsroman umzudeuten? Aber das dramatische Selbstmitleid ihrer Mutter und ihrer Schwester zerrte ihr an den Nerven. Die beiden schienen diesen erbärmlichen Umzug als grandioses abenteuerliches Melodram zu empfinden. Einerseits beneidete Annie sie darum, denn wie konnte man nur aus einer Niederlage eine derart berauschende Befriedigung ziehen? Andererseits war sie nicht bereit, Verständnis dafür aufzubringen, dass die erwiesenermaßen uninteressanten Aufgaben wie das Bestellen von Umzugsfirma und Kartons und die Frage, wovon das alles bezahlt werden sollte, so sicher wie das Amen in der Kirche ihr zufallen würden.

»Das ist eine Metapher«, erwiderte Betty. »Davon hast du doch bestimmt schon gehört, Frau Bibliothekarin.«

Miranda, die sich einen im Schrank entdeckten Strohhut aufgesetzt und eine Spitzentischdecke wie eine Mantille um die Schultern gelegt hatte, trat zwischen die beiden. »Streitet nicht. Die Zigeunerfamilie muss zusammenhalten.«

»Erinnert mich eher an die Familie aus *Früchte des Zorns*«, entgegnete Annie.

Und sofort stellte sich das Bild dazu ein: Die Matratzen aufs Dach ihrer rostigen alten Karosse geschnallt, tuckerten sie über staubige Straßen gen Westport in Connecticut, um sich dort als Erntearbeiter zu verdingen. Die Vorstellung besänftigte Annie, und sie lächelte, denn der Ausdruck »alte Karosse« hatte ihr schon immer gut gefallen.

Noch während die drei ihre Sachen packten für ihr Leben im Stil der Großen Depression, trockneten die Geldquellen weiter aus. Joseph und Betty hatten sich schon vor langer Zeit in der finanziellen Sicherheit der oberen Mittelschicht eingerichtet. Jeder außer den wirklich Reichen hätte sie als reich bezeichnet, und Geld war für sie eher eine Selbstverständlichkeit als ein Grund zur Sorge. Die neue Wirklichkeit kam deshalb wie ein Schock für Betty und machte sich zunächst vor allem darin bemerkbar, dass sie zu wenig Trinkgeld gab.

Das Leben war viel teurer geworden seit ihrer Jugend, als sie sich zum letzten Mal mit Preisen befassen musste. Seit sie mit Joseph zusammen war, hatte sie nie für etwas bezahlen müssen. Sie pflegte zwar keinen extravaganten Lebensstil, hatte sich jedoch über Geld nie Gedanken machen müssen und es infolgedessen auch nicht getan. Und weil sie nicht unvernünftig gewesen war und nur haben wollte, was sie für ihre gesellschaftliche Stellung als angemessen empfand, war das Geld nie knapp geworden. Nun allerdings war es knapp. Aus heiterem Himmel. Und Vernunft nützte ihr da gar nichts mehr.

»Kümmere du dich um die Geldsachen, Liebes«, sagte Betty zu Annie.

Zeit ihres Berufslebens hatte Miranda die Bezahlung von Rechnungen ihrem Finanzmanager überlassen. Doch nach den Skandalen hatte selbiger festgestellt, dass kein Geld mehr da war, um ihn dafür zu bezahlen, dass er die Rechnungen bezahlte. Von dieser Tatsache hatte er Miranda behutsam in Kenntnis gesetzt, bevor er sich aufmachte, um die Rechnungen zahlungskräftigerer Unternehmer zu bezahlen. Leider nahm er dabei die Rechnungen nicht mit. Miranda gab ihr Büro auf, aber auch damit konnte sie die Rechnungen nicht abschütteln, die ihr nun nach Hause folgten. Schließlich nahm Miranda diesen hartnäckigen, bösartigen Haufen Rechnungen, diesen Beweis ihres Scheiterns, diese vorwurfsvollen, demütigenden Botschaften aus einem Leben, das sie eingebüßt hatte, mit in die Wohnung ihrer Mutter am Central Park West. Dort deponierte sie die deprimierenden Umschläge auf dem kleinen antiken Tischchen im Wohnzimmer und überließ sie ihrem Schicksal, bis Annie es nicht länger ertragen konnte und sie öffnete.

Danach war es an Annie, sich Sorgen um ihre Finanzlage zu machen. Aber Annie war im Sorgenmachen erheblich versierter, und in puncto Geldsorgen war sie geradezu Expertin. Sie nahm es ihrer Mutter und ihrer Schwester nicht übel, dass die beiden ihre Geldprobleme auf sie abwälzten. Es bekam Annie sogar besser, sich darum zu kümmern, als ihrer eigenen permanenten Geldmisere ins Gesicht zu blicken. Denn ihre eigene Lage – die ohnehin immer prekär war, da die Träger der Bibliothek nicht gewinnorientiert arbeiteten und dieses Prinzip rigoros auf ihre Angestellten anzuwenden schienen – war mehr denn je Anlass für Albträume. Und Albträume hatte Annie reichlich; einige nachts, einige an ihrem Schreibtisch in der Bibliothek und weitere in der U-Bahn. Die Sorgen stiegen plötzlich auf wie ein widerlich modriger Gestank, und Annie ging schneller, um sie hinter sich zu lassen. Sie zwang sich zur Konzentration auf den Brief, in dem sie sich zum Ankauf eines Briefwechsels für die Bibliothek äußerte, oder sie lenkte sich mit einem Zitat des Mannes ab, den sie als neues Vorbild erkoren hatte, Mr. Micawber. Dann verflog der Gestank des Geldmangels vorübergehend – allerdings nur, um später unweigerlich wiederzukehren: Nick auf dem College, Charlies Kredite fürs Medizinstudium mussten abbezahlt werden, die Kosten für die Wohnung um zehn Prozent gestiegen, die horrende Stromrechnung, die Telefonrechnung – es war ihr ein Rätsel, wie ein einzelner Mensch so hohe Telefonkosten haben konnte –, und dann der Kabelanschluss und das Internet. Und wieso wurde man im Restaurant für einen Teller Pasta und ein Glas Wein fünfzig Dollar los, und stimmte es wirklich, dass Leute Geld fürs Alter zurücklegten? Wie machten sie das bloß? Sie war immer davon ausgegangen, dass sie aufs Alter irgendetwas erben würde, aber diese Hoffnung hatte sie jetzt aufgegeben. Das Alter war bereits da, und es stank nach Geldsorgen. Sie war eine erfolgreiche Frau Anfang fünfzig und musste knausern wie als Studentin. Sie hatte ihre Wohnung mit Hypotheken belastet bis zum Anschlag und lebte von diesem Geld und den Krediten, die man ihr noch gewährte. Die Wohnung war ihr immer noch als Sicherheit geblieben; bei der gegenwärtigen Marktlage würde eine Veräußerung nicht einfach sein, aber selbst wenn es ihr gelänge, sie zu verkaufen, was dann? Wo sollte sie hingehen? Sie musste schließlich irgendwo leben. So wie ihre Freundinnen verbissen Sudoku-Rätsel lösten, um ihr bereits nachlassendes Gedächtnis zu trainieren, addierte Annie in ihren eigenen Rastern Hypothek, Einkommen und Unterhaltsschecks und rechnete die Summe gegen eine etwaige Mietsumme auf, wobei sie davon wiederum die Steuererleichterungen aufgrund der Hypothek abzog. Damit schlief sie abends ein – oder sorgte vielmehr effektiv für Schlaflosigkeit: Sie addierte, subtrahierte, seufzte, wälzte sich herum und zog im Dunkeln gequälte Grimassen.

Eines Abends, als sie in ihrer Wohnung packte und alle privaten Dinge in einem Karton verstaute, damit die Leute, die hier zur Untermiete wohnen würden, nicht in ihren Papieren herumstöbern konnten – wiewohl Annie eigentlich nicht wusste, was die daran interessieren sollte –, stieß sie auf einen Brief ihrer Großmutter, Bettys Mutter, die vor zehn Jahren gestorben war.

Annie, mein Schatz, hatte sie geschrieben. *Anbei ein Geburtstagsscheck zu dem wunderbaren Tag, an dem du elf Jahre alt wirst! Verbrauch ihn vernünftig. Opa hat hart gearbeitet, damit ich gut versorgt bin. Denk immer an diese weisen Worte deiner Großmutter, liebe Annie: Wenn du genug Geld hast, kannst du der Welt eine Nase drehen.*

Unterschrieben war der Brief mit: *In Liebe, deine Oma.*

4

An einem strahlenden Augusttag ließen sie New York hinter sich und begaben sich auf ihren Treck nach Westport.

»Es wird wie in einer Kommune sein«, bemerkte Miranda, die gerne die Sechzigerjahre sentimental verklärte, weil sie diese aufregende Zeit um wenige Jahre verfehlt hatte.

»Stimmt. Aber die in der Französischen Revolution«, versetzte Annie. Hatte sie diesem Irrsinn wirklich zugestimmt? Wenn sie sich selbst gegenüber ehrlich war, musste sie allerdings zugeben, dass sie so einsam wie nie zuvor in ihrem Leben war, seit ihre Söhne nicht mehr bei ihr wohnten.

Sie alle drei waren wie Little Bo Peep, das kleine Mädchen, das seine Schafe verloren hat. Betty hatte Josie verloren, Miranda die »Schrecklichen Schriftsteller« und Annie ihre Söhne. Wenn man von einer Drei alles wegnahm, blieben drei Nullen. Drei Nullen waren gleichbedeutend mit Kummer, Leere und Angst. Annie musste an Emily Dickinsons Gedicht über die Schlange im Gras denken und fühlte sich ein wenig besser. Dickinson gelang es sogar, Angst als etwas darzustellen, das wertvoll und nützlich war.

Annie, die auf dem Rücksitz saß, warf einen Blick auf ihre Mutter. Betty chauffierte den alten Mercedes den Merritt Parkway entlang, ließ sich bei jeder Steinbrücke über deren Schönheit aus und erging sich in Erinnerungen an die Zeit, als diese schmale, holprige und gewundene Straße noch ganz neu war. Annie empfand einen Anflug von Hochachtung. Ihre Mutter war auf ihre Art selbst eine Dichterin. Sie brauchte keine Emily Dickinson, um sich darauf zu besinnen, dass eine Schlange, die wie ein Kamm das Gras teilt, an die Sterblichkeit erinnert und dass Sterblichkeit wiederum auf das Leben verweist. Betty konnte sich an allem erfreuen, auch an diesem Exil. Sie konnte aus ihrer verheerenden Scheidung ein Picknick machen – dieses Wort, das sie zum Weinen gebracht hatte. Das hatte Josie immer gesagt, wenn Betty sich wieder hemmungslos dem Optimismus ergeben hatte. »Es wird kein Picknick werden«, sagte er dann in liebevoller Verzweiflung, und die beiden sahen sich an und lächelten. Annie beugte sich so weit zu ihrer Mutter vor, wie ihr Sicherheitsgurt es zuließ, und küsste sie auf die Wange.

Betty antwortete mit einem schmatzenden Kussgeräusch, ohne jedoch den Blick von der Straße zu wenden. Sie war als junges Mädchen häufig mit ihren Eltern in Westport gewesen, und zwar immer dann, wenn Tante Millie sich dort wieder ins Sanatorium begeben hatte, ein großes weißes Gebäude an der Post Road, in dem damals reiche Alkoholiker und Manisch-Depressive behandelt wurden; Tante Millie gehörte beiden Gruppen an. Das Sanatorium war schon vor vielen Jahren abgerissen und in einen Park verwandelt worden.

»Wie furchtbar«, murmelte Betty, als sie an dem Gelände vorüberfuhren, und schüttelte den Kopf über diese unglückselige Entwicklung.

Annie verzog das Gesicht und versuchte, im Rückspiegel Blickkontakt mit Miranda aufzunehmen, doch die starrte aus dem Fenster auf das, was heute Winslow Park hieß, und gab ihrer Wehmut über das Verschwinden der Nervenheilanstalt durch einen tiefen Seufzer Ausdruck. Miranda saß immer vorne, weil ihr als Kind auf dem Rücksitz grundsätzlich schlecht geworden war. Als Annie dann in der Pubertät war, hatte sie bei einem Ausflug einmal gefragt, ob Miranda das nicht inzwischen überwunden habe.

»Ich meine, woher sollen wir das denn wissen, wenn sie nie mehr hinten sitzt?«, hatte sie ihre Mutter damals gefragt, die auch nach hinten verbannt war.

»Das ist die Schönheit der Ironie, mein Schatz«, hatte Betty geantwortet, woraufhin Annie diese Frage nie wieder gestellt hatte.

Einen Moment lang wurde Annie angst und bange bei der Vorstellung, monatelang mit ihrer Mutter und Schwester zusammenzuleben. Doch dann rief sie sich ins Gedächtnis, dass sie sich auf diese Idee mit dem Houghteling-Cottage eingelassen hatte, weil die beiden andernfalls so lange in illustrer Armut hier leben würden, bis kein Cent mehr auf irgendeinem Konto war, weshalb sie dann irgendwann bei ihr einziehen müssten.

Annie hielt sich vor Augen, dass sie immerhin noch eine Wohnung besaß, die sie möbliert für nur zehn Monate untervermietet hatte. Innerhalb dieser Zeitspanne würde die Evakuierung in die Provinz für Betty und Miranda gewiss ihren Reiz verloren haben.

Betty bog in eine von Bäumen überschattete Straße ein, die zum Strand führte. Vor ihnen erstreckte sich der Long Island Sound, ein stiller Streifen blaues Wasser. Der Himmel war klar, und am Horizont sah man Long Island als dunkle geschwungene Linie.

»Cape Cod ist es nicht gerade«, äußerte Miranda.

»Wir haben keine Cousins in Cape Cod«, entgegnete Annie. Ihre Schwester war zum x-ten Mal in Westport gewesen. Erwartete sie jetzt etwa gischtende Wellen und hohe Dünen?

Dennoch bemerkte Annie mit bedeutungsvollem Unterton: »Fitzgerald hat hier gelebt. Ich glaube, er und Zelda wurden in Westport gleich aus *zwei* Häusern rausgeschmissen.«

Das schien Miranda zu versöhnen. »Zwei Häuser«, flüsterte sie und blickte nun schon beeindruckter auf den Sound.

»Und Zelda ist am Compo Beach geschwommen«, fügte Annie bekräftigend hinzu, wobei ihr auffiel, dass sie selbst auch hier schwimmen und damit das Geld für ihr Fitnessstudio in New York einsparen könnte. »Kein Wellengang, hin und zurück die perfekte Länge, und man hat seine Bahnen geschwommen …«

»Ach, Annie. Du mit deinen Bahnen.«

Das Cottage allerdings war ein Fall für sich. Annie wurde etwas mulmig, als sie auf der unbefestigten Zufahrt neben dem Haus hielten. Es sah nämlich wenig einladend aus: ein leicht schiefes Gebilde von 1929 mit dumpfgrauen Schindeln. Die Lamellenfenster entlang der vorderen Veranda waren altmodisch und ausgebleicht. Ein abgetretener Pfad neben einer verwilderten Hecke führte zu einer Lamellenhaustür. Das halb verfallene Gartentor stand offen, mit einer Ecke im Boden verkeilt, wie ein müßiger Beobachter, den das verwahrloste Haus nicht im Geringsten interessierte. Ein Trampelpfad, der nur aus rissiger Erde bestand, schien den gesamten Garten einnehmen zu wollen und stieß lediglich auf den Widerstand vereinzelter Süßgräser.

Das Cottage.

Es war ein Schuppen, eine Hütte, bestenfalls ein Gartenhaus, schmutzig und verkommen.

»Oh«, sagte Annie bestürzt.

Aber ihre Schwester und ihre Mutter waren schon aus dem Auto gesprungen und stießen Freudenschreie aus. Wie urig! Und so entzückend altmodisch! Denk doch nur an all die Kinder, die barfuß diesen Weg entlanggerannt sind! Die Pendler mit Filzhüten auf dem Kopf, müde und erschöpft von der langen Zugfahrt! Die beiden waren außer sich vor Begeisterung.

»Das ist wie Zelten!«, rief Miranda.

»Pfadfinderlager!«, ergänzte Betty verzückt.

Annie wusste natürlich genau, dass Betty die Nase voll haben würde vom Pfadfinderlager, sobald sie ein heißes Bad nehmen wollte und feststellen musste, dass es nur eine Dusche mit kaltem Wasser gab. Und dass Miranda an der Urigkeit des Häuschens nur so lange Gefallen finden würde, bis sie die erste heiße Nacht ohne Aircondition dort zugebracht hatte. Aber Annie hielt den Mund. Sie war nicht so dumm, ihrer Mutter und ihrer Schwester zu widersprechen, wenn sie sich in eine poetische Stimmung hineinsteigerten. Das wäre etwa so, als werfe man sich zwischen Kampfhunde. Man musste sich still in Geduld fassen, bis die beiden sich abreagiert hatten.

Annie dachte manchmal, dass all diese armen Verleger, die sich von Miranda ausgetrickst oder unter Druck gesetzt fühlten, das wahre Geheimnis ihrer Schwester nie begriffen hatten – extreme Unschuld. Sie war eine attraktive Frau mit einem beseelten Gesicht; ihre mandelförmigen Augen verhießen weibliche Mysterien, und ihr träges, leicht schiefes Lächeln gab ihrem Gegenüber das Gefühl, insgeheim über alle Maßen gelobt worden zu sein. Doch schlussendlich bestand Mirandas größte Charakterstärke in der heimlichen Überzeugung, dass alles genau so laufen würde, wie sie es sich in ihrer Begeisterung vorstellte. Sie machte sich keinerlei Gedanken darüber, was die Welt von ihr oder ihren Wutausbrüchen hielt, denn in ihrer Auffassung entsprach die Welt genau ihrer Fantasie. Und Miranda glaubte so leidenschaftlich an die Fantasie wie andere Menschen an Gott oder den Kapitalismus: Die Fantasie besaß enorme Kraft.

Annie, die sehr genau wusste, was die Welt von ihr hielt – oder zumindest fürchtete, es genau zu wissen –, betrachtete ihre jüngere Schwester oft mit Staunen. Miranda war so unbefangen, dass ihrer älteren Schwester sogar die bittere Befriedigung des Neids versagt blieb. Im Grunde war Annie sogar seit jeher stolz gewesen auf die Schönheit und den arglosen Charakter ihrer Schwester.

Allerdings konnte Annie auch nicht ignorieren, dass Miranda ausgesprochen egozentrisch war, und nachdem sie seit Jahren zusah, wie ihre Schwester eine katastrophale Beziehung nach der anderen beendete, war Annie zu dem Schluss gekommen, dass Mirandas Selbstbezogenheit möglicherweise eine Schutzreaktion war. Wo Miranda auch hinschaute, sah sie nur die Welt, die sie sehen wollte. Das war ihre Fähigkeit zur Tautologie, die Annie seit ihrer Kindheit ebenso faszinierte wie frustrierte. Wie konnte man bei einer Streiterei mit einer solchen Schwester jemals den Sieg davontragen? Wie nur?

Diese Frage stellte sich Annie erneut, als sie vor dem Cottage stand. Verwahrlost, schäbig und miesepetrig hockte es auf dem Grundstück. Die geschlossenen Fenster, zwischen denen tote Fliegen pappten wie gepresste Blumen, waren trüb und schmutzverkrustet und blind. Die trockene, aufgesprungene Erde im Vorgarten war nur hier und da von einigen kläglichen Ansammlungen von Süßgräsern aufgelockert. Es gab zwei Bäume: eine Tanne mit einem abgestorbenen Wipfel und einen kahlen, knorrigen Obstbaum. Zwei gesprungene Betonstufen führten zur Veranda, und einige Fenster, in denen Lamellen fehlten, wiesen gähnende schwarze Löcher auf.

Mirandas Blick dagegen fiel auf wilde Ranken mit dunkelgrünen Blättern und blassrosa Blüten, die sich um die Hausecke schlängelten. Die Blüten der Rosen waren winzig und zart und entblößten ihr gelbes Herz. Über ihr knarrte etwas, und als Miranda aufschaute, sah sie ein Eichhörnchen, ein graues Wesen mit zierlichen Krallen, auf einem Ast hocken. Weiße Spätsommerwolken drifteten am tiefblauen Himmel dahin, und vom Meer wehte der salzige Duft des Wassers herüber. Im Schatten des Hauses war ein dunkelgrünes Moospolster auf dem einstigen Rasen gediehen. Miranda zog ihre Schuhe aus und stellte sich auf das weiche, kühle Moos. Dann streckte sie die Hand aus und berührte den alten Baum neben ihr, strich über die rissige Rinde.

»Wir werden hier glücklich sein«, sagte Betty.

Miranda lächelte ihre Mutter an. »Wir sind es schon.«

Miranda und Betty schwärmten noch immer von den wunderbaren Möglichkeiten des Hauses, und Annie blickte noch immer betroffen um sich, als plötzlich die Haustür aufflog und ein kahlköpfiger, rosagesichtiger Mann in Erscheinung trat, der leuchtend bunte Golferkleidung trug und einen Besen in der Hand hielt.

Cousin Lou überreichte Annie den Besen, entschuldigte sich für die fehlenden Lamellen in den Fenstern, verhieß Handwerker und Reparaturen. Dann lud er sie bei sich zum Abendessen ein. »Und kommt bitte auch, enttäuscht mich nicht«, fügte er hinzu, wobei seine dicken rosa Wangen beunruhigt zitterten. »Enttäuscht mich nicht.«

Er wies auf den Briefkasten.

»Ich habe ihn eigens für euch anbringen lassen, aber schaut nur, was diese Idioten aus eurem Namen gemacht haben!«

Auf dem wuchtigen nagelneuen glänzenden Briefkasten stand in großen schwarzen Lettern: THE WISEMEN.

Des nachdrücklichen Zitterns von Cousin Lous Wangen zum Trotz, nahmen die drei die Essenseinladung an diesem Abend nicht wahr, sondern warteten auf den Umzugswagen und fingen dann an, die Kartons auszupacken. Annie und Miranda bezogen die beiden Schlafzimmer im Erdgeschoss, ihre Mutter das große Dachzimmer im ersten Stock.

»Die Möbel aus meiner Kindheit«, sagte Annie, als sie sich auf das alte Mahagonibett mit Kopf- und Fußteil setzte, das Betty bei einer Auktion ersteigert hatte, als Annie zwölf war. »Viel schöner als meine eigenen.« Im Lauf der Jahre hatte Annie sich allerdings auch ein paar Möbelstücke angeschafft, an denen sie hing, und sie fragte sich jetzt, ob der Professor aus Frankreich und dessen Frau, denen sie die Wohnung vermietet hatte, wohl Zigarettenbrandlöcher auf den Sessellehnen hinterlassen würden. Sie konnte es jetzt schon kaum erwarten, in ihre eigenen Räume zurückzukommen.

Miranda dagegen war quietschvergnügt. »Ich komme mir vor wie in einem Puppenhaus«, sagte sie. »Und wir sind die Puppen.«

Annie schauderte.

»Ein echtes Abenteuer«, bemerkte Miranda.

»Eher ein Training gegen Klaustrophobie.«

»Du wirst schon sehen.«

Das sagte Miranda häufig, und Annie fand die Bemerkung sonderbar tröstlich, als könnte Miranda tatsächlich in die Zukunft blicken, als wüsste sie, dass alles gut würde, und als wüsste sie obendrein auch noch, wie man das bewerkstelligen konnte.

»Kommt dir Mom irgendwie verstört vor?«, fragte Annie.

»Wir sind unsere eigenen Puppen«, antwortete Miranda, als hätte sie Annie gar nicht gehört. »In unserem eigenen Puppenhaus.«

Im ersten Stock starrte Betty aus dem Fenster des Dachzimmers. Sie hörte Annie und Miranda unten sprechen – ein leises, fernes Murmeln, aber so vertraut wie eine Erinnerung.

So vieles kam ihr dieser Tage wie eine Erinnerung vor. Dieser tiefblaue Himmel mit den weißen Wolkengebilden war eine Erinnerung. Und diese Stadt: Als Betty am Bahnhof auf Josephs Zug wartete, lehnte sie an dem alten schwarzen Buick, und die Mädchen schwatzten, wie sie es jetzt gerade taten, unter demselben hohen Sommerhimmel; dann kam der Zug angekeucht und stieß beim Anhalten diesen gewaltigen Seufzer aus. Und ihm entstieg eine weitere Erinnerung: ihr Mann. Joseph, ihr Ehemann.

»Kannst du das Wasser sehen?«, fragte Annie, als sie hereinkam.

»Es sieht wunderbar aus.«

»O schau, ein Segelboot.«

»Das wird mein Ausguck hier«, sagte Betty. »Der Platz, von dem früher die Frauen der Seeleute aufs Meer gestarrt haben, obwohl sie womöglich schon Witwen waren.«

Wenn ihre Mutter hier glücklich sein würde, dachte sich Annie, wäre es den ganzen Aufwand wert. Bettys Haare, die in einem sehr schönen Kastanienbraun schimmerten – kreiert für viel Geld von einer italienischen Farbkünstlerin beim Starfriseur Frederic Fekkai –, waren von einem Lichtschein umgeben. Annie schlang die Arme um ihre Mutter und legte ihre Wange an das schimmernde Haar. »Sei nicht traurig«, sagte sie.

»Nein, nein.« Betty tätschelte ihrer Tochter beruhigend die Hand. »Ich bin eine lustige Witwe.«

Und zu Annies und Mirandas Erstaunen machte Betty ihre Worte wahr. Sie war in den folgenden Tagen nicht nur heiter und lustig, sondern bestand auch darauf, eine wahrhaftige Witwe zu sein.

»Der arme, gute Joseph«, sagte sie, als sie dann tatsächlich

Cousin Lous Einladung zum Abendessen annahmen. »Möge er in Frieden ruhen.«

Lou zog eine Augenbraue hoch und blickte Annie fragend an. Die zuckte nur die Achseln und sagte: »Mom ist Witwe. Wusstest du das nicht?«

»Sei nicht frech«, erwiderte Betty, in schwarzer Leinenhose mit schwarzer Tunika, und marschierte ihnen voraus ins Wohnzimmer.

Cousin Lou dachte nicht daran, sich mit jemandem anzulegen, der so nett war, seine Einladungen anzunehmen. Er fasste Miranda und Annie am Arm, jede auf einer Seite, und geleitete die beiden in den großen Wohnraum mit Panoramablick aufs Wasser. Das Haus befand sich auf einer Anhöhe, so dass lediglich die vielen Gestalten, die gegenwärtig vor den großen Glasfenstern standen, die Aussicht behinderten. Es handelte sich dabei um einen Künstler und einen Pianisten, einen Holocaust-Experten, einen Psychiater, einen jungen Internet-Mogul, diverse Wall-Street-Broker, zwei Chirurgen, einen Architekten und einen Anwalt – samt und sonders mit Ehefrauen, die ebenfalls eigene Karrieren vorzuweisen hatten. Lou stellte alle Gäste mit Vornamen vor, als seien sie Schoßhündchen, und tätschelte dem einen oder anderen auch wahrhaftig den Kopf. Erst als er Annie und Miranda zu einer in Weiß gekleideten Dame führte, die auf der Armlehne einer Couch hockte und ihnen als Lous Gattin vorgestellt wurde, erfuhren sie in allen Einzelheiten die Nachnamen und Berufe der Gäste, mit denen Lou sie bekanntgemacht hatte. Annie hatte beinahe damit gerechnet, dass Lou auch bei seiner Frau sagen würde, sie gehöre zur »Familie«. Doch er hastete rasch davon und überließ sie Rosalyn, die mit ihrem auffallend großen Kopf auf sämtliche Anwesenden wies und mit raunender Stimme deren Beruf bekannt gab.

»Das scheinen ja alles sehr bedeutende Persönlichkeiten zu sein«, sagte Annie, weil sie spürte, dass Rosalyn eine derartige Bemerkung erwartete.

»Ich fühle mich zu außergewöhnlichen Menschen hingezogen«, erwiderte Rosalyn. »Das ist gewissermaßen mein Laster.« Dann lächelte sie über die Absurdität, dass jemand wie sie sich etwas so Geschmackloses wie ein Laster zulegte.

»Sie gehören quasi zur Familie«, warf Miranda ein.

Rosalyn zog eine Augenbraue hoch. »Seine Familie kann man sich nicht aussuchen, oder?«

»Nein«, sagte Annie trocken, wobei ihr auffiel, dass Rosalyn, nachdem sie sich erhoben hatte, kaum größer als im Sitzen war. Annie lächelte Rosalyn an. »Familie ist Schicksal.«

Rosalyns großer Kopf saß auf einem vergleichsweise kleinen dünnen Körper, etwa wie eine üppige Rose auf einem blattlosen Stängel. Das Volumen des Kopfes wurde durch Rosalyns Haare, die blond gefärbt und zu einem ausladenden Helm arrangiert waren, noch verstärkt. Annie sah zu, wie sich dieser Haarhelm, einem goldenen Globus gleich, zu ihrer Mutter drehte, die gerade in ihrem elegant geschneiderten Leinenanzug auf sie zukam.

»Trauerkleidung«, erklärte Betty mit traurigem Lächeln, als Rosalyn ihr Outfit bewunderte.

5

Miranda konnte nicht umhin, Frederick Barrow als sympathisch aussehenden Mann zu beschreiben – womit er für sie von vornherein nicht infrage kam. Er hatte ein koboldartiges freundliches Gesicht und schüttere Haare, keine vornehmen Geheimratsecken wie Josie, sondern einfach dünne Haare, die er nach hinten kämmte und die im Nacken etwas zu lang waren. Miranda bedauerte ihn und Annie gleich noch dazu. Doch sie war loyal genug, ihre Mutter darauf hinzuweisen, dass seine Haare wenigstens silberfarben waren. Und dass er seelenvolle Augen hatte. Diese Augen waren zwar so dunkel und ernsthaft, dass sie Miranda an einen alten Hund erinnerten, aber das behielt sie für sich. Stattdessen rief sie sich in Erinnerung, dass sie Hunde liebte und oft erwogen hatte, einen aus dem Tierheim zu adoptieren. Eine Schäferhundmischung. Oder einen missverstandenen Pitbull. Nach diesem Gedanken spürte Miranda in sich eine Welle der Zuneigung für Frederick Barrow, als hätte er selbst gerade einen ausgesetzten Hund gerettet oder – was noch bewegender war – schlüge winselnd mit dem Schwanz an die Gitterstäbe seines Käfigs und lege herzerweichend den Kopf schief, damit Miranda ihn aus seinem Gefängnis befreite.

In Wahrheit stand Frederick Barrow allerdings gerade vor ihnen auf einem Podium und las in einem Singsangtonfall, der Miranda schläfrig machte, aus seinem Buch vor.

»Er hat seelenvolle Augen«, flüsterte sie ihrer Mutter zu.

Betty fand seine Augen eigentlich eher schelmisch, raunte jedoch zurück: »Ein Triumph für Annie.«

Miranda fragte sich, ob Betty damit die Zuhörer meinte, die sehr zahlreich erschienen waren, oder Annies Freundschaft mit Barrow.

»Da kann sie stolz drauf sein«, flüsterte sie, um das letzte Wort zu haben.

Ein ernsthafter, magerer junger Mann, der einen handgestrickten Schal trug, drehte sich um und funkelte sie böse an, woraufhin Miranda sofort in Stillschweigen verfiel. Nur Verrückte trugen im August Wollschals, und mit Verrückten sollte man sich besser nicht anlegen.

Lesungen. Wenn es am Kollaps ihrer Karriere etwas Positives zu vermerken gab, dann war es die Tatsache, dass Miranda nicht mehr verpflichtet war, an Lesungen teilzunehmen. Dennoch saß sie nun hier und tat so, als höre sie zu, verlor sich aber in ihren eigenen Gedanken, wiegte den Kopf hin und her, um ihren schmerzenden Nacken zu dehnen. Dennoch, diese Lesung war etwas anderes. Miranda saß ja nicht für einen der »Schrecklichen Schriftsteller« hier, sondern für ihre Schwester.

Frederick blätterte eine Seite um. Er trug eine Khakihose und ein gestärktes blaues Oxford-Hemd mit abgetragenem Kragen, dazu ausgeblichene blaue Segelschuhe. Seine Stimme wiegte vor und zurück, eine Wortwiege, in Baumwipfeln. Miranda konzentrierte sich einen Augenblick auf das, was die Wiege enthielt. Irgendetwas Trostloses und Gewalttätiges. Ein albtraumhaftes Wesen, eine Art Rosemarys Baby der Prosa, sanft gewiegt von der wohl klingenden Stimme des Schriftstellers. Miranda ließ die Bedeutung der Worte vorübertreiben, hörte nur den beruhigenden Klang, die angenehme Stimme des Mannes mit den seelenvollen Augen.

»So kluge, seelenvolle Augen«, sagte sie nach der Lesung zu Annie.

Annie lächelte und blickte zu Frederick hinüber, der an einem langen Tisch saß und Bücher signierte. »Er war wunderbar.«

Bevor sie Frederick kennen lernte, hatte sie gewisse Zweifel an ihm gehabt. Seine Bücher wurden von vielen Leuten sehr geschätzt, aber Annie mochte sie nicht, da sie von jenen Eigenschaften geprägt waren, die sie sowohl bei den jüdischen Autoren seiner Generation (Großspurigkeit als Neurose getarnt) als auch bei den WASPs (seelische Kälte als Bescheidenheit getarnt) nicht leiden konnte. Doch Frederick hatte sie überrascht, denn er war gar nicht so wie seine Romane. Vielmehr schien er ihr eine höchst seltene und von ihr höchst geschätzte Kombination aus Eigenschaften zu verkörpern: Er war sowohl wahrhaft neurotisch als auch wahrhaft bescheiden.

»Ich würde mich freuen, Frederick Barrow öfter zu sehen«, bemerkte Betty.

»Vielleicht, wenn sein nächstes Buch erscheint«, sagte Annie. »Für die nächste Lesung will ich versuchen, Alice Munro zu gewinnen.«

»Ach, Annie, sei doch nicht albern.«

»Ich weiß, sie wird vermutlich absagen.«

»Ach, Annie«, wiederholte Betty und schüttelte den Kopf. »Du bist unmöglich.«

»Du solltest nicht so schüchtern sein«, fügte Miranda hinzu. »Schüchternheit bei erwachsenen Frauen kann ich nicht ausstehen.«

»Und bei jungen Mädchen ist das dann okay, oder wie?«, versetzte Annie, bevor sie glücklicherweise von Freiwilligen abgelenkt wurde, die fürs Zusammenklappen der Stühle zuständig waren.

Als Annie zu Frederick hinüberblickte, sah sie, dass er von jungen Frauen und Männern mittleren Alters umgeben war. Eine interessante Kombination. Wie passte sie wohl zu dieser Gruppe?

Nachdem sich die Menge zerstreut hatte, blieb Frederick an dem Tisch, wobei er jetzt nicht mehr dahinter, sondern auf der Ecke saß, und unterhielt sich mit einer asketisch wirkenden Frau mit riesigen hellblauen Augen, die Anfang dreißig sein mochte, und einem etwas jüngeren Mann, der lässig, aber teuer gekleidet war. Alles, was er trug, sah weich, lässig und angenehm aus: der leichte Baumwollpulli – oder war er aus Seide? – ebenso wie die schmal geschnittene Hose. Sogar die butterweichen Ferragamo-Slipper. Wie der Verrückte aus dem Publikum trug er einen Schal, allerdings nicht aus Wolle, sondern aus weißem Baumwollbatist.

Ich passe gar nicht dazu, so sieht's aus, dachte Annie und beantwortete sich damit die Frage selbst.

Frederick entdeckte sie und winkte sie zu sich.

»Das sind Gwen und Evan«, sagte er und lächelte die beiden jungen Leute an. »Meine Kinder.«

Annie bemühte sich, die beiden nicht allzu neugierig anzustarren. Sie hatte schon so viel von den beiden gehört. Gwen war in irgendeinem Beratungsjob tätig, den sie von zuhause aus machte. Ihr Mann war Anwalt oder Arzt oder Banker; Annie erinnerte sich nur noch daran, dass er »anständig verdiente«, wie ihre Großmutter gesagt hätte. Gwen hatte zwei kleine Kinder, Zwillingsmädchen, die Geigenunterricht hatten und auf winzigen Geigen spielten und in winzigen Uniformen Fußball spielten. Evan hatte gerade seinen Job bei einer PR-Agentur aufgegeben und war zu einer anderen gewechselt, was Annie deshalb so genau wusste, weil er Frederick angerufen hatte, während er gerade mit Annie zu Abend aß.

»Solange er mir nicht auf der Tasche liegt«, hatte Frederick nach dem Telefonat gesagt. Annie, die ihre beiden Jungen abgöttisch liebte und niemals in Gegenwart von anderen ein abfälliges Wort über sie gesprochen hätte, war etwas schockiert gewesen über diese drastische Bemerkung, hatte sich dann aber gesagt, sie sei eben eine humorlose jüdische Übermutter. Frederick erwähnte damals auch, dass Evans Freundin – mit der er allerdings auch gerade Schluss gemacht hatte – ein Model gewesen sei. Beide Informationen ließ Evan auch jetzt in die Unterhaltung einfließen, als gehörten sowohl das Model als auch die Trennung zu seinen persönlichen Referenzen. Er war ein großer, gut aussehender junger Mann, der durchaus selbst ein Model hätte sein können, und Annie hatte den Eindruck, als spiegle er sich gerade in der Fensterscheibe und zöge dazu eine Modelschnute mit geschürzten Lippen, verwegenem Blick und leicht geneigtem Kopf.

»Sie sind also die berühmte Annie«, äußerte Gwen mit unüberhörbar kühlem Unterton.

»Dad erzählt so viel von Ihnen«, fügte Evan hinzu, und seinem Tonfall nach zu schließen hätte wohl auch er es vorgezogen, wenn sein Dad andere Gesprächsthemen gewählt hätte.

»Annie, ich dachte mir, wir beide gehen heute zur Feier des Tages essen«, sagte Frederick.

»Meinst du nicht, dass du lieber zurückfahren solltest, Dad?«, sagte Evan. »Ich möchte eigentlich nicht, dass du die weite Strecke nachts fahren musst.«

Frederick lachte. »Ihr seid mir ja zwei«, sagte er.

»Nein, im Ernst, es sind sechs Stunden Fahrt«, erwiderte Gwen mit scharfem Unterton. »Sechseinhalb sogar.«

»Na, da hab ich ja Glück, dass ich keine Sperrstunde habe.«

Doch Annie erkannte bereits, dass diese Sperrstunde nun sofort eingeführt werden würde und dass sie das Essen mit

Frederick in den Wind schreiben konnte. Kinder waren Tyrannen.

Auch Felicity war zu der Lesung gekommen, um ihren Bruder zu hören, und als sie zu ihnen trat, fiel Annie auf, wie sehr sie und Gwen sich ähnelten. Annie fragte sich, ob beide Frauen diese riesigen Augen vielleicht nachts nicht schlossen. Oder ob sie so aufklappten wie bei Puppen.

»Sie sollten den berühmten Schriftsteller nicht zu sehr mit Beschlag belegen«, sagte sie zu Annie.

»Nein, nein, schon klar.«

»Ich meine, ich bin seine *Schwester.*« Felicity warf Annie einen bedeutungsvollen Blick zu, dessen Bedeutung Annie aber unklar war.

Annie zeigte auf ihre eigene Schwester, als könne sie damit ihre Anwesenheit in dieser Gruppe rechtfertigen. »Da drüben ist meine Schwester«, sagte sie und winkte Miranda herbei. Dabei tippte sie sich mit dem rechten kleinen Finger an den linken Ellbogen, ihr Notzeichen aus der Kindheit, eine Geste, die keinen Verdacht erregte, einer aufmerksamen Schwester jedoch nicht entging.

»Ihr Vater hat eine wunderbare Lesestimme, finden Sie nicht auch?«, fragte Miranda, als sie Gwen und Evan vorgestellt wurde. »Ein sehr starkes Buch. Enorm kraftvolle Prosa …«

Miranda hätte diese mit möglichst aufrichtigem Tonfall vorgetragenen Höflichkeitsfloskeln noch fortgesetzt, doch Annie fiel ihr schnöde ins Wort, indem sie verkündete: »Meine Schwester ist Literaturagentin.«

»O ja, das wissen wir«, sagte Gwen und bedachte Miranda mit kaltem Lächeln.

»Verrufenheit steht mir gut zu Gesicht«, konterte Miranda.

»Schöne Miranda, Ihnen steht alles gut zu Gesicht«, bemerkte Frederick, was Annie sehr charmant fand. »›Dein Gesicht enthält den Abriss aller Ehr' und Biederkeit«, fügte er in dem erhabenen Tonfall hinzu, den Menschen bei Literaturzitaten anschlagen.

»Insgesamt eine sehr nette Familie«, kommentierte Felicity, und in ihren Kulleraugen lag ein beinahe herausfordernder Ausdruck. »Aber warum sollte sie das auch nicht sein?«

»Was für eine weite Reise hast du denn noch vor dir?«, fragte Annie Frederick. Sie verzichtete von vornherein darauf, »nach dem Essen« hinzuzufügen, denn es schien bereits festzustehen, dass es dieses Essen nicht geben würde. Keine Diskussion, kein Essen, basta.

»Cape Cod.«

»Ich verstehe ja nicht, wieso du dort wohnst«, äußerte Gwen. »Im Sommer, sicher. Aber im Winter?«

»Dein Vater ist sentimental«, antwortete Felicity. »Das hat ihm bislang nicht geschadet, jedenfalls was den Wertzuwachs von Immobilien angeht.«

»Oh, ich finde Cape Cod im Winter großartig«, bemerkte Miranda. »Hoch oben auf den Dünen stehen, die nackten Füße im kalten Sand, während der Wind einem um die Nase bläst und die Wellen donnern ... das ist unglaublich romantisch.«

»Ich hoffe, Sie sind nun nicht enttäuscht, wenn ich sage, dass ich dort oben, vor allem im Winter, die Ruhe am meisten schätze. Man ist dort so« – Frederick dachte einen Moment lang nach –, »so unbelastet.«

Annie sann einen Moment über dieses Wort nach, das sie überraschend fand. *Unbelastet.*

»Das finde ich wirklich gar nicht romantisch«, erwiderte Miranda schockiert und streng zugleich, als habe Frederick gerade sein Hemd hochgezogen und ihr einen üblen Ausschlag gezeigt, für den sie zufälligerweise genau die passende

Salbe in der Handtasche hatte. »Dagegen müssen wir etwas unternehmen.«

Unbelastet. Annie fragte sich, weshalb sie dieses Wort so bedrohlich und trostlos fand.

»Frederick hat genug von Romantik«, sagte Felicity.

»Hältst du mich dafür zu alt?«, fragte Frederick.

»O nein, das Alter spielt dabei keine Rolle. Es hat etwas mit Temperament zu tun, Frederick. Und mit Willenskraft.« Felicity lächelte bedeutsam und verzog dabei die Lippen zu einem Schmollmündchen.

Miranda schilderte, wie sie in Wellfleet einmal mit einem Gleitschirm über den Strand geflogen war, und meinte, Frederick könne seine romantischen Gefühle vielleicht wiederbeleben, indem er die Dünen von hoch oben betrachtete; dann wanderte sie davon zu einer Gruppe von Leuten, die sie zu kennen schien.

»Warum bleibst du nicht über Nacht hier?«, sagte Gwen zu Frederick. »Bei einem von *uns*«, fügte sie mit einem Seitenblick auf Annie hinzu.

»Ach, ich bin doch so ein Stubenhocker, Gwennie. Und ich habe diese Woche auch so ein Kid als Haussitter, dem ich nicht recht traue – ich muss zurück.«

»Dann solltest du lieber jetzt aufbrechen«, sagte Gwen und blickte Annie auffordernd an. »Meinen Sie nicht auch?«

Auch Frederick sah Annie an. »Vielleicht kannst du mich mal dort besuchen kommen.«

»Du könntest in Red Hook drei Häuser haben für das Geld, was du dort für diese Bude zahlst«, warf Evan ein.

»Wohl kaum«, entgegnete Frederick. »Und du wirst dir in Red Hook selbst ein Haus kaufen müssen oder aber mein Ableben abwarten, denn ich habe nicht die geringste Absicht, dieses Haus zu verkaufen.«

Evan zuckte die Achseln. »War ja nur ein Gedanke.«

»Dad«, sagte Gwen und blickte auf ihre Uhr.

Und ganz plötzlich stand Annie alleine da.

Sie sammelte die sechs oder sieben unverkauften Bücher ein und dachte wehmütig an ihre eigenen Kinder. Wann würden ihre Söhne wohl anfangen, sie herumzukommandieren, anstatt umgekehrt?

Als sie aufblickte, sah sie Frederick auf sich zukommen. Er nahm ihre Hände und gab ihr einen Kuss auf die Wange. Dann stießen sie mit der Nase zusammen, als er sie unerwartet auch noch auf die andere küsste.

»Ich musste mich einfach noch bei dir bedanken«, sagte er. »Ich wollte nicht gehen, ohne mich bedankt zu haben.«

»Aber nein, ich danke dir, dass du uns so ein großartiges Publikum beschert hast.«

»Und mach dir keine Sorgen wegen meiner Rückfahrt«, fügte er im Gehen hinzu. »Ich könnte die Strecke im Schlaf fahren.«

»Das wirkt nicht sehr beruhigend auf mich«, erwiderte Annie. »Das mit dem Schlaf, meine ich.«

»Ich ruf dich an«, sagte Frederick, und dann war er verschwunden.

Betty beobachtete ihre Tochter von der anderen Seite des Raums aus. Wie ernst sie wirkte. Attraktiv, aber auf eine sehr erdenschwere Art. Betty erinnerte sich daran, wie sie Annie einen mit Pailletten besetzten Pulli geschenkt hatte. Es war ein eleganter, geschmackvoller Pullover mit nur wenigen Pailletten gewesen, doch Annie hatte vollkommen angewidert geblickt, als sie ihn sah. Betty lächelte. Etwas Ähnliches war passiert, als Annie sich eine Cowboy-Kluft gewünscht und sie ihr einen rosa Cowgirl-Rock geschenkt hatte. Das hatte sie mit fünf Jahren schon als Beleidigung empfunden. Wenn Annie damals bereits das Wort »ordinär« gekannt hätte, dann hätte sie es zweifellos benutzt. Betty entsann sich daran, wie Joseph und sie abends im Bett über Annies angewiderte Miene gelacht hatten; es war ihnen peinlich gewesen, dass sie ihre Tochter so wenig kannten. Dennoch hatte es sie gerührt, wie Annie sich schon als kleines Mädchen bemüht hatte, sich ihre Enttäuschung nicht anmerken zu lassen. Auch ihren Abscheu über den Paillettenpullover hatte sie zu verbergen versucht. Annie hatte so ein gutes Herz. Es muss anstrengend sein, wenn man so kritisch und so sensibel zugleich ist, dachte Betty. Sie freute sich, dass Annie an diesem Frederick Barrow Gefallen fand. Er hatte etwas Fröhliches in den Augen, das Annie guttun würde. Die arme Annie. Sie war ein so früh erwachsenes Mädchen gewesen. Hatte ihrer übermütigen Schwester zugeschaut, wie sie schrie und tobte und herumwirbelte, und dabei bereits damals so rührend besorgt ausgesehen wie heute. Betty beobachtete, wie Miranda jetzt auf Annie zuging und sie in die Arme nahm. Annies Gesicht wurde sanfter. Was für ein Glück ich doch habe, dachte Betty. Sie spürte, wie ihr wieder die verfluchten Tränen in die Augen stiegen. Ich habe so ein Glück, dachte sie noch einmal. Aber die Tränen wollten zurzeit nicht auf sie hören. War das früher anders gewesen? Sie konnte sich kaum mehr erinnern, wie sie gewesen war vor diesen jüngsten Ereignissen.

6

Miranda lag in dem Bett aus ihrer Kindheit und lauschte dem Zirpen der Zikaden. Es mussten viele sein, denn sie machten einen ziemlichen Radau. Zikaden waren doch diese Tiere, die schlüpften, zirpten, sich paarten und anschließend starben. Miranda empfand einen Anflug von Mitgefühl für die lärmenden Insekten. Dieses Muster war ihr vertraut. Die Liebe fand sich ein, und man freute sich über die Wärme; dann war die Jahreszeit um, und man zitterte in der Kälte. Dennoch gab es wenigstens in diesem Bereich nichts zu bedauern; die Jahreszeiten kamen immer wieder, und so war es auch mit der Liebe. Die Liebe blieb immer gleich, wenn auch die Männer wechselten und wenn sie auch keine Zikadennachkommen hervorbrachte. Die Liebe war ewig, selbst wenn die Liebhaber es nicht waren.

Miranda fragte sich, wie ihrer Mutter wohl zu Mute war, nachdem sie immer geglaubt hatte, ihre Ehe sei für die Ewigkeit, und nun – wenngleich nach sehr langer Zeit – feststellen musste, dass auch dieser Zustand vergänglich war. Ob Betty sich wohl so fühlte wie Miranda nach ihren diversen explosiven Trennungen, nach denen sie jeweils das Bedürfnis hatte, weiterzuziehen und das ergötzliche Balzspiel des Verliebtseins wieder aufzunehmen?

Sie stand auf und ging leise die Treppe hinauf zum Schlafzimmer ihrer Mutter, blieb in dem Türbogen stehen. Mildes Mondlicht fiel durchs offene Fenster. Wie bleich Betty in dem bläulichen Licht aussah. Sie atmete gleichmäßig und geräuschvoll, aber ohne zu schnarchen. Miranda wurde plötzlich schmerzhaft bewusst, dass ihre Mutter alt war, eine alte Dame mit faltiger Haut und zerbrechlichen Knochen. Und dass sie sich gewiss nicht fühlte wie Miranda nach einer Trennung, dass Betty nicht mehr das Verlangen verspürte, weiterzuziehen, zu zirpen, sich zu paaren, sich an einer neuen Saison der Liebe zu ergötzen. Sondern dass sie sich so fühlte, wie sie war: alt und allein in ihrem Bett.

Binnen weniger Wochen machte das kleine Haus erstaunliche Veränderungen durch. Bettys Seidenperserteppich in Blassblau und Beige verdeckte im Wohnzimmer den abgetretenen Linoleumboden. Die Queen-Anne-Sessel mit dem cremeweißen Seidenbezug und die Ledercouch aus Josephs Studierzimmer wurden mit viel Gespür in dem kleinen Raum arrangiert. Sogar die Vorhänge hatte Betty mitgenommen, so dass man sich nun vorkam wie im Wohnzimmer eines Cottage im Connecticut der Dreißigerjahre.

Leider erinnerten auch andere weniger erfreuliche Dinge an die Dreißiger. Der Herd stammte tatsächlich aus dieser Zeit, und der Ofen war kaum wesentlich jünger. Die Spülmaschine, ein Modell aus den Sechzigern, diente nur noch dazu, die kleine Spüle zu stützen. Cousin Lou hatte angeboten, die ganzen Geräte zu ersetzen, aber in dieser Hinsicht hatte Betty seine Großzügigkeit verweigert.

»Das ist alles so schön schrullig«, hatte sie gesagt. »Und sobald Joseph – er möge in Frieden ruhen – die rechtlichen Belange geklärt hat, ziehe ich wieder in meine Wohnung, und du kannst dieses niedliche Häuschen abreißen …«

Cousin Lou zuckte ob der schnöden Vokabel »abreißen« gequält zusammen.

»Sanieren«, verbesserte sich Betty. »Du kannst es sanieren. Aber es hat ja keinen Sinn, neue Haushaltsgeräte zu sanieren, nicht wahr?«

Betty war ausgesprochen stolz auf diese heroische Haltung. Sie wollte Tapferkeit demonstrieren, um ihre Töchter, die Welt im Allgemeinen und vor allem sich selbst zu stärken. Als Verwandte im Cottage ihres Cousins zu Gast zu sein war akzeptabel. Aber sich einen neuen Kühlschrank schenken zu lassen – wie diese verarmten Frauen in der Realityshow *Queen for a Day* –, das war mit ihrem Selbstwertgefühl nicht zu vereinbaren.

An Werktagen fuhr Annie mit dem Zug in die Stadt. Es erstaunte sie, wie viel Gefallen sie an diesen Fahrten fand. Bevölkert von Menschen in seriösen dunklen Anzügen – vorwiegend Männern – ratterte der Zug durch die Vorstädte. Gedeckte Farben, Seifenduft, das leise Knistern der Morgenzeitung, eine erholsame Stunde, geprägt von Frische und dem beruhigenden Rütteln des Zuges; dann, zehn Stunden später, erschöpft und verbraucht die kollektive Flucht vor einem langen Tag voller Verantwortung, mit entspannt gelockerten Krawatten und zerknitterten weißen Hemden – all das gab Annie das Gefühl, Teil von etwas zu sein, eine Zelle in einem gewaltigen atmenden bürgerlichen Wesen.

Betty las unterdessen Ratgeber für trauernde Witwen. In einem der Bücher wurde vorgeschlagen, dass sie ein Schraubglas verzieren und mit kleinen Zetteln füllen sollte, auf die sie und ihre Kinder zuvor schöne Erinnerungen an den Verstorbenen geschrieben hatten. Um sich gute Dekoideen zu verschaffen, fuhr Betty darauf umgehend zu Barnes and Noble, um ein Buch über Découpage zu erstehen. Im Buchladen entdeckte sie dann ein Buch für Golferwitwen, und zuhause verkündete sie, dass sie sofort mit Golfspielen beginnen müsse.

»Aber, Mutter, eine Golferwitwe ist eine Frau, deren *Ehemann* sehr viel Golf gespielt hat«, stellte Annie klar.

»Na ja, Josie spielt ja Golf«, wandte Miranda ein. »Im Urlaub. In der Stadt ist es natürlich nicht so einfach.«

»Ganz genau«, sagte Betty. »Möge er in Frieden ruhen.«

Annie stieß einen entnervten Seufzer aus, aber in Wirklichkeit genoss sie das Zusammensein mit den beiden mehr als je zuvor; jedenfalls deutlich mehr als in ihrer Kindheit und Jugend. Sie war kein unglückliches Kind gewesen; eher vorsichtig und in sich gekehrt, und ihre Zurückhaltung hatte sie vor dem exaltierten Wesen ihrer Mutter und ihrer Schwester geschützt. In dieser Hinsicht hatte sie sich immer mit Josie verbunden gefühlt: Ihr Stiefvater und sie hatten den Hintergrund aus eintönigen Blättern gebildet, vor dem sich die beiden anderen so laut und bunt wie tropische Vögel abheben konnten. Annie und Josie waren auch diejenigen, die praktisch dachten – die Servietten mitnahmen, wenn Miranda und Betty überstürzt zu einem Picknick im Park aufbrechen wollten; die an Regenschirme dachten, wenn Miranda und Betty an einem bedeckten Tag über die Brooklyn Bridge spazieren wollten; die eine Landkarte einpackten, wenn Miranda und Betty unbedingt Herbstlaub oder Frühlingsblumen, Hyde Park oder die Wellen am Strand von Montauk Point sehen wollten. Annie dachte einen Moment lang liebevoll an ihren Stiefvater und stellte betroffen fest, dass es ihr beinahe lieber gewesen wäre, wenn er tatsächlich gestorben wäre, denn dann hätte sie ihn so in Erinnerung behalten können, wie er früher gewesen war: ein stets etwas distanzierter, aber ruhiger, geduldiger und verlässlicher Mann, jemand, den sie bewunderte und dem sie vertraute. Doch leider war er ein quicklebendiger, unzuverlässiger, abscheulicher Verräter.

»Ich hab in einem Laden an der Post Road dieses entzückende Jettarmband gefunden«, verkündete Betty und streckte ihren Töchtern das Handgelenk zur Begutachtung entgegen.

Miranda betrachtete das Armband. »Echt Goth, Mom.«

»Königin Victoria trug Jett, während sie um Prinz Albert trauerte«, sagte Annie. »Was für den Rest ihres Lebens der Fall war.«

Betty nickte wissend.

»Natürlich war Albert tatsächlich tot, was sich bei gewissen anderen mir bekannten Witwen nicht so verhält«, fuhr Annie fort. »Sie hat mit diesem Schmuck damals eine Mode ins Leben gerufen.«

»Na ja, heutzutage trägt ja jeder Schwarz«, entgegnete Betty. »Da falle ich doch gar nicht mehr auf. Und außerdem hat das Armband nur zweihundert Dollar gekostet. Seht ihr, wie sehr ich mich bemühe, sparsam zu sein?«

Annie hätte ihre Mutter am liebsten geschüttelt, bis ihr hübscher kleiner Kopf auf dem faltigen Hals wackelte. *Wir sind pleite*, hätte sie gerne geschrien. *Wir haben keine zweihundert Dollar, die wir für Klunker ausgeben können.* Aber ihre Mutter war so verletzt, und auf ihre sonderbare verschwenderische Art versuchte sie tatsächlich, tapfer zu sein. Annie holte tief Luft. Sie legte die weißen Linnenservietten auf, die – wenn sie sich recht erinnerte – vor vielen Jahren in Frankreich erstanden worden waren. »Als die Mutter der Mitford-Schwestern kürzertreten musste«, erklärte sie dazu, »hat sie zum ersten Mal gemerkt, wie viel die wöchentliche Reinigung der Servietten kostete.«

Normalerweise hätte Miranda auf zwei derartig pedantische Bemerkungen innerhalb kurzer Zeit mit einem heftigen Widerwort reagiert. Doch sie war zu beeindruckt von den sechs Mitford-Schwestern, die mit ihrem skandalumwitterten Leben eine monumentale Flut an Memoiren und Biografien hervorgebracht hatten.

»Sie kam zu dem Schluss, dass die Reinigung zu teuer war«, fuhr Annie fort, »weshalb sie künftig keine Servietten mehr benutzten.«

»Aber denk doch nur, wie viel Geld sie dann für die Reinigung ihrer Kleider ausgeben mussten«, wandte Betty ein und kicherte. »Sie hätten natürlich auch Papiertücher nehmen können ...«

Bettys und Josephs Haushälterin, die Brasilianerin Jocasta, die im Vorjahr in Rente gegangen war, hatte die blütenweißen Servietten immer zu akkurat gefalteten Rechtecken gebügelt. Im Cottage hatte Betty zu Anfang vorgeschlagen, die Servietten in die Reinigung oder wenigstens in die Wäscherei bringen zu lassen, aber Annie hatte sich quergestellt.

»Wir haben eine Waschmaschine und einen Trockner hier. Das sind so ziemlich die beiden einzigen Geräte im Haus, die funktionieren. Ich finde, wir sollten sie also auch benutzen und kein Geld verschwenden.«

Was zur Folge hatte, dass sie nun ebenfalls für die Servietten zuständig war, auf denen sich inzwischen einige gelbe Flecken eingefunden hatten. Annie hatte jedoch nicht die Absicht, stundenlang herumzustehen und sie zu bügeln, während sie dabei Seifenopern im Fernsehen schaute, wie Jocasta es getan hatte. Annie legte die knittrigen, fleckigen Stoffstücke neben das gute Porzellan ihrer Mutter. Die Servietten sahen verdrossen und aufsässig aus, wie eine Horde räudiger Revolutionäre. Vielleicht sollten sie doch lieber Papierservietten benutzen.

»Wascht euch die Hände vor dem Essen, Kinder«, sagte Betty.

Kinder. War es möglich, dass man in fortgeschrittenem Alter an einem fremden Ort seine Kindheit noch einmal durchlebte, auch wenn eine der Schlüsselfiguren fehlte?, fragte sich Annie. Denn das fand hier offenbar gerade statt. O Josie, was hast du dir nur dabei gedacht, uns mit unseren drei Gedecken und Erinnerungsspielen alleinzulassen? »Das seltsame Trio« hatte Miranda sie genannt, und von Anfang an war klar, dass sie alle drei zickig waren und sich über die jeweils anderen zwei ereiferten – weil sie alle drei den Mann vermissten, der nicht mehr bei ihnen war.

»Ich kann mir gar nicht vorstellen, was die Nachbarn über uns denken – drei alte Weiber in dieser Bruchbude«, äußerte Annie, als sie draußen eine Frau sah, die einen großen schwarzen Hund ausführte.

»Ach, die denken, wir seien Russinnen«, sagte Betty.

»Wieso denn das?«

»Weil ich es ihnen gesagt habe.«

Annie lehnte die Stirn an die Fensterscheibe. Russinnen?

»Flüchtlinge!«, rief Miranda begeistert aus. »Das wird Cousin Lou gefallen.«

»Ja. Ich hab erzählt, wir hätten alle drei unsere Ehemänner verloren.«

»Und wie?«, fragte Annie.

»Durch den KGB, Liebes. Wie denn sonst?«

Diese ersten Wochen der drei Weissmann-Frauen in Westport waren von einer frohen, geradezu festlichen Stimmung geprägt. Das Wetter war wie geschaffen für Urlaub: ungewöhnlich kühl für Ende August, mit klarem tiefblauen Himmel, an dem nur vereinzelte Wölkchen trieben. Nachmittags gab es ab und zu heftige Schauer, wie in den Tropen. Wenn die Regenwolken sich verzogen, war die Luft prickelnd frisch und das Licht strahlend und golden. Betty war eine wunderbare Köchin, und sie bereitete auf dem alten Herd traditionelle Gerichte zu, die bei Annie und Miranda Kindheitserinnerungen an ihre Ferien wachriefen. Weshalb Betty das Kochen übernahm, wusste keine der drei so recht – es war nie besprochen worden –, aber nun bekochte sie ihre Töchter, wie sie es vor so vielen Jahren getan hatte. Lediglich an den Abenden, an denen sie zu Cousin Lou bestellt wurden, aßen sie außerhalb. Betty meinte, es sei ungehörig und gemein, Cousin Lous Einladungen nicht anzunehmen, zumal er ihnen ja das Cottage zur Verfügung gestellt hatte. Sie sagte nicht, dass sie fünfundsiebzig Jahre alt war und das Kochen sie manchmal auch anstrengte, und ihre Töchter fragten nicht nach.

Bei einer dieser Einladungen von Cousin Lou war Miranda Tischnachbarin eines großen, ernsten Mannes, der in seinem dunklen, tadellos sitzenden Anzug sehr stattlich wirkte. Wenn er nicht so förmlich gewesen wäre und keine Fliege getragen hätte, wäre er ein durchaus attraktiver Mann gewesen. Aber er war förmlich, und er trug eine Fliege, und nachdem er sich als Anwalt zu erkennen gegeben hatte, der mehr oder minder im Ruhestand war, sagte er nur noch wenig. Miranda, die gerne zuhörte und das auch hervorragend beherrschte, empfand Schweigsamkeit für gewöhnlich als persönliche Beleidigung. Dennoch war sie immer bereit, Menschen eine zweite Chance zu geben.

»Was machen Sie denn nun, da Sie im Ruhestand sind?«, zwang sie sich zu fragen. »Oder sollte ich sagen ›mehr oder minder im Ruhestand‹?«

»Angeln.«

»Im Ernst? Aber Fisch ist doch so problematisch geworden.«

Er sah sie beunruhigt an. Ach wirklich?, hätte er beinahe gesagt.

»Ihn zu essen meine ich.«

»Ach so. Das.«

»Machen Sie sich keine Gedanken über die Erderwärmung und das Überfischen und Quecksilber?«

»Ach, ich fange sowieso nie einen.«

Danach kam die Unterhaltung komplett zum Erliegen. Miranda gab auf und wandte sich zu der Person an ihrer anderen Seite, Lous Gattin Rosalyn.

»Ihr langweilt euch bestimmt sehr in unserer kleinen Stadt«, sagte Rosalyn. Unlängst war Miranda mit einem riesigen Strauß irgendwelcher Gewächse, die sie weiß Gott wo gepflückt haben mochte und in denen es bestimmt von Bienen und Zecken nur so wimmelte, bei ihnen anspaziert gekommen und hatte ihnen das Bouquet geschenkt. Rosalyn, die eine Heidenangst vor Borreliose hatte, entsorgte das Gesträuch, sobald Miranda aus dem Haus war. Dennoch war Mirandas Geste natürlich auf eine naiv gedankenlose Art lieb gemeint gewesen. Die arme Miranda. Sie musste sich schließlich irgendwie die Zeit vertreiben nach ihrem unglückseligen beruflichen Abstieg. Was das für ein gigantischer Skandal gewesen war. Sogar die *New York Times* hatte ausführlich darüber berichtet, obwohl nur eine beschränkte Anzahl von Verlagen und Autoren davon betroffen war. Darauf einbilden konnte Miranda sich jedenfalls nichts, auch wenn die *Vanity Fair* einen Artikel darüber gebracht hatte.

Rosalyn hatte sich bei der lieben Miranda bedankt für den verwanzten Unkrautstrauß und sie mit angemessener Herzlichkeit – nicht zu viel und nicht zu wenig – auf beide Wangen geküsst. Nur weil jemand ganz unten war, musste man ihm ja nicht die kalte Schulter zeigen. Dennoch konnte Rosalyn nicht umhin zu denken, dass es nicht sehr feinfühlig von Lou war, sie neben seine Cousine zu platzieren, wo doch am anderen Ende des Tisches eine so interessante Frau saß, eine Reporterin, jünger als Miranda und beruflich noch in ihrer Blütezeit, nicht im Abstieg begriffen. Nun ja, irgendwer musste sich eben mit Miranda unterhalten, da traf es eben die arme Gastgeberin. Unangenehme Aufgaben blieben immer an der Gastgeberin hängen. »Es muss wirklich langweilig sein nach der ganzen Aufregung …« Rosalyn unterbrach sich. Ursprünglich hatte sie »in deiner Vergangenheit« sagen wollen. Aber Miranda war schließlich weder tot, noch hatte sie offiziell ihre Agentur geschlossen. Sie war lediglich etwas abgehalftert. Wie drückte man so etwas höflich aus? Rosalyn entschied sich für »im Großstadtleben«.

Miranda betrachtete fasziniert Rosalyns Frisur. Ihr Haar, jüngst in einem rostroten Ton gefärbt, war ein so fein gewirktes Kunstwerk, dass Miranda beinahe der Atem stockte. Wie sollte sie sich denn langweilen, wenn es eine derartige Frisur zu bewundern gab?

»Du scheinst so viel Freizeit zu haben«, sagte Rosalyn nun gerade. »Ich beneide dich!«, fügte sie hinzu, wobei sie in Wahrheit einen Anflug von Mitleid empfand.

»Ja, es gibt so viel zu sehen hier.« Miranda bemühte sich, Rosalyn ins Gesicht zu blicken, anstatt auf die gewellte Haarmauer oberhalb ihres Ohrs zu starren. »Richard Serra«, sagte sie dann leise. Rosalyns fantastische Frisur sah aus wie eine Skulptur von Richard Serra. Sogar die Farbe passte.

»Nein, ich glaube, er lebt nicht hier. Wobei man sagen muss, dass seit jeher viele Künstler in Westport leben.«

Als Betty zuletzt in Westport gewohnt hatte, gab es dort im Stadtzentrum noch einen Schlachter mit Sägespänen auf dem Boden und einem Pappschwein im Ladenfenster. Und ein Billigkaufhaus. Woolworth? Nein, Greenberg's, fiel ihr jetzt ein. Das war über vierzig Jahre her, doch sie hatte das Gefühl, wenn sie sich rasch umdrehte, könne sie immer noch die Holzschubladen voller Knöpfe und Litzen sehen und den altmodischen Schuhladen gleich nebenan. Wenn sie jetzt auf die

Bank schaute, erkannte sie das einstige Rathaus wieder; das Starbucks war die Bücherei gewesen und die Jugendherberge die Feuerwehr. Die Erinnerungen tauchten wie Visionen vor ihrem inneren Auge auf und fügten sich zu einem Pfad, der in die Vergangenheit führte. Doch leider führten sie unweigerlich auch zu dieser Szene: Betty Weissmann, wie sie durch eine Stadt fuhr, die sie vor langer Zeit verlassen hatte – ohne den Mann an ihrer Seite, der wiederum sie verlassen hatte. Das dachte Betty, als sie abseits der Main Street einen Parkplatz fand, mit Blick auf den Fluss. All ihre Erinnerungen hatten sie nur hierhergeführt, zu einem Parkplatz, wo sie zum Glück eine Lücke gefunden hatte.

Sie stieg aus und schloss den Wagen ab. Als sie noch mit Joseph hier gewesen war, hatte sie niemals den Wagen abschließen müssen. Das machte sie Joseph nun innerlich zum Vorwurf. Sie hatte sich angewöhnt, ihm vieles zum Vorwurf zu machen. Das bekommt man dann eben, Joseph – haufenweise ungerechte Schuldzuweisungen. Das hat man davon, wenn man sich seiner Ehefrau entledigt, sie vor die Tür setzt und sich selbst überlässt am grenzenlosen dunklen Himmel einer Scheidung in späten Lebensjahren.

Eine ausgemusterte Frau muss blendend aussehen, wenn sie in die Stadt fährt, um sich mit dem Mann zu treffen, von dem sie ausgemustert wurde. Und mit den Anwälten, die ihm zur Seite stehen. Aus diesem Grund beschloss Betty, bei Brooks Brothers einen Seidenpulli und bei Tiffany ein Paar Goldohrringe in Knotenform zu erstehen. Ihre Kreditkarten waren nutzlos, schönen Dank auch, Joseph, aber Annie hatte Betty für Notfälle eine VISA-Partnerkarte beschafft, und wenn dies kein Notfall war, was dann? Anschließend kaufte Betty in einer großen Boutique, in der es hochwertige, überteuerte modische Kleidung gab, ein elegantes Kostüm, in dem sie würdevoll zu einem Treffen mit Anwälten antreten konnte. Diese Boutique war früher ein stilloser Herrenausstatter gewesen, erinnerte sie sich. Inzwischen war der Laden schick und strahlte Reichtum aus, und das extrem teure Kostüm, das sie dort erwarb, war für reiche und schicke Kunden gedacht. Derartig extravagante Sachen durfte Betty sich eigentlich nicht mehr leisten. Aber ähnlich wie Bettler hatten ausgemusterte Frauen keine Wahl. Niemand würde ihr Vorhaltungen machen, wenn sie sich schick machte, sagte sich Betty, doch sie hörte bereits Annies Stimme, die genau das tat.

Betty fuhr mit dem Zug nach New York. Als der Schaffner ihre Fahrkarte abknipste, fand sie das altmodische mechanische Klicken beruhigend und tröstlich. Der Zug war laut, durch die schmutzigen Fenster konnte man kaum etwas erkennen. Die Fahrt in die Stadt war inzwischen einfach zu anstrengend für sie. Im linken Auge hatte sie grauen Star; sie würde sich darum kümmern, wenn die Zeit gekommen war. Vorerst war ihre Frisur wichtiger. Betty hatte noch reichlich Zeit bis zu dem Termin. Annie hatte ihr zwar gesagt, sie dürfe nicht mehr zu Frederic Fekkai gehen, aber Annie mochte denken, was sie wollte – sie hatte jedenfalls nicht immer Recht.

Ihr Anwalt wartete unten im Haus. Er machte einen besorgten Eindruck. Ein schmaler junger Mann mit kurzen mausbraunen Locken. Auch der Rest von ihm – sein spitzes Gesicht, die kleinen Füße in kleinen Schuhen – hatte etwas Mausartiges. Nur seine Augen passten nicht. Sie waren hellgrau und gar nicht mausig. Wie sollte es dieser junge Mäuserich mit seinen traurigen Haaren nur mit Joseph aufnehmen, der auch ohne Haare viel imposanter war?

Betty blieb an dem Konferenztisch stehen, der sie an einen

dunklen Teich erinnerte. Auf der anderen Seite des Teichs saß Joseph. Er musste schrecklich ungeduldig sein. Joseph konnte Anwälte und Formalitäten nicht ausstehen.

»Bitte setzen Sie sich, Mrs. Weissmann«, sagte Josephs Anwalt.

Ja, dachte sie. Mrs. Weissmann. Hören Sie das, Mr. Weissmann?

Betty bemerkte, dass Joseph neue Manschettenknöpfe trug. Das machte sie trauriger als die Reden der Anwälte und Josephs Unnahbarkeit. Joseph veränderte sich, und er veränderte sich ohne sie. Manschettenknöpfe, kleine Hanteln aus Gelbgold, veränderten ihn.

»Mein Mandant ist ein großzügiger Mann«, sagte Josephs Anwalt.

»Meine Mandantin ist eine vernünftige Frau«, sagte ihr Anwalt.

Für den Bruchteil einer Sekunde begegnete Josephs Blick dem ihren, und als Joseph wegschaute, wusste Betty, dass sie beide ebenso belustigt wie unglücklich gedacht hatten: *Unsere Anwälte lügen wie gedruckt.*

7

Der monatelange Kampf um ihre Agentur hatte Miranda zermürbt. Sie hatte endlos herumtelefoniert, Leuten geschmeichelt, sie bekniet, sie unter Druck gesetzt. Sie hatte jeden Gefallen eingeklagt. Doch die Miranda Weissmann Literary Agency roch nun nach Misserfolg, und dieser Geruch schlug Verlage ebenso in die Flucht wie Autoren. Was Miranda auch sagte oder tat – sie schien nicht verhindern zu können, dass ihr Lebenswerk ihr unter den Fingern zerbröselte.

Ihr Auftritt bei *Oprah* war dann die endgültige Demütigung gewesen. Miranda war geschlagen. Und erschöpft. Deshalb war es vielleicht unvermeidlich, was mit ihr geschah, vor allem, weil sie mit ihrer Mutter und ihrer Schwester unter einem Dach lebte, die Mahlzeiten verspeiste, die ihre Mutter kochte, und sich das dauernde Genörgel ihrer Schwester anhören musste. Oder gehörte es zum Programm, wenn der fünfzigste Geburtstag bevorstand? Vielleicht handelte es sich um angestaute Energie – Miranda konnte schlecht stillsitzen, selbst wenn sie dann sinnlos im Kreis lief. Was der Grund auch sein mochte: Miranda merkte jedenfalls, dass sie unversehens in eine Art zweite Pubertät geriet. Da ihre erste Pubertät – ein stürmisches Drama, das sie sehr genossen hatte – von dem Entschluss geprägt gewesen war, ihre Seele zu erforschen –, nahm Miranda sich in dieser Variation ihrer ersten Jugend vor, ihre Seele einer weiteren Erforschung zu unterziehen. Vielleicht erbrachte das ja diesmal wirklich brauchbare Ergebnisse.

Miranda befand, dass sie ihre Seele am besten in der Morgendämmerung am Strand erkunden könne. Ungünstigerweise war der Compo Beach sehr kurz, nur knapp einen Kilometer lang, weshalb sie immer dann, wenn sie gerade das Gefühl hatte, der Sache näher zu kommen, umkehren musste. Auch der Himmel lenkte sie ab, dessen Farbe sich um diese Uhrzeit von dunklem Lila zu milchigem Violett verwandelte und dann von leuchtend rosafarbenen Strahlen erhellt wurde. Außerdem war der Himmel jeden Tag ein wenig anders, was Miranda noch mehr ablenkte. An manchen Tagen fand auf dem Parkplatz am Ende des Strands eine Versammlung grüner Papageien statt, eine derartig lärmende und aufgeregte Veranstaltung, dass jedes Ergründen oder überhaupt Orten der Seele schlechterdings unmöglich war. Und wenn sie am Spielplatz vorbeikam, den kühlen Sand an den nackten Füßen und die salzige Luft in der Lunge spürte und sich ihrer flüchtigen Seele gerade ein wenig angenähert hatte – da hielt der große Cadillac Escalade ihres Cousins neben ihr, und Cousin Lou winkte mit seiner rosa Hand zum Fenster raus und schrie hallo und ob er sie irgendwohin mitnehmen könne.

»Nein«, antwortete Miranda dann. »Das ist nett, aber ich mache einen Spaziergang.« *Was man ja wohl schwerlich übersehen kann. Was ich bereits gestern früh kundgetan habe, als du angehalten und mir dieselbe Frage gestellt hast.*

»Spaziergang!«, rief Cousin Lou überschwänglich aus. »Sehr gesund!« Und dann tuckerte er mit seinem großen schwarzen Auto davon in die Morgendämmerung.

Miranda versuchte, Cousin Lou nach Möglichkeit aus dem Weg zu gehen. Sie hatte nichts gegen ihn. Es war unmöglich, etwas gegen Cousin Lou zu haben. Es war sein Lebenszweck, von allen gemocht zu werden. Aber er hatte nicht das geringste Gespür für Innenschau, und Miranda war so mit ihrer Innenschau beschäftigt, dass sie in ihrer üblichen selbstbezogenen Art annahm, alle anderen Menschen müssten sich entweder auch der Betrachtung ihrer eigenen Seele widmen oder doch wenigstens ersatzweise Mirandas Seele erforschen wollen. Cousin Lou allerdings war an ihrer Seele ebenso wenig interessiert wie an seiner eigenen. Er hatte das Miranda mit folgenden Worten dargelegt: »Wenn Mrs. H. gewollt hätte, dass Immigrantenkinder ihre Seele erforschen, hätte sie in jedem Fall die notwendigen Gelder dafür blockiert.«

Nachdem Miranda eine Woche lang erlebt hatte, wie ihre Seelenforschungsspaziergänge immer wieder abrupt unterbrochen wurden, hatte sie eine neue Idee. Ein städtischer Strand war nicht einsam genug, hier lauerten zu viele Ablenkungen. Sie musste aufs Meer hinausfahren, um wirklich Zwiesprache mit ihrer Seele halten zu können. Als ihr dieser Gedanke kam, sah sie ein gelbes Kajak vor dem Horizont dahingleiten. Das war die Lösung. In einem Kajak konnte sie vollkommen allein und ungestört sein. Mit einem Kajak konnte sie die gesamte Küste abklappern, konnte die Gezeiten bei Old Mill und Burying Hill erkunden und die ganze Gold Coast entlang bis nach Southport paddeln, wo einer ihrer Autoren – der Radio-Talkmaster, der vor zwei Monaten vom Sender gefeuert worden war, weil er ein weibliches afroamerikanisches Kabinettsmitglied als »kleiner schwarzer Bimbo« bezeichnet hatte – früher gewohnt hatte.

Im Internet entdeckte Miranda Kajaks für 395 Dollar, die von der Segelschule des Longshore Country Club, dem öffentlichen Country Club von Westport, zum Verkauf angeboten wurden.

»Ist das günstig?«, fragte Betty. »Vermutlich schon.«

»Andererseits kommt man mit Sachen aus zweiter Hand

meist nicht zurecht«, wandte Miranda ein. »Ein neues wäre vielleicht doch sicherer.«

»Solltest du dir nicht lieber erst mal eins mieten?«, fragte Annie. »Und Unterricht nehmen? Du hast noch nie in deinem Leben in einem Kajak gesessen.«

»Ich dachte, du willst sparen! Unterricht kostet Geld«, erwiderte Miranda.

»Unterricht! Deine Schwester will doch nicht damit zur Olympiade, Annie.«

Aber Betty merkte, dass Annie sich aufregte. Daher nahm sie sie bei der ersten Gelegenheit beiseite und legte ihr beruhigend die Hand auf den Arm, wie sie es früher immer getan hatte, wenn die Mädchen sich gezankt hatten.

»Miranda muss jetzt ihre Innenschau betreiben«, erklärte Betty sanft. »Und wie soll ihr das gelingen ohne ein neues Kajak?«

Worüber Betty sich nicht weiter ausließ, war die Tatsache, dass sie ungeachtet ihrer Finanzmisere gerne jedwede Summe bezahlt hätte, damit Miranda wenigstens für einen Teil des Tages das Haus verließ. Die Nähe zu ihrer Tochter machte ihr zwar wirklich Freude. Eine Ewigkeit schien vergangen zu sein, seit Betty zuletzt die Gelegenheit gehabt hatte, ihren Töchtern sowohl guten Morgen als auch gute Nacht zu wünschen. Es war angenehm, Miranda um sich zu haben, und es kam schließlich fast einem Wunder gleich, wenn man in Bettys Alter mit einer kultivierten und interessanten erwachsenen Tochter einen Kaffee trinken, zum Lunch einen Salat verspeisen und am Nachmittag ein Tässchen Tee genießen konnte. Doch konnte Betty nicht umhin festzustellen, dass grundsätzlich sie diejenige war, die für Kaffee, Salat und Tee sorgte. Die kraftvolle Miranda, die ihr Leben in New York früher perfekt im Griff gehabt hatte und auch jetzt noch viel Energie auf ihre Seelenspaziergänge verwandte, war zuhause antriebslos und passiv.

Betty verbarg ihre Sorge vor ihrer Tochter. Miranda brauchte jetzt eine Mutter, die stark war. Aber Betty litt mit Miranda, und nachts lag sie im Bett und sann darüber nach, was wohl aus ihrer hübschen, lebhaften, verantwortungslosen Tochter werden sollte, die keinen Mann und keine Kinder hatte. Und jetzt überdies keine Autoren mehr.

Sie wusste, dass Miranda finanziell am Ende war – oder, wie Miranda selbst es formulierte, »vorübergehend nicht liquide« –, was angesichts ihres einstigen Erfolgs schlimm für sie sein musste. Mirandas Konten waren aufgrund dieses furchtbaren, endlosen und komplizierten Gerichtsverfahrens eingefroren. Als wären sie Lammkoteletts, dachte Betty, und sah die Konten im Geiste in Alufolie und mit einer weißen Eisschicht bedeckt vor sich.

Die arme Miranda hatte noch nie gut mit Geld umgehen können. Joseph hatte ihr immer schon geraten, mehr anzusparen, aber Miranda hatte nur gelacht und gesagt, Geld sei nur das Mittel, nicht der Zweck, und hatte wieder zigtausend Dollar für irgendeine Ökoreise an einen Ort ausgegeben, wo das Duschwasser grau war und man sein Klopapier in einem Abfalleimer entsorgen musste … Ach, das war alles so unbegreiflich. Wäre Joseph noch am Leben gewesen, hätte er ihr alles erklären können. Doch da Joseph eines tragischen Todes gestorben war, musste Betty hilflos und gepeinigt mit ansehen, wie ihre Tochter unter ihren Geldsorgen litt. Miranda hatte sich noch nie um Geld Sorgen machen müssen, und es war nun besonders ungerecht, dass sie sich um etwas sorgen musste, das sie gar nicht mehr besaß.

Ein Kajak wäre bestimmt genau das Richtige, um Miranda aufzumuntern. Wenigstens würde sie dann mal eine Weile aus dem Haus sein, so dass Betty sich ihrer eigenen Seelenpflege widmen konnte, anstatt für ihre neunundvierzigjährige Tochter auf Zuruf – »so wie ich sie am liebsten mag, Mom!« – Tunfisch-Sandwiches zubereiten zu müssen.

Miranda hatte einen Anruf von ihrer ehemaligen Assistentin bekommen. Weil sie ein gutes Herz hatte und Mirandas Stimme sie außerdem nach wie vor in Angst und Schrecken versetzte, kümmerte sich diese junge Frau weiterhin um Mirandas Krankenversicherung, obwohl sie inzwischen für eine andere Agentur arbeitete. Und als sie sich wegen einer ungeklärten Zahnarztrechnung bei Miranda meldete, nutzte diese die Gelegenheit und bat die Exassistentin, sich nach einem Stellplatz für ihr neues Kajak umzuschauen.

»Es muss ja Stellplätze geben für diese Dinger.«

Die Exassistentin – in den zwei Jahren bei mir hervorragend ausgebildet, dachte Miranda befriedigt – hatte einen Platz gleich am Jachthafen gefunden. Der natürlich kostenpflichtig war, aber schließlich war nichts im Leben umsonst, nicht wahr?

Das leuchtend rote neue Kajak und Mirandas orangefarbene Schwimmweste ergaben mit der eng anliegenden schwarzen Paddelkluft ein Ensemble, das – wie Betty bewundernd bemerkte – an einen tropischen Fisch erinnerte.

Dieser Anwaltfreund von Cousin Lou saß am Ufer und angelte »vollkommen umweltfreundlich«, wie er versicherte, als er seinen fischlosen Korb vorzeigte. Miranda hatte ihn zunächst übersehen wollen, doch als er sie mit ihrem Kajak kämpfen sah, stellte er seine Angel weg und half ihr, das Boot ins Wasser zu schaffen.

Miranda entfernte sich rasch vom Ufer, ein leuchtender Farbstrich auf dem schiefergrauen Wasser des frühmorgendlichen Long Island Sound. Der Wind war kalt. Erfrischend, dachte sie, als sie am Compo Beach vorüberpaddelte und der Wind ihr ins Gesicht wehte. Wie klein und unbedeutend der Strand von hier aus wirkte, noch schmaler und kürzer, als wenn man dort spazieren ging. Miranda hatte sich bei Google ein paar Karten von der Küste angesehen. Vor ihr kam Sherwood Island in Sicht, das gar keine Insel, sondern ein State Park war, den Miranda noch nie besucht hatte. Aber sie war schon am Burying Hill Beach gewesen, dem winzigen Strandstück, das sie jetzt vor sich sah. Dort gab es Marschland, das einige architektonisch undefinierbare Häuser umgab, die in den letzten zwanzig Jahren aus dem Boden geschossen waren. Miranda lenkte ihr kleines Boot zu dem Meeresarm, über den man zu den schönen Marschen gelangte.

Jetzt sind Ort und Zeit nicht schlecht, um meine Seele zu erforschen, dachte sie. Aber was werde ich entdecken? Eine in Mull gehüllte Altai-Mumie? Urplötzlich, alleine zwischen den gischtenden Wellen, empfand Miranda den Gedanken an Innenschau bedrohlich. Als junges Mädchen hatte sie Leid und Schmerz vorgetäuscht, weil sie mehr seelische Tiefe haben wollte. Das hatte sie nun nicht mehr nötig, denn Leid und Schmerz waren real. Und die Tiefe? Sie war keine verlockende Dimension der geistigen Vielfalt des Erwachsenseins mehr. Sie tat sich lediglich als Loch, als Grube, als Ort unermesslicher Verluste vor ihr auf.

Traurig dachte Miranda an ihre entehrten Autoren. So lange hatte sie ihnen so aufmerksam zugehört. Gut zuzuhören war ihre größte Stärke. Sie hatte zugehört und erstaunliche Dinge vernommen. Und dennoch hatte sie nur Lügengeschichten gehört. War das denn wirklich schlimm?, fragte sie sich. Wenn man Geschichten hörte, obwohl die Leute Lügen erzählten? Sie waren ihr alle so mutig erschienen. Sie hatten so viel leiden müssen. Kein Wunder, dass sie das alles erfunden hatten.

Ihre Arme taten weh. Komisch, wie sie so kraftvoll und mühelos losgepaddelt war, als sei Paddeln so selbstverständlich für sie wie Gehen. Dabei saß sie zum ersten Mal in ihrem Leben in einem Kajak. Als Kind, im Zeltlager, war sie einmal Kanu gefahren, was eine mühselige Angelegenheit gewesen war, bei der man das Boot häufig schleppen musste. Als sich jetzt der pochende Schmerz in ihren Schultern ausbreitete, erinnerte sie sich genau an damals. Ihre Hände an dem kleinen Paddel waren trotz der Kajakhandschuhe, die sie angeschafft hatte, starr und kalt. Bestimmt würde die Sonne sich bald zeigen und sie wärmen. Es war jetzt an der Zeit, dass der Himmel heller wurde, dann allmählich Farbe bekam, blassblau und schließlich strahlend hell wurde. Miranda blickte geradeaus. Sie war in Richtung Osten unterwegs, wo sich dieses Spiel von Farben und Licht nun eigentlich ereignen sollte. Doch es war nichts dergleichen zu sehen. Nur dunkle Wolken. Vielleicht hätte sie die Wettervorhersage anschauen sollen, bevor sie aufbrach. Stattdessen hatte sie das Gedicht rezitiert, dass Joseph ihr einmal auf einer Fahrt nach Maine beigebracht hatte: »Roter Himmel am Abend ist für den Seemann beruhigend und labend. Roter Himmel am Morgen bereitet dem Seemann Sorgen.« Und da der Himmel heute Morgen nicht rot gewesen war, hatte Miranda sich in Sicherheit gewägt.

Sie konzentrierte sich darauf, das Kajak ruhig zu halten. Die ärgerliche Szene mit dem faden Anwalt, der ihr trotz ihrer Missachtung zu Hilfe geeilt war, kam ihr wieder in den Sinn. Annie behauptete, der Mann sei trotz seiner Schweigsamkeit eigentlich interessant. Wenn Annie ihn so nett fand, hätte er da nicht Annie zu Hilfe eilen können? Miranda fand ihn einfach entsetzlich langweilig. Zum Gähnen langweilig.

Sie versuchte, sich wieder ihrer Seele zuzuwenden, wurde jedoch durch einen wütenden inneren Dialog mit den Verlegern, die sich seit März nicht mehr meldeten und immer »nicht im Büro« waren, wenn Miranda anrief, davon abgehalten. Eine ihrer inneren Stimmen rief: *Nach all diesen Jahren*! Eine andere hielt dagegen: *Es ist aber August, da sind doch alle verreist.*

Miranda bemerkte plötzlich, dass sie trotz heftigen Paddelns dem Marschland kein Stück näher gekommen war, sondern die Küste entlangdriftete, am Burying Hill Beach vorbei und einer riesigen alten Villa, die noch viel größer war als Cousin Lous Haus. Es war ein wunderschönes lang gestrecktes Herrenhaus im Tudor-Stil, ein Anwesen, wie man es für die Räuberbarone im neunzehnten Jahrhundert erbaut hatte. Die Küstenstraße trug den wenig originellen, aber treffenden Namen Beachside Avenue, und die Häuser mit ihren gepflegten Rasenflächen waren auf allen Seiten von hohen Steinmauern abgeschirmt. Am Wasser gab es ein kleines steiniges Strandstück.

Miranda sah ein weiteres Haus, nicht ganz so alt und einigermaßen scheußlich, mit furchtbaren Säulen – nannte man so was nicht Palladio-Stil? Aber die Aussicht von dort musste fantastisch sein. Und der sichelförmige kleine Strand machte den Eindruck, als könne sie dort vielleicht anlegen. Das sollte sie wohl mal versuchen. Diese Strömungen waren ausgesprochen widerspenstig. Und jetzt fing es auch noch zu regnen an. Miranda legte den Kopf zurück, genoss die kalten Tropfen auf ihrem Gesicht. Grandios, der kalte Wind und der Regen, die körperliche Erschöpfung. Wenn sie sich nun Zeit dafür nahm, würde ihre Seelenerkundung sicher erfolgreich sein. Miranda ließ das Paddel einen Moment ruhen, atmete die feuchte Luft ein. Das Kajak wurde von heftigen Wellen herumgeschleudert. Fantastisch, dachte Miranda, doch im selben Moment wurde ihr bewusst, dass es wohl weniger fantastisch wäre, wenn sie im schwarzen Wasser des Long Island Sound landen oder an Rhode Island vorbeitreiben würde. Da dies gegenwärtig die einzigen Optionen zu sein schienen, paddelte sie nun mit aller Kraft auf das Strandstück zu, das zu der hässlichen Palladio-Villa gehörte. Es war schon ziemlich nah. Sie hatte es schon beinahe erreicht. Jetzt hatte sie es erreicht. Doch die Wellen waren hier höher und brachen mit Wucht über die vereinzelten Felsen vor dem Strand herein. So wuchtig wie auf Cape Cod waren die Wellen zwar beileibe nicht, doch immerhin so heftig, dass es unmöglich war, an Land zu kommen.

Und wie sich herausstellte, waren die Wellen auch stark genug, um das Kajak zum Kentern zu bringen. Miranda spürte, wie es umkippte, dann erfasste sie das eisige Wasser, der graue Himmel verwandelte sich in Dunkelheit. Ihre Beine strampelten wie wild, um sich von dem roten Kajak zu befreien. Sie ruderte wild mit den Armen, raste und tobte, um der unheimlichen Stille unter Wasser zu entkommen. Doch ihre Füße waren gefangen und nutzlos, ihre Hände erfassten nur Wasser, ihre Lunge brannte, ohne Luft zum Atmen.

Und dann ganz plötzlich spürte Miranda menschliche Wärme. Starke Arme ergriffen sie, zogen sie aus dem Boot, aus dem erstickenden Wasser, auf den nassen Sand. Starke Arme, die sie umfassten und festhielten.

Miranda spuckte Wasser. Schlug die Augen auf. Lächelte.

Die Haare ihres Retters waren klatschnass, Wassertropfen hingen in den langen dunklen Wimpern. Die Haut des jungen Mannes war so fahl wie der Morgenhimmel, aber auf seinen Wangen lag ein rosa Hauch von der Anstrengung. Miranda spürte, wie seine Brust sich heftig hob und senkte. *O Gott,* dachte sie, fast besinnungslos vor Erleichterung, *ich bin gerettet, ich bin gerettet*! Sie sah sich selbst ekstatisch die Arme schwenken, wie in Trance bei einem Erweckungsgottesdienst. Und höchst amüsiert ob der Vision eines Gottes, der fantasievoll genug war, ihr einen Adonis zu ihrer Rettung zu senden, sank Miranda begeistert in die Arme ihres jugendlichen Helden.

Eine Stunde später hielten sie auf der unbefestigten Zufahrt neben dem Cottage, das im Regen noch erbärmlicher aussah und an einen Kohlkopf erinnerte, der im Winter auf dem Feld vergessen wurde. Betty hörte das Schmatzen der Räder auf dem nassen Boden, lief zum Fenster und erblickte draußen einen schmucken weißen MINI Cooper. Auf dem Beifahrersitz sah sie das strahlende Gesicht ihrer jüngeren Tochter. Und auf dem Dach des Autos befand sich, mit Gummiseilen gesichert, das rote Kajak. Etwas war passiert!

Betty rannte zur Tür und sah, wie ein äußerst attraktiver junger Mann mit ihrer Tochter durch den Vorgarten sprintete. Beide trugen Hosen, auf denen Meerestiere abgebildet waren – blaue Wale auf seiner gelben Hose, rosa Hummer auf ihrer zu weiten ziegelroten Hose –, und pastellgrüne Pullover. Seit wann kaufte Miranda so sonderbare Sachen? Betty stellte sich vor, dass die beiden sich irgendwo gesehen und als verwandte Seelen erkannt hatten, worauf sie eine Unterhaltung über angesagte Upperclass-Klamotten begonnen hatten. Was für ein hübscher Bursche das war.

»Das ist Kit«, erklärte Miranda, als sie im Haus waren und sich geschüttelt hatten wie zwei große bunte Hunde. »Ich bin fast ertrunken mit dem Ding.« Sie wies auf das kleine Auto mit dem Kajak auf dem Dach. »Kit hat mich aus dem Wasser gezogen und mich ins Bootshaus seiner Tante gebracht. Er ist zu Besuch bei ihr und wohnt in dem Bootshaus. Es ist absolut entzückend. Er hat geangelt und dabei gesehen, wie ich gekentert bin …« Sie riss die Augen auf, breitete dramatisch die Arme aus und sagte atemlos: »Kit Maybank hat mir das Leben gerettet!«

»Wie reizend von ihm«, hörte sich Betty sagen, während ihr dämmerte, dass die albernen Kleider dem hübschen Burschen gehörten. Dann wurde ihr schockartig klar, dass nicht nur etwas passiert war, sondern dass Miranda auch in großer Gefahr geschwebt hatte. Betty hörte plötzlich nicht mehr Mirandas Redeschwall, sondern ihren eigenen Herzschlag, der in ihren Ohren hämmerte. Sie verstand nur noch, dass Miranda in Lebensgefahr gewesen, aber gerettet worden war. Dann merkte sie, wie sie ihre Tochter umarmte, ihre nassen kalten Wangen an den Lippen spürte. Als Nächstes hielt sie Kit in den Armen, den hübschen jungen Mann mit den kleinen Walen auf der Hose. Danach nahm sie am Rande wahr, wie sie nach oben rannte, um Handtücher aus dem Wäscheschrank zu holen, dass sie den Wasserkessel aufsetzte, dass sie Brandy in ein Glas goss und dabei etwas auf den Boden verschüttete. Dabei horchte sie unentwegt auf das Pochen in ihren Ohren und hatte das Gefühl, weit entfernt und unsichtbar und schwerelos zu sein. Auf diese Art schwerelos und unsichtbar und leer zu sein hatte sie zum letzten Mal erlebt, als die Mädchen noch klein gewesen und im Kaufhaus plötzlich verschwunden waren. Betty hatte sich kopflos im Kreis gedreht, als müssten sie bei der nächsten Drehung wieder auftauchen. Joseph hatte sie dann schließlich gefunden, vor einer Vitrine, in der kleine mundgeblasene Glastiere standen – Giraffen und Dackel, ein Hahn und ein Schwein in künstlichen verlaufenden Farben. Jetzt merkte Betty, dass sie mit einem Papiertuch den verschütteten Brandy aufwischte. Sie dachte an Joseph und das Whiskyglas, das sie nach ihm geworfen hatte. Aber Joseph war in diesem Moment nicht wichtig. Nur eines war wichtig: Ihre Tochter war in Gefahr gewesen – und sie war gerettet worden.

Als Annie nach Hause kam, ihre Schwester im Nachthemd unter einer Decke auf der Couch vorfand und die ganze Geschichte hörte, war sie versucht, Miranda eine Standpauke zu halten. Schließlich hatte man Miranda darauf hingewiesen, dass sie zuerst Unterricht nehmen sollte. Und gestern Abend noch hatte Annie berichtet, dass der Sound in letzter Zeit ungewöhnlich wild war. »Warnung für kleinere Schiffe und Boote«, sagte sie. »Und dein Boot ist winzig.« Doch als Annie ihre Schwester nun da sitzen sah, kläglich und verletzlich, in geblümtem Nachthemd und gestreiften Socken, brachte Annie es nicht übers Herz, etwas zu sagen, das Miranda wehtun könnte. Stattdessen setzte sie sich zu ihr und breitete die Arme aus. Und Miranda kuschelte sich an sie wie ein kleines Mädchen.

»Das klingt ja alles sehr dramatisch«, sagte Annie und küsste ihre Schwester auf die Stirn. War sie zu warm? Sie prüfte Mirandas Stirn mit der Wange. »Du hast Fieber.«

»Man erkältet sich aber nicht, weil man in der Kälte war«, erwiderte Miranda ungehalten. »Das ist bewiesen.«

»Du hast trotzdem Fieber.«

Betty lief nun zu Hochform auf, hüllte Miranda in eine weitere Decke und versuchte, ihr Hühnersuppe in den Mund zu löffeln. »Ich hab gelesen, dass sie in Schottland ein Experiment mit Studenten gemacht haben. Sie haben ihre Füße in kaltes Wasser gesteckt und sie Erregern ausgesetzt.«

»Und was ist passiert?«, fragte Annie.

»Tja, ich weiß es beim besten Willen nicht mehr. Aber es hört sich so unangenehm an. Ich konnte Schottland noch nie leiden. Hier«, sagte Betty und machte Anstalten, Miranda ein Thermometer in den Mund zu stecken.

»Du hast mir doch grade Suppe gegeben.« Miranda schob die Hand ihrer Mutter weg. »Danach hab ich garantiert 43 Fieber.«

»Dann erst recht«, erwiderte Betty fest und steckte ihrer Tochter das Thermometer in den Mund, wo es ihrer Ansicht nach hingehörte.

Als Cousin Lou bei seinem üblichen Abendspaziergang – den sein Arzt ihm wegen des Herzens verschrieben hatte und den Lou derart gestaltete, dass er von einem Nachbarn zum nächsten wanderte und alle zu unterschiedlichen Anlässen in sein Haus einlud – auch dem Cottage einen Besuch abstattete, war Betty damit beschäftigt, eine fiebrige, aber zufriedene Patientin zu umsorgen, während Annie Geschirr abspülte.

»Sie ist von einem jungen Fischer gerettet worden«, erklärte Betty.

Annie, die trotz plätschernden Wassers in der Küche die Stimme ihrer Mutter hören konnte, lächelte in sich hinein. In Bettys Darstellung sah man unwillkürlich einen nordischen Fischer in derbem Strickpullover vor sich, der durch die tosende Barentssee schipperte.

»Von meinem Freund Roberts? Ahaa! Ich habe ihn heute Morgen beim Angeln gesehen. Wusste ich doch, dass er ein Auge auf dich geworfen hat, Miranda! Und jetzt ist er dein Held. Obwohl ich sagen muss, dass ich ihn wohl eher nicht als jung bezeichnen würde.«

»Auge auf mich geworfen?«, erwiderte Miranda. »Falls du meinen Tischnachbarn von neulich meinst: der war so gut wie stumm.«

»Stumm mag er ja sein, aber er ist nicht *blind* und kann deshalb deine Reize gut erkennen«, sagte Cousin Lou.

»Womit der arme Mann auch geschlagen sein mag: Er war

es ohnehin nicht«, stellte Betty jetzt klar. »Es war ein junger Bursche, der keine Sprachhemmung hatte und keine Brille brauchte, es sei denn, er trägt Kontaktlinsen, was natürlich sein kann. Er heißt Kit Maybank, oder nicht, Miranda? Hübscher Name, Maybank.«

Miranda, die wieder das Thermometer im Mund hatte, nickte.

»Maybank.« Lou schniefte. »Etepetete.« Auf sein Gesicht trat der Mrs.-H.-Ausdruck, und Miranda bereitete sich auf eine *Chechtling*-Parabel vor, aber Lou tätschelte ihr nur liebevoll den Kopf und sagte: »Na ja, einerlei. Ach, der arme Roberts. Schon so schnell abserviert für den jungen Maybank.«

»Meine Güte, Cousin Lou«, murmelte Miranda, und das Thermometer wackelte auf und ab. »Roberts ist doch so alt, dass er mein Vater sein könnte.«

»Na, wenigstens einer«, kommentierte Betty. »Jetzt, da Josie das Handtuch geworfen hat.«

Abends ging Miranda mit geschwollenen Augen, angeklatschten Haaren und fieberheißem Gesicht ins Bett, doch als sie am nächsten Morgen aus dem Badezimmer kam, sah sie frisch und munter aus und fühlte sich auch wieder wie sie selbst – und zwar *vor* dem Auftritt bei *Oprah*. Als Kit Maybank den Trampelpfad zum Cottage entlangkam, war er verblüfft über die lebhafte Frau, die ihn auf der Veranda empfing. Er hatte eine keuchende, bleiche, nasse, ältere Frau in Erinnerung, nicht dieses strahlende Wesen mit dem viel sagenden Lächeln und den tiefgründigen Augen.

Miranda blickte von der Betontreppe auf ihren Adonis hinunter, dem eine Strähne seines seidigen Haars in die Stirn fiel. Neben ihm stand ein identischer Mini-Adonis, ein zwei-

oder dreijähriger Junge, der mit seiner kleinen Hand die große Hand des Mannes neben ihm umklammerte. Beide lächelten Miranda an. Dann steckte der kleine Junge seine Faust in den Mund, und Miranda beobachtete fasziniert, wie er die kleine Faust so lange hin und her drehte, bis sie vollständig in seinem Mund verschwunden war. Dann blinzelte er zufrieden.

Kit hatte der Dame, die er gerettet hatte, aus Höflichkeit noch einen Besuch abstatten wollen. Doch als er jetzt dieser erstaunlich attraktiven Frau gegenüberstand, die schwungvoll aus der Tür getreten war und ihm einen langen selbstbewussten und prüfenden Blick zuwarf, war er einen Moment lang so stumm wie Roberts. Dann wanderte ihr Blick zu Henry, seinem kleinen Sohn. Etwas schien sie merkwürdig zu berühren, denn sie strich sich mit der Hand übers Gesicht, als wolle sie Regentropfen abwischen.

»Das ist Henry«, sagte Kit. »Mein Sohn.«

Der Kleine nahm die Faust wieder aus dem Mund und sagte mit nuscheliger Kinderstimme: »Henry.«

»Henry, das ist …« Der Name war Kit entfallen, doch dann erinnerte er sich wieder, wenn auch etwas zu spät. »Miranda.«

Miranda gab ein amüsiertes Lachen von sich und betrachtete die beiden. »Hallo, Henry«, sagte sie dann und stieg die rissige Betontreppe herunter.

»Henry«, sagte der kleine Junge wieder und warf seinem Vater einen raschen Blick zu, als wolle er sich dieser Tatsache vergewissern.

»Eine Miniausgabe«, sagte Miranda. Henry trug exakt dieselben Kleidungsstücke wie sein Vater, in winziger Ausführung: Miniatur-Khakihosen, Segelschuhe, die auch einer Puppe gepasst hätten, einen bunt karierten Stoffgürtel, nicht länger als ein Hundehalsband, und ein rosa Oxford-Hemd von der Größe einer Briefmarke.

Kit überreichte Miranda den riesigen Blumenstrauß, den er auf der Wiese hinter dem Haus seiner Tante gepflückt hatte.

»Sie sind aber furchtbar trocken heute«, sagte er.

»Ich versuche nach Möglichkeit, nur einmal pro Woche zu ertrinken.«

Miranda bat die beiden ins Haus. Sie arrangierte die Blumen in einer Vase und stellte sie in den Wintergarten. »Ich liebe Wiesenblumen«, sagte sie. »Aber eigentlich sollte ich Ihnen Blumen bringen. Und Opfergaben.« Sie stützte die Hände in die Hüften, starrte den kleinen Jungen an, der mit einem Arm die Wade seines Vaters umschlungen hielt, und tappte nachdenklich mit dem Fuß. »Kekse«, sagte sie dann und verschwand in Richtung Küche.

Kit bemühte sich zu übersehen wie geschmeidig und erotisch sie sich bewegte. Als sie zurückkam, hielt sie in einer Hand einen Teller mit Keksen, in der anderen die Sachen, die Kit ihr am Vortag geborgt hatte.

»Das ist vorerst der einzige Tribut, den ich zahlen kann«, sagte sie.

Sie ließen sich in den Korbsesseln im Wintergarten nieder und sahen zu, wie Henry die Kekse verputzte.

»Er ist zwei«, sagte Kit. »Seine Mutter …«

Miranda horchte auf. Seine Mutter war … in der Psychiatrie? Tot? Sie ahnte, dass eine Offenbarung bevorstand, eine Geschichte von überwundenem Leid …

»Seine Mutter ist für zwei Monate auf einer Forschungsreise in Afrika. Es wäre zu gefährlich gewesen, ihn mitzunehmen. Sie ist Epidemiologin.«

Der Kleine ließ sich auf den Boden plumpsen, sprang dann wieder auf und wirbelte mit ausgestreckten Armen und gespreizten Fingern im Kreis herum.

»Wir sind geschieden«, fügte Kit hinzu.

Er schien rot anzulaufen. Oder wurde sie selbst rot?

»Und so hab ich ihn mal ein bisschen für mich alleine, nicht wahr, mein Kleiner?«, fuhr Kit rasch fort. »Mit ein bisschen Unterstützung von Tante Charlotte und ihrer eisernen Haushälterin Hilda. Die auch Mrs. Danvers heißen könnte. Was sagt Hilda immer, Henry?«

»Nein, nein, nein«, rief der Kleine und wedelte mit dem Zeigefinger.

Er rannte einmal quer durchs Zimmer und blieb schließlich vor Miranda stehen. Dann kletterte er auf ihren Schoß und hielt ihr den nassen, krümeligen Rest eines Kekses an den Mund.

Der Keks fühlte sich an wie feuchter, süßer Sand. Ein Haferflockenkeks. Als Kinder hatten die Schwestern diese Kekse aus irgendeinem Grund, an den Miranda sich nicht erinnern konnte, »Josie-Kekse« genannt. Sie blickte in die großen blassgrauen Augen des kleinen Jungen. Sein Mund war mit Kekskrümeln verkrustet. Seine Fingernägel, die sich in den Keks gruben, waren kaum größer als Maiskörner. Miranda knabberte an dem Keks. Der Kleine strahlte, und sie musste ihn unwillkürlich an sich drücken.

»Danke schön«, sagte sie leise. »Danke, kleiner Henry.«

Als Kit Henry später in seinen Autositz schnallte, spürte er Miranda hinter sich. Er drehte sich um und blickte in diese außergewöhnlichen Augen, die ihn durchdringend ansahen.

»Ich stehe in Ihrer Schuld«, sagte Miranda.

Kit schüttelte den Kopf, ohne den Blick abzuwenden. Sie nahm seine Hand. Er hörte, wie er scharf die Luft einsog, und fragte sich, ob sie es auch gehört hatte. Diese Frau war auf jeden Fall zu alt für ihn, obwohl er plötzlich nicht mehr wusste, was das eigentlich bedeutete. Und überdies merkte er, dass es ihm einerlei war. Er hatte sie aus dem Meer gezogen. Er konnte immer noch spüren, wie sich ihr nasser Körper angefühlt hatte. Kit wandte sich schnell wieder seinem Sohn zu. Er fand es irgendwie verwerflich, in Henrys Anwesenheit an so etwas zu denken, konnte jedoch nichts dagegen tun. Der Himmel hatte über Nacht aufgeklart, und die Spätsommersonne war golden und warm. Miranda duftete nach Parfum. Henry trat gegen den Autositz. Bum-bum. Bum-bum.

»Sie haben Ihre Schuld doch mit Keksen abbezahlt«, sagte Kit.

»Nein. Ich weiß was«, erwiderte sie. »Ich lade Sie zum Abendessen ein.«

Sie klang so klar und entschieden, als sei es selbstverständlich für sie, dass andere ihren Wünschen nachkamen. Auch Kit wollte ihren Wünschen nachkommen.

Henry sang ein Liedchen aus einer Fernsehsendung. »Sag auf Wiedersehen zu Miranda, Henry«, forderte Kit ihn auf.

Henry winkte artig und rief »Randa«. Miranda lächelte und winkte zurück.

»Morgen um sieben«, sagte sie zu Kit. »Holen Sie mich hier ab.«

Er nickte und sah ihr nach, als sie zu dem trostlosen kleinen Haus zurückging.

Unvermittelt drehte sie sich noch einmal um, warf ihm dieses verwirrende Lächeln zu und sagte: »Ach ja, und vergessen Sie nicht, Ihren kleinen Freund mitzubringen.«

8

Die drei Weissmann-Frauen saßen zusammen in dem kleinen Wohnzimmer und tranken ihren abendlichen Cocktail, ein heiliges Ritual aus den Zeiten, als Joseph noch unter ihnen weilte.

»Schaut euch dieses Schätzchen hier an«, sagte Betty stolz und hielt eine überdimensionale Wodkaflasche hoch. »Für mittellose Witwen ist dieser Supermarkt das Paradies.«

»Du hast über tausend Dollar dort ausgegeben«, bemerkte Annie. Sie blickten alle auf den jüngst eingebauten abzugfreien Gaskamin, in dem ein munteres Feuer loderte.

»Die Kamindamen fehlen mir«, sagte Miranda.

»*Wir* sind jetzt die Kamindamen«, erwiderte Betty mit einem tapferen Lächeln, das sie an diesem Morgen im Spiegel entdeckt und zu kultivieren beschlossen hatte.

Annie stand auf, um den Tisch zu decken.

»Vergiss nicht, ein Gedeck mehr«, sagte Miranda. »Und zwei Plätze.«

»Die Jungs!«, sagte Betty, als seien Kit und Henry Annies Söhne. »Ich habe Eis gekauft.«

Es fiel Betty schwer, Kit nicht als Jungen zu betrachten. Er war zwar sichtlich ein guter Vater, herzlich, liebevoll und aufmerksam, der auch eine ruhige Entschiedenheit an den Tag legen konnte, wenn Henry sich schlecht benahm. Eigentlich war Kit so geduldig wie ein Heiliger – oder ein Babysitter, dachte Betty bei sich. Sie fand seine Entspanntheit und Ruhe sehr angenehm, aber war es wirklich normal, dass ein erwachsener Mann mit einem kleinen Kind so gelassen bleiben konnte? Betty erinnerte sich an die Zeit nach ihrer Hochzeit mit Joseph. Annie war damals kaum älter als Henry heute. Joseph hatte nicht viel Zeit mit den Mädchen verbracht. Tagsüber war er im Büro, und wenn er nach Hause kam, konnte er nicht abschalten. Er wollte vorsorgen für seine Familie, erzählte er ihr, wenn sie abends umschlungen im Bett lagen und an all die schönen Dinge dachten, die ihnen die Zukunft bringen würde. Tja, dachte Betty, nun sind wir in der Zukunft – und was hatten sie von Josephs Plänen und Sorgen gehabt? Vielleicht war Kits Umgang mit seinem Kind wirklich besser. Der Junge war sein Freund, sein Begleiter, sein kleiner Kumpel, und Kit hatte immer Zeit für ihn, außer an den Tagen, an denen er zu einem Vorsprechen in die Stadt fuhr. Kit war Schauspieler, offenbar ohne Engagement, aber er schien dennoch genug Geld zu haben, denn er führte Miranda in kostspielige Restaurants aus und brachte teuren Wein mit, wenn er bei ihnen zum Essen eingeladen war. Vielleicht war Kits Art wirklich besser, sagte Betty sich erneut. Trotzdem wollte es ihr nicht gelingen, Kit als Erwachsenen zu akzeptieren. Er war so extrem jungenhaft, als sei er von Beruf nicht Schauspieler, sondern Junge, und es kam ihr vor, als sei er von Henry gezeugt worden und nicht umgekehrt.

Morgens hatte Kit Miranda zum Segeln abgeholt. Sie hatte kaum Erfahrung damit gehabt, bis Kit sie im letzten Monat fast jeden Tag auf das Boot seiner Tante Charlotte mitgenommen hatte. Normalerweise bevorzugte Miranda Sportarten, bei denen man sich viel bewegen konnte, wie Tennis, Skifahren oder zur Not auch Golf. Doch wenn sie auf dem Boot neben Kit saß und das warme Herbstlicht seine Jugendlichkeit umschmeichelte, wenn seine Haut in Sonne und Wind golden schimmerte, seine blassgrauen Augen blinzelnd übers Wasser blickten und das pralle Segel sich vor dem tiefblauen Himmel abzeichnete, an dem kleine Wolken rasch dahinzogen, wenn das Segelboot über das weite blaue Wasser schoss und Miranda ganz still saß und spürte, wie die kühle Gischt ihre Haut benetzte, dann genoss sie in vollen Zügen den Rausch der Geschwindigkeit.

Es war etwas ganz anderes als die eigene Bewegung, jener Zustand, der ihr sehr wichtig war und den sie ständig herbeiführte, indem sie in die Hände klatschte, lebhaft gestikulierte, schwungvoll durch ein Zimmer schritt, aufstand, sich setzte, die Beine überschlug und wieder löste. Bewegung war eine Sprache, die Miranda perfekt beherrschte. Aber auf dem Boot empfand sie etwas anderes. Sie ließ sich mitreißen in die Bewegung des Universums, die nicht ihre eigene war und die sich ihrer Kontrolle entzog. Zum ersten Mal seit vielen Jahren war Miranda passiv, flog durch die Zeit, ihrem Schicksal entgegen, wie es auch beschaffen sein mochte.

Henry war natürlich auch immer dabei, in eine dicke gelbe Rettungsweste gepackt. An diesem Morgen hatte er die meiste Zeit auf Mirandas Schoß geschlafen. Als er aufwachte, deutete er auf ein Flugzeug, eine Möwe, eine Plastikflasche, die auf den Wellen hüpfte, und gab allem einen Namen, so wie Gott in der Bibel die Tiere und Vögel benannt hatte: Flugzeug, Vogel, Flasche. Kinder sind nicht sehr anspruchsvoll, dachte Miranda angesichts seiner Begeisterung, und sie fragte sich, welche Rolle sie wohl für den Kleinen spielte. Als sie Henry etwas vorsingen sollte, fiel ihr kein Lied ein außer *Puff the Magic Dragon*. Bei der Zeile, in der Jackie Paper weggeht, brach Henry in Tränen aus.

»Es ist natürlich schon irgendwie traurig«, sagte Miranda entschuldigend zu Kit, der den schluchzenden Jungen in den

Arm nahm und ihn zu trösten versuchte. »Aber wer hört denn schon auf den Text? Außer vielleicht, wenn man glaubt, dass er vom Doperauchen handelt.«

»Im Ernst? Das hab ich noch nie gehört.«

Kit setzte Henry wieder auf Mirandas Schoß, und der Kleine wischte sein Gesicht an ihrem Pulli trocken. Miranda strich ihm über die seidigen Haare, als sei er eine kleine Katze. Er kuschelte sich an sie, und sie dachte, mein kleiner Schmusekater, brachte die Worte jedoch nicht über die Lippen.

Kit war so jung, dass ihm seine eigene Kindheit noch sehr nahe war. Wenn er von seiner Familie und seiner Jugend erzählte, strahlte er. Und danach seufzte er immer so zufrieden, als habe er gerade gut gegessen.

Er war jung genug, um ihr Assistent zu sein.

Ein perfekter Assistent, der alles für einen erledigte. Er schenkte ihr aus einer Thermoskanne Kaffee ein. Er schälte eine Orange und reichte ihr duftende Schnitze. Er legte ihr Taue in die Hand und sagte ihr, wann sie ziehen und wann sie locker lassen musste. Genau das war es, was sie all die Jahre gerne als Assistent gehabt hätte: einen Bootsmann.

Dann streckte Kit die Hand über Henry hinweg, der gedankenverloren an einem Plastikdinosaurier nuckelte, berührte Mirandas Kinn und strich mit dem Daumen sachte über ihre Wange. Und Miranda verstand, dass er trotz seiner Jugendlichkeit und seiner Fähigkeiten weder ihr Assistent noch ihr Bootsmann war. Es gab keine Hierarchie in ihrer Beziehung, nicht die geringste.

»Ich habe so ein Glück«, sagte Kit. Er blickte auf Henrys glänzende Haare und sah dann wieder Miranda an. »Immer schon.« Dann lächelte er, ein kleines, leicht ironisches Lächeln, und schloss die Augen. »Und ich bin so dankbar«, fügte er hinzu. »So verflucht dankbar.«

Seine Äußerung hatte etwas Rührendes, weil sie sich anhörte, als wisse er, dass ihm sein Glück und all seine Erinnerungen an dieses Glück jederzeit entrissen werden konnten.

»Du hast Glück, Glück zu haben«, sagte Miranda, denn auch sie hatte plötzlich das Gefühl, Glück zu haben. Ihre Agentur brach in Stücke, ihr Ruf war ruiniert. Aber der Himmel war blau und das weiße Segel prall vom Wind, und neben ihr summte ein Kind ein Liedchen. Sie brauste übers Wasser. Sie saß ganz still da und war doch so schnell.

Nein, nein, gar keine gute Idee, versuchte Miranda sich dann einzureden, aber er hatte sie natürlich geküsst. Danach öffnete er die Augen und blickte in die ihren, und irgendwie war der Abstand zwischen ihnen, jene Distanz aus Meeresluft und Sonnenlicht und Jahrzehnten, einfach verschwunden.

Jetzt dachte Miranda an diesen Kuss und lächelte in sich hinein. Sie blickte zur Küche hinüber, wo sie immer mal wieder einen Arm, einen Ellbogen, eine Bewegung von Annie wahrnahm, die dort zugange war. Annie machte sich zu oft Sorgen. Sorgen kosteten Kraft und waren ungesund. Von den Auswirkungen auf die Haut ganz zu schweigen. Miranda hatte ihrer Schwester Gesichtscreme von La Mer mitgebracht, die Wunder wirken konnte, aber Annie hatte sich lediglich über den Preis aufgeregt. Sie brauchte unbedingt neue Horizonte. Das Leben bestand schließlich nicht nur aus materiellen Dingen. Miranda dachte an den kleinen Henry. Das war wichtig im Leben: die kleinen Henrys. Annie hatte natürlich ihre Söhne, aber die waren jetzt schon erwachsen. Sie brauchte jemanden, der den Platz ihrer Söhne einnahm – zumindest im täglichen Leben, wenn schon nicht in ihrem Herzen.

»Ich frage mich, wie es wohl Frederick geht«, rief Miranda

zu Annie hinüber. »Ruf ihn doch mal an, Annie, und lad ihn zu uns ein.«

Annie zog die Besteckschublade auf. Eine unerfreuliche Nebenerscheinung von Mirandas Begeisterung für Kit Maybank und seinen kleinen Begleiter war ein plötzlich erwachtes und häufig zur Sprache gebrachtes Interesse an Frederick Barrow. Annie griff in die Schublade. »Scheiße«, rief sie dann, weil sie sich an einem Steakmesser geschnitten hatte, das aus unerfindlichen Gründen zwischen den Gabeln lag.

»Sei doch nicht so pedantisch, Schätzchen«, äußerte ihre Mutter, die zwar nicht wusste, worüber Annie sich beklagte, aber annahm, dass es sich um Kritik an der Haushaltsführung handelte. Als hätte Betty nicht seit über fünfzig Jahren in ihrer Küche gewaltet.

»Ich habe mich geschnitten«, verkündete Annie und verschwand im Badezimmer, um sich ein Pflaster zu holen.

»Mach keine Blutflecken auf die Handtücher. Obwohl dieses OxiClean ja alles schaffen soll. Und nimm Neosporin. Damit heilt alles dreimal so schnell.«

Betty hatte es sich angewöhnt, tagsüber fernzusehen, und fand die Sendungen ausgesprochen informativ und beruhigend. Sie hätte nie gedacht, dass es so viele Probleme auf der Welt gab und so viele Produkte, um diese Probleme zu beheben.

Nachdem Annie im Badezimmer ihre Schnittwunde verarztet hatte, starrte sie in den Spiegel und fragte sich – nicht zum ersten Mal –, wie sie eigentlich aussah. Und wie andere Menschen sie wahrnahmen. Wie sie selbst sich sah, war unerheblich, denn ihre Wahrnehmung wechselte mit ihrer Stimmung. Ich sehe nicht schlecht aus, beschloss sie dann, wie so häufig. Was auch immer das zu bedeuten hatte.

Hatte Frederick *das* gesehen? Eine Frau in mittleren Jahren, die nicht schlecht aussah und so sorgsam mit sich umging, wie sie es auch mit einer seltenen Erstausgabe tun würde? Sie zupfte sich regelmäßig die Augenbrauen und entfernte mit Wachs die Haare auf ihrer Oberlippe. Sie benutzte abends Nachtcreme und morgens Tagescreme und sogar im Winter Sonnenschutz. Ihr Make-up wirkte natürlich, aber sie ging niemals ungeschminkt aus dem Badezimmer. Sie schwamm fast jeden Morgen. Ihr Haar sah so natürlich brünett aus wie das jeder anderen relativ bürgerlichen Frau ihres Alters, die es einmal im Monat färben ließ. Sie war also nicht außergewöhnlich, jedoch auch kein Mauerblümchen. Sie war, gestand sich Annie mit einer Mischung aus Stolz und Bedauern ein, solide.

Über ein Monat war vergangen seit ihrem letzten Kontakt mit Frederick. Seit dem Abend seiner Lesung hatte sie nichts mehr von ihm gehört. Als er damals im Parkhaus auf sein Auto wartete, hatte er eine SMS geschickt, in der er sich für die Lesung bedankte, sie drängte, ihn doch auf Cape Cod zu besuchen, und ihr schrieb, dass er sie vermissen werde. Danach – Stillschweigen. Annie war zutiefst enttäuscht darüber, aber nicht sonderlich überrascht. Frederick Barrow war eine wichtige Person. Sie hingegen nicht. Es gab Gründe für seine Wichtigkeit und für ihre Unwichtigkeit; es gab eine Ordnung im Universum, die dafür sorgte, dass wichtige Leute in ihrer wichtigen Umgebung lebten und die unwichtigen mit ihrer Mutter und ihrer Schwester in einer Bruchbude, die man ihnen gnädig überlassen hatte. Dennoch war ein wichtiger Mann wie Frederick gelegentlich in New York, wo er sich dann mit einer unwichtigen, aber einigermaßen intelligenten und angenehmen Person wie Annie traf. Das war schon vorgekommen, und es würde vielleicht wieder vorkommen; Annie war sich dessen sogar sicher, wenn es auch keinerlei

Plan dafür gab. Das reichte zwar nicht aus, musste aber ausreichen – einen Freund wie Frederick zu haben, einen Freund, den sie treffen konnte, wenn es ihm passte, wenn er Zeit hatte, wenn er gerade in der Stadt war.

Annie war das Alleinsein gewöhnt. Es gab Menschen, die sich nicht existent fühlten, wenn sie alleine waren, Menschen, die ständig sprechen und anderen zuhören mussten. Annie hingegen fühlte sich quicklebendig, wenn sie alleine war, wenn sie schwieg, wenn sie von Stille umgeben war. Manchmal, wenn sie auf die Bücher in den Regalen der Bibliothek blickte, fühlte sie sich verwandt mit ihnen: Sie waren so voller Inhalt, so still, so reich an Möglichkeiten.

Ihre Schwester war genau das Gegenteil. Sie genoss Gespräche – telefonisch oder persönlich, ihre eigenen oder die am Nebentisch; je mehr Menschen in ihrer Nähe waren, desto glücklicher war Miranda. Sie gab zwar keine Einladungen wie Cousin Lou, hatte aber ihre Autoren und die Lektoren immer zum Essen ausgeführt, zu allen Zeiten des Tages, einer komplizierten inneren Ordnung entsprechend: ein erfolgreicher Autor wurde ebenso zum Abendessen eingeladen wie einer, dem es schlecht ging. Miranda inszenierte keine Gastlichkeit wie Lou, sondern zelebrierte diese Mahlzeiten, weil sie fasziniert war. Sie liebte Probleme. Und sie liebte es, aus Problemen Geschichten zu machen und aus Geschichten Gold.

»Ich bin Alchemistin«, sagte sie gerne. »Und ein Albtraum.«

Annie wusste, dass sie weder Alchemistin noch Albtraum war. Vielleicht blieb Frederick deshalb spurlos verschwunden. Dennoch war sich Annie sicher, dass er sie gernhatte – richtig gern – und dass auch sie ihn gernhatte, doch sie untersagte es sich, ihre Gedanken in diese Richtung wandern zu lassen. Sie mochte Frederick. Auf eine Art, wie sie seit sehr langer Zeit niemanden mehr gemocht hatte. Auf eine Art, die ihr ein Gefühl der Leere gab, wenn er nicht da war. Auf eine Art, über die sie lieber nicht weiter nachdenken wollte.

Sie ging wieder ins Wohnzimmer, wo Miranda gedankenverloren in einer Ausgabe von *People* blätterte, einer Zeitschrift, die sie neben anderen Klatschblättern als ihre »Akten« bezeichnete. Diese stillen herbstlichen Tage in der Provinz mussten schwer erträglich sein für Miranda, dachte Annie bei sich. Sie selbst war es gewohnt, von der Welt vergessen zu werden. Miranda nicht – und inzwischen riefen keine Verleger, keine Lektoren und auch keine Journalisten mehr an. Ein paar der »Schrecklichen Schriftsteller« gab es noch, und ausgerechnet die würden vermutlich immer anrufen. Sie glichen Nebelhörnern, die traurige Töne von einsamen Felsklippen tröteten. Kein Wunder, dass Miranda so hingerissen von Kit und seinem kleinen Sohn war. Die beiden waren jung und frisch und unberührt von den gefälschten Katastrophen, auf die Miranda ihr Leben verschwendet hatte.

Kit brachte eine Flasche Maker's Mark mit, und da er als jahrelang unbeschäftigter Mime über reichlich Erfahrung als Bartender verfügte, mixte er Manhattans für alle. Miranda nuckelte an ihrer Maraschino-Kirsche. Kit hatte wahrhaftig ein ganzes Glas davon mitgebracht. Das intensive Rot und der süße künstliche Geschmack erinnerten sie einen Moment lang an Josie, an besondere Abende, an lange Gläser mit Shirley-Temple-Cocktails.

Henry spielte auf dem Fußboden mit einer Plastikkuh und einem Roboter. Die Kuh und der Roboter tanzten oder rangelten, das war schwer zu sagen.

Jetzt sprach Kit. Aber kaum zu glauben – anstatt ihr seine Geschichte zu erzählen, erkundigte er sich nach ihrer. Er wollte wissen, woran sie als Kind vor dem Einschlafen gedacht hatte. Hatte sie Tapeten in ihrem Zimmer gehabt? Welche Lehrer hatte sie gemocht und warum? Welches waren die ersten Schuhe, an die sie sich erinnerte? Manchmal kam es Miranda vor, als durchstöbere Kit ihr Leben wie einen Dachboden voll muffiger alter Schätze, aber sein Interesse war aufrichtig, lebhaft und unerschöpflich. Und Miranda, die so daran gewöhnt war, geduldig zu lauschen und sich auf die schmutzigen Details im Leben anderer Menschen zu stürzen, fand es berauschend, zur Abwechslung ihrer eigenen Stimme Gehör zu schenken, wenn sie die kleinen Geschichten ihres Lebens erzählte.

Annie hörte zu, wie ihre Schwester von der gemeinsamen Kindheit erzählte. Dann und wann ergänzte Annie ein Detail, oder Betty korrigierte eine Erinnerung. Annie musste sich eingestehen, dass sie die Gesellschaft von Kit und Henry angenehm fand. Henry hockte auf dem Boden und sprach mit seinen Spielsachen, und es schien ihn nicht zu stören, wenn sie ihm über die seidig weichen Haare strich. Kit hatte seine Jacke auf einen Stuhl fallen lassen und seine Schuhe abgestreift, und obwohl diese kleine Nachlässigkeit geringfügig war im Vergleich mit den Bergen von Schuhen, Socken, Sweatshirts und elektronischem Schnickschnack, den ihre Söhne in der Wohnung zu verteilen pflegten, empfand Annie bei diesem Anblick einen Anflug von mütterlicher Genervtheit, gepaart mit Zärtlichkeit.

Als das Telefon klingelte, glaubte Annie einen Moment lang, sie sei bei sich zuhause und ihre Jungs wollten sie sprechen. Doch natürlich war das Klingeln nicht für sie bestimmt, sondern für Miranda.

»Ja«, sagte Miranda in dem Tonfall, der für die »Schrecklichen Schriftsteller« reserviert war, und verzog das Gesicht, als sie sich den anderen zuwandte. »Ach, wie absolut schrecklich! Sie Ärmster! Na, dafür haben Sie ja mich. Dazu bin ich schließlich da.«

»Großer Gott«, kommentierte Annie, nachdem Miranda aufgelegt hatte. »Diese Gestalten. Was macht er denn, schreibt er eine Autobiografie über jemanden, der eine Autobiografie gefälscht hat?«

Miranda zuckte die Achseln. »Einer der wenigen, die mir geblieben sind. Ihr habt Kinder, ich habe gescheiterte Existenzen. Jedem das seine.«

»Aber schau doch nur, wie gut du mit Kindern umgehen kannst«, sagte Kit. »Deine ›Schrecklichen Schriftsteller‹ müssen eine gute Übung für dich gewesen sein.«

Miranda strahlte.

Sie strahlt, dachte Annie überrascht. Nicht minder überraschte sie die Tatsache, dass Kit den Spitznamen für Mirandas Autoren kannte. Das kam ihr so intim vor; dabei kannten sich die beiden erst seit Kurzem – seit etwa einem Monat. Allerdings steckten sie ständig zusammen. Annie beobachtete, wie Miranda Kit anlächelte. Es war nicht ihr übliches, betont verführerisches Lächeln, sondern ein offenes, natürliches und glückliches Lächeln. Und Kit, sichtlich betört, blinzelte wie ein verdutztes Häschen, das von grellem Licht geblendet wird.

Das wird nicht lange gut gehen, dachte Annie.

Das wird nicht lange gut gehen: So etwas sagen Eltern zu ihren Kindern, wenn sie zu übermütig werden. Annie machte sich bewusst, dass Kit und Miranda aber nicht ihre Kinder waren. Nicht einmal ihre wirklichen Kinder waren noch Kinder. Sie waren erwachsen und würden vielleicht bald selbst Kinder haben. Dieser kleine Junge auf dem Boden, der so viele Erinnerungen wachgerufen hatte, hätte eher ihr Enkel als ihr Sohn sein können. Annie fühlte sich mit einem Mal sehr alt. Sie kuschelte sich auf der Couch an ihre Mutter, legte den Kopf auf ihre Schulter und murmelte: »Mama.«

Wir sind alt, dachte sie. Miranda ist alt. Miranda darf keine verzweifelte alte Henne werden, die von jungen Kerlen abserviert wird.

Aber was ging es sie schließlich an, wie Miranda ihr Leben gestaltete? Und hatte sie ein Recht darauf zu beurteilen, was Verzweiflung war? Es mochte schmerzhaft enden, aber musste es deshalb falsch sein? Man konnte niemanden beschützen, nicht einmal Miranda. Vor allem nicht, wenn jemand gar nicht beschützt werden wollte. Und schon zweimal nicht vor einem attraktiven jungen Liebhaber. Wenn er überhaupt ihr Liebhaber war. Jedenfalls konnte ein attraktiver junger Liebhaber Miranda sicher bestens von den »Schrecklichen Schriftstellern« ablenken. Die waren nämlich keineswegs die bedauernswerten Opfer, als die sie sich gerne gerierten. Sie waren Möchtegernopfer. Für jemanden, der das Unvollkommene so zu schätzen wusste wie Miranda, musste diese Scharlatanerie, diese Täuschung durch Kostüm und Schminke unerträglich sein. Wenn sie schon keine echten Opfer haben konnte, dann hatte sie zumindest einen gewöhnlichen Mann wie Kit Maybank verdient, einen Mann, der ein normales Leben führte – falls man ein Dasein als unbeschäftigter Schauspieler als normal empfand – und der sie von all den unechten Gestalten ablenkte, die über ihr unechtes Leben schrieben.

Dennoch würde es nicht lange gut gehen.

Frederick war ein echter Mann mit einem echten Leben, vermutete Annie. Er arbeitete und vergötterte seine Kinder und Enkel. Wenn er morgens aufwachte, atmete er die Luft ein, die vom Meer herüberwehte. Mehr wusste sie nicht über ihn. Außer dass er an einem Abend mit in ihre Wohnung gekommen war. Er hatte sie an den Armen gepackt und an die

Wand gedrückt. Er hatte sie geküsst und sie an sich gepresst, und sie war so verblüfft gewesen über seine Heftigkeit, dass ihr unpassenderweise der Gedanke kam, ob er vielleicht Viagra genommen hatte. Setzte die Wirkung gerade erst ein oder ließ sie nach? War das der wahre Grund für seine Begehrlichkeit? »Erektionen, die über vier Stunden andauern …« Der Werbespot kam ihr in den Sinn – doch dann verschwommen ihre Gedanken in einem wunderbaren Nebel, und sie umschlang Frederick, und sie taumelten wie Teenager ins Schlafzimmer.

Annie lächelte in sich hinein. Fredericks Kleider landeten damals verstreut auf dem Boden, und er blieb die ganze Nacht. Sein Handy allerdings hatte er vorsorglich ausgeschaltet; vermutlich weil er sich vor seinen Kindern verstecken musste.

9

Betty staunte über die neuen Häuser, die in immer geringeren Zeitabständen aus dem Boden zu schießen schienen, eines ausladender und stilistisch vielfältiger als das andere. Jedes neue Haus verfügte über eine Garage mit drei Toren, hinter denen sich drei Autos befanden, was vermutlich das enorme Verkehrsaufkommen in der Stadt erklärte. Missmutig steuerte Betty ihren eigenen Wagen zum Supermarkt und tappte dort orientierungslos durch die Reihen. Wenn sie sich verwundert über die Größe des Supermarkts, die Vielzahl der Produkte und die riesigen Packungen von Cerealien jeder Art äußerte, sagte Annie, sie benehme sich wie eine russische Emigrantin. Was insofern zutreffend war, als Betty sich an solchen Orten vollkommen fremd fühlte. In New York drängte sie sich durch überfüllte Feinkostläden oder kaufte einen Blumenstrauß an der Ecke beim kleinen Obst- und Gemüsehändler. Die Tüten wurden geliefert, und wenn sie nicht zuhause war, bewahrte der Portier sie auf und trug sie ihr in die Küche, wenn sie zurückkam. Hier hingegen bugsierte Betty einen gigantischen Einkaufswagen zum Auto, verstaute die Tüten mit Mühe im Kofferraum und holte sie dann mit Mühe wieder heraus, um sie ins Haus zu schleppen. Eigentlich genoss sie diese Einkaufstouren. Der Supermarkt erstreckte sich vor ihr wie ein Ort unbegrenzter Möglichkeiten – unbekannt, unermesslich und verheißungsvoll, so wie die Prärie auf die ersten Siedler gewirkt haben mochte, die gen Westen zogen. Doch wenn

Betty zuhause ankam, war sie müde und erschöpft und sehnte sich nach ihrem alten Leben.

Mein altes Leben, dachte sie. Und sann dann über die Ironie dieser Worte nach. In ihrem alten Leben war sie jung. In ihrem neuen Leben war sie alt. Nichts passte zusammen, und sie sehnte sich danach, wieder einen Portier zu haben.

Betty achtete sorgfältig darauf, sich diese Gefühle nicht anmerken zu lassen. Wozu hätte das gut sein sollen? Annie brach frühmorgens zum Strand auf, um zu schwimmen. Miranda ging auch bei Gewittern spazieren. Die beiden schienen sich gut in der Provinz eingelebt zu haben, und Betty nahm sich vor, um ihrer Töchter willen vorerst in Westport zu bleiben.

Es fiel ihr nicht leicht. Schließlich war sie keine junge Frau, die im Handumdrehen ein neues Leben anfing. Es war ihr nicht einmal leichtgefallen, in Westport ein neues Leben anzufangen, als sie noch jung gewesen war. Weshalb sollte es jetzt im Alter besser funktionieren? Lou hatte es zwar nur gut gemeint. Aber Joseph, vor allem Joseph, hätte wissen sollen, dass Betty in einem Cottage in einer Stadt mit viel Verkehr, aber ohne Flair fehl am Platz war.

Als sie noch jünger waren, hatten Josie und Betty in New York oft Gäste empfangen, und auch in den letzten Jahren hatten sie immer wieder alte Freunde zum Essen eingeladen, allerdings nun häufiger in Restaurants. In New York gab es immer neue Restaurants, über die geschrieben wurde, für die man einen Monat im Voraus reservieren musste, in denen man dann zu viel aß und zu viel Geld ausgab. Im sozialen Leben der Weissmanns und ihrer Freunde waren Restaurants an die Stelle von Filmen getreten, die alle zu brutal und primitiv fanden, und an die Stelle der Kinder, die alle erwachsen waren. Betty fragte sich, was die Freunde wohl inzwischen machten. Vielleicht hatten sie sich um Joseph geschart; sie hatte jedenfalls nichts von ihnen gehört, mit Ausnahme von den Harveys und den Littmans, sehr engen Freunden, die regelmäßig anriefen und sich mit Betty treffen wollten. Und dann gab es noch ihre Studienfreundinnen Judith und Florence. Diesen Freundschaften, die schon seit Jahrzehnten unverändert intensiv waren und fast nur übers Telefon erhalten wurden, konnte nichts etwas anhaben. Doch das soziale Leben, wie Betty es gewohnt war, gab es nicht mehr. Die Restaurants von Westport waren langweilig und überteuert. Selbst wenn sie gerne einen Film gesehen und eine Freundin als Begleitung gefunden hätte, wäre das unmöglich gewesen, denn in Westport gab es kein Kino. Hier gab es nichts und niemanden, und da Betty im Dunkeln nicht mehr fahren wollte, ging sie auch nicht aus. Sie träumte von den New Yorker Bussen mit ihren interessanten Gedichten oder Zitaten von George Eliot, der Werbung für Con Ed oder den Bronx Zoo. Wie zivilisiert und gesellig kam ihr New York vor im Vergleich mit diesem entlegenen Teil des Landes, in dem es nur Autos und Krähen und Straßen gab.

»Ach, hier ist es ja so schön ruhig«, sagte ihre Freundin Judith, als sie sich einmal zum Lunch trafen und abends ins Westport Playhouse gehen wollten. Sie spazierten die Main Street entlang und begutachteten die Schaufenster. »Hier kann man den Himmel sehen! Und alle Geschäfte, die wir an der Madison Avenue auch haben, in dieser einen malerischen kleinen Straße. Und ein Theater! Hier gibt es ja wirklich alles, was es in New York auch gibt.«

Auf verquere Art stimmte das sogar: Das Stück war genauso miserabel wie die meisten Inszenierungen in New York, die Geschäfte wurden von denselben lauten, gertenschlanken Müttern frequentiert wie in der Stadt, die angebotenen Kleider waren wie an der Madison zu jugendlich für Betty, und der Himmel war gleichermaßen bleigrau.

»Sehr weltläufige kleine Stadt«, hatte Betty ihrer Freundin so munter wie möglich geantwortet. In Wahrheit empfand sie Westport weder als weltläufig noch als klein. Nicht einmal als Stadt, genau genommen. Sondern lediglich als großflächig, unübersichtlich, überfüllt und provinziell.

»Wenn du schon im Exil leben musst, hättest du es jedenfalls schlechter erwischen können, Betty«, erwiderte Judith, die Betty schon so lange kannte und nicht auf den Kopf gefallen war.

Betty lächelte sie an. Wie schön war es doch, Freundinnen zu haben, die zwischen den Zeilen lesen konnten. »Da hast du völlig Recht«, sagte sie. Aber als sie vom Parkplatz auf die Post Road einbogen, konnte sie es nicht lassen, hinzuzufügen: »Schau dir nur diesen Verkehr an!«

Cousin Lou lud zu einem besonders großen Essen zu Ehren von Rosalyns Vater, Mr. Shpuntov, ein. Mr. Shpuntov hatte vor vielen Jahren – genauer gesagt, am vierundzwanzigsten Oktober 1929, dem Schwarzen Donnerstag – seinen Namen zu Sherwood geändert. An jenem Tag war er achtzehn Jahre alt gewesen, und da er damals fürchtete, dass man den Börsenkrach ebenso den Juden in die Schuhe schieben würde wie alle anderen Katastrophen, blickte Shpuntov in die Zukunft und sah sich als Sherwood.

Doch obwohl Sherwood, geborener Shpuntov, älter wurde und immer mehr vergaß, konnte er sich noch sehr gut an seinen ursprünglichen Namen erinnern. Seit circa einem Jahr reagierte er nun nicht mehr auf den Namen Sherwood. Er konnte es auch nicht ausstehen, wenn die Leute ihn Izzy nannten – das fand er unverschämt –, und da er mit seinen achtundneunzig Jahren überall der Älteste war, trug er den Sieg davon. Shpuntov war er gewesen, und Shpuntov wurde er aufs Neue.

Mr. Shpuntov war bei dem Essen zwischen Betty und seinen Schwiegersohn Lou gesetzt worden. Seine Tochter, deren Haare wie immer zu einem kunstvollen Gebilde aus Wellen und Senken frisiert waren, saß ihm gegenüber.

»Mein Vater und ich finden es ja so wunderbar, dass die Farmer hier in Westport diesen Markt abhalten«, sagte Rosalyn zu einer Frau, die ihr schräg gegenüber saß.

»Der Mann da sollte seine Haare nicht so über den Kopf kämmen«, sagte Mr. Shpuntov laut zu Cousin Lou und wies dabei mit dem Kinn auf Rosalyn. »Das fand ich immer schon scheußlich.«

»Das ist *Rosalyn*, Mr. Shpuntov«, flüsterte Cousin Lou nervös.

»Dad hat eine Theorie über Wochenmärkte«, fuhr Rosalyn nun mit erhobener Stimme fort. »Nicht wahr, Dad?«

»Der sieht vollkommen lächerlich aus«, sagte Mr. Shpuntov und starrte seine Tochter erbost an.

Rosalyn starrte nicht minder erbost zurück.

»Ich möchte einen Toast aussprechen«, sagte sie dann unvermittelt und stand auf. »Auf meinen Vater, der nun bei uns lebt. Wir hoffen, ihm seine schwindenden Jahre angenehm und schön gestalten zu können.« Sie verneigte sich zu Mr. Shpuntov. »Auf deine schwindenden Jahre!«

»Was hat er gesagt?«, erkundigte sich Mr. Shpuntov.

»Bravo!«, rief Cousin Lou so laut wie möglich. »Bravo!«

Weitere Bravorufe übertönten Mr. Shpuntovs nächste Äußerungen.

Schwindende Jahre, dachte Betty. O weh. Das hört sich gar nicht gut an. Der arme Mann. »Machen Sie sich nichts draus«, sagte sie zu Mr. Shpuntov. »Man ist so alt, wie man sich fühlt.«

»Wieso redet diese alte Frau auf mich ein?«, fragte Mr. Shpuntov Cousin Lou. »Ich bin doch stocktaub.«

Es war Lou gewesen, der darauf bestanden hatte, seinen Schwiegervater bei ihnen einzuquartieren. Vorher hatte der alte Mann mit seiner Geliebten zusammengelebt, einer jüngeren Frau von zweiundachtzig Jahren. Aber sie war überraschend an einer Hirnblutung gestorben, und Mr. Shpuntov war mit drei ungebärdigen Hunden alleine in einer Wohnung in Queens zurückgeblieben. Rosalyn sprach von einem Heim, und Lou ging stillschweigend davon aus, dass sie damit ihr eigenes Heim meinte. Als Rosalyn den Irrtum bemerkte, war es bereits zu spät: Die Vorbereitungen waren zu weit fortgeschritten und vor allem bereits zu vielen Leuten bekannt, um noch einen Rückzieher zu machen. Mr. Shpuntov zog also in das große Haus in Westport und bekam ein Schlafzimmer und einen persönlichen Betreuer. (Die Hunde wurden Gott sei Dank vom Sohn der Verstorbenen übernommen – irgendwo musste man schließlich eine Grenze ziehen. Obwohl Rosalyn nie sicher war, bis wohin sich diese Grenzen bei Lous Gastfreundschaft dehnen ließen.) Und so bekam der alte Mann einen Stammplatz an Lous lang gestrecktem Esstisch. Rosalyn überschüttete ihn mit Meinungen und Bonmots, und Mr. Shpuntov, der zusehends störrischer wurde, verlangte lautstark Aufklärung darüber, weshalb er andauernd von diesem dürren alten Kerl mit der albern kaschierten Glatze belästigt wurde.

»*Beautiful Baby*«, trällerte Lou und zwinkerte Miranda zu.

Damit war Kit gemeint, der neben ihr saß. Am anderen Ende des Tisches war der schweigsame Roberts platziert, der an diesem Abend eine leuchtend gelbe Fliege trug. Lou machte nun eine Bemerkung über die Liebe im September und im Mai, diesen Monaten, die sehr unterschiedlich, aber gleichermaßen reizvoll seien. Er schien seinen Spaß daran zu haben, Kit und Roberts als Rivalen im Kampf um Mirandas Gunst gegeneinander auszuspielen. Annie fand dieses Verhalten ihres Cousins bemerkenswert taktlos, konnte allerdings nachvollziehen, was ihn dazu motivierte: Ihre Schwester war zurzeit so lebhaft und so wunderschön. Aber Roberts tat ihr aufrichtig leid. Sie sah ihn an, und als er ihren Blick bemerkte, trat ein vorsichtiges Lächeln auf seine Lippen.

Unwillkürlich verwickelte Annie Roberts nun in ein Gespräch, als sei es ihre Pflicht, den verschmähten Verehrer irgendwie zu entschädigen, ihm eine Ablenkung zu verschaffen, indem sie ihn mit ihrer weitaus weniger glamourösen Aufmerksamkeit bedachte. Zu Anfang fiel es in der Tat schwer, eine Unterhaltung in Gang zu bringen, da Roberts auf Fragen jedweder Art äußerst einsilbig zu antworten pflegte. Doch im Laufe der Zeit taute er merklich auf, und als er sich wohler zu fühlen schien, erwies er sich als durchaus interessant und erstaunlich witzig.

»Wieso spricht Sie eigentlich jeder nur mit Ihrem Nachnamen an?«, fragte Annie. »Wieso werden sie immer nur ›Roberts‹ genannt?«

Er lächelte bescheiden. »Das ist so wie bei Rockstars.«

Die Wochen gingen ins Land, und die Tage wurden kürzer und dunkler, verkrochen sich, rollten sich ein wie Tiere, die sich zum Schlafen legen. Krähen schlummerten zwischen den fallenden Blättern. Die Kreditkartenrechnungen im Wisemen-Briefkasten wurden zusehends fetter, doch Betty und Josie hatten die Knitterfalten in ihrer Trennung nach wie vor nicht geglättet, Annie hatte immer noch nichts von Frederick Barrow gehört, und Kit verbrachte unverändert fast jeden Tag und jeden Abend mit Miranda.

Er begleitete Miranda bei ihren Morgenspaziergängen, während Henry in einem olivgrünen Tragegestell auf seinem Rücken schlief, sang oder quengelte. Miranda und Kit gingen langsam, beobachteten, wie der Himmel silbrig zu schimmern begann, und redeten.

Nachdem Kit Miranda anfänglich viele Fragen gestellt hatte, begann er nun – wie zu erwarten war – über sich selbst zu sprechen. Miranda bereitete sich gefasst darauf vor, ihm ebenso geduldig zuzuhören wie allen anderen, und wartete auf die Offenbarungen, mit denen immer zu rechnen war.

Doch statt von sexuellem Missbrauch im Internat, Misshandlungen durch Stiefväter oder dem verzweifelten Kampf gegen Cracksucht zu berichten, erzählte Kit von seiner glücklichen Kindheit in Maine, von Spaziergängen mit Eltern und Geschwistern in den Wäldern, wo sie seltene Blumen ausgruben, von Abenden am Strand, wo sie zwischen den Felsen im eisigen Wasser Muscheln suchten. Bei der Vorstellung dieser Gruppe wunderschöner Menschen – denn gewiss sahen sie alle aus wie Kit –, die zum fröhlichen Gezwitscher von Grasmücken durch die leuchtend grünen Wälder von Maine streiften oder windumtost bis zu den Knien in der Gischt standen, packte Miranda die Sehnsucht nach Maine. Der Kiefernduft. Der Wind, der weiße Wolken über den endlos weiten blauen Himmel jagte. Zwar musste Miranda einräumen, dass es auch hier am Compo Beach nach Kiefern duftete und dass der Wind hier genau solche weißen Wolken über den endlos weiten blauen Himmel jagte, was sie vermutlich überhaupt erst auf Kiefern und Wolken und endlose Weite gebracht hatte, aber sie sehnte sich dennoch nach Maine, der Landschaft von Alex Katz und E.B. White.

»Ich habe Hummer bei einer Bar-Mizwa für ganz normal gehalten …«, sagte Kit gerade.

Miranda lächelte ihm zu. Sie sah den schlafenden Henry an, dessen rosa Mündchen an Kits Schulter gedrückt war, und lauschte Kit aufmerksam, ohne ihn zu hören. Seine Geschichten waren der reine Luxus, eine echte Erholung. Keine Qualen, keine Tragödien. Nur zärtlich versonnene Erinnerungen. Sie hatte noch nie solche Augen gesehen. Sein bester Freund Seth, sagte Kit gerade, und seine Worte wehten über Miranda hinweg wie eine erfrischende Brise. Hellgraue Augen, so weit und durchscheinend wie Luft – sieh sie nur an –, mit dichten dunklen Wimpern oben und unten, die an Wimpern von Pferden erinnerten. Seine Augen waren so ausdrucksstark wie die eines Stummfilmstars. »Bei Seths Bar-Mizwa …«, sagte Kit. Bar-Mizwa, dachte Miranda und versuchte, sich auf seine Worte zu konzentrieren. Seths Bar-Mizwa. Vermutlich war sie so alt wie Seths Eltern. Aber sicher in besserem Zustand als Seths Eltern, die sie sich als runzlige ältere Leutchen mit identischen Laufschuhen und gelbgrünen Fleecejacken vorstellte. »Als Horsd'œuvre Austern und gehackte Leber …«, sagte Kit.

Henry wachte auf, und Kit hob ihn aus dem Tragegestell. Dann sahen Miranda und er zu, wie Henry ein Loch in den Sand buddelte. Die Luft war kühl, das Morgenlicht weich und klar, und Miranda dachte bei sich, dass dies gewiss die schönste Zeit des Jahres war.

Aber ich bin zu alt, dachte sie, und Kit ist zu jung.

Kit nahm ihre Hand und legte sie an seine Lippen.

Jetzt fiel Miranda ein, dass Kits Eltern auf jeden Fall *viel* älter waren als sie, da Kit das jüngste von vier Kindern war, die alle im Abstand von drei Jahren geboren waren. Und sie verstanden sich so gut, Kit und Henry und sie.

Miranda kniete sich unvermittelt in den Sand und formte mit den Händen einen kleinen Sandhaufen. »Burg«, sagte sie.

Henry nickte eifrig. »Ja«, sagte er. »Burg.«

Miranda sann darüber nach, wie es sich anfühlte, Tag für Tag mit diesem quicklebendigen kleinen Menschen zusammenzuleben, der einen mitten in der Nacht mit durchweichter Windel wegen eines schlimmen Traums aus dem Schlaf riss; der mit einem klebrigen Löffel auf den Tisch hämmerte und im Supermarkt nach Frühstücksflocken grapschte und dabei schrille Schreie ausstieß wie ein kleines Äffchen. Wenn Henry weinte, legte sich schlagartig sein gesamtes Gesicht in Falten. Jetzt weinte er gerade nicht, aber es würde gewiss bald wieder passieren, aus Gründen, die Miranda niemals vorhergesehen hätte: eine Kugel Eis, die in den Sand fiel; ein erbeuteter Zigarettenstummel, der ihm weggenommen wurde; der Sand selbst, der plötzlich auf der Haut juckte und Angst machte, der Wind, das Donnern der Wellen, eine Möwe, die zu dicht über ihre Köpfe hinwegflog. Alles Mögliche konnte der Auslöser sein. Aber jetzt hockte Henry am Boden und bohrte mit einem Stock Löcher in den Sand. Das gelbe Morgenlicht umschmeichelte ihn. Sein Gesicht war hinreißend ernsthaft.

Miranda spürte, wie jemand ihr Haar berührte, und blickte auf. Es war Kit, der zu ihr herunterlächelte. Sie hatte beinahe vergessen, dass er auch noch da war.

Einmal fragte Miranda Kit, warum er nicht wieder in seiner Wohnung in der Stadt oder in Tante Charlottes großem Haus lebte.

»Ich weiß, diese Behausung hier ist romantisch und wunderhübsch und alles«, sagte sie und blickte sich im Bootshaus um. Es gab drei Räume, in glänzendem, an Schiffslack erinnerndem Weiß gestrichen: ein Wohnzimmer mit zwei edlen Gartenstühlen aus Holz, einem Flickenteppich, einem kleinen Herd mit zwei Kochplatten und einem Mini-Kühlschrank; ein kleines Schlafzimmer mit einer Kommode aus Ahornholz und einem Messingbett, das aus einer Zeit stammte, als die Leute offenbar noch kleiner und dünner waren, und eine Art

Kammer mit einem schnörkligen altmodischen Kinderbett. »Aber sie scheint mir eher als Unterkunft für Hobbits geeignet.«

»Oder für Henry.«

»Aber auch Henry sollte Fliegengitter haben. Packst du ihn nachts unter ein Moskitonetz? Hast du einen Ventilator? Heizung? Das Haus ist doch nicht winterfest, oder? Ich hoffe, ihr habt wenigstens warmes Wasser. Habt ihr doch, oder?«

Kit lachte und nickte.

»Aber im Ernst, würdet ihr beide euch nicht in dem großen Anwesen wohler fühlen? … *Manderlay*«, fügte sie in dramatischem Filmtonfall hinzu und fragte sich gleichzeitig beunruhigt, ob sie Kit mit dieser Frage irgendwie zu nahe getreten war.

»Glaub mir, nichts wäre Tante Charlotte lieber, und ich liebe sie wirklich von Herzen und freue mich, dass ich ihr eine Weile zur Hand gehen kann, bevor Henry und ich nach New York zurückgehen – aber mit ihr zusammenleben? Unter einem Dach? Nein, schönen Dank auch. Und keine Sorge, meine fürsorgliche Hausfrau. Wir haben nicht nur Warmwasser, sondern auch eine Heizung, stimmt's, Henry?«

Abends berichtete Miranda ihrer Mutter und ihrer Schwester von dieser Unterhaltung.

»Was, keine Fliegengitter? Ach du lieber Schreck«, sagte Betty.

Miranda stellte sich Tante Charlotte etwa so vor wie Big Edie aus dem Onassis-Clan in ihrem Anwesen Grey Gardens.

»Ich neige eher zu der Dickens'schen Variante von Miss Havisham«, meinte Annie.

Doch beide erhielten keine Gelegenheit, ihre Einschätzung zu überprüfen, denn nicht einmal Miranda wollte ein Vorwand einfallen, um die zurückgezogen lebende Miss Maybank aufzusuchen, und Kit machte keinerlei Anstalten, die alte Dame vorzustellen.

Wenn Kit in die Stadt fahren musste, ließ er Henry bei Miranda.

»Lass dich aber nicht ausnutzen von deinem Freund«, kommentierte Betty dieses Geschehen; sie hatte gerade eine Talkshow gesehen, in der es um Großmütter ging, denen die Kleinkinder ihrer unreifen, jungen Eltern aufs Auge gedrückt wurden. Freilich war sie nicht Henrys Großmutter, und sie hatte den kleinen Burschen wirklich gern, aber von den vielen Therapeuten, die tagsüber auf den Couchen der Fernsehsender hockten und gute Ratschläge gaben, hatte sie jedenfalls eines gelernt: Man musste Grenzen setzen. Sie hatte ihr Leben lang geglaubt, Grenzen müssten überschritten werden, aber sie hatte sich offenbar geirrt.

Miranda lachte. »Nein, nein«, erwiderte sie. »Das ist genau die richtige Medizin.«

Und die Tage, die Miranda am Strand damit zubrachte, Muscheln und Stöckchen zu suchen, brüchige Tunnel und schiefe Hügel aus Sand zu bauen, schienen ihr wahrhaft gutzutun. Ihr Leben in der Stadt, ihre Affären, sogar ihre Arbeit verloren an Wichtigkeit. Dann und wann wurde sie vom Schmerz über ihr Scheitern gepackt und gepeinigt, doch es geschah zusehends seltener und war von Mal zu Mal weniger heftig. Wenn sie morgens aufwachte, sprang sie schwungvoll aus dem Bett und wusch sich mit der Lavendelseife, von der Henry meinte, sie röche nach Tee. Henry und sie hielten gepflegte Nachmittagstees wie in Mirandas Kindheit, nur ohne die Kamindamen; die waren zwar eingeladen, erzählte Miranda Henry, konnten jedoch nicht kommen, weil sie anderweitige Verpflichtungen hatten. Miranda berichtete ihm alles über die Kamindamen, und Henry nickte wissend und verschüttete beim Eingießen seinen Tee, der eigentlich Apfelsaft war. Dann beobachtete er eingehend, wie sich die Flüssigkeit am Boden ausbreitete. Wenn Miranda ihm ein Schaumbad einließ, nahm er seine Tassen und Schalen mit ins Bad und spielte nach, wie Miranda Tee kochte – was sie so anrührend fand, dass sie über sich selbst erstaunt war.

Manchmal setzte sie Henry auf die Salutkanonen am Strand und hörte ihm einfach nur zu. Er erzählte gerne lange Geschichten über einen Wolf namens Higbee.

»Und dann?«, fragte Miranda immer wieder, aber sie hörte gar nicht richtig zu, sondern schloss die Augen, hielt das Gesicht in die matte Herbstsonne und den beißenden Wind, während sie Henry um die Taille fasste und sein Bein auf ihrer Schulter ruhte. Der Genuss, nicht zuzuhören – wieso hatte sie sich das nicht schon früher gegönnt? Henrys Stimme war wie Musik, eine helle Piccoloflöte, der Gesang eines Jungen in seinem eigenen Chor. Kein Wunder, dass die Leute sich Kinder zulegten, dachte Miranda. Ein Kind war alles: Kunst und Arbeit und Kultur. Ein Kind, so klein, so laut, nahm alle Zeit, alle Energie, alle Liebe in Anspruch. Es war so einfach: Man musste sich nur darauf einlassen, und schon war das ganze Leben bestimmt von dieser schlichten und liebenswerten Personifizierung von Bedürfnissen. Man hatte keine Wahl mehr und musste nur noch Entscheidungen treffen, die jene kleine fordernde, diktatorische Person betrafen. Miranda empfand eine große Erleichterung: mit Henry zusammen zu sein war so simpel, so konkret, so essentiell, so wahrhaftig und absolut.

Wenn die Geschichten dann so langweilig wurden, dass man sie nicht einmal mehr überhören konnte, holte Miranda Henry von den Kanonen herunter, und sie spazierten gemächlich nach Hause, wobei sie immer wieder stehen blieben, um die Gaben der Ebbe zu würdigen: Miesmuscheln, den verlassenen, umgedrehten Panzer eines Pfeilschwanzkrebses, einen weißen Stein, rostrote Algen, den Duft von Salz und Meerluft und glitzernden glatten Schlick.

Eines Abends, als Annie mit dem Zug nach Hause fuhr, kam Kit in ihren Wagen. Er strich sich lässig die Haare aus der Stirn, und auf seinem Gesicht lag ein jungenhaftes, ziemlich umwerfendes Lächeln. Annie beobachtete ihn, wie er an ihr vorbei durch den Wagen ging, und sah, dass sich mehrere Leute nach ihm umdrehten. Sogar ein Hingucker ist er, dachte sie amüsiert, aber sie konnte die Reaktion der Leute verstehen. Er war ein Prachtexemplar von einem Mann, ein Pfirsich, der am Baum reift. Unwillkürlich registrierte Annie seine starken Arme, die sich unter seinem Hemd abzeichneten. Sogar seine Handgelenke sahen jung und männlich aus. Viele Jahre hatte Annie die männliche Schönheit der Freunde ihrer Söhne vor Augen gehabt. In den Ferien kamen sie zum Übernachten, schliefen wie ein Rudel Hunde dicht an dicht auf dem Fußboden und kamen dann morgens verschlafen, mit zerzausten Haaren und halb nackt, so schlank und wohl geformt wie griechische Statuen, in die Küche geschlurft. Sie blinzelten und räkelten sich und futterten, ohne sich ihrer Schönheit und der geschmeidigen Sprache ihrer jungen Körper bewusst zu sein. Annie hatte jegliche körperliche Reaktion bei sich selbst so schnell und radikal wie möglich ausgemerzt. Aber bewundern durfte man die Jungen schließlich – man konnte auch gar nicht anders.

In Anbetracht dieser zottigen Morgenparaden jungenhafter Schönheit fand Annie es naheliegend, den hübschen Kit zu verehren, und hätte sich nicht daran gestört, wenn Miranda dasselbe getan hätte. Aber ihre Schwester reagierte ganz anders auf Kit, als Annie es erwartet hätte. Miranda erwähnte ihn so gut wie nie, schwärmte nicht von seinen Tugenden, die sich dann später als Laster erweisen konnten. Sie rief ihn nicht ständig an und kaufte keine übertrieben teuren Geschenke für ihn. Sie offenbarte nicht Schülerlotsen, Verkäuferinnen und dem Mann an der Fleischtheke überschwänglich, dass sie – endlich! – so wahnsinnig glücklich sei. Diesmal verliebte sich Miranda nicht Hals über Kopf und verkündete nicht, dass sie den Mann fürs Leben gefunden habe. Sie verbrachte nicht vier Wochen lang jede wache Minute mit ihm, nur um sich dann die Augen auszuheulen, wenn sie feststellte, dass er Fundamentalist, Trinker, Republikaner oder irgendetwas anderes war, das ihr missfiel. Diesmal hatte Miranda, deprimiert und orientierungslos durch den Verlust ihres über Jahrzehnte hart erarbeiteten Lebens, offenbar nicht die Kraft, sich in eine ihrer üblichen rauschhaften Liebesaffären zu stürzen. Ihre Beziehung mit Kit war anders – ausgeglichener, friedvoller, schlichter. Miranda wirkte glücklich, was wiederum Annie glücklich machte. Dennoch gab es Anlass zur Sorge. Denn wer hatte je eine gemäßigte Miranda erlebt? Ohne ihre Aura der Exaltiertheit schien Miranda so schutzlos zu sein. Sie hatte ihre Pose aufgegeben, die dramatische, leidenschaftliche, romantische Pose. Und das, dachte Annie mit Schaudern, bedeutete, dass nun alles Erdenkliche passieren konnte.

IO

Zwei Tage, nachdem sie sich kennen gelernt hatten, gaben sich Kit und Miranda am späten Nachmittag zum ersten Mal der körperlichen Liebe hin. Henry schlief in seinem Bettchen. Das Licht war sattgolden, und die weißen Vorhänge an den Fenstern flatterten lautstark im Wind, der vom Wasser herüberwehte. Miranda fühlte sich von diesen Adonisarmen umschlossen, den Heldenarmen, die sie aus der wilden See gerettet hatten. Sie lachte laut, als ihr auffiel, mit welch pathetischen Worten sie ihre klägliche Lage vor sich selbst umschrieb. Als sie lachte, sagte Kit zu ihr, sie sei wunderschön, und weil er sie im Ozean gefunden habe, dürfe er sie auch behalten, das sei nur gerecht so. Miranda erlaubte es sich, in seinen Armen zu verschwinden, sich aufzulösen, und sie fühlte sich schlagartig wie befreit. Das war eine neue Form von Freiheit, dieses Loslassen. Sie ließ jegliche Verantwortung, jegliches Streben, ihr ganzes Leben vor diesem Augenblick weit hinter sich zurück. Kit entkleidete sie, und Miranda spürte, wie ihre Jeans, ihr Pullover, ihr BH über ihre Haut glitten. Er selbst ließ sich Zeit, zog sich ganz langsam aus, weil er spürte, dass sie ihn dabei beobachtete.

So verbrachten sie beinahe jeden Nachmittag, und Miranda taumelte durch den Rausch ihrer heftigen Gefühle: ihre wilde Gier nach Auslöschung ihrer selbst und der darunterliegenden ruhigen Gewissheit ihrer eigenen Unerschütterlichkeit.

Wenn Henry aufwachte, ließ Miranda Kit im Bootshaus

schlafen und ging mit Henry am Strand spazieren. Tümpel schimmerten im dunklen Sand, und die untergehende Sonne brach sich in Glimmersplittern. Wenn es regnete, hockten die beiden sich in ihren Regenjacken hin und beobachteten, wie die Tropfen die glatte Oberfläche der Pfützen am Strand durchbrachen. Sie hielten sich an der Hand und sprachen ganz leise. Obwohl Miranda noch nie religiös gewesen war, dachte sie nun, dass sie bereit wäre, Henry mit Freude und Hingabe zu huldigen. Und das tue ich auch schon, dachte sie.

Auch Cousin Lou war nicht religiös; er behauptete, dass er das Gedenken an seine Wohltäterin, Mrs. H., nicht schmälern wolle, indem er andere Götter verehrte. Diese frevelhafte Äußerung fanden sowohl Rosalyn als auch Betty etwas erschütternd, aber Annie und Miranda lachten darüber. Seiner mangelnden Frömmigkeit zum Trotz konnte ihr Cousin jedoch einer Gelegenheit für eine Festivität nie widerstehen, und so plante er für Rosch ha-Schana ein Essen mit dreißig Personen. Die drei Weissmann-Frauen waren ebenso geladen wie Kit Maybank und Henry. Zu den anderen Gästen zählten eine Frau, die Cousin Lou unlängst im Schwimmbad von Westport kennen gelernt hatte, wobei sich herausstellte, dass sie eine entfernte Cousine von Rosalyn war; Lous Steuerberater Marty mitsamt seiner mehrere Generationen umspannenden Familie; ein Mann, den Lou vom Golfplatz kannte und der eine zwei Meter lange, knapp einen Zentimeter dicke Klappleiter erfunden hatte; ein Schönheitschirurg, der sich bei Festen großer Beliebtheit erfreute, weil er stets bereit war, seine Lesebrille zu zücken und mal genau hinzuschauen; der Psychiater nebst Gattin; die Anwälte; der Richter; der Metallbildhauer; ein in Rente gegangener Geschäftsführer eines Versandhauses und ein ehemaliger Kulturminister von Estland, den Lou und Rosalyn vor dreizehn Jahren in einem Badeort auf Ischia kennen gelernt hatten.

An Rosch ha-Schana, einem strahlenden und für die Jahreszeit ungewöhnlich warmen Tag, ging keine der drei Weissmann-Frauen in die Synagoge. Sie taten das schon seit vielen Jahren nicht mehr, und Betty wollte vor allem in diesem Jahr darauf verzichten, weil sie die emotionale Belastung so frisch verwitwet nicht ertragen könne, erklärte sie. Stattdessen saßen die drei auf der Veranda, genossen die Sonne und lasen die Zeitung, bis gegen zwei Uhr Kits weißer Mini auf der Zufahrt hielt.

»Die sind aber sehr früh dran«, bemerkte Betty mit einem Blick auf Henry in seinem Kindersitz und fragte sich, ob ihrem schönen, ruhigen Tag gerade der Garaus gemacht wurde.

Miranda warf ihrer Mutter einen Blick zu und ging zum Auto. Sie war ganz aufgeregt, denn sie hatte sich gerade ein Paar Crocs zugelegt, die genau aussahen wie Henrys kleine Gummischuhe. Das war nicht die Art von Schuhwerk, die Miranda jemals für sich in Betracht gezogen hatte – nicht einmal für den Strand –, aber sie hatte sie in einem Laden entdeckt und sich vorgestellt, wie begeistert Henry darüber sein würde. Die Schuhe lagen noch im Karton, doch sie konnte es kaum erwarten, sie ihm zu zeigen.

Sie öffnete die Beifahrertür und wollte Henry abschnallen.

»Nein«, sagte Kit und streckte die Hand aus, als wolle er Henry beschützen. »Ich meine, wir können nicht bleiben. Wir müssen gleich wieder los.«

»Aber das Essen ist doch erst um sieben. Ihr könnt bis dahin hierbleiben. Oder lass Henry einfach hier, wenn du noch was zu erledigen hast. Wir haben ganz wichtige Sachen zu besprechen, nicht wahr, Henry?«

»Mit Flugzeug fliegen«, sagte Henry und klatschte in die Hände.

»Flugzeug?«, fragte Miranda. »Wann denn?«

»Heute!«

»Wow! Bringt euch das Flugzeug heute Abend zu Cousin Lou?«

Henry schüttelte heftig den Kopf und schob die Unterlippe vor. Dann kniff er die Augen zusammen. Und brach so unvermittelt in Tränen aus wie eine Gewitterwolke, die abrupt aufplatzt und sich abregnet.

»Aber, Schätzchen«, sagte Miranda, ging neben dem Wagen in die Hocke und streichelte Henry den Kopf. »Was ist denn? Was ist passiert?«

Kit blickte mit gequälter Miene um sich, als erwarte er von irgendwoher Verstärkung. Dann biss er sich auf die Lippe und sagte: »Tut mir echt leid, Miranda. Aber wir müssen los... Na komm schon, Henry, ist gut jetzt...« Er förderte die Überreste eines langen Kaubonbons aus seiner Jackentasche zutage. »Hier, Henry. Und jetzt hör auf zu weinen, okay?«

Henry nuckelte traurig an dem roten Streifen.

Miranda streichelte Henry weiter den Kopf. »Mein armer Kleiner«, sagte sie leise. »Was hast du denn?«

Henry drückte einen Kuss auf ihr Handgelenk. Die Berührung, so sachte, als habe ein Schmetterlingsflügel ihre Haut gestreift, durchströmte ihren ganzen Körper. Miranda nahm Henrys Hand und hielt sie an ihre Wange. Das ist alles, dachte sie. Diese kleine Hand in meiner Hand.

Dann wurde sie von einer raschen Folge präziser Bilder und Wahrnehmungen überflutet: Sie trug Henry auf der Hüfte, während sie... nein, nicht während sie kochte, sondern als sie ein Restaurant betrat. Mit Kit an ihrer Seite. Sie sah, wie sie Henry kleine Stücke California Roll fütterten, die er gerne aß, ohne Wasabi allerdings. Spürte die Bettdecke, als sie Henry abends zudeckte, seinen weichen Atem, als sie seine Wange streichelte. Die schwitzige Wärme seines Körpers, mit schwerer nasser Windel, wenn er morgens aufwachte und sie ihn an sich drückte. Das Knirschen, wenn Henry seine Cornflakes aß. Jeden Abend, jeden Morgen. Dann, in einem Jahr oder so, würde er zur Vorschule gehen und stolpernde Kinder seines Alters kennen lernen, und sie würde ihn dort hinbringen, ihn an der Hand halten, schön langsam gehen und ihn auf den Arm nehmen, wenn er müde wurde. Laster, würde er rufen und auf die Müllabfuhr zeigen, wenn sie vorbeirumpelte. Müllmann wollte er werden, wenn er groß war, und sie würde ihn stolz anschauen und denken: Du bist wunderbar, Henry. Du bist wunderbar, und ich gehöre zu dir.

Kit war nun zu ihr getreten, und als er sprach, blickte Miranda mit glücklicher Miene zu ihm auf.

»Hm?«, sagte sie. »Entschuldige …«

»Ich habe gesagt, wir dürfen wirklich nicht unseren Flug versäumen …«

Miranda legte den Kopf schief wie ein Hund, ein vertrauensvoller, ahnungsloser Hund, der eine Anweisung nicht verstanden hat.

»Flugzeug?«, sagte sie und schaute fragend zu Kit hoch.

»Hör zu, ich wollte mich verabschieden. Es ist alles so verrückt und überstürzt. Und ich wollte mich entschuldigen wegen heute Abend …«

»Warte mal«, sagte Miranda. »Wie?«

Einen Moment lang hatte sie gedacht, Kit hätte gesagt, dass er seinen Flug nicht versäumen dürfe. Henry streckte die Hand vor sich aus und spreizte die Finger. Sie betrachtete sie bewundernd. Sie sahen wie ein fantastisches exotisches Insekt aus. Eine neue Art, die sie entdeckt hatte.

»Ich habe eine Rolle«, sagte Kit.

Miranda hatte den Eindruck, dass er »ich hab eine Rolle« gesagt hatte, und fragte sich, weshalb er nicht im Plural sprach, aber dann wurde ihr bewusst, was er meinte.

»Rolle?«, fragte sie.

»Schau, ich hab's erst grade erfahren«, sagte Kit und wirbelte nervös mit der Schuhspitze Staub auf. »Das ist ein echter Durchbruch. Ich meine, es ist eigentlich Pipifax, eine winzige Rolle, aber jedenfalls habe ich mal wieder Arbeit.«

Arbeit, dachte Miranda. Arbeit ist gut. Sag ihm was Nettes. Aber sie spürte nur panische Angst. Ihre Arbeit hatte sie früher auch geliebt. Doch nun liebte sie Henry. Und vielleicht – aber nur vielleicht – auch Kit.

»Arbeit!«, sagte sie.

Betty beobachtete die drei von der Veranda aus und dachte, dass sie wie eine Familie aussahen. Vielleicht war dieses unwahrscheinliche Arrangement wider Erwarten doch tragfähig für Miranda. Wenn sie nur eine familiäre Stabilität für sich finden könnte. Betty winkte Kit zu, stieg die bröckelnde Verandatreppe hinunter und marschierte, gefolgt von Annie, über den vernachlässigten Rasen zum Auto.

»Hallo, Kit!«, rief sie. »Hallo, Henry! Ihr seid ja früh dran!«

»Eine Rolle!«, sagte Miranda, um ein Lächeln bemüht. »Kit hat eine Rolle gekriegt.«

»Na ja«, murmelte Kit. »Eine kleine, in einem Independent-Film …«

»Kit und Henry gehen weg«, sagte Miranda dann in merkwürdigem Singsang, als spräche sie mit Henry oder sei gerade im Begriff, verrückt zu werden. »Mit einem Flugzeug.«

Darauf wurde Betty wieder von demselben unangenehmen Schwindelgefühl erfasst, das sie gespürt hatte, als Joseph ihr seine Entscheidung mitgeteilt hatte. Sie sah Mirandas Miene, hörte das krachende Echo, spürte die Kälte, die Übelkeit. Sie war eine Ewigkeit mit Joseph verheiratet gewesen, Miranda und Kit dagegen kannten sich erst etwa einen Monat. Aber im Grunde spielte die Zeit keine Rolle dabei, oder? Nein, dachte Betty. Ein gebrochenes Herz ist ein gebrochenes Herz.

»Wie lange werden Sie weg sein?«, fragte Betty Kit, obwohl sie die Antwort schon ahnte. Er sah nach »ich weiß nicht, für wie lange« aus, nach Abschied.

»Ich muss nach L.A.... ich weiß nicht, für wie lange«, antwortete Kit und wandte sich wieder Miranda zu. »Es tut mir wirklich leid wegen heute Abend. Es tut mir einfach leid, Punkt.«

Miranda griff wieder nach Henrys Hand. »L.A.« Sie wollte Kit erklären, dass Los Angeles zu weit entfernt war, dass auch eine kurze Reise schon unermesslich und ein Tag bereits zu viel wäre. Sie wollte ihm erklären, dass sie gerade eine Vision von ihrem gemeinsamen Leben gehabt hatte, wollte ihm erklären, dass ihr Herz nun endlich ein Zuhause gefunden hatte.

Stattdessen fragte sie so beherrscht, wie es möglich war, ob Kit Henry nicht bei ihr lassen wollte. »Wäre das nicht einfacher? Ich meine, wenn du nur kurz weg bist...«

Kit trommelte mit den Fingern aufs Autodach. »Schau, Miranda, ich weiß nicht, wie lange ich weg sein werde. Und seine Mutter kommt auch bald wieder, dann kann sie ihn nehmen.«

Seine Mutter. Miranda legte Henrys Hand an ihre Wange, presste sie an sich, spürte den Abdruck jedes Fingers.

»Das alles tut mir echt leid...«, sagte Kit abermals. »Du wirst mir fehlen, Miranda. Du wirst uns beiden fehlen.«

»Hey, es braucht dir doch nicht leidzutun«, zwang sie sich zu sagen. »Eine Filmrolle! Das ist doch toll, Kit!«

»Ja.« Er zuckte die Achseln und sah dabei ziemlich kläglich aus.

»Was?«

»Nichts. Es ist toll.«

»Herrje, dann kannst du dich doch auch freuen. Nicht wahr, Henry?« Sie beugte sich ins Auto und legte die Wange an Henrys Gesicht. Er machte schmatzende Kusslaute und drückte die klebrigen Lippen an ihr Gesicht. »Ich hab dich lieb, Henry«, flüsterte Miranda.

»Ich hab Randa auch lieb«, rief er.

Miranda richtete sich auf. Sie fühlte sich orientierungslos, weit entfernt von dem kleinen Auto, dem Mann, der vor ihr stand, ihrer Mutter, ihrer Schwester. Wie albern von ihr. Die beiden verreisten doch nur für eine Weile, und außerdem hatte sie auf beide keinen Anspruch. Visionen waren Träume. Träume waren erfundene Geschichten. Erfundene Geschichten waren Lügen. »Hals- und Beinbruch«, sagte sie mit ihrem offiziellen strahlenden Lächeln zu Kit.

»Ja. Danke. Ich ruf dich dann an.« Er umarmte sie rasch. »Mach ich wirklich.«

Betty deutete das »wirklich« auf ihre Art. Sie griff nach Mirandas Hand und drückte sie.

Miranda zog ihre Hand weg. »Ist schon okay.«

»Randa!«, schrie Henry plötzlich verzweifelt, als der Wagen anfuhr. »Randa! Randa!«

»O Gott«, sagte Kit. »Bitte nicht jetzt, Henry.«

Miranda winkte und rief Henry »Wiedersehen« zu, und er winkte mit seiner kleinen Patschhand, während sein Vater ihm einen Schnuller in den Mund schob.

Miranda stand auf der Zufahrt unter der halb toten Kiefer, und ihr Lächeln erlosch.

»Ich habe mitgekriegt, dass er es gerade erst erfahren hat und seinen Flug erwischen musste«, sagte Annie. »Aber das kam ja überraschend.«

»Henry wird uns fehlen. Süßer kleiner Kerl«, äußerte Betty. Sie konnte sich nicht überwinden, etwas über Kit zu sagen.

Miranda sagte nur: »Sie sind weg.«

Betty versuchte, dem heftigen Mitgefühl, das sie erfasste, keine Beachtung zu schenken. Leere war so ein unerwartet lastendes, schweres, wuchtiges Gefühl. Es war bedrückend und dumpf und niederträchtig. »Na ja«, sagte sie betont munter. »Wir alle haben Grenzen, und wir müssen alle lernen loszulassen. Darin sind sich die Fernsehtherapeuten einig. Außerdem kommen die Jungs ja bald wieder. Und L.A. ist nicht so weit weg, oder?« Ihre Stimme klang sogar in ihren eigenen Ohren nicht überzeugend. »Jedenfalls heutzutage nicht.«

»Das stimmt wirklich, Miranda«, fügte Annie hinzu.

»Ach, ihr habt doch keine Ahnung«, fauchte Miranda.

Als sie in Lous Villa mit Blick auf den Long Island Sound zum Rosch-ha-Schana-Essen eintrafen, war Miranda stumm und bedrückt. Seit der Abreise von Kit und Henry hatte sie mit ihrer Mutter und ihrer Schwester kaum ein Wort gewechselt, und Annie wunderte sich, dass sie überhaupt bereit gewesen war mitzukommen. Als Miranda aus ihrem Zimmer kam, zurechtgemacht und wunderschön, wenn auch mit finsterer Miene, legte sie kurz die Hand an die Stirn und schloss die Augen, und Annie machte sich auf eine theatralische Szene gefasst. Doch Miranda strich sich nur die Haare aus der Stirn und sagte: »Bringen wir's hinter uns.« Vielleicht hatte sich ihre Neigung zu dramatischen Auftritten verflüchtigt, seit sie ernsthaft in Schwierigkeiten steckten. Annie beschloss, Mirandas Gefasstheit als gutes Zeichen zu deuten. Aber als sie bei Cousin Lou einen Blick auf das bleiche, starre Gesicht ihrer Schwester warf, wünschte sich Annie beinahe, Miranda würde toben und sich die Haare raufen.

»Ohne Klein-Henry wird's hier nur halb so lustig sein«, bemerkte Annie und blickte auf die anwesenden Senioren, die alle hartnäckig von sich behaupteten, sie seien mittleren Alters. Der kleine Junge fehlte ihr tatsächlich, doch sie wollte auch ein wenig Mitgefühl an den Tag legen – wiewohl Miranda solche Gefühlsäußerungen ihrer Schwester nicht selten als Mitleid oder Kritik auslegte. »Ich vermisse ihn jetzt schon.«

»Du hast doch Kinder.«

»Schon, aber …«

»Aber nichts«, entgegnete Miranda wütend und ließ Betty und Annie stehen, die daraufhin beide betroffen blickten und sich mies fühlten.

Im Wohnzimmer standen schon Grüppchen von Leuten im angeregten Gespräch beisammen. Der Chirurg hatte den estnischen Kulturminister zur Loslösung von der Sowjetunion beglückwünscht, denn die Medizin im Sozialismus sei in furchtbarem Zustand, man müsse sich ja nur mal Kanada anschauen, woraufhin der Anwalt einwandte, in Kanada gäbe es keine Gesetze zur ärztlichen Schweigepflicht. Die Dame aus dem städtischen Schwimmbad gab hierauf zu bedenken, dass Privatsphäre auch kein Thema wäre, wenn man nichts zu verbergen hätte. Der Metallbildhauer bemerkte, als Künstler könne man aber in Montreal wegen der günstigen Mieten und staatlichen Förderungen gut leben, auch ohne Schweigepflicht und mit schwächerem US-Dollar, woraufhin der Chirurg einwandte, staatliche Förderung nütze einem auch nichts, wenn man ein halbes Jahr auf eine Knieoperation warten müsse und der Arzt dann nur Französisch spräche. Was den Erfinder dazu bewog, sich darüber zu beklagen, dass das zügellose Benehmen des französischen Staatschefs Sarkozy vielleicht doch nicht so gut für die Juden sei, wie man anfangs gehofft habe.

»Président Bling-Bling«, äußerte Cousin Lou genüsslich.

»Ah, Betty!«, rief Rosalyn unvermittelt und schwenkte beim Stichwort Bling-Bling demonstrativ ihr Handgelenk, an dem ein schweres Goldarmband mit Smaragden prangte. »Wie findest du's?«

»Wunderschön. Ganz zauberhaft.«

»Nicht zu auffällig? Es soll nicht protzig sein. Bei der schlechten Wirtschaftslage wirkt das sonst schnell geschmacklos. Ich möchte mich in diesen Dingen sensibel zeigen.«

»Nun, da es Cabochons sind, wirken sie dezenter.«

»Ich bin ein Limousinen-Liberaler«, verkündete Cousin Lou. »Warum soll man es sich nicht gut gehen lassen?«

»Du warst immer schon ein Bilderstürmer, mein Lieber«, erwiderte Rosalyn und tätschelte ihrem Gatten nachsichtig den Arm.

Es gab hervorragenden Wein. Anfänglich hatte Rosalyn sich bemüht, die Kosten der Feste zu senken, indem sie den zahlreichen Gästen preisgünstigeren Wein vorsetzte, doch davon wollte Lou nichts wissen.

»Aber es ist jeden Abend jemand da«, hatte Rosalyn eingewandt.

»Und wir auch«, hatte Lou entgegnet.

Rosalyn fügte sich den vermeintlich eigennützigen Motiven ihres Mannes, aber in Wahrheit hätte Lou seinen Gästen auch exzellenten Wein serviert, wenn er selbst nur Tee getrunken hätte. Trotzdem genoss er es, mit seinen Gästen ein Glas oder durchaus auch mehrere eines guten Tropfens zu genießen. An diesem Abend hielt er soeben das dritte Glas gegen das Licht und ließ die Flüssigkeit darin kreisen. Der Wein hat Körper, dachte er wohlgefällig. Wie eine Frau.

Lou liebte die englische Sprache. Sie gehörte zu seiner amerikanischen Identität und war ihm ungeheuer wichtig. Jemand hatte ihm gesagt, wenn er eine Nachricht auf einem Anrufbeantworter hinterließe, höre man seinen deutschen Akzent. Das hatte Cousin Lou für vollkommen ausgeschlossen erklärt, doch seither rief er lieber ein zweites Mal an, wenn jemand nicht zuhause war.

»Wunderbar«, murmelte er nun, womit der Wein und sein Körper gemeint waren sowie alle Arten von Körpern, das Zimmer, die Leute, die ihren Wein tranken, und wie immer die Aussicht aufs Meer, über dem langsam ein kugelrunder orangefarbener Herbstmond aufging.

Auch Annie, die auf einer kleinen Sitzbank saß, betrachtete den Mond und sann darüber nach, was Frederick wohl gerade machte.

»Warum redet der immer auf mich ein?«, fragte der empörte Mr. Shpuntov mit erhobener Stimme. »Was will der von mir?«

»Das ist deine *Tochter*«, schrie ihm Cousin Lou ins Ohr.

Miranda, die unruhig vor dem Panoramafenster auf und ab ging, hörte weder Mr. Shpuntov und Cousin Lou noch Rosalyns entnervten Ausruf »Herrjemine!«. Kit war nicht mehr da. Henry war nicht mehr da. Ihre kleine Pseudofamilie war in diesem winzigen Auto davongefahren und in ein Flugzeug nach Los Angeles gestiegen. Miranda ballte die Fäuste und öffnete sie wieder, ohne es zu merken. Wir können immer noch so tun, als seien wir eine kleine Familie, sagte sie sich. Vielleicht kam Kit in ein, zwei Wochen wieder. Er hatte ja gesagt, es sei eine kleine Rolle. Es könnte natürlich auch eine kleine Rolle sein, die er immer wieder spielen musste, möglicherweise monatelang. Wer würde sich dann um Henry kümmern? Das war doch ungeheuerlich. Im Grunde eine Form von Kindesmisshandlung. Armer Henry, eingesperrt in einem Hotelzimmer mit einem Babysitter ohne Referenzen, irgendeinem

Mädchen, das in einer fremden Sprache in ihr Handy quasselte. Henry war in einer wichtigen Entwicklungsphase, und so würde er nicht richtig sprechen lernen. Erst am Vorabend hatte sie im Computer stundenlang Beiträge zur Sprachentwicklung von Zweijährigen gelesen. Sie musste Kit anrufen und ihm das alles erklären. Sie schaute auf ihre Uhr. Jetzt waren sie noch im Flugzeug. Hoffentlich hatte Kit Henrys Gurt aus dem Auto mitgenommen. Der war sicherer als die gewöhnlichen Gurte im Flugzeug.

Irgendetwas in Miranda gab ein Stöhnen von sich, und sie setzte sich und begann, auf ihrem Daumennagel herumzukauen.

Betty wünschte, Miranda würde nicht Nägel kauen. Das war sehr unattraktiv. Und dabei war ihre Tochter doch so eine hübsche Frau.

»Der kleine Henry und sein Vater waren sehr angetan von deiner Schwester«, sagte Betty zu Annie, die zusammengesunken auf einer Bank hockte. »Sind sehr von ihr angetan, sollte ich vielleicht lieber sagen. Ich wünschte, sie wären nicht so überstürzt verschwunden. Es ist ja schön, dass Kit Arbeit gefunden hat, aber Miranda ging es so gut mit den beiden. Sitz aufrecht, Schätzchen.«

»Hm«, machte Annie. Fredericks Kinder waren von ihr wohl eher nicht angetan, dachte sie bei sich. Obwohl sie Frederick sichtlich verehrten. Was natürlich auch der Grund sein mochte, weshalb sie so besitzergreifend waren. Oder hatte es vielleicht mit ihrer Mutter zu tun? Annie hatte nie gefragt, was eigentlich aus Mrs. Frederick Barrow geworden war, obwohl es sie natürlich interessierte. War sie unlängst gestorben? Oder war sie wie Betty verlassen und verarmt? Wie war sie, und wie sah sie aus? Traf sie ihren Exmann noch gelegentlich? Oder schmückte er ihr Grab mit Blumen, legte sich dann daneben und sprach mit der Verstorbenen? Da Annie wenig über Frederick und rein gar nichts über seine Frau wusste, fiel es ihr schwer, sich die beiden zusammen vorzustellen, aber sie hatte dennoch immer wieder ein verschwommenes Bild vor Augen.

Weshalb es ein echter Schock für sie war, als ihre Mutter plötzlich aufgeregt zur Tür lief, durch die soeben unübersehbar der leibhaftige Frederick Barrow trat, und zwar in Begleitung der streng blickenden jungen Frau, die Annie neulich als seine Tochter Gwen vorgestellt worden war, sowie einem Mann, der wohl Gwens Gatte war, und zwei kleinen Mädchen in identischen Samtkleidern.

Es ist viel zu heiß für Samtkleider, war Annies erster, abstruser Gedanke, weil sie sich an viele Festtagsessen in ihrer Kindheit erinnerte, an denen sie furchtbar geschwitzt hatte. An Rosch ha-Schana war es immer zu heiß für Samt.

Mit Frederick, Gwen und ihrem Mann und den zwei rosigen kleinen Mädchen in kirschrotem Samt wehte die Nachtluft herein, der feuchte Atem der Küste, der den neuen Gästen durchs Zimmer folgte wie ein Gespenst.

»Frisches Blut«, flüsterte Rosalyn gierig und eilte den Neuankömmlingen entgegen. Sie war der Gäste ihres Mannes häufig überdrüssig. Wie Sammlern von Keramik, Schmetterlingen oder alten Handtaschen lag Rosalyn das Erwerben als solches weitaus mehr am Herzen als eine umfangreiche Sammlung. Lou versorgte sie verlässlich mit einer ständig anwachsenden Liste von Namen und Berufen, die Rosalyn in ihrer mentalen Hierarchie unterzubringen hatte, wofür sie ihrem Mann wider Willen dankbar war. Doch diese aktuelle Neuerwerbung war untypischerweise ihr eigenes Werk. Sie hatte Gwendolyn Barrow eigenständig aufgegabelt, und zwar bei einer öden Veranstaltung mit unverständlicher Kunst und arroganten New Yorkern, bei der die beiden Frauen sich angeregt über die Vorzüge von Pilates gegenüber Gyrotonics unterhalten hatten, wobei Rosalyn sich ausdrücklich für Gyrotonic aussprach und Gwen zugab, dass ihr diese Methode auch zunehmend zusage. Die beiden Frauen fanden Gefallen aneinander, und Rosalyn lud ihre neue Freundin recht spontan zu Lous Rosch-ha-Schana-Feier ein.

»Gwen!«, sagte sie jetzt. »Willkommen in Westport! Und wer sind diese beiden eleganten jungen Damen, die Sie mitgebracht haben? Das sind doch wohl nicht Juliet und Ophelia?« Rosalyn hatte Gwen nur dieses eine Mal getroffen und lobte sich im Stillen, weil sie sich die Namen der Zwillinge gemerkt hatte. Ihr Vater mochte sich hemmungslos seiner Senilität ergeben, dachte sie bei sich, aber sie hatte jedenfalls ihren Kopf noch beisammen. »Das ist doch nicht möglich, die beiden sind ja schon so groß …«, fuhr sie fort und neigte den Mädchen ihren gewaltigen Schädel entgegen.

Juliet und Ophelia blickten zu ihr auf und sahen dabei aus, als würden sie ungleich lieber das Schicksal ihrer berühmten Namensvetterinnen erleiden, als hier in Rosalyns Zimmer zu stehen, während Rosalyns Gesicht über ihnen hing. Dann zitterten die Lippen der beiden unisono, bevor beide Mädchen gleichzeitig das Gesicht verzogen und lautstark zu heulen anfingen. Ihr Vater ging vor ihnen in die Hocke und redete ernsthaft, aber mit ehrerbietiger Miene auf sie ein, als seien die beiden Miniaturbotschafter eines fremden Miniaturlandes.

Von der Veranda aus beobachtete Annie den Einzug der Familie, und ein Hauch der feuchten Meeresluft wehte zu ihr herüber. Ihr Herz schlug schneller, und die Aufregung ließ ihr Gesicht erglühen. Sie konzentrierte sich auf ihr Glas, betrachtete eingehend den Wein, der so dunkel war wie ein Teich. Sie wartete auf Fredericks Stimme, und als sie dann neben ihr zu hören war und nur ihren Namen sagte, klang sie weich und warm und würzig.

»Deine Stimme ist wie Wein, Frederick«, sagte sie, blickte auf und lächelte.

»Nicht wie verruchter Gin?«, sagte er. Er nahm ihre Hand, und so standen sie einen Moment lang da, ein Schwindel erregender Moment für Annie, deren Herzschlag so laut in ihren Ohren hämmerte, dass sie nichts anderes mehr hören konnte. Doch Frederick musste etwas gehört haben, denn er warf einen raschen schuldbewussten Blick zu seiner Tochter hinüber, und der Zauber war gebrochen.

Er ließ Annies Hand ungeschickt sinken, sagte: »Was um alles in der Welt machst *du* hier?« und blickte dann um sich, als wisse er selbst nicht genau, wie er hierhergeraten war. »Das ist ja eine wunderbare Überraschung!«

»Cousin Lou ist mein Cousin«, sagte Annie.

»Cousin Lou ist jedermanns Cousin, oder nicht? Seine Frau hat Gwen viel über ihn erzählt. Offenbar haben die beiden sich schon nach einem Treffen richtig angefreundet. Gwen ist ein furchtbarer Snob, aber sie ist sehr angetan von Rosalyn. Ist Rosalyn vielleicht auch ein furchtbarer Snob? Das wäre eigentlich der einzige Grund, der mir diese Freundschaft erklärlich machen könnte.«

Annie musste lachen. »Lou ist wirklich mein Cousin«, erwiderte sie. »Nicht direkt blutsverwandt, aber er gehört tatsächlich zu meiner Familie.«

Frederick nickte bekräftigend und sagte: »Genau! So hat Gwennie es mir geschildert – jeder gehört zur Familie.«

Annie gab es auf. »Jedenfalls wohne ich jetzt hier.«

»Ach, jetzt erinnere ich mich … das Cottage und dein Cousin … Cousin Lou ist also dein Cousin, und du bist in sein Cottage gezogen.«

Annie fragte sich, ob er wohl an ihre Wohnung, an ihr Schlafzimmer, an ihr Bett dachte. Ob er sich daran erinnerte.

»Wir wohnen gleich da unten.«

»Am Strand? Das ist ja fantastisch. Mein Haus ist auch direkt am Wasser.« Frederick sah plötzlich unangenehm berührt aus und tippte sich nachdenklich mit zwei Fingern an die Lippen. »Mein Haus …«

»Dein Haus …«, wiederholte Annie, wie man es bei einem Kind macht, um es zum Weitererzählen zu bewegen.

»Hm?«

»Dein Haus? Am Wasser?«

»Mein Haus«, sagte Frederick wiederum, mehr zu sich selbst als zu Annie. »Mein Haus am Wasser. Dunkel und gefährlich …«

»Das Haus oder das Wasser?«

»… von Tag zu Tag dunkler und gefährlicher …«

»Du hörst dich an wie meine Schwester!«

»Ja, aber sie findet Dunkelheit und Gefahr schön.«

»Und du?«

»Ich finde es dunkel und gefährlich …« Er verstummte und sagte dann unvermittelt mit einem bemühten Grinsen: »Na, genug davon. Du bist also hier, weil du hier lebst, und ich bin hier, weil Gwennie im Whitney Museum Mrs. Cousin Lou kennen gelernt hat. Und jetzt sind sie Busenfreundinnen.« Er lächelte, diesmal entspannter. »Dieser Ausdruck funktioniert eigentlich nicht mehr richtig, oder? Jammerschade. Als traditioneller Mann des vergangenen Jahrhunderts konnte man damit so viel aussagen. Ich kann mir das noch nicht ganz abgewöhnen.«

Annie begann sich zu entspannen. Sie mochte den Mann einfach. Ob Frederick sich nun daran erinnerte, was sie zusammen erlebt hatten, oder nicht – sie erinnerte sich jedenfalls daran, und warum sollte sie etwas so Erfreuliches auch vergessen? Was aber nicht bedeutete, dass sie sich nun in der Vergangenheit verlieren wollte. Annie war zu dem Schluss gekommen, dass es in ihrem Alter sinnvoller war, nach vorne zu blicken.

»Hat Peter De Vries nicht in Westport gelebt?«, fragte Frederick. »Ich vermisse ihn, und ich frage mich, weshalb. Seine Bücher sind doch immer noch da, und sie sind so großartig wie eh und je, aber er ist nicht mehr da. Verstehst du, was ich meine?«

Annie bejahte die Frage, sann jedoch darüber nach, ob Frederick nicht vielmehr mit dem Thema beschäftigt war, wann er vielleicht selbst nicht mehr da sein würde. Er war immerhin jenseits der sechzig. Spürte er auch, wie sich die Zeit verschob? Die Neigung des Abhangs? Von nun an ging's bergab …

»Lucy hat in Westport gelebt«, sagte Annie, um die schwermütige Stimmung zu vertreiben, in die sie gerade hineingeriet. »In der Serie, nach der Geburt von Little Ricky. Und der Film *Der Mann im grauen Flanellanzug* war auch hier angesiedelt.«

»Und jetzt du: Annie Weissmann.«

»Kontinuität ohne Zusammenhang«, bemerkte Annie.

Das Gespräch machte ihr Spaß, und sie schilderte Frederick die Begeisterung ihrer Mutter und ihrer Schwester für die ehemalige Irrenanstalt.

»Und meine Schwester ist beim Kajakfahren fast ertrunken und von einem jungen Schauspieler gerettet worden«, fügte sie hinzu. Dann erörterten sie eine Weile das Thema Kajaks und Boote im Allgemeinen, um dann auf unerklärliche Weise bei der gemeinsamen Vorliebe für den Schauspieler James Mason zu landen, den sie beide gelegentlich mit Dirk Bogarde zu verwechseln pflegten.

»Einmal dachte ich an diese großartige gespenstische Szene aus *Tod in Venedig*, in der Gustav von Aschenbachs Schminke zu verlaufen beginnt«, sagte Frederick. »Und erst Tage später fiel mir auf, dass ich dabei die ganze Zeit James Masons Gesicht vor mir gesehen hatte.«

Von der anderen Seite des Zimmers rief jemand: »Dad!«

Es war Fredericks Schwiegersohn. Annie empfand einen Anflug von Mitleid für Frederick, weil er von seinem Schwiegersohn »Dad« genannt wurde.

Ich denke oft an Gustav von Aschenbach, wenn ich mich selbst schminke, dachte sie, doch sie hätte den Satz auch laut sagen können, denn Frederick starrte sie an.

»Dad! Da bist du ja«, sagte Fredericks Tochter, die jetzt mit ihrem Mann und den kleinen Töchtern zu ihnen trat. »Oh, hallo«, sagte sie dann rasch zu Annie. »Sind Sie nicht die Bibliothekarin? Ann, oder? Wie nett, Sie ausgerechnet hier zu treffen.« Gwen hielt eines der kleinen Mädchen auf dem Arm, das versonnen an einem Cracker knabberte.

»Ausgerechnet hier«, wiederholte Annie.

»Das ist Ron, mein Schwiegersohn, und diese kleine Person«, sagte Frederick und strich der Kleinen übers Haar, »ist Ophelia.«

Annie schüttelte Ophelia die klebrige Hand. »Hübsches Kleid«, sagte sie.

»Heiß«, murmelte Ophelia.

Betty beobachtete die kleine Gruppe interessiert. Sie freute sich, dass Frederick zu Annie gekommen war. Hatte sie ihn eingeladen? Es sah Annie gar nicht ähnlich, so viel Initiative zu zeigen und sich in die Karten schauen zu lassen. Sie musste wirklich einiges übrighaben für diesen Schriftsteller mit den lebhaften Augen und der samtigen Stimme. Wenn es meinen Töchtern gelingt, glücklich zu sein, werde ich es auch schaffen, dachte Betty und straffte die Schultern, obwohl sie dieselbe schwelende Wut und Konfusion empfand wie immer.

»Ich habe von der Sache mit Joseph gehört«, sagte ein Mann neben ihr.

Betty rief sich zur Ordnung, betrachtete mit Abscheu die wulstigen Lippen des Mannes und versuchte, sich in dem allgemeinen Stimmengewirr daran zu erinnern, wer er war.

»Marty«, sagte sie, als ihr schließlich einfiel, dass der Mann mit den leberfarbenen Lippen Cousin Lous Steuerberater war. »Hallo.«

»Tut mir leid für Sie«, sagte er.

Er verzehrte gerade ein Stück orangefarbenen Käse, und Betty bemerkte, dass der Käse eine glänzende Linie auf seinen Lippen hinterließ, die sie an eine Schneckenspur erinnerte.

»Sie brauchen einen guten Anwalt, Betty. Einen scharfen Hund. Ich gebe Ihnen einen Namen.«

»Sprechen Sie am besten mit Annie, Marty. Ich bin in Trauer.«

»Ja. Das ist wohl eine der Phasen, heißt es immer.«

»Ich glaube nicht an Phasen«, erwiderte Betty.

»Es ist keine Religion, Mom«, sagte ihre jüngere Tochter, die gerade zu ihr trat. Und da Marty etwas gekränkt blickte und Betty merkte, dass ihr Tonfall zu schroff geraten war, zwang sie sich dazu, Marty mit seiner widerlichen schneckenschleimbehafteten Lippe anzulächeln.

»Danke«, sagte sie, drückte Marty kurz die Hand und ließ sie so rasch wieder los, als nehme sie gerade reihenweise Glückwünsche entgegen. »Danke für Ihre lieben Worte.«

»Scharfer Hund«, wiederholte Marty, als er sich entfernte.

»Großer Gott«, sagte Betty.

»Wer war das?«, fragte Miranda, hinter der nun Roberts in Erscheinung trat.

»Lous Steuerberater. Er meint, ich bräuchte einen ›scharfen Hund‹, wie er sich ausdrückte, als Anwalt.«

»Ein Forensic Accountant wäre vermutlich angebrachter«, bemerkte Roberts. »Tut mir leid«, fügte er hinzu, als Betty nicht antwortete. »Geht mich nichts an.« Er wanderte von dannen.

Ein Forensic Accountant. Als jüngst konvertiertes und treues Mitglied der Fernsehgemeinde hatte Betty zahlreiche Wiederholungen zahlreicher Anwaltsserien gesehen und fragte sich nun, ob ein Forensic Accountant so etwas wie das CSI-Team für Scheidungen war. Eine Scheidung war ja auch ein Todesfall – oder vielmehr ein Mord. Die Erinnerungen waren es hier, die so unerbittlich glücklich, dabei aber leblos und nutzlos auf einem Haufen lagen und ebenso nach Verwesung stanken wie eine Leiche. Wenn die Erinnerungen nur wirklich eine Leiche wären, dachte Betty, dann könnte man sie tief in der Erde begraben. Aber die starben eben niemals, nicht wahr? Sondern geisterten durch ihre Gedanken und ihr Herz wie räudige Zombies. Auch ein Forensic Accountant würde niemals den Mörder finden können, wenn es keine Leiche gab. Da machte das Fernsehen mehr Spaß. »Ich mag den mit den Wanzen am liebsten«, sagte sie.

»Was?«

»Den mit der Sonnenbrille mag ich gar nicht.«

»Wovon redest du, Mom?«

»Fernsehen.«

»Ich habe Kopfschmerzen«, sagte Miranda und starrte wütend auf Frederick Barrows Enkelinnen.

Betty legte den Handrücken an die Stirn ihrer Tochter. »Hast du Fieber? Willst du nach Hause gehen? Hast du dieses Medikament? Diesen Roller für die Stirn? Vielleicht geht's dir besser, wenn du dich hinlegst.«

Miranda wich der Hand ihrer Mutter aus.

»Wer ist denn diese junge Frau, die Frederick von Annie wegzieht?«, erkundigte sich Betty. »Ist das sein Liebchen?«

»Das ist seine Tochter, Mom.«

»Gott sei Dank gibt es Töchter«, sagte Betty und drückte Mirandas Arm. »Ganz im Ernst.« Und sie wanderte zur Verandatür, schob sie auf und trat hinaus in die feuchte Nacht, um sich ungestört Grübeleien über Joseph und seine unüberbrückbaren Differenzen hinzugeben.

Als Betty durch die Verandatür trat, sah Miranda, dass Roberts sich ihr erneut näherte. Sie kippte den Rest ihres Scotchs hinunter und steuerte zur Bar, um sich Nachschub zu besorgen. Tatteriger alter Anwalt – war hier jeder zwei Jahre alt oder zweihundert? Gerechterweise musste man zwar einräumen, dass Roberts nicht tatterig war, sondern hochgewachsen und kräftig. Sein Schritt war entschlossen, und er hatte die angenehm gebräunte und wettergegerbte Haut eines Menschen, der viel Zeit in der Natur verbringt. Ferner sah er recht vornehm aus mit seiner schmalen gebogenen Nase, die englisch-aristokratischer, italienisch-aristokratischer oder einfach jüdischer Herkunft sein mochte. Und er hatte einen schön geformten Mund. Darauf hatte Betty bereits hingewiesen – dass sein Mund so weich wirkte und nicht zum Rest seines Gesichts passte. Aber Miranda war nicht in der Stimmung, Roberts' Mund oder seine gute Haltung zu goutieren. Sie hatte Schmerzen im Kopf und Schmerzen im Herzen.

Roberts war neben sie getreten und ließ sich Wein nachschenken. Da es kein Entkommen gab, entschied sich Miranda zu einem matten Lächeln.

»Alles in Ordnung?«, fragte Roberts. »Ihre Mutter ...«

»Sie ist in Trauer. Das ist alles sehr anstrengend für sie.«

»Ich mag Ihre Mutter. Sie ist eigentlich unermüdlich. Aber vielleicht muss jeder sich dann und wann eine Schwäche erlauben. Das Alter ist eine anstrengende Sache – anstrengend, wenn man sich dagegen auflehnt, anstrengend, wenn man es zulässt. Meine Mutter sagte immer, man müsse mutig sein, um alt zu werden.« Er hielt inne, als sei er über diese vielen Worte ebenso überrascht wie Miranda. »Wobei Ihre Mutter natürlich nicht alt ist«, fügte er hinzu. »Ich dachte dabei eher an mich selbst.«

»Ach, Sie sind doch so jung wie der Frühling«, erwiderte Miranda höflich, obwohl sie in Wirklichkeit dachte, er müsse wohl an die siebzig sein. Und was für eine Zumutung, vom Alter so zu sprechen als sei es gleichbedeutend mit dem Leben. Ihr stand plötzlich schmerzhaft das Bild von Kit vor Augen, dem jungen strahlenden Mann voller Neugierde und Hoffnung, an der Seite seines lebhaften kleinen Sohnes.

Roberts lachte. »Den Frühling habe ich jedenfalls schon öfter erlebt«, sagte er. »Sie dagegen sehen wunderbar aus. Ich habe gehört, was Ihnen an dem Tag zugestoßen ist, als sie mit dem Kajak aufs Meer rausfuhren. Und ich muss zugeben, dass ich mir Sorgen um Sie gemacht habe. Ich fühle mich nämlich etwas mitverantwortlich dafür. Ich hätte Sie unbedingt davon abhalten müssen, bei solchem Wetter rauszufahren.«

Miranda fragte sich, ob der Anwalt ein bisschen zu tief ins Glas geguckt hatte. Noch nie zuvor hatte sie erlebt, dass ihm ein derartiger Wortschwall über die zugegebenermaßen – lass dem Teufel seinen Willen, wie Josie immer zu sagen pflegte – sinnlichen Lippen gekommen wäre. »Das ist reizend von Ihnen«, sagte sie und dachte dabei, bitte verschwinde jetzt, du alter Knacker. »Aber Sie hätten mich ohnehin nicht aufhalten können. Niemand kann mich von etwas abhalten, ich bin ein wandelnder Albtraum. Und wie sich gezeigt hat, hat mir mein

Kajakabenteuer an diesem Tag durchaus Glück gebracht. Ich habe nämlich einen neuen Freund gewonnen – Kit Maybank. Kennen Sie ihn? Er hat mir das Leben gerettet. Er ist Schauspieler. An sich sollte er heute Abend auch hier sein, aber er hat gerade eine Rolle in einem Film bekommen und musste verreisen. Er ist ausgesprochen begabt.« Miranda merkte, dass es ihr schwerfiel, sich von dem Thema zu lösen. »Er hat ein Kind, einen hinreißenden Jungen namens Henry …«

»Ah«, äußerte Roberts mit seiner ruhigen Stimme.

»Henry«, wiederholte Miranda, und es klang so angriffslustig, als hätte Roberts den Jungen schlecht behandelt. »Henry sieht seinem Vater extrem ähnlich.«

Roberts murmelte etwas Unhörbares und versank in seinem gewohnten Schweigen.

Als alle im Esszimmer Einzug hielten, trug Frederick eine seiner rosigen Enkelinnen auf den Schultern. Die Kleine trommelte auf seinen Kopf und trällerte mit hoher Kinderstimme ein Lied, das in dem großen Raum erstaunlich gut zu hören war. Dann wurde sie zu ihrer Schwester gesetzt, und die beiden lümmelten in ihren Kinderstühlen herum und ließen die Zunge aus dem Mund hängen.

Annie saß nahe dem Kopfende des langen Tisches und bemühte sich, eine ruhige, würdevolle Gelassenheit auszustrahlen. Sie spürte Fredericks Anwesenheit, der ihr gegenübersaß, schaute aber nicht auf. Als sie mit ihm gesprochen hatte, war er zwar nicht innig, auf jeden Fall aber herzlich gewesen. Doch nachdem Gwen mit ihrer Gefolgschaft erschienen war, hatte er sich plötzlich sehr förmlich verhalten und war mit den anderen verschwunden, als sei er nie da gewesen.

»So was sollst du nicht tun«, hörte sie ihn sagen, und als sie nun doch aufschaute, sah sie, wie eines der beiden Mädchen –

Juliet oder Ophelia oder meinetwegen auch Medea, dachte Annie gereizt – ihm ein honiggetränktes Stück Challa in die Hand drückte.

Miranda trat hinter Frederick und zeigte auf den leeren Stuhl neben Annie.

Die rasch wegschaute.

»Neben Annie ist noch ein Platz frei«, sagte Miranda mit schriller Stimme zu Frederick. »Gehen Sie, gehen Sie!« Sie hatte ihm die Hand in den Nacken gelegt und gab ihm einen kleinen Schubs.

Was hat sie nur?, dachte Annie und lief rot an.

Was hat er nur?, fragte sich Miranda. Am liebsten hätte sie »*Carpe diem, carpe, carpe, carpe*!« geschrien. Sie fühlte sich ausgesprochen heldenhaft, weil sie der Liebe ihrer Schwester auf die Sprünge half, während sie selbst doch so einsam und bleischwer war. Sie hatte sich schon mehrmals ins Badezimmer zurückgezogen und nachgesehen, ob Kit ihr auf dem Handy eine Nachricht hinterlassen hatte, aber er hatte nicht mal eine SMS geschickt. Er saß natürlich noch im Flugzeug, das war ihr bewusst, machte ihr Gefühl von Verlassenheit jedoch nicht weniger schmerzhaft. Zumindest hätte er ihr vor dem Abflug ein paar Worte schreiben oder ein Foto von Henry auf seinem Flugzeugsitz schicken können. Sie sehnte sich danach, wieder ihr Handy zu checken, musste nun aber abwarten, bis alle sich gesetzt hatten. Dann würde sie es heimlich aus ihrer Jackentasche angeln und unter dem Tisch draufschauen, so wie es Annies Söhne immer machten und wie sie selbst es getan hatte, als sie noch ein echtes Leben mit einem echten Beruf gehabt hatte. Der Gedanke an ihre ruinierte Karriere, von dem sie in den letzten friedvollen Wochen unbehelligt geblieben war, suchte sie nun wieder heim, ätzend und gallebitter. Aufgebracht stupste Miranda Frederick erneut an. Wenn sie selbst schon jeden und alles verloren hatte, dann sollte wenigstens Annie ihren Schriftsteller kriegen.

Frederick zögerte, murmelte, er müsse in der Nähe seiner Enkelinnen bleiben. Juliet und Ophelia, deren gefältelte rote Samtkleidchen inzwischen flächendeckend mit goldenem Honig beschmiert und mit gelben Challa-Bröseln gespickt waren, lächelten Miranda an und leckten ihre Finger ab.

Im Hintergrund hörte Annie eine Männerstimme, von einem Rauschen unterlegt. Es handelte sich um Rosalyns Vater, Mr. Shpuntov, der sich in seinem Zimmer befand und im Esszimmer über die Sprechanlage zu vernehmen war, die immer eingeschaltet war, damit man ihn überall hören konnte.

»Er hat Bananen verkauft«, sagte Mr. Shpuntov gerade. »Hat sie zum Reifen im Keller aufgehängt. Haben Sie in Brooklyn schon mal Bananen gesehen, Mr. Acht-Null-Sieben? Einen Keller voller Bananen in Brooklyn ...«

Mr. Acht-Null-Sieben? Annie schaute auf ihre Uhr. Ah. Mr. Shpuntov erzählte der Uhr Geschichten.

»Es war wunderbar, die Damen hier zu treffen«, sagte Frederick am Ende des Abends zu Annie, Miranda und Betty.

Miranda blickte ihn verächtlich an.

»Ach du meine Güte! Komm schnell, Mutter!«, sagte sie dann. »Mr. Shpuntov trinkt gerade alle Neigen aus.« Und sie zog ihre Mutter mit sich, damit sie mit vereinten Kräften Mr. Shpuntov davon abhalten konnten, sich nacheinander die Reste aus jedem Weinglas am Tisch zu Gemüte zu führen.

Doch während Miranda Mr. Shpuntov ein Kelchglas aus der Hand nahm, sah sie, dass Frederick nicht – wie sie gehofft hatte – die Gelegenheit für einen innigen Abschied von Annie nutzte. Er nickte lediglich, sagte: »Also, auf Wiedersehen«, ging hinaus und wartete vor der Haustür, während Gwen die Mädchen hochhob, damit Cousin Lou sich mit Küsschen von ihnen verabschieden konnte.

»Was war denn mit Frederick los?«, fragte Miranda ihre Schwester auf dem Heimweg.

»Was meinst du damit?«

»Was ich damit meine? Das weißt du doch genau. Er war so komisch kühl und distanziert.«

»Ich fand ihn sehr angenehm«, erwiderte Annie. Aber als sie später alleine war, kamen ihr die Worte ihrer Schwester wieder in den Sinn: Was war mit Frederick los?

11

Die Morgendämmerung brach immer später an, die Luft wurde kühl. Westports Schönheit welkte und entzog sich dem Blick. Was vordem grün und üppig gewesen war, wurde dürr und unansehnlich. Die Straßen waren nicht mehr von windgezausten Bäumen, sondern von kahlen Baumgerippen gesäumt. Ihrer Blätterschleier beraubt, wirkten die monumentalen Häuser dahinter nicht mehr wie vornehme Anwesen, sondern bestenfalls wie kultivierte New-England-Hotels. Annie rief mehrmals heimlich den Professor an, der ihre Wohnung gemietet hatte, um zu hören, ob er früher ausziehen wollte – doch er hatte keinerlei Interesse daran. Betty stand stundenlang am Schlafzimmerfenster, ihrem Witwenausguck, und sann bitter darüber nach, dass sie weder spazieren ging noch eine Witwe war, sondern lediglich in Westport im Höllenfeuer festsaß. Und Miranda? Sie war still; stiller als die beiden anderen Frauen sie jemals erlebt hatten.

Miranda war bewusst, dass sie ein furchtbares Drama abzog, aber sie konnte einfach nicht damit aufhören. Sie merkte durchaus, dass ihre Verdrossenheit in gewisser Weise ihren Tobsuchtsanfällen glich – beides strahlte letztlich Hilflosigkeit aus. Aber sie konnte weder mit ihrer Mutter noch mit ihrer Schwester über Kit und Henry sprechen, und sie hatte nun mal nichts anderes im Kopf als Kit und Henry. Manchmal spürte Miranda, dass sie ihre Gefühle für die beiden hortete, versteckte und beschützte wie ein Eichhörnchen seine Nüsse.

Sie waren wie ein Schatz, dieser vergrabene Vorrat an intensiven Gefühlen und Leidenschaft. Dann wieder schien sie die beiden zu verlieren, als seien sie schon lange tot und sie könne sich nicht mehr an ihre Gesichter erinnern.

Was um alles in der Welt war geschehen? Sie spürte nach wie vor das Frösteln an ihrer Handfläche, als Kit am Tag der Abreise vor ihr zurückwich, einem scheuenden Pferd gleich.

Annies Tage verliefen nun mit einer beinahe beruhigenden Regelmäßigkeit: tagsüber arbeiten, sich nachts Sorgen machen, sich morgens in eisigem Wasser Gedanken hingeben, die zu nichts führten. An einem dieser typischen fahlen, mattgrauen Morgen pflügte Annie sich wieder einmal durch das kalte Wasser des Long Island Sound. Sie schätzte die Klarheit der Kälte, die Dunkelheit des schwarzen Wassers, die Ehrlichkeit des Alleinseins. Sie schwamm mit kraftvollen, gleichmäßigen Bewegungen, atmete im eiskalten Wasser aus, drehte sich dann auf den Rücken und sog in tiefen Zügen die Luft des frühen Morgens ein. Dabei dachte sie besorgt über Geld, das hartnäckige Witwengetue ihrer Mutter und das verdrossene Schweigen ihrer Schwester nach und endete wie immer mit ihren Gedanken bei Frederick. Sie erinnerte sich an sein anerkennendes Lachen über eine Äußerung von ihr; die Bemerkung war ihr entfallen, doch sein Lachen hörte sie noch klar und deutlich. Und sie sah seine dunklen Augen, den schelmischen Blick, der ihr so viel sagend und gefühlsbetont zu sein schien. Oder hatte sie ihn falsch gedeutet? Hatte sie seinen Blick und seine Gefühle missverstanden? Konnte sie sich so sehr irren? Nein. Nein, obwohl Frederick nicht angerufen und an Rosch ha-Schana so distanziert gewesen war, war Annie sicher, dass sie sich nicht irrte. Was allerdings auch nichts änderte an der Lage: Er hatte sie nicht angerufen, bei ihrer letzten Begegnung war er unverbindlich gewesen, er war ihr so fern, als hätte er niemals auch nur das Geringste für sie empfunden.

Miranda hatte es aufgegeben, Annie mit Frederick zu necken, was eine Erleichterung, aber auch eine betrübliche Bestätigung Annies eigener Vermutung war, dass diese Affäre tatsächlich beendet war. Allerdings konnte man mit Miranda in letzter Zeit wirklich über gar nichts mehr reden. Mirandas neue Schweigsamkeit war genauso ein Theater wie alles andere, was ihre Schwester machte, dachte Annie ärgerlich.

Im Cottage saß Miranda am Küchentisch und starrte unverwandt auf eine große Orange in ihren Händen.

»Schatz«, sagte Betty, die hereingeschlurft kam und nun hinter Miranda stehen blieb. Sie beobachtete, wie ihre Tochter die Frucht auf dem Tisch hin und her rollte, und fügte hinzu: »Schatz, vielleicht solltest du dir ein Hobby zulegen.«

Miranda lachte. »'n Nobby?« Das bezog sich auf einen Witz über den Ruhestand, den Josie immer gerne erzählt hatte.

Ein alter Mann, der gerade in Rente gegangen und nach Florida gezogen ist, fragt einen anderen alten Knaben: »Wie hältst du das denn aus? Ich finde es schon nach zwei Tagen langweilig.«

»Ganz einfach«, antwortet der andere mit starkem jiddischem Akzent. »Ich hab 'n Nobby.«

»Ein Nobby?«, fragt der erste alte Mann. »Was soll denn das sein?«

»Na, 'n Nobby, 'n Nobby – wie Briefmarken sammeln.«

»Du sammelst Briefmarken?«, fragt der erste.

»Briefmarken? Nee, ich hab *Bienen*. In meiner Wohnung.«

Er nimmt den Neuen mit in sein Apartmenthaus, wo sie mit dem Aufzug nach oben fahren. In der Wohnung holt der Alte eine Schachtel aus seinem Schrank und macht sie auf. »Hier!«

»Aber die sind ja alle tot! Das ist doch nur eine Schachtel voll toter Bienen! Das ist doch keine Bienenzucht!«

»Hey«, erwidert der andere, »es ist doch bloß 'n Nobby.«

»Möchtest du, dass ich mir Bienen zulege, Mutter?«, fragte Miranda.

»Wenn es dich glücklich machen würde«, antwortete Betty. Sie zögerte. »Und, wäre das so?«

»Brauch ich nicht«, erwiderte Miranda und wandte ihre Aufmerksamkeit wieder der Orange zu, womit das Gespräch für sie beendet war. Der frische Duft der Zitrusfrucht breitete sich in der Küche aus. Miranda wartete, bis sie das dumpfe Ploppen der Zeitung auf dem schlammigen Weg hörte, dann ging sie nach draußen und holte die schmutzige blaue Tüte herein. Als Annie in ihrem Neoprenanzug zurückkam, duschte und sich für die Arbeit fertig machte, hatte Miranda schon die ganze Zeitung durchgeblättert.

»Es wäre schön, wenn du sie nicht immer so zerknittern würdest«, sagte Annie und strich die einzelnen Teile der *New York Times* glatt.

»Hol dir doch deine eigene Zeitung am Bahnhof, wenn es dir nicht passt.«

»Typisch.«

»Wofür?«

»Na kommt schon, Mädels«, sagte Betty vage. Aber sie war in Gedanken woanders, und Annie und Miranda, die das spürten, funkelten sich so wütend an wie verzogene Kinder, bis Miranda Annie zum Bahnhof fahren musste. Als sie rausgingen, starrte ihre Mutter aus dem Fenster und hielt einen Kaffeebecher an ihre Wange, weil ihre Nebenhöhlen schmerzten.

»Tut mir leid«, zwang sich Annie zu sagen, als sie ins Auto stiegen. »Es ist ja nur die Zeitung. Ich bin zu alt, um mich so zu benehmen.« Sie verkniff sich die Bemerkung, dass Miranda ebenfalls zu alt für ein solches Betragen war. »Und ich habe zu lang alleine gelebt.«

»Du?«, erwiderte Miranda. »Und was ist mit mir? Wie lange lebe ich denn schon alleine?«

Annie merkte, wie der Zorn sie packte. Konnte sie sich denn nicht einmal feinfühlig entschuldigen, ohne dass ihre Schwester in Konkurrenz mit ihr trat? »Grün«, entgegnete sie lediglich, als die Ampel umsprang und Miranda nicht sofort anfuhr.

Miranda setzte ihre Schwester am Bahnhof ab und knatterte mit dem lauten alten Mercedes zum Parkplatz am Compo Beach. Dann ging sie im Morgengrauen die Straße bis zum Strand von Burying Hill entlang, wie sie es jeden Tag machte. Es wäre einfacher gewesen, Annie an der Bahnstation Greenfield Hill abzusetzen, die viel näher an Burying Hill lag, aber Miranda wollte nicht, dass ihre Schwester oder irgendwer wusste, wo sie hinging. Sie starrte nach Osten, zum Haus von Kit Maybanks Tante. Das gab ihr das Gefühl, näher bei Kit und Henry zu sein, als wären die beiden gleich dort hinter dem nächsten Felsen. Sie hatte Kit mehrmals angerufen und einmal sogar mit Henry gesprochen. Doch dann hatte Kit nicht mehr auf ihre Anrufe reagiert. Als Miranda ihm eine E-Mail schrieb, antwortete er kurz und ausweichend – zu viel zu tun, geht leider nicht, bald … Und dann hatte sie gar nichts mehr von ihm gehört. Es kam ihr vor, als seien Kit und mit ihm Henry von der Erdoberfläche verschwunden – ihrer Erdoberfläche jedenfalls. Miranda fragte sich, wer sich nun um Henry kümmerte. Kit hatte gesagt, das Kindermädchen eines seiner Studienfreunde habe ihm ihre Cousine geschickt. Das hörte sich nicht gut an. Armer Henry. Miranda hatte angeboten, nach L.A. zu kommen und den Kleinen zu versorgen, doch Kit war nicht darauf eingegangen. Und so blieben die beiden verschwunden. Miranda hörte und sah nichts mehr von ihnen und konnte lediglich hier stehen und im frühen Novemberregen Richtung Osten starren.

»Hallo«, sagte unvermittelt jemand neben ihr.

Miranda zuckte zusammen und dachte einen Moment lang, es sei Kit. Dann starrte sie Roberts an, als würde sie ihn nicht erkennen.

»Verzeihung. Ich wollte Sie nicht erschrecken. Aber es beginnt ernsthaft zu regnen. Kann ich Sie vielleicht nach Hause fahren?«, fragte Roberts mit einem Blick auf den leeren Parkplatz. »Oder sind Sie mit Ihrem verlässlichen Kajak hierhergepaddelt?«

Miranda lächelte nicht. Es gelang ihr nicht, sich zur Höflichkeit zu zwingen, weil sie alleine sein wollte. Sie murmelte lediglich ein Dankeschön vor sich hin und lehnte das Angebot ab.

»Ich gehe gerne spazieren«, fügte sie dann noch hinzu.

»Verstehe«, erwiderte Roberts.

Nach dieser Begegnung traf sie Roberts morgens des Öfteren am Strand. Er schien auch gerne spazieren zu gehen, machte jedoch nie Anstalten, sich ihr anzuschließen, wofür Miranda dankbar war. Roberts kam ihr entgegen oder ging an ihr vorbei, wenn sie stehen geblieben war und sich der Betrachtung einer melancholischen Naturstimmung hingab, und nickte zum Gruß. Mehr nicht. Doch schon diese Geste empfand Miranda als aufdringlich und störend, und sie ging vorsätzlich zu anderen Zeiten spazieren, obwohl ihr durchaus bewusst war, dass sie übertrieben reagierte.

Es trug auch nicht zu ihrer Entspannung bei, dass Roberts gelegentlich bei ihnen zu Abend aß. Er hat sich ja hier schon regelrecht eingenistet, dachte sie, als sie eines Abends nach Hause kam und Roberts in der Küche vorfand, wo er Glühwein kochte.

»Riecht es hier nicht köstlich?«, sagte Betty.

Annie warf Miranda einen besorgten Blick zu und hoffte, dass ihre Schwester Roberts nicht schlecht behandeln würde. Er stand am Herd und schien so stolz zu sein auf seine Kreation. Annie trat zu ihm, als könne sie ihn durch ihre körperliche Nähe vor Mirandas kalter Gleichgültigkeit schützen.

Miranda sog den würzigen Duft ein und lächelte wider Willen.

Erleichtert nahm Annie den Becher Glühwein in Empfang, den Roberts ihr reichte, und fragte sich, weshalb Miranda Roberts immer als so alt empfunden hatte. Er konnte höchstens Mitte oder Ende sechzig sein, fiel ihr jetzt auf. Seine Haut war nicht vom Alter runzlig, sondern von Wind und Wetter. Warum ihre Schwester ihn so nachhaltig ablehnte, blieb Annie unbegreiflich, und sie ärgerte sich auch darüber. Roberts hätte so viel besser zu Miranda gepasst als Kit Maybank. Es machte Annie wütend, dass Miranda so hemmungslos um jemanden trauerte, der sie so schlecht behandelt hatte.

»Roberts ist so ein reizender Mann. Und ich bin übrigens sehr enttäuscht von Kit Maybank«, sagte Betty an diesem Abend zu Annie, nachdem Roberts gegangen und Miranda zu einem weiteren einsamen Spaziergang aufgebrochen war. »Hat sie überhaupt irgendwas von ihm gehört?«

Annie zuckte die Achseln. Miranda sprach kein Wort mit ihr darüber. »Vielleicht kommt er demnächst, um an Thanksgiving bei seiner Tante zu sein. Aber ich meine, wir sollten diese Freundschaft nicht überbewerten, Mutter. Ich meine, Miranda ist ein schwärmerischer Mensch, so ist sie nun mal, aber sie wird bald fünfzig, um Himmels willen. Sie muss mal damit aufhören, für einen Typen zu schwärmen, der halb so alt ist wie sie.«

»Du bist so nüchtern, Miranda. Sie schwärmt nicht für Kit. Also wirklich! Sie ist ja schließlich kein Teenager.«

»Das habe ich doch gemeint. Genau das war meine Aussage.«

»Du mit deinen Aussagen«, erwiderte Betty geduldig. »Aber es geht ihr doch um das Kind. Sie will den kleinen Jungen, das arme Ding. Ich dachte, das sei offensichtlich.«

Und Annie staunte – nicht zum ersten Mal – über die scharfe Beobachtungsgabe ihrer Mutter. Und ihre eigene Blindheit.

Seit sie vor etwas über drei Monaten nach Westport gezogen waren, hatten Miranda und Annie versucht, Josies Anrufen auszuweichen. Zu Anfang, als sie noch bereit waren, mit ihm zu sprechen, hatten sie sich darum bemüht, ihn umzustimmen. Doch er hatte derart entschieden geantwortet, es gäbe nichts mehr zu ändern, als wolle er behaupten, es sei Gottes Wille.

»Das Dach ist undicht«, schrie Miranda damals in ihr Handy. »Im Wintergarten liegt Mäusedreck.«

»Du hast unsere Mutter, deine Frau, an den Bettelstab gebracht«, schrie Annie im Büro ins Telefon. »Schämst du dich nicht?«

»Josie, du musst ihr helfen«, flehten beide Schwestern ihn an. »Wenn du begreifen würdest, was hier abläuft, würdest du dich anders verhalten. Bitte lass Mama nach Hause kommen.«

Nach einer Weile wurde beiden klar, dass Josie gar nicht begreifen wollte, was ablief. Sie riefen ihn nicht mehr an und reagierten auch nicht auf seine Anrufe. Seit Wochen hatten sie seine Stimme nur noch auf dem Anrufbeantworter gehört.

Dann teilte Betty ihnen mit, es gäbe eine Stehlampe in der Wohnung, die sie unbedingt haben müsse. Annie wies darauf hin, dass in dem kleinen vollgestellten Cottage kein Platz sei für eine weitere Lampe, und Miranda meinte, Josie habe die Lampe bestimmt längst verkauft. Aber ein paar Tage später fanden sich Annie und Miranda unversehens im alten Auto ihrer Mutter wieder, auf dem Weg in die Stadt, um die Lampe abzuholen. Annie hatte sich dann schließlich darauf eingelassen, Josie in seinem Büro anzurufen, um einen Termin zu vereinbaren.

»Josie? Hier ist Annie.«

»Ich weiß, dass du es bist, Schatz. Wie viele Leute nennen mich denn schon so?«

Annie meinte, Rührung in seiner Stimme zu hören. Nicht schwach werden, befahl sie sich.

»Ich habe schon ein paar Mal angerufen«, sagte Josie. Er klang verletzt.

»Ich weiß.« Annie warf einen Blick auf die drei rosa Zettel mit seinem Namen, die auf ihrem Schreibtisch klebten.

»Na ja, macht nichts. Jetzt hast du ja zurückgerufen. Wie geht's euch Mädels? Und eurer Mutter?«

»Hör zu, ich muss nur in die Wohnung. Mom möchte die Stehlampe aus dem Schlafzimmer.« Annie zögerte, dann fügte sie hinzu: »Aus *ihrem* Schlafzimmer.«

Am anderen Ende herrschte Schweigen.

»Josie?«

»Ja. Okay. Ozzie soll sie euch runterbringen. Wann es bei euch passt.«

Ozzie war das Faktotum. Annie fragte sich, ob er ihre Mutter vermisste.

»Nicht nötig«, erwiderte sie. »Ich habe einen Schlüssel. Ich wollte dir nur Bescheid sagen.«

»Hm«, machte Josie. »Ähm, es ist so: Ich habe das Schloss austauschen lassen.«

»Was?«, sagte Annie, obwohl sie ihn verstanden hatte.

»Ich fand das sinnvoll«, sagte er.

»Großer Gott, Josie.«

»Ich weiß.«

»Sinnvoll? Großer Gott.«

Dann verfielen sie beide in Schweigen, aber keiner legte auf.

»Tut mir leid, Schatz«, murmelte Josie schließlich. »Tut mir so leid.«

Annie saß in ihrem Büro, einem kleinen Hinterzimmer im Erdgeschoss der Bibliothek. Durch das Fenster blickte man auf eine mit Efeu bewachsene Wand. Das Fenster musste dringend geputzt werden. Ihr Rücken schmerzte. Sie war seit einer Woche nicht mehr geschwommen, weil es jetzt sogar mit Neoprenanzug zu kalt war. Morgen würde sie vielleicht mal ins Stadtbad gehen. Sie dachte an all diese Dinge und betrachtete den spärlichen Strahl Stadtsonne, der auf ihren Schreibtisch fiel, aber eigentlich hatte sie nur einen einzigen Gedanken im Kopf: *O Josie. Wie konntest du das nur tun, Josie?*

»Wann kommst du?«, fragte er jetzt.

»Samstag.«

»Okay.«

»Gut.«

Annie dachte: Das ist der Mann, der mich großgezogen hat, der mein Vater war.

»Lass uns doch zusammen zu Abend essen«, sagte Josie. »Du und Miranda?«

Annie wollte gerade nein sagen, als er mit absolut kläglicher Stimme hinzufügte: »Bitte?«

Deshalb fuhren Miranda und sie nun in die Stadt, um eine überflüssige Lampe abzuholen und mit einem überflüssigen Exvater zu Abend zu essen.

»Ich hasse ihn«, sagte Miranda. »Warum machen wir das überhaupt?«

»Keine Ahnung. Ich bin schwach geworden, schätze ich mal. Seine Stimme … war herzzerreißend.«

»Pah.« Miranda verschränkte trotzig die Arme vor der Brust. »Ich halte Männer für große Babys.«

»Infantile Grandiosität. Hat mir immer gefallen, der Ausdruck. Ist so schön griffig.«

»Aber echte Kinder halten sich nicht für grandios, sondern sie sind tatsächlich großartig. Denk doch nur an Henry«, erwiderte Miranda.

Annie erinnerte sich, wie Henry im Wohnzimmer auf dem Boden mit seinem Auto gespielt hatte, beobachtet von vier entzückten Erwachsenen. Und sie erinnerte sich an eine andere Szene am selben Tag. Henry war mit Betty auf der Couch eingeschlafen. Kit und Miranda kamen von einem Spaziergang zurück, stiegen die brüchige Treppe zum Wintergarten hinauf und ließen die Tür offen. Annie stand an einem Fenster mit Blick auf den Wintergarten und entfernte trockene Blätter von einem Rosenstrauß, den Kit ihnen vor einer Woche mitgebracht hatte. Sie sah die beiden fast nur aus dem Augenwinkel. Sie waren stehen geblieben, und Kit streckte die Hand aus und berührte Miranda an der Schulter, so sachte und sanft wie der spielerische Pfotenhieb einer Katze. Und die beiden lachten leise und innig.

Annie wünschte, sie hätte die Szene nicht gesehen. Sie bereitete ihr Sorgen. Sie hatte sich schon immer Sorgen um Miranda gemacht. Sogar als es Miranda gut ging, hatte Annie ein Auge auf sie gehabt. Das war ein Relikt aus ihrer Kindheit – ein gewisses Misstrauen gegenüber ihrer jüngeren Schwester, die so viel verlangte und den Löwenanteil der Zuwendung ihrer Eltern aufzubrauchen schien. Und zugleich war dieses Verhalten ein Kraftquell für Annie, sie schützte sich selbst, indem sie sich diese wichtige Rolle der Beschützerin ihrer Schwester zuwies und die Aufgabe überaus ernst nahm. Schon als kleines Mädchen hatte Annie diese Konstellation verstanden. Wenn sie sich nicht um Miranda kümmerte, was blieb dann für sie übrig? Nur Ablehnung, und das war ein unschönes Gefühl. Annie liebte Miranda, fand es unmöglich, sie nicht zu lieben, und hatte schon in der Kindheit einen Weg entdeckt, wie sie ihre Liebe mit Würde zum Ausdruck bringen konnte: durch Sorge.

Sie sind wirklich gute Freunde, sagte sich Annie an diesem Tag, als sie Kit und Miranda im Wintergarten sah. Freunde, dachte sie dann noch einmal mit Nachdruck. Dann folgte das wahre Wort, denn sie konnte ihren Augen nicht so sehr misstrauen: ein Liebespaar. Und plötzlich empfand Annie sowohl Neid als auch Mitleid mit Annie.

Doch sobald die beiden ins Wohnzimmer traten, schien es, als gäbe es den jungen Mann an Mirandas Seite gar nicht mehr. Miranda blieb vor dem Sofa stehen, und ihr lebhaftes und energisches Gesicht wurde ganz plötzlich weich und wunderschön. Eine Wandlung, hatte Annie damals gedacht. Frieden, dachte sie. Miranda im Frieden mit sich. Und sie war dem Blick der Schwester, in dem pures, grenzenloses Glück lag, mit den Augen gefolgt zu seinem Ziel, einem kleinen Jungen, der blinzelnd und Daumen lutschend und schläfrig lächelnd auf der Couch lag.

»Wie geht's denn eigentlich dem kleinen Henry?«, fragte Annie nun, als sie dem Sonnenuntergang entgegenfuhren.

Miranda schwieg.

Vielleicht hatte sie die Frage nicht gehört. Annie warf einen Seitenblick auf ihre stumme Schwester, deren Profil sich gegen das Fenster abzeichnete. Eine Sonnenbrille verdeckte ihre Augen.

Wortlos blickte Miranda zum Fenster hinaus auf die kahlen Novemberwälder.

Annie wiederholte ihre Frage nicht.

Josie hatte sich mit ihnen in einem kleinen Bistro verabredet, das sie alle gemocht hatten, als die Familie »noch intakt« war, wie Miranda sich ausdrückte. »Er hätte wirklich was Neutraleres aussuchen können«, sagte sie.

»Ich glaube nicht, dass er neutral sein möchte.«

»Gewiss doch.«

»Glaubst du, dass er neutral sein kann oder sein möchte?«, fragte Annie.

»Weiß ich nicht, Annie. Wieso musst du immer alles mit Bedeutung versehen? Du weißt, was ich meine.«

Und nachdem Annie sich automatisch kurz geärgert hatte, musste sie zugeben, dass sie in der Tat wusste, was ihre Schwester meinte.

Josie war noch nicht da, aber der Tisch, an dem sie immer gesessen hatten, war vorbereitet; er musste ihn reserviert haben, denn im Restaurant herrschte reger Betrieb. Annie und Miranda ließen sich nieder und warteten, beide mit unklaren Gefühlen. Dann kam Josie herein, und in beiden Frauen brandeten Liebe, Scham und ohnmächtige Wut auf.

Josie sah zugleich älter und jünger aus. Wie kann das sein?, fragte sich Annie. Sie hatten ihn monatelang nicht gesehen, und da war er nun, ihr Josie – irgendwie kleiner, grauer, dünner, aber sein Schritt war federnd, und er bewegte sich so leicht und sorglos. Wie konnte er es wagen, sorglos zu sein, während ihre Mutter unter ihrer Sorgenlast beinahe zusammenbrach?

»Ihr Mädchen fehlt mir«, sagte er.

»Und wer ist schuld daran?«, versetzte Miranda.

Joseph starrte auf seine Töchter, seine kleinen Mädchen.

Miranda hatte die Arme vor der Brust verschränkt und schob trotzig die Unterlippe vor, so wie sie es als wirkliches kleines Mädchen gemacht hatte. Sie funkelte ihn wütend an, was nicht so schlimm war wie das Verhalten von Annie, die ihn nicht mal anschaute. Oh, was hatte er nur getan? Sein ganzes Leben war verloren gegangen, im Handumdrehen. Betty war verloren, Betty mit ihren Picknicks. Es war ein Familienscherz gewesen, dass Betty aus allem ein Picknick machte. Bei Betty wurde alles zum Ausflug, sogar die Fahrt zur Kraftfahrzeugbehörde, um die Nummernschilder von ihrem alten Wagen abzugeben. Ach, lass uns doch zusammen fahren, sagte Betty dann. Danach gehen wir zu der Zweigstelle in der Innenstadt und machen einen Spaziergang am Wasser, schauen uns die Schiffe an, wie Touristen. Das ist aber kein Picknick, pflegte er dann zu sagen. Sie hätten es zusammen so schön haben können auf ihre alten Tage, hätten sich das Alter mit Picknicks versüßen können. Aber ein Picknick war ein altmodischer Zeitvertreib, und Joseph war noch nicht bereit fürs Alter. Felicity hatte ihre junge Hand ausgestreckt und ihn aus diesem Sumpf herausgezogen.

»Ich denke nicht, dass es juristisch zulässig ist, Mom aus der Wohnung auszuschließen«, sagte Annie. »Und falls es doch zulässig sein sollte, ist es jedenfalls moralisch nicht vertretbar. Und zwar nicht im Geringsten, Josie.«

»Aber eure Mutter hat eingewilligt«, erwiderte Joseph. »Ich habe es mit ihr besprochen.«

»Wie bitte?«, fragte Annie fassungslos. Betty hatte das mit keinem Wort erwähnt.

»Wie konnte sie sich denn darauf einlassen?«, fragte Miranda. »Und wieso wolltest du überhaupt neue Türschlösser haben? Wir hatten nicht vor, die Bude zu plündern. Die im Übrigen Moms Zuhause ist.«

»Oh«, antwortete Joseph vage. »Das ist nur eine Formalität. Außerdem wohne ich ja dort, und ich brauche meine Privatsphäre. Darauf habe ich schließlich ein Recht, oder nicht?« Er sah gekränkt aus.

»Du glaubst ja sowieso, auf alles ein Recht zu haben«, murmelte Miranda.

»Ich wollte einfach nett mit euch zu Abend essen«, sagte er. »Mehr nicht.«

Seit Annies zehntem und Mirandas achtem Geburtstag hatten sie in diesem Lokal alle Familienfeste gefeiert, und die Mädchen durften dann immer ein Schlückchen Wein trinken.

»Eine Flasche?«, fragte Josie. »Weiß, oder?«

Ja, Weißwein, Josie, dachte Annie. Sie waren immer zuerst mit ihrer Mutter hergekommen, hatten ihre Plätze eingenommen und die Kinder-Cocktails bestellt, die mit lustigen roten Kirschen garniert waren. Dann flog die Tür des Restaurants auf, und Josie kam herein, mit Mantel und Aktentasche, Requisiten aus diesem fernen, erhabenen Reich, dem Büro. Annie bekam zu ihrem Geburtstag einen Strauß Anemonen von ihm, Miranda weiße Rosen. Der Kellner brachte einen Krug Wasser, und die Blumen wurden mit großem Trara auf dem Tisch platziert.

Was würde Josie dieses Jahr machen? Ihnen Blumen schicken lassen? Vergessen, dass er ihnen jemals Anemonen und Rosen geschenkt hatte? Es würde so oder so wehtun.

Miranda seufzte und wischte sich eine Träne aus dem Auge. »Scheiße«, sagte sie leise.

Das Essen kam, und die beiden Frauen stocherten in ihren *moules frites* herum.

»Das ist euer Lieblingsessen«, betonte Josie. Ihm war übel, und er rührte sein Steak kaum an. Stattdessen bestellte er noch eine Flasche Wein und fragte sich, was er tun könnte, um sich den Mädchen begreiflich zu machen. Es war eben einfach passiert. Am einen Tag hatte er über eine Bemerkung von Betty gelacht, als sie gemeinsam zur Columbus Avenue spazierten, um dort ein Softeis zu essen, und am nächsten Tag war er so verliebt in Felicity, dass ihm kaum mehr ein Wort über die Lippen kam. Er hatte sich so heftig verliebt, dass er es selbst kaum begreifen konnte – hoffnungslos und bis über beide Ohren. Wenn sie ihn wirklich liebten, seine Töchter, dann würden sie sich für ihn und mit ihm freuen. Ich bin wie neugeboren, hätte er gerne ausgerufen. Er wollte Champagner trinken und feiern. Er wollte mit Miranda und Annie anstoßen. Einen Toast aufs Leben ausbringen. Auf sein Leben.

Doch als er die beiden ansah, wusste er, dass er alleine trinken musste. Sie liebten ihre Mutter, die er verletzt hatte. Aber er liebte ihre Mutter auch, und das verstanden die beiden eben nicht. Er merkte, dass es ihm viel leichter fiel, zu sagen und zu denken, dass er »ihre Mutter« liebte, als dabei Bettys Namen im Sinn zu haben. Er würde ihre Mutter immer lieben. Aber es gab nun mal Veränderungen im Leben.

Er seufzte, und beide starrten ihn wütend an. Nun, er rechnete nicht wirklich damit, dass sie ihm vergeben würden. Nicht in diesem Leben. Sie waren verletzt, und sie waren zornig. Nun gut. Er hatte es verstanden.

»Ich verstehe, dass ihr wütend seid«, sagte er. »Ich bin ja kein Idiot. Und ich bin auch nicht perfekt. Das ist mir durchaus bewusst. Aber ich liebe euch beide, und ich werde immer für euch da sein.«

Seine Stimme zitterte, und Tränen traten ihm in die Augen.

Annie schüttelte aufgebracht den Kopf. War das sein Ernst? »Du hast unsere Mutter auf die Straße gesetzt«, sagte sie laut. »Mittellos. Ohne Geld. Ist dir das auch bewusst?«

Joseph blickte sich nervös um.

»Schau«, sagte er mit gesenkter Stimme. »Man macht bestimmte Schritte. Ihr wisst schon … bei einer« – er sprach noch leiser – »Scheidung.«

»Du schaffst es nicht mal, das Wort auszusprechen? Scheidung. Scheidung, Scheidung. Abscheuliche, grausame, niederträchtige Scheidung. So. Alles klar jetzt?«

Annie sah hart und böse aus. Joseph schaute sie aufgebracht an. Sie war immer so vernunftbetont, ruhig und realistisch gewesen – wie er selbst. Aber vielleicht konnte man auch kalt sein, wenn man vernunftbetont war.

An Miranda dagegen war nie etwas vernunftbetont oder kalt gewesen. Sie war seit jeher ein Emotionsbündel. Sie kannte sich aus mit der Liebe. Deshalb unternahm Josie einen Versuch bei seiner anderen Tochter, bei Miranda: »Es ist einfach nicht zu ändern, Schatz. Ich kann nicht dagegen an. Aber das heißt nicht, dass ich euch beide deshalb nicht liebe.« Er lächelte verschwörerisch. »Alles wird gut.« Das war Mirandas Spruch, ihr Mantra.

»Glaubst du das wirklich?«, sagte Miranda.

Und schob geräuschvoll ihren Stuhl zurück, als sie aufstand.

Der Zorn von Frauen, dachte er. Offenbar hatte nicht nur die Kälte, sondern auch die Hitze einen Nachteil. Sie sollten sich zum Teufel scheren. Er beobachtete Mirandas Serviette, die zu Boden segelte wie eine schneeweiße Möwe. Er hörte das Scharren von Annies Stuhl. Er hörte die Schritte seiner Töchter. Die Hand eines Kellners griff nach der Serviette und hob sie auf. Als Joseph aufblickte, waren seine Töchter verschwunden.

Nicht lange nach dem Katastrophenessen mit Joseph überraschte Betty ihre Töchter am Frühstückstisch mit der Nachricht, dass sie am Vorabend ein Angebot von Josephs Anwalt bekommen habe.

»Du meinst, unser Treffen mit Josie war zu irgendwas gut?«, fragte Miranda. »Wusste ich's doch!«

»Dem Himmel sei Dank«, äußerte Annie. »Wurde auch Zeit, dass er in die Gänge kommt.«

»Ja«, sagte Betty. »Ich kann es aber keinesfalls annehmen.« Sie schüttelte betrübt den Kopf. »So großzügig Joseph auch sein mag … Nun ja, er hat einen Ausgleich von dreihunderttausend Dollar angeboten.«

»Das kann nicht wahr sein«, sagte Annie.

»Über zehn Jahre.«

»Das ist nicht sein Ernst, oder?«, sagte Miranda. Dann überlegte sie und fügte hinzu: »Du hast natürlich auch noch die Wohnung. Vermutlich meint er das so. Die könntest du sicher für was, vielleicht drei Millionen verkaufen? Sogar in der gegenwärtigen Marktlage. Davon könntest du gut leben. Nicht so, wie du es gewohnt bist, aber …«

»O nein, Schatz, die dreihunderttausend Dollar im Verlauf von zehn Jahren wären seine Zahlung für meinen Anteil an der Wohnung. Das ist wohl schon ein anständiger Ausgleich für die fünftausend Dollar, die ich damals investiert habe, obwohl das natürlich fünfzig Jahre her ist. Das kann man sicher irgendwie vertreten. Aber ich möchte einfach nicht, dass Joseph dort mit dieser Frau lebt.«

Annie und Miranda waren wie vor den Kopf geschlagen.

»Diese Frau?«, wiederholte Miranda nach einem langen unbehaglichen Schweigen. »Was für eine Frau?«

»Vivacity?« Betty überlegte angestrengt. »So ähnlich. Josephs junge Frau in mittleren Jahren. Capacity! Das war's.«

Miranda und Annie bekamen nie heraus, wie ihre Mutter von Felicity erfahren hatte. Betty sprach nicht darüber. Sie hatte ihren Standpunkt vorgetragen und ihre Entscheidung getroffen, und wie sie von der Rivalin erfahren hatte, musste nicht mehr erörtert werden. Es war ein furchtbarer Schock für sie gewesen, als sie Joseph am Abend zuvor zuhause angerufen hatte und die Stimme der Frau gehört hatte, die in seinem Büro arbeitete. Betty hatte die Stimme auf Anhieb erkannt – sie war ziemlich markant, hell und kraftvoll mit einem leichten Bostoner Akzent. Das Gesicht der Frau tauchte vor Bettys innerem Auge auf – ein blasses, herzförmiges Gesicht mit scharfen, aber gefälligen Zügen und diesen riesigen beunruhigenden blauen Kulleraugen. Betty hörte die Verunsicherung der Frau, als sie ihrerseits die Stimme am anderen Ende erkannte. Und Betty wurde schlagartig bewusst, dass sie es gewusst hatte. Dass sie es schon die ganze Zeit gewusst hatte.

»Ist Joseph zuhause?«, fragte sie.

»Joe!«, rief die Frau.

Joe. Es war, als hätte Joseph nicht nur eine Hälfte seines Namens abgetrennt, sondern eine Hälfte seines Lebens. Ihre Hälfte.

»Betty!«, sagte er. »Das ist ja eine Überraschung.«

»Ich lass mich nicht darauf ein, Josie«, sagte sie. Sie benutzte absichtlich den Kosenamen der Mädchen für ihn.

»Worauf?«, fragte er.

Aber sie wusste, dass er sie sehr wohl verstanden hatte.

»Das Leben ist kein Picknick«, sagte sie. »Damit hattest du wirklich Recht.« Und legte auf.

12

In den folgenden Wochen schien es, als seien die Lebensgeister der drei Frauen ebenso verwelkt wie die Blätter der Bäume. Es regnete tagaus, tagein, und das Cottage wirkte nun so eng und muffig und verwahrlost, wie es tatsächlich war. Miranda zwang sich zu nutzlosen Anrufen und nutzlosen Briefen, um sich bei Menschen in der Buchwelt in Erinnerung zu bringen, die Miranda lieber ein für alle Mal vergessen hätten. Annie ergab sich ihrem monotonen Tagesablauf und hegte insgeheim die Befürchtung, dass sich an diesem festgefahrenen und sinnentleerten Trott in ihrem ganzen Leben nichts mehr ändern würde. Betty versuchte, die beiden aufzumuntern, indem sie erklärte, es handle sich lediglich um Hüttenkoller, worunter auch schon die Pioniere im Wilden Westen gelitten hätten. Doch sie kam nicht umhin einzuräumen, dass die Tage endlos und die Weissmann-Frauen alles andere als langmütig waren. Sie bestellte sich einen dreieckigen Schwamm an einem Stiel, den sie in einer Fernsehwerbung gesehen hatte, und strich damit die Wände in ihrem Schlafzimmer in einem ebenso modischen wie morbiden Grauton.

Zu dieser Zeit, als das Wetter schmuddelig und der Himmel bleiern und trostlos war, brachen Cousin Lou und Rosalyn wie jedes Jahr nach Palm Springs auf und nahmen den grantigen Mr. Shpuntov mit. Betty und ihre Töchter standen mit Schirmen im Nieselregen, als die Cousin Lous – wie jedermann diese Familie nannte – mitsamt einer Unzahl von

Koffern in den Cadillac Escalade stiegen, um sich ins warme, sonnige Kalifornien zu begeben, wo Lou und Rosalyn ein Haus an einem Golfplatz besaßen.

»Die Wüste verlangt nach uns«, sagte Rosalyn aus dem Fenster zu ihren Cousinen, die unter ihren Regenschirmen auf der Zufahrt standen, und warf den drei Frauen mit großer Geste eine Kusshand zu. »Wir müssen dem Ruf der Sonne folgen!«

»In anderen Worten: Tschüss, ihr Dödel!«, schrie Cousin Lou.

Mr. Shpuntov sagte mit ungewohnt schriller Stimme: »Was ist los? Was ist denn hier los?« Er saß vorne neben dem betagten Chauffeur, einem pensionierten Polizisten, der den Wagen zurückfahren und sicher in der Garage einschließen würde. Die Hand des pensionierten Polizisten zitterte, als er den Rückspiegel zurechtrückte, und Annie fragte sich, ob Mr. Shpuntov nicht ein verlässlicherer Chauffeur gewesen wäre.

»Ihr müsst uns mal besuchen kommen«, sagte Lou.

»Unser Haus dort ist natürlich viel kleiner«, fügte Rosalyn rasch hinzu.

»Aber für die Familie ist immer Platz«, ergänzte Lou. Dann fuhr der Wagen an.

Die Cousin Lous wollten bis April in Kalifornien bleiben. Annie stellte erstaunt fest, dass sie ihr fehlten. Die Festivitäten bei den beiden waren zwar zugegebenermaßen immer etwas langweilig. Und nach einem langen Arbeitstag und der anstrengenden Heimfahrt stand Annie wahrhaftig nicht der Sinn nach Konversation. Dann freute sie sich immer darauf, in ihren Schlafanzug zu schlüpfen und sich Castingshows wie *American Idol* oder *Project Runway* oder die Serie über die kleinwüchsige Familie anzuschauen. Annie war noch nie ein geselliger Mensch gewesen, und im Laufe der Jahre hatte sie sich daran gewöhnt, ihre Abende im Alleingang zu gestalten. Aber sie hatte sich auch erstaunlich schnell an die Feste bei Lou und Rosalyn gewöhnt. Jetzt waren ihre Verwandten vorerst verschwunden, und die Abende im Cottage gerieten zäh und unangenehm. Einmal die Woche traf sich Annie abends in der Stadt mit Freunden zum Essen, aber sie wollte Betty und Miranda auch nicht zu häufig alleinelassen. Ihre Mutter und ihre Schwester kamen ihr beide so verletzlich, so schutzlos und aller Freude beraubt vor wie zwei graue brüchige Zweige, an denen die kalten Winterwinde zerrten.

In New York legte Joseph indessen morgens seinen Weg von der Wohnung zum Büro und abends vom Büro zur Wohnung zu Fuß zurück, wie er es immer getan hatte. Doch nun leistete ihm Felicity dabei Gesellschaft. Sie war eine so energiegeladene Frau, atmete die kalte Winterluft ein und stieß sie wieder aus wie ein Vollblüter, der es kaum erwarten kann, beim Rennen loszustürmen. Joseph fand es schon aufregend, nur neben ihr im Aufzug zu stehen. Sein Alltag war kein Alltag mehr. Wenn der Fahrstuhlführer ihn wie schon seit Jahrzehnten von der Wohnung abholte, dann war auch diese kraftvolle Blondine mit von der Partie. Guten Morgen, Mr. Weissmann, sagte der Fahrstuhlführer – wie er es immer getan hatte. Aber jetzt war alles anders. Alles war neu. Guten Morgen, Miss Barrow, fügte der Fahrstuhlführer hinzu.

Felicity war einige Wochen vor Bettys Anruf offiziell in die Wohnung am Central Park eingezogen. Bei ihrer ersten Begehung der Räume fiel ihr auf, dass sowohl die Couch aus dem Studierzimmer als auch Stühle und Couchtisch aus dem Wohnzimmer verschwunden waren, und sie sagte: »Ich hoffe, diese ganzen Möbel stellen für die arme Betty in ihrem behaglichen, kleinen Unterschlupf keine Belastung dar.« Als Felicity durch die Zimmer schritt, bemerkte sie weitere leere Stellen und helle Flecken an den Wänden, die von anderen Gegenständen des Haushalts kündeten, welche nach Connecticut verlagert worden waren. »So viele *Sachen*«, sagte sie. »Dinge … der Mensch hängt so dran …« Sie spazierte in die Küche und zog die Schubladen auf. »Dennoch meine ich, dass es keine gute Idee war, das Silber mitzunehmen. Diese kleinen Strandhäuser sind ja nicht sicher genug.«

Sie waren direkt vom Büro nach Hause gegangen, und es war sechs Uhr abends. Felicity nahm den Scotch aus dem Schrank und dachte: Ich serviere Joseph seinen Whisky in unserer Wohnung. Sie gab Eiswürfel ins Glas. »Betty hat es gut, dass sie in einem Urlaubsort leben kann«, sagte sie, als sie Joseph seinen Drink reichte. Sie massierte seine müden, angespannten Schultern. »Dauerurlaub. Nicht wie wir Lohnsklaven!« Sie lachte und setzte sich zu Joseph auf die Wohnzimmercouch, die Betty erstaunlicherweise zurückgelassen hatte. Dieses Strandhaus muss ja so groß sein wie Versailles, dachte Felicity, wenn man bedenkt, wie wenig hier noch drinsteht.

»Da wären wir«, sagte Joseph und legte Felicity den Arm um die Schultern. Da wären wir, dachte er mit einem gewissen Unbehagen. Da wären wir.

»Endlich zuhause«, sagte Felicity und sah ihn mit ihren blauen Kulleraugen an.

Ohne mit der Wimper zu zucken, dachte Joseph. Er küsste sie auf den Kopf. Sie war eine harte Nuss. »Da wären wir«, sagte er dann, diesmal etwas fröhlicher.

»Zu Anfang war sie noch ganz vernünftig«, sagte er zu Felicity an dem Abend, an dem Bettys Anruf kam. Wieso war Felicity nur ans Telefon gegangen? Das machte alles so viel komplizierter.

Sie saßen am Esszimmertisch und verspeisten mit Plastikgabeln das Essen, das sie im Chinarestaurant mitgenommen hatten. Felicity, noch leicht verstört durch den Kontakt mit Betty, bemühte sich, einen ungerührten Eindruck zu machen, und betrachtete eingehend den kahlen Holzboden. (Hatte da nicht mal ein prachtvoller Orientteppich gelegen?)

»Da sie jetzt über uns Bescheid weiß, kann natürlich alles Mögliche passieren«, sagte Josie.

»Betty sollte sich darüber freuen, dass es dir so gut geht«, erwiderte Felicity. »Du freust dich doch schließlich auch darüber, dass sie es sich in so einem netten Cottage zusammen mit ihren lieben Töchtern gemütlich macht. Das ist sie dir schuldig, nach all den Jahren. Mag sein, dass sie schwierig geworden ist, aber irgendwelche Gefühle muss sie ja haben.«

Joseph genehmigte sich einen weiteren Scotch und atmete genüsslich den Duft des Whiskys ein, der vertraut und verheißungsvoll zugleich für ihn war. Er dachte daran, wie Betty damals das Glas nach ihm geworfen hatte, wie der intensive Geruch der goldenen Flüssigkeit aufstieg, während im Zimmer zorniges Schweigen herrschte. Betty konnte wirklich schwierig sein. Er tätschelte Felicity die Hand.

»Wir schaffen uns wieder Silber an«, sagte er.

»Ach nein, solche Dinge sind mir nicht wichtig. Obwohl mir nicht ganz begreiflich ist, weshalb sie das Silber *und* das Dansk-Besteck brauchte.«

»War, glaube ich, ein Hochzeitsgeschenk von ihren Eltern.«

Felicity verarbeitete diese Bemerkung und vergegenwärtigte sich, welche Stimmung diese Erinnerung bei dem erstaunlich nostalgischen Joseph auslösen könnte. Dann machte sie sich klar, dass sie zwar die Hochzeit mit Betty und die Existenz der Schwiegereltern nicht auslöschen konnte, tröstete sich jedoch mit dem Gedanken, dass die Schwiegereltern zum einen bereits tot waren und dass Joseph sich zum anderen seiner Aussage nicht ganz sicher war.

»Hier«, sagte sie und beförderte noch mehr Sesamnudeln auf Josephs Teller. »Iss die ruhig noch auf, mein Schatz.«

Betty unterhielt sich indessen häufig mit dem Scheidungsanwalt – genau genommen täglich. Miranda und Annie erfuhren wenig von diesen Unterredungen, aber Betty telefonierte so lange und sprach dabei mit entschiedener Stimme so laut, dass ihre Töchter sich wenigstens einige Fakten zusammenreimen konnten. Weil Betty sich nicht auf Josies Vorschlag einließ, würde dieser die Scheidung nicht vorantreiben, weshalb Betty wiederum in einer Art rechtlichem und finanziellem Übergangszustand festhing und selbst ein Scheidungsverfahren einleiten musste. Erstaunlicherweise schien ihr dieses Projekt Vergnügen zu bereiten. Sie stellte das Anstreichen ein, weshalb zwei Wände im Schlafzimmer vom tristen Grau verschont blieben. Der Fernseher plärrte zwar immer noch tagaus, tagein, aber Betty saß nicht mehr davor, sondern ließ sich jeden Morgen an ihrem Schreibtisch nieder und vertiefte sich in die neuesten Unterlagen, die ihr Anwalt geschickt hatte. Sie legte sich eine große Anzahl erlesener Hefter und Ordner zu und sprach mit nahezu altertümlicher Hochachtung von ihrem »Fall«. Wegen ihres »Falls«, verkündete sie, könne sie sich auch nicht mehr ums Einkaufen und Kochen kümmern, denn sie sei zu beschäftigt. Nicht einmal Zeit zum Essen schien sie zu haben, denn sie ernährte sich nur noch von Crackern mit Mandelmus.

»Ich fühle mich, als sei ich lebendig begraben«, verkündete Miranda eines Morgens.

»Besser als tot begraben«, erwiderte Betty und blickte von

ihren Papieren auf. Dabei lächelte sie fröhlich, um ihre Tochter aufzumuntern. Miranda rang sich gelegentlich zu einigen Telefonaten durch, die vollkommen unergiebig waren, und las ab und an ein Manuskript von irgendwelchen Memoirenschreibern, die in der Pampa lebten und noch nichts von ihrer Schmach vernommen hatten. Aber im Grunde verblasste und erlosch Miranda vor den Augen der anderen. Und das alles wegen des jungen Schauspielers?, fragte sich Betty, beantwortete sich die Frage dann aber selbst. Nein, nicht seinetwegen. Wegen eines Traums. Eines Traums, den die meisten Frauen in Mirandas Alter entweder bereits gelebt oder aber aufgegeben hatten. Wieso hatte Miranda so lange dafür gebraucht?

Betty fiel unvermittelt auf, dass ihre Töchter sie anstarrten.

»Was ist?«

»Besser lebendig als tot begraben?«, sagte Annie. »Wohl kaum, Mutter.«

»Ach, warte nur, bis du so alt bist wie ich.«

»Gott, ich hoffe, wir hocken dann nicht immer noch in dieser Bude, wenn ich so alt bin«, bemerkte Miranda.

»Amen«, sagte Annie.

Betty sah bestürzt aus.

»Das heißt natürlich nicht, dass du alt bist«, fügte Miranda rasch hinzu.

Aber Betty war alt, und sie wusste es auch. Das war nicht ihr Problem. Sie legte die Hände auf den Stapel Unterlagen vor ihr. »Seid ihr beide hier so unglücklich?«, fragte sie ernst. »Das ist ja schlimm. Ich dachte, die Abwechslung würde euch guttun. Das tut mir so leid, ihr Süßen. Ich weiß, dass ihr nur meinetwegen hier seid, und ich bin euch sehr dankbar dafür, aber nun schaut, was daraus geworden ist. Ich habe euer Leben völlig durcheinandergebracht, und wofür? Ich fürchte, ich bin schrecklich selbstsüchtig gewesen. Aber ich habe wirklich gedacht …«

»Nein, Mom, alles in Ordnung, alles gut«, fiel Annie ihr ins Wort. »Es ist doch wunderschön hier, fast als hätten wir Ferien.« Sie bedeutete Miranda mit einem Blick: Komm schon, pflichte mir bei, damit es Mama besser geht, los doch …

Aber Miranda schmollte und starrte auf den Boden. »Na, freut mich ja, dass wenigstens irgendwer sich hier wohlfühlt«, sagte sie. Dann stand sie auf, warf Annie einen aufgebrachten Blick zu, zerrte ihren Mantel aus dem Schrank und steuerte zur Tür.

Annie betrachtete ihre Hände, die sie fest verschlungen hatte. Mit selbigen Händen hätte Annie nun gerne ihre Schwester erwürgt.

»Ich komm mit«, rief sie in einem Tonfall, der ihr noch aus der Zeit vertraut war, als sie ihre Jungs großzog: Wut, die aufgrund von Notwendigkeit einem alchemistischen Prozess unterzogen und in Begeisterung umgewandelt wurde. Vielleicht würde sich draußen an der frischen Luft die Möglichkeit ergeben, richtig mit Miranda zu sprechen. »Spazieren gehen!«, fügte sie deshalb hinzu. »Prima Idee!«

»So vergnüglich wie ein Picknick«, murmelte Betty düster. »Alles wie ein Picknick.« Und sie wandte sich wieder ihren Papieren zu.

Die beiden Schwestern gingen bis zum Ende der schmalen Straße. Dort erstreckte sich der Compo Beach. Der Sand war grob und braun, am Himmel trieben dunkle Wolken, und das Wasser wirkte düster und aufgewühlt. Eine Hand voll Leute waren am Strand unterwegs, meist Paare mit Hunden.

»Miranda, sprich mit mir.«

»Ich werd einfach verrückt hier, das ist alles. Verrückt, verrückt, verrückt.«

Drei erwachsene Frauen, drei unabhängige, dominante Frauen in einem winzigen, schlecht ausgestatteten Haus? Drei unglückliche Frauen … Annie wollte sich gerade darüber auslassen, dass es völlig normal war, unter solchen Umständen fast durchzudrehen, aber dass diese Lage doch irgendwann ein Ende haben würde, als plötzlich ein Sonnenstrahl durch die schiefergrauen Wolken brach.

»Mein Gott!«, sagte Annie, beeindruckt von der Schönheit des Anblicks.

»Mein Gott!«, echote Miranda, schaute jedoch nicht auf den erleuchteten Spalt in den Wolken. Sie starrte auf eine Gestalt, die am Strand näher kam, erleuchtet von dem grellen Sonnenstrahl. Die Gestalt winkte.

»Oh, Annie«, rief Miranda aus. »Er ist es! Es ist Kit! Er ist wieder da!«

»Nein, das glaube ich nicht …«, sagte Annie, aber Miranda rannte schon auf den Mann zu.

»Miss!«, rief er gegen Wind und Wellen an. »Sie haben Ihren Schal verloren!«

Miranda blieb abrupt und entmutigt stehen; es war doch nicht Kit.

Dann schrie sie plötzlich vor Freude auf. »Nicky!«, schrie sie. »Es ist Nicky!«

Was nicht mehr nötig war, denn Annie hatte die Stimme sofort erkannt und war herbeigesprintet, um ihrem jüngeren Sohn um den Hals zu fallen.

»Ich dachte, du wärst jemand anderer«, sagte Miranda, »aber du bist es, ach kleiner Nicky, du bist ja riesig geworden …« Auch sie fiel ihm um den Hals, und die drei hingen aufeinander, während um sie herum der Wind den Sand aufwirbelte.

Annie war so glücklich, dass es geradezu wehtat. Ihr Sohn war sechs Monate lang fort gewesen, und nun war er zu Thanksgiving heimgekommen, um ihr eine Freude zu machen.

»Na ja, hm, das Geld für den Flug …«, sagte er später, als sie zusammen auf der Couch saßen, »das musste ich mit der Kreditkarte machen …«

»Kein Problem«, erwiderte Annie. In diesem Moment hätte Nicky mit ihrer Kreditkarte ganz Südafrika aushalten können und sie hätte die Rechnung irgendwie bezahlt. Wovon?, dachte sie einen Moment lang, aber nur sehr kurz, denn dann legte sie den Kopf an Nickys Schulter und vergaß Kreditkartenabrechnungen und Geld und alles, als sie den vertrauten Duft seiner Haut roch.

»Tut mir leid, dass du aus deiner Wohnung rausgekickt wurdest, Oma.«

»Rausgekickt«, wiederholte Betty. »Gefällt mir, das Wort.« Sie grinste.

Nick blickte sich in dem kleinen Wohnzimmer um. »Es ist sehr …« Er zögerte. »Es ist auf jeden Fall sehr gemütlich, soviel steht fest.«

Die Stimmung in dem kleinen Haus hatte sich mit Nicks Eintreffen komplett verändert. Das künstliche Kaminfeuer tauchte den Raum in einen warmen gelben Schimmer. Der Tee, den Betty eingoss, war heiß und duftete angenehm. Nicks Stimme war jung und lautstark, als er von seinen Reiseabenteuern erzählte und alle zum Lachen brachte.

»Du wusstest, dass er kommen würde, nicht wahr?«, sagte Annie plötzlich zu ihrer Mutter.

»Stimmt«, bestätigte Nick. »Sie hat das Ganze eingefädelt.«

»Wie hast du es nur geschafft, das geheim zu halten, Mom?«

»Ich habe viele Geheimnisse«, antwortete Betty. Und Annie wurde bewusst, dass es wirklich so war; dass ihre Mutter, über die Annie manchmal die Augen verdrehte und die sie mit Nachsicht behandelte; ihre Mutter, die sie bewunderte und verehrte, auch wenn sie sich ihr als jüngerer Mensch überlegen fühlte, diese Frau, die Annie so gut zu kennen glaubte, hatte Geheimnisse, ein Innenleben, von dem Annie nichts wusste.

In dem kitschigen Kamin flackerte das künstliche Gasfeuer, und die Teetassen klapperten melodiös auf den Untertassen. Draußen krächzte ein Rabe irgendwo am silbrigen Himmel. Miranda betrachtete ihren Neffen – die ausladenden männlichen Gesten, die tiefe Stimme, das laute raue Husten. Er streckte die Beine aus, und sie musste darüber hinwegsteigen, um an ihm vorbeizukommen.

»Ich erinnere mich noch, wie du als kleiner Junge warst«, sagte sie so leise, dass Nick sie kaum hören konnte, und strich ihm gedankenverloren übers Haar. »Ein ganz kleiner Junge.« Tränen traten ihr in die Augen.

»Was ist denn mit Tante Miranda los?«, fragte Nick später Annie. »Sie kommt mir ein bisschen gefühlig vor.«

Annie lachte über das Wort und sagte: »Du hast ihr eben gefehlt.« Und Nick, in der unschuldigen Selbstverliebtheit der Jugend, nickte verständnisinnig.

Thanksgiving in dem kleinen Haus geriet zu einem ausgelassenen und fröhlichen Fest. Charlie kam von Chicago angereist, und Annie wurde so von Gefühlen überflutet, dass ihr zum ersten Mal auffiel, in welcher emotionalen Dürre sie in letzter Zeit gelebt hatte. Sie musste sich regelrecht beherrschen, ihre Söhne nicht auf den Schoß zu ziehen. Sie waren anhängliche Jungen, immer schon, aber nun waren sie wirklich erwachsen, hielt sie sich selbst vor Augen. Und sie wartete, bis sie zu ihr kamen, als seien sie junge ungestüme Pferde im Wald.

Betty gab ihr Bestes beim Kochen. »Es kommt mir vor, als hätte ich schon seit Ewigkeiten keinen Truthahn mehr gemacht«, sagte sie. »Ich frage mich, warum.«

»Fragst du dich, warum es dir so vorkommt oder warum du keinen mehr gemacht hast?«, fragte Annie.

»Ach, Annie«, sagten Betty und Miranda.

»Ach, Mom«, sagten die beiden Jungen.

»Ich weiß nicht, wie du das auf diesem Herd überhaupt hingekriegt hast«, sagte Annie, um von sich abzulenken.

»Ich habe das Rezept von Martha genommen, das sie in ihrer Sendung angibt. Das von Lydia mochte ich zwar lieber, und dieses Mädchen mit der furchtbaren Stimme hatte einige recht interessante auf Lager. Aber ich wollte ihr die Treue halten.«

»Wem, Martha?«

»Sie hat so viel durchgemacht. Und sie hat mal in Westport gelebt.«

»Das gilt auch für die Hauptdarstellerin von *Hinter der grünen Tür.* Vielleicht sollten wir uns den mal auf DVD holen«, bemerkte Annie.

»Einer meiner Lieblingsfilme, Schatz«, erklärte Betty.

Die anderen starrten sie fassungslos an.

»Katharine Hepburn«, fuhr Betty fort. »›Die Calla … welch seltsame Blumen …‹ *Sie* ist in Westport aufgewachsen?«

Niemand korrigierte Betty. Sie war sichtlich so glücklich, das Essen zuzubereiten, es auf den guten Tellern zu servieren, mit den Jungs den Tisch abzuräumen.

»Und jetzt auf zu unserem traditionellen Thanksgiving-Spaziergang«, verkündete sie, nachdem Annie und Miranda das Geschirr gespült hatten. Und obwohl niemand sich daran erinnern konnte, jemals an Thanksgiving einen Spaziergang gemacht zu haben, zogen alle Mäntel, Schals und Handschuhe an und wanderten mit Betty zum Strand.

Charlie und Annie gingen Hand in Hand, ein wenig hinter den anderen.

»Opa Josie hat mich angerufen«, platzte Charlie heraus und warf seiner Mutter einen fragenden Blick zu.

»Ach ja?«, sagte Annie in möglichst neutralem Tonfall, obwohl sie diese Information innerlich auf die Palme brachte. Wie konnte Josie es wagen, so etwas hinter ihrem Rücken zu tun?

»Er wollte gern in Kontakt bleiben. Trotz der Scheidung, weißt du. Er meinte, er wolle uns nicht verlieren, Nick und mich. Ich wollte es Oma lieber nicht sagen. Nick hat er auch angerufen. Ist das okay, Mom? Ich meine, es schien ihm wirklich wichtig zu sein. Er hat gesagt, wir fehlen ihm … und die anderen auch. Hat mir auch einen Scheck zu Weihnachten geschickt – was ich echt nett von ihm fand.«

Annie blickte über das dunkle Wasser zur Nordküste von Long Island, einem schwarzen Strich am grauen Horizont. Die Luft war klar und kalt. Nein!, hätte sie am liebsten geschrien. Es war nicht echt nett von Josie, dass er Charlie anrief und Mitleid erweckte und ihm Geld schickte und sich Sympathien erkaufte, während Betty mittellos dastand. Du solltest deine Sympathien an andere Menschen verteilen, Charlie, hätte sie gerne gesagt und ihren Sohn an den Schultern gerüttelt.

»Ich hab das Geld für das Flugticket benutzt«, fügte Charlie hinzu. »Damit ich dich und Oma sehen kann.«

»Das war eine gute Idee«, sagte Annie schließlich. Schütze dein Kind, Annie. Schütze es vor Eitelkeit und Gier, vor der Realität – der Realität seines Großvaters. Dennoch entfuhren ihr die Worte: »Er ist ein Dreckskerl.«

»Ich weiß«, sagte Charlie beruhigend. »Ich weiß.«

»Es freut mich, dass er offenbar überhaupt irgendein Verantwortungsgefühl hat«, sagte Annie. »Höre ich mich erbittert an? Ich bin's auch. Aber es ist nicht einfach, erbittert zu sein über jemanden, den man liebt. Du musst also jedenfalls nicht erbittert sein. Das ist mein Job.«

»Unklare Aussage, Mom.«

»Das kann man wohl sagen.«

»Wie geht's dir denn?«, fragte Charlie nach einer Weile. »Kommst du hier zurecht?«

Er blieb stehen, nahm ihre Hände und blickte sie ernsthaft an. Annie dachte, wie wunderbar und liebevoll er aussah und was sie doch für ein Glück hatte. »Na ja«, sagte sie, plötzlich von Dankbarkeit überwältigt – ein Mensch, zu dem sie offen sein konnte! –, »manchmal ist es nicht einfach ...« Doch noch während sie sprach, merkte sie, dass Charlie die Frage zwar aus Fürsorglichkeit gestellt hatte, aber eigentlich erwartete, dass sie als seine Mutter ihm die Sorgen nehmen würde, so wie sie ihn früher nach einem Albtraum beruhigt und getröstet hatte. »Aber wir kommen prima zurecht«, fügte sie rasch hinzu.

Charlie sah erleichtert aus.

»Wir haben ja nicht mehr zusammengewohnt, seit Miranda und ich klein waren.« Dann fiel Annie schlagartig ein, dass damals noch ein anderer Mensch dabei gewesen war, und sie fragte sich, ob es ihr wohl gelingen würde, Josie aus ihrem Gedächtnis zu streichen, so wie ihre Großmutter alle Daten ausradiert hatte, die sie als jüngere Frau an den Rand von Fotos geschrieben hatte. »Und ich mag tatsächlich das Pendeln. Das ist immer eine schöne Ruhepause.«

Charlie, der sich nun sichtlich entspannte, begann eine ausführliche Schilderung seines letzten Konflikts mit seinem Professor, einem hysterischen, inkompetenten, rüden Tyrannen. Annie lauschte seinen leidenschaftlichen Ausführungen und merkte, wie sie sich erholte. Ihre Jungs waren zuhause. Und sie kampierten fünf Tage lang auf Luftmatratzen im Wohnzimmer. Annie hörte abends ihr dunkles Lachen, wenn sie sich vor dem Einschlafen im Flüsterton unterhielten. Barthaare verstopften das Waschbecken, und im Badezimmer standen mehr Lotionen und Cremes herum als Annie selbst benutzte. Die Folien von den Kontaktlinsen der Jungs blieben, noch feucht, am Waschbecken liegen. Saubere Kleider lagen bei den dreckigen in einem chaotischen Haufen auf dem Fußboden. Und Annie hätte sich am liebsten darin gewälzt wie ein Hund in stinkendem Aas.

Und dann, eines Morgens, nach einem kurzen, aber verheerenden Wirbelwind aus frenetischem Suchen, Waschen, Zusammenlegen und Vollstopfen von Taschen, waren sie schlagartig verschwunden.

Als die drei Frauen an diesem Abend im flackernden Licht des künstlichen Kaminfeuers saßen, sagte Miranda: »Jetzt sind wir drei Hühner wieder alleine hier«, und warf mit theatralischer Geste den Kopf in den Nacken.

Annie gab ein leises Gackern von sich.

»Lasst uns doch was singen«, schlug Betty vor. »Das wird uns aufheitern.«

Annie lachte. »Das hast du schon lange nicht mehr probiert, Mom.«

13

Nachdem Nick und Charlie abgereist waren, versank der Haushalt in noch größerer Trübsal als vor dem Eintreffen der jungen Männer. Betty raschelte mit ihren Papieren, als wolle sie damit ein Nest auspolstern. Miranda war dazu übergegangen, mit schriller Stimme Nachrichten auf Anrufbeantwortern ehemaliger Kollegen zu hinterlassen.

»Brichst du denn auf diese Weise nicht alle Brücken hinter dir ab?«, fragte Annie.

»Das will ich hoffen.«

»Sie verhält sich proaktiv«, meinte Betty. »Das ist ein Zeichen für intaktes Selbstwertgefühl, weißt du.«

Jeden Tag entfernte sich die Duschhaltestange ein bisschen weiter von der Wand des Badezimmers. Jeden Abend im Bett versuchte Annie, nicht an ihre Finanzlage zu denken. Diese zwei Elemente prägten ihre Tage: Als Erstes löste sich die Aluminiumstange von den dunkelrosa Kacheln ab, während Annie duschte(es kam ihr vor, als könne sie dabei zugucken), dann die abendliche Panik im dunklen Zimmer.

»Uns geht das Geld aus«, sagte sie am Frühstückstisch.

»Ich konnte noch nie gut mit Geld umgehen«, kommentierte Miranda. »Wie man sehen kann.«

»Joseph hat sich immer um all das gekümmert«, sagte Betty und schüttelte betrübt den Kopf. »Na, damit ist es nun aus.«

Und mit diesen Äußerungen war stillschweigend klar, dass Annie sich um die Finanzlage zu kümmern hatte.

Im Gegensatz zu Annies gegenwärtigen Wohngenossinnen krempelte Annies vermietete Wohnung indessen die Ärmel hoch, legte sich ins Zeug und schaffte Geld heran. Aber Charlies und Nicks Studienkosten waren nur zum Teil durch Kredite finanziert. Wenn Annie diese Kosten abzog, blieb nicht mehr viel übrig. Einigungen über die Scheidung waren noch in weiter Ferne, weshalb Betty noch weniger Geld zur Verfügung hatte. Und Miranda bekam nurmehr selten einen Honorarscheck von ihren einst berühmten und mittlerweile geschmähten Autoren zu Gesicht, und sogar der Zehnte – wie sie es nannte – wurde einbehalten, solange die Rechtslage ungeklärt war. Ansonsten schien sie jeden Cent ausgegeben zu haben, den sie jemals verdient hatte.

Annie, die am Tisch saß und einen Haushaltsplan erstellte, sagte: »Wir geben zu viel aus und nehmen zu wenig ein.«

Die beiden anderen nickten und lasen dann weiter die Tageszeitung.

Als Annie ihre Äußerung mit erhobener Stimme wiederholte, erklärte Miranda ihr geduldig, dass sie nicht auf wundersame Weise zu mehr Geld kommen würden, nur weil Annie ihre Schulden auflistete. Woraufhin Annie erwiderte, bei einem Haushaltsplan ginge es nicht um wundersame Geldbeschaffung, sondern darum, sich klarzumachen, wie viel man ausgeben dürfe. Betty bemerkte, es sei doch wahrhaftig praktischer, wenn man mehr Geld hätte, wundersam hin oder her. Daraufhin kapitulierte Annie und setzte in erbostem Schweigen ihre Berechnungen fort.

Wie jede Nacht wurde sie dann von den Rechnungen verfolgt und wälzte sich schlaflos im Bett herum. Das matte Mondlicht, so kalt wie ein Marmorgrabstein, fiel durchs Fenster, während Annie vor Sorgen keine Ruhe fand.

Ihr Zorn und ihre Frustration über ihre Mutter und ihre

Schwester waren aber nur ein paar Sandkörnchen im Wind ihrer wahren Wut, die auf Josie und nun auch auf Felicity gerichtet war. Annie konnte noch immer nicht fassen, dass der Mensch, der ihnen allen so viel Leid gebracht hatte, die Schwester von Frederick Barrow war.

»Und wenn man sich mal vorstellt, dass Rosalyn diese verschlagene Familie zu Rosch ha-Schana eingeladen hat«, sagte Annie eines Abends, als sie trübsinnig vor dem künstlichen Kaminfeuer hockten. »Vielleicht hat Frederick sich deshalb so komisch benommen.«

»Du meintest doch, er sei gar nicht komisch gewesen«, murmelte Miranda.

»War er aber.«

»Hört mal zu«, sagte Betty unvermittelt. »Ich suche mir einfach einen Job.«

»Und was willst du machen, Mom? Bei Walmart die Leute begrüßen?«

Betty beugte sich interessiert vor. »Ist es bei Walmart so nett wie im Costco?«

Aus diesen Gründen waren die drei Frauen ungemein erleichtert, als sie von Lou und Rosalyn nach Palm Springs eingeladen wurden.

»Wir haben fünfzigsten Hochzeitstag«, verkündete Rosalyn, als sie anrief. »Ist das nicht unglaublich?«

Betty gratulierte ihr kühl.

»Allen Widrigkeiten zum Trotz«, sagte Rosalyn.

»Und wie geht's deinem Vater?«, fragte Betty, um ihr unsensibles Verhalten auszugleichen. »Wie geht's Mr. Shpuntov?«

»Er fühlt sich pudelwohl in der Wüste.«

Betty sah vor ihrem geistigen Auge Mr. Shpuntov wie einen Pudel durch die Wüste traben.

»Also, Betty«, sagte Rosalyn dann in diesem belehrenden Tonfall, der Betty grundsätzlich auf die Palme brachte; das war Rosalyns Dozentenstimme. »Also, Betty, nun hör mir mal zu und sei nicht bockig. Ihr Mädels fehlt uns.«

Betty trat auf die Veranda. Der Himmel war wolkig und grau, das Licht matt und dämmrig. In der Nacht hatte es geregnet, und die Bäume glänzten dunkel und nass. Es gab hier nichts zu tun und zu sehen, nicht einmal zu hören, weder Vögel noch Kinder. Jegliches Leben war im Winter zum Erliegen gekommen, und sie roch nur die Nebelkälte und den muffigen alten Teppich auf der Veranda.

»Ihr fehlt uns auch«, sagte Betty. Vielleicht vermissten die Mädchen Lou und Rosalyn tatsächlich, aber das wusste sie nicht genau. Sie selbst jedenfalls vermisste lediglich einen einzigen Menschen.

»Wir möchten gerne, dass ihr Weihnachten hier bei uns verbringt. Ihr seid natürlich zu allem eingeladen. Mein Vater sagte unlängst, er hätte noch nie jemanden erlebt, der seinen Freunden gegenüber so großzügig ist, aber du kennst uns ja, Betty – so sind wir eben. Und ich möchte nicht, dass du dir nun Ausflüchte einfallen lässt, weshalb ihr nicht kommen könnt. Eine Reise wird euch guttun, Betty. Lou und ich machen uns Sorgen um euch. Sogar mein Vater hat mich darauf angesprochen. In dieser Hütte kann es euch ja nicht gut gehen – wobei ich den Vermietern natürlich nicht zu nahe treten möchte, haha! Kleiner Scherz von mir. Aber so sieht's nun mal aus. Niemand da, mit dem du reden könntest – abgesehen von deinen Töchtern natürlich. Du hast wirklich Glück, deine Töchter zu haben. Aber ich komme auch bestens zurecht, nicht wahr, auch ohne Kinder? Lou hat seine große Wahlfamilie. Das ist doch wirklich Grund zum Lachen.« Was Rosalyn dann auch tat.

Betty, die nicht richtig zugehört, aber die Wörter »Glück« und »Töchter« registriert hatte, erwiderte abwesend »o ja«.

»›O ja‹ gibt's jetzt aber nicht, Betty Weissmann. Ich weiß, was du denkst. Du glaubst, wir machen euch dieses großzügige Angebot nur, weil wir Mitleid mit euch haben. Das verstehe ich, wirklich, aber glaub mir, wir machen es *vor allem*, weil wir euch lieben und weil wir wollen, dass es euch gut geht.«

Betty wanderte zu ihrem Schreibtisch zurück, aber sie blickte nicht auf die Papiere und bunten Hefter, die dort zu hohen Stapeln aufgetürmt waren. Sie starrte auf den Fernseher. Dort lief gerade eine Serie, die sie gerne sah, weil sie in einer Küstenstadt spielte, die mancherlei Ähnlichkeit mit Westport aufwies – wenn Westport von Spionen, Terroristen, Gangstern und promisken Millionären bewohnt wäre, wobei man ja nicht genau wusste, ob es nicht tatsächlich so war. Auf dem Bildschirm jedenfalls standen sich gerade in der neuen, bei den Figuren der Serie sehr beliebten Kunstgalerie zwei attraktive junge Männer gegenüber, von denen einer schwarzhaarig und der andere blond war. Die Atmosphäre war geprägt von zärtlichem Verlangen. Betty hatte einen solchen Gesichtsausdruck schon einmal gesehen. Kit Maybank hatte Miranda so angesehen. Allerdings stand Kit Maybank jetzt gerade in einer Galerie vor der Reproduktion – denn es konnte kein Original sein – eines Keith Haring (ihre Freunde Arnie und Maureen hatten vor vielen Jahren einen Haring gekauft, was Betty damals nicht nachvollziehen konnte, doch er hatte sicherlich inzwischen eine Gewinnsteigerung erfahren), ergriff die Hand des blonden jungen Mannes und trat auf ihn zu. Und dann lagen sich die beiden in den Armen und küssten sich vor dem Hintergrund der Keith-Haring-Reproduktion so leidenschaftlich, wie es in Fernsehserien eben üblich ist.

»O mein Gott«, keuchte Miranda, die hinter ihr in der Tür stehen geblieben war.

»Betty?«, sagte Rosalyn am anderen Ende. »Betty, bist du noch da?«

»Ich fasse es nicht!«, sagte Miranda.

»Er spielt doch nur eine Rolle, Miranda«, erwiderte Betty.

»Betty?«, fragte Rosalyn.

»Ach, entschuldige, Rosalyn. Mirandas junger Mann hat gerade im Fernsehen einen anderen jungen Mann geküsst.«

»Was für ein junger Mann? Kit? Ist Kit schwul?«

»Nur im Fernsehen.«

Miranda trat näher an den Fernseher und sagte: »Kit ist in Los Angeles!«

»Los Angeles?«, fragte Rosalyn, die mitgehört hatte. »Da kann man nur hoffen, dass er geheiratet hat, bevor das Gesetz geändert wurde.«

»Kit ist verheiratet?«, fragte Betty.

»Kit ist verheiratet?«, wiederholte Miranda und riss ihrer Mutter das Telefon aus der Hand. »Kit ist verheiratet?«, fragte Miranda dann Rosalyn.

»Im Ernst? Tja, was es nicht alles gibt unter der Sonne.«

Auf dem Flug nach Los Angeles starrte Miranda ungeduldig aus dem Fenster. Obwohl sie alle drei froh waren, dem Zustand entrinnen zu können, den Miranda als »Hüttenarrest« bezeichnete, war es dennoch nicht leicht, sondern eine echte Herausforderung gewesen, die anderen beiden zu dieser Reise zu überreden. Aber in der guten alten Zeit, bevor ihr Leben aus den Fugen gegangen war, hatte Miranda eine echte Herausforderung immer zu schätzen gewusst, und auch diese hatte ihr gutgetan. Es hatte ihr Spaß gemacht, ein Ziel zu haben und ihre Mutter und ihre Schwester zu bearbeiten, so wie sie es früher mit Verlegern und Lektoren getan hatte. Der Jagdinstinkt setzte wieder ein, und sie empfing ihn wie einen alten schleimerischen Bekannten mit einer Art wohlwollender Duldsamkeit. Früher hatte sie Feingefühl ebenso elegant handhaben müssen wie Aggression, Liebenswürdigkeit ebenso wie bissigen Sarkasmus. Und sie hatte natürlich gesiegt. Miranda konnte sich nicht erinnern, dass es ihr jemals nicht gelungen wäre, sich in ihrer Familie durchzusetzen. Betty hatte zunächst gezögert, weil sie keinen Gefallen an der Vorstellung fand, nun auch noch an einem anderen Ort als bettelarme Verwandte aufzutreten. Doch sie hatte recht rasch nachgegeben. Wie zu erwarten war, hatte Annie sich am hartnäckigsten verweigert.

»Sie bezahlen alles, das kannst du also nicht als Argument anführen«, hatte Miranda gesagt. »Und die Bibliothek gibt euch allen gezwungenermaßen zwei Wochen unbezahlten Urlaub – diese Ausrede zieht also auch nicht.«

»Fahr doch alleine«, erwiderte Annie. »Wenn dir so viel daran liegt.«

Erst als Annie erfuhr, dass weder Charlie noch Nick an Weihnachten nach Connecticut kommen konnten, hatte sie nachgegeben.

»Tut mir leid, dass wir die Jungs nicht sehen können«, sagte Miranda zu Annie.

Doch es tat ihr nicht leid. Sie war hellauf begeistert. Jetzt wies die Nase des Flugzeugs Richtung Westküste. Irgendwo an dieser Küste befanden sich Kit und Henry Maybank. Irgendwo zwischen Los Angeles, wo Kit jetzt wohnte, und Palm Springs, wo er seine Wochenenden in einem gemieteten Haus verbrachte, das er sich mit einem Freund teilte. Das hatte sie in einem Blog von Fans der Serie gelesen. Miranda verstand jetzt, warum Kit so spurlos verschwunden war. Er spielte nicht bei einem kleinen Independent-Film mit, sondern in einer Seifenoper. Kein Wunder, dass er nichts mehr von sich hatte hören lassen. Er, der von einer Shakespeare-Rolle geträumt hatte, spielte nun Zink Lattimore, einen schwulen Graffiti-Künstler. Der arme Kit schämte sich, das war alles. Deshalb hatte er sich nicht mehr gemeldet. Er hatte gehofft, klammheimlich in den Niederungen von billigen Fernsehserien abtauchen zu können, ohne ihr hehres Bild von ihm zerstören zu müssen.

»Erinnerungen sind was Komisches«, sagte Miranda zu Annie, die wie üblich freiwillig den mittleren Sitzplatz übernommen hatte.

»Nutzlose Details über Autoren«, erwiderte Annie. »Daraus bestehen meine Erinnerungen. Heute ist zum Beispiel Rex Stouts Geburtstag.«

»In welcher Straße lebte sein Detektiv gleich wieder? Das war damals schon so eine komische Adresse«, bemerkte Betty.

»Thirty-fourth Street. 918 West Thirty-fourth Street, manchmal auch 922 oder 904. Einmal war es die East Thirty-fourth Street. Aber immer dasselbe Sandsteinhaus.«

»So warst du schon als Kind«, kommentierte Betty und tätschelte Annie stolz den Arm.

»*Erinnerungen*, meinte ich«, sagte Miranda gereizt. »Erinnerungen, nicht Gedächtnisklauberei.«

»Erinnerungen sind wie Fisch«, erwiderte Betty. »Sagt man das nicht so? Nach drei Tagen fangen sie an zu stinken.«

Unter ihnen lag eine weiße Wolkenschicht, die gelegentlich aufriss und den Blick auf Kornkreise und Flüsse und bleiche, kahle Winterlandschaften freigab. Annie schaute an ihrer schlafenden Schwester vorbei auf das staubige Fenster und den blauen Himmel draußen. Sie musste sich immer noch daran gewöhnen, dass sie eingewilligt hatte, zu Lou, Rosalyn und Mr. Shpuntov nach Kalifornien zu reisen. Aber es war ihr einfach nicht gelungen, Miranda diesen Wunsch abzuschlagen. Seit Kit Maybanks Verschwinden hatte sie ihre Schwester nicht mehr so lebhaft gesehen. Annie nahm an, dass die beiden Kontakt aufgenommen hatten. Waren sie wieder irgendwie zusammen? Annie fragte sich, ob das ein Anlass zur Freude wäre. Miranda hatte den Kopf ans Fenster gelehnt und lächelte glücklich im Traum, während draußen weiße Wattewolken vorüberdrifteten. Doch, wenn es Miranda glücklich machte, wäre es ein Anlass zur Freude. Und Betty, die Flugzeuge hasste, zu Rosalyn ein Verhältnis hatte, das man durchaus als »angespannt« bezeichnen konnte, und Weihnachten mit Vorliebe bei sich zuhause feierte, trat nun, nachdem sie sich Mirandas Willen gebeugt hatte, wie eine waschechte Konvertitin für die Sache ein. Weihnachten in der Wüste! Palm Springs! Wie in den Fünfzigern! Wie weiland das Rat Pack!

»J. Smeaton Chase hat in Palm Springs gelebt«, hatte Annie angemerkt. »Er hat auch ein Buch darüber geschrieben.«

»Über die ganzen Promis und so?«, fragte Betty.

»Nee. Mehr über die ganzen Kakteen und so.«

Am Flughafen holten sie ihren Mietwagen ab. Andere Ausgaben würden sie während der ganzen zwei Wochen nicht haben. Cousin Lou hatte darauf bestanden, die Flugtickets zu bezahlen. Sie hatten sich hartnäckig geweigert, das anzunehmen, bis Rosalyn ihnen erklärt hatte, dass Lou Flugmeilen dafür benutzen würde, die andernfalls verfallen würden.

»Seid nicht stolz«, hatte Rosalyn gesagt. »Das ist nicht mehr angesagt.«

Betty war zu stolz gewesen, um sich dazu zu äußern.

Nun saß sie am Steuer des kleinen Ford Focus, der vom Wind gebeutelt wurde, und gondelte über die Landstraße.

Ihre Töchter hatten angeboten zu fahren, mit dem Argument, dass der Flug doch so lange gewesen und sie bestimmt müde sei. Was natürlich im Klartext hieß, dass beide Betty für alt hielten. Die Straße war miserabel, aber der Himmel war endlos weit und strahlend blau, man sah immer häufiger Kakteen anstelle von Einkaufszentren, und die schneebedeckten Berge kamen nach und nach näher. Betty bemühte sich, die Aussicht zu genießen. Nun fuhren sie durch einen Hain hoher weißer Windmühlen.

»Wow«, sagte Miranda. »Versuch mal, gegen die zu kämpfen.«

Sie hielten auf der Zufahrt eines einstöckigen Hauses, das sich in Gesellschaft anderer einstöckiger Häuser befand. Das Dach mit den beiden aufragenden Flügeln glich einer Nonnenhaube. Vor der Haustür standen zwei Männer: Rosalyns Vater, Mr. Shpuntov, und Roberts, der Anwalt, der mehr oder minder im Ruhestand war.

Annie öffnete das Fenster und rief den beiden einen Gruß zu.

»Ach je«, sagte Miranda. »Altherrenschwatz, die beiden armen alten Seelen.«

»*Deine* Seele ist jedenfalls mit Sicherheit nicht alt«, erwiderte Annie. »Infantil vielleicht, aber bestimmt nicht alt.« Meine hingegen ist ziemlich in die Jahre gekommen, dachte sie.

»Es gibt keine Seele«, bemerkte Betty plötzlich mit erstaunlicher Heftigkeit. »Das weiß doch jeder.«

Roberts und Shpuntov führten in der Tat Altherrengespräche. Mr. Shpuntov fand das Wetter für Brooklyn im Dezember erstaunlich warm, und Roberts pflichtete ihm bei, dass die trockene Winterhitze für Brooklyn um diese Jahreszeit wirklich ungewöhnlich sei, und beließ es dabei. Dann tappte der alte Mann zur Tür und klingelte Sturm. Als seine Tochter öffnete, raunzte er sie an – »Wer sind Sie? Was wollen Sie? Verschwinden Sie« – und knallte die Tür zu, wobei er eine wenig schmeichelhafte Bemerkung über Jehovas Zeugen machte.

Roberts schenkte dem Knall und dem Gezeter keine Beachtung, sondern schritt zu dem weißen Mietwagen hinüber. Dabei winkte er, und ein Lächeln huschte über sein Gesicht. Roberts lächelte selten, aber wenn er es tat, wirkte er lebhaft und charmant. Annie stellte überrascht fest, wie stark er war – seine Oberarme in dem kurzärmligen Polohemd waren erstaunlich muskulös für einen so hochgewachsenen, schlanken Mann. Als Roberts alle Koffer ins Haus trug, piekte Annie ihre Schwester in den Rücken.

»Was soll das denn?«

Annie zuckte die Achseln. Sie wusste es selbst nicht. »Du unterschätzt Roberts«, sagte sie.

»Ach, das schon wieder«, erwiderte Miranda, schüttelte den Kopf und ging ins Haus.

Aber es ist so, dachte Annie. Du bist ungerecht. Roberts ist ein nachdenklicher Mann, ein stilles tiefes Wasser, aber du hast nur ein Auge für aufgewühlte gischtende Wellen. Jammerschade. Für euch beide.

»Wohnen Sie auch bei Cousin Lou und Rosalyn?«, fragte Annie Roberts, als sie im Haus waren.

»Nein, nein. Ich hab ein Apartment hier, nur ein paar Häuser weiter.«

»Ihr seid offenbar immer im Rudel unterwegs«, bemerkte Miranda und lachte.

Roberts lächelte. »Die alten Zugvögel, die es nach Süden zieht. Ja, stimmt. Wahrscheinlich fehlt es uns an Fantasie.«

»Die jungen Damen können im Gästehaus wohnen«, sagte

Rosalyn. »Eure Mutter bleibt bei uns im Haus. So können *alle* ihre *Privatsphäre* haben.«

Das hörte sich an, als wollten die Töchter unbedingt ihre entnervende Mutter loswerden und umgekehrt.

»Wir sind dir zu Dank verpflichtet und sind mit allem zufrieden«, erwiderte Betty mit verengten Augen.

»Es ist schön hier.« Annie bewunderte die Aussicht. Gegenüber befand sich ein rosafarbenes Haus mit einer grellgrünen Rasenfläche. Dahinter erstreckte sich die Wüste mit purpurfarbenen Schattenfeldern bis zu den schneebedeckten Bergen.

Sie traten in einen großen Innenhof mit zwei tiefer liegenden Bereichen, von denen einer eine Art Küche mit Grill, Kühlschrank und Bar zu sein schien. Im anderen befand sich eine Feuerstelle. Weiter hinten sah man den Swimmingpool, einen Golfplatz und wiederum Berge und den endlos weiten Himmel.

»Wir leben quasi im Freien«, äußerte Roberts stolz, als er sah, wie Betty ins Weite starrte.

»Nein, aber schauen Sie mal, der dürre Hund da«, sagte Betty. »Er sonnt sich auf dem Golfplatz, wie süß.«

»Lou!«, schrie Rosalyn und wedelte mit den Armen. »Weg da! Weg da! Lou! Der Kojote ist wieder da!«

Das Tier erhob sich träge und galoppierte dann über den Rasen davon, wobei es sich noch ein-, zweimal zu der wild gestikulierenden Frau umdrehte.

»Du hast es geschafft!«, bemerkte Lou stolz. »Meine kleine Pionierin! Dich kann kein Kojote schrecken!«

Doch dann trat der wahre Grund für den überstürzten Aufbruch des Kojoten in Erscheinung: Ein Golfcart mit munter flatternden Fransen am Dach ratterte genau über die Stelle, an der sich der Kojote zuvor gesonnt hatte. In dem Golfcart saßen zwei junge Frauen.

»Ach, schaut mal, da sind Crystal und Amber!«, rief Rosalyn.

Die beiden waren braungebrannte, sportliche junge Frauen Anfang zwanzig. Sie trugen Shorts und Polo-Hemden, die so kurz waren, dass man ihre hübschen Bäuche betrachten konnte. Crystal und Amber sahen sich sehr ähnlich, so dass man sie auf Anhieb als Schwestern erkannte; die jüngere der beiden allerdings war dunkelhaarig und wirkte strahlend und selbstsicher, während die andere blond war und etwas Sanftmütiges ausstrahlte. Sie waren keine echten Schönheiten, hatten sich jedoch modisch gestylt und wirkten attraktiv, etwa wie ein Feuer, das lodernd brennt, aber keine Wärme ausstrahlt.

»Hast du den Wolf gesehen?«, fragte die ältere, Crystal. »O mein Gott, hatte ich eine Angst!«

»Das war ein Kojote«, erwiderte Amber. »Schaust du dir nicht wenigstens manchmal Natursendungen an?«

»Na ja, egal«, sagte Crystal, der die Aufregung anzusehen war.

Amber und Crystal weilten als Haushüter in Palm Springs, nannten sich aber selbst »Heimhüter«. Rosalyn hatte sie auf dem Golfplatz kennen gelernt, und die beiden hatten sie »adoptiert«. Rosalyn, die es gewohnt war, im Hintergrund zu stehen, während ihr Mann einen Riesenwirbel um irgendwelche Leute machte und selbige Leute dasselbe mit ihm taten, hatte sich mit den beiden jungen Frauen angefreundet, was nachvollziehbar war. Jetzt kamen sie, um Rosalyn auf dem Golfplatz umherzukutschieren und sich bei Nachbarn einzuladen, die zufällig mit Cocktails auf der Veranda saßen.

»Haben die Nachbarn nichts dagegen?«, fragte Annie. »Ich meine, wenn man gar nicht eingeladen ist?«

Crystal und Amber schauten sie an, als sei sie die leicht angestaubte Bibliothekarin, die sie tatsächlich war.

»Ach, Annie, sei doch nicht so sauertöpfisch«, bemerkte Rosalyn. »Du bist jetzt in Palm Springs und hast Ferien!« Mit diesen Worten kletterte sie auf den Golfcart und winkte fröhlich, als er über den leuchtend grünen Rasen davonzuckelte.

Annie winkte etwas kleinlaut zurück und begab sich dann mit Miranda zum Gästehaus, eine Miniaturversion des großen Hauses. Miranda war außer sich vor Begeisterung und wirbelte auf der kleinen Terrasse herum, von der man Aussicht auf die Berge hatte.

»Es ist großartig hier!«, schrie sie dazu. »Der Himmel. Die Berge. Diese schnuckeligen, coolen Häuser. Rasen in der Wüste. Kojoten auf dem Golfplatz. Es ist so wild und abenteuerlich. Ich liebe es!«

Sie sank auf eine Liege. »Sonne!«

»Pass auf, dass du dir keinen Sonnenbrand holst«, sagte Annie – hauptsächlich, weil es zu ihrer Rolle gehörte, denn die Sonne am Spätnachmittag war bei Weitem nicht mehr so intensiv wie tagsüber.

Miranda, die schon die Augen geschlossen hatte, schüttelte nur lächelnd den Kopf.

An diesem Abend saß Annie draußen und sehnte sich nach ihren Söhnen. Weihnachten ohne die beiden kam ihr hohl und freudlos vor. Sie hatte per Computer mit den Jungs gesprochen und ihre Gesichter gesehen, die durch die Position ihrer Laptops irgendwie verzerrt wirkten. Nick wünschte sich sein Lieblingsshampoo und mehr Kontaktlinsen. Charlie war schon so erwachsen, dass er nicht mehr aus der Ferne Sachen geschickt haben wollte. Das war natürlich eine Erleichterung, aber es machte Annie auch traurig. Scheinbar wurden alle erwachsen. Mit Ausnahme von Miranda vielleicht.

Annie ging ins Bad, blickte in ihren Reisespiegel und zupfte sich hie und da im Gesicht ein paar Haare aus. Dann wanderte sie ins Schlafzimmer, wo Miranda im Bett saß und sehr eingehend etwas in ihrem Laptop betrachtete. Es war kühl im Zimmer, und die Welt endete vor dem Fenster in der Schwärze der Nacht. Annie trat ans Bett, aber Miranda bewegte den Cursor, die Bilder verschwanden und hinterließen einen neutral blauen Bildschirm.

Kit Maybank?, dachte Annie. Vielleicht würde der kleine Henry am nächsten Morgen quietschfidel vor der Tür stehen. Miranda und Kit würden spazieren gehen und reden und den Sonnenuntergang bewundern, während der kleine Junge zwischen ihnen ging und ihre Hände verband. Oder auch nicht. Miranda hatte sich Annie nicht anvertraut. Ebenso gut konnte Miranda im Internet einen neuen Verehrer kennen gelernt haben, mit dem sie sich gerade für Mitternacht im Joshua-Tree-Nationalpark verabredet hatte. Und der sich womöglich als Serienmörder erweisen würde. O Gott … Um sich zu beruhigen, betrachtete Annie ihre Schwester, die wohlbehalten auf ihrem Bett saß. Ich frage mich, ob Miranda sich jemals Sorgen um mich macht, dachte sie.

Am nächsten Tag saß Betty in einem bequemen alten Sessel aus den Fünfzigerjahren und versuchte, einen Kriminalroman mit dem Titel *Return to Sender* zu lesen, den sie in ihrem Zimmer vorgefunden hatte. Das unregelmäßige Schnarchen von Mr. Shpuntov war über ein Babyfon im ganzen Haus zu hören. Es war Vormittag und strahlend hell, aber das Wohnzimmer lag dank eines Dachvorsprungs im Schatten und war angenehm dämmrig im Vergleich mit dem grellen Licht draußen. Betty fand das Buch entnervend langweilig. Wie die meisten Krimis, dachte Betty. Und wie meine Ehe. Sosehr sie auch über dieses Thema nachgrübelte, stieß sie doch immer wieder nur auf Glück, das auf abrupte und unerklärliche Weise in Schmerz verwandelt worden war. Sie seufzte, lauter als beabsichtigt, weshalb Roberts, der gerade hereinkam, besorgt zu ihr herüberschaute und sich dann zu ihr setzte.

»Sie machen sich Sorgen«, sagte er.

»Nein. Eigentlich nicht. Dann gäbe es ja noch Hoffnung.«

»O je.«

»Ich verstehe es einfach nicht. Aber vielleicht ist das Ende einer Ehe ja wie Gott, und man kann es gar nicht verstehen.«

Roberts nickte verständnisvoll. »Meine Frau ist vor zehn Jahren gestorben, und das begreife ich auch immer noch nicht. Ich vermisse sie jeden Tag. Vermissen Sie Ihren Mann auch?«

»Ja. Jede Minute. Es ist einfacher, wenn ich mir einrede, er sei tot. Verzeihen Sie mir – das klingt so herzlos. Aber wenn er lebt … wenn er lebt und sich so benimmt … tja … Und er hat sich immer so viel darauf eingebildet, ein anständiger Mann zu sein …«

Roberts sagte: »Manchmal muss man Menschen etwas beibringen, oder? Sogar anständigen Menschen und vor allem solchen, die sich dafür halten.«

Betty mochte den Klang seiner Stimme. Er hörte sich nicht hysterisch und zornig an wie ihre Töchter, nicht vorsichtig und pessimistisch wie ihre Anwälte, nicht dumpf und hoffnungslos wie ihre eigene innere Stimme. Sogar mit Cousin Lou zu sprechen, der ihr Ratschläge zum Umgang mit dem Immobilienthema ihres »Falls« gegeben hatte, war anstrengend – er klang bemüht ermutigend und mitfühlend, was Betty auf die Palme brachte. Roberts' Stimme dagegen war ruhig und entschlossen, als sei sie zu einem Ort unterwegs, den sie unter allen Umständen erreichen wollte. Roberts stellte ihr ein paar Fragen zu ihren Anwälten und ihrem »Fall«. Betty hatte noch mit keinem rechtskundigen Menschen außer ihren Anwälten darüber gesprochen, aber die schienen das Recht als eine Art unwägbaren Hindernislauf zu empfinden, bei dem sie barfuß ein unbekanntes steiniges Gelände durchqueren mussten.

»Das hat mir richtig Spaß gemacht!«, sagte Betty danach. »Erstaunlich, wie gut es der Seele tut, wenn man sich mal richtig ausjammern kann.«

»Na, warten wir mal ab, was als Nächstes passiert«, sagte Roberts lächelnd. »Warten wir mal ab, wie es dem großen verstorbenen Joseph Weissmann ergehen wird.«

Betty lächelte ihn an. »Ja, warten wir mal ab«, pflichtete sie Roberts bei.

Cousin Lou kam hereinmarschiert und krakeelte: »Alle Mann an Deck! Alle Mann an Deck!« Und erst nachdem sich alle Bewohner des Hauses einschließlich seines verwirrten Schwiegervaters um ihn versammelt hatten, verkündete Cousin Lou: »Heute feiere ich fünfzig Jahre Eheglück.«

Rosalyn klatschte in die Hände wie ein kleines Mädchen.

»Ich freue mich sehr, dass ihr alle, meine Familie, an diesem wunderbaren Fest der Liebe teilhaben könnt.«

Annie warf einen Blick auf ihre Mutter und ihre Schwester, um zu sehen, ob die beiden eine derartige Festivität verkraften konnten. Betty sah mutlos und Miranda angespannt aus.

»Deshalb möchte ich euch alle einladen –«

»Und natürlich Amber und Crystal«, warf Rosalyn ein.

»Und natürlich Amber und Crystal«, sagte Lou und deutete eine Verbeugung vor seiner Frau an. »Ich möchte euch hiermit alle zur großen Seafood Night im Country Club einladen.«

»Meeresfrüchte in der Wüste!«, sagte Rosalyn. »Hier gibt's wirklich alles.«

»Müssen wir kostümiert sein?«, fragte Annie besorgt; sie erinnerte sich an die Western-Abende in den Jugendlagern ihrer Söhne, bei denen sie dann zu Shorts und T-Shirts Stirnbänder und Stiefel trugen.

»Man isst Berge von Fisch und Meeresfrüchten, die auf Silberplatten serviert werden«, erklärte Cousin Lou.

»Das sind alles bedrohte Arten und außerdem voller Quecksilber«, bemerkte Miranda.

Miranda war schon seit dem Aufstehen rastlos und übellaunig. Aus der freudigen Aufregung der letzten Tage war etwas anderes entstanden, der Blüte von Algen gleich. Sie war launisch und unausgeglichen und konnte sich schlecht beherrschen. Betty legte den Finger auf den Mund, um sie zum Schweigen aufzufordern.

Annie blickte ihre Schwester stirnrunzelnd an. Wie üblich war sie nun gefordert, Mirandas Höflichkeitspatzer auszugleichen. »Meeresfrüchte!«, sagte sie. »Das liebt doch jeder!«

Roberts schaute beide Schwestern im Wechsel an und sagte: »Ganz genau.«

Armer Roberts, dachte Annie – auch nicht zum ersten Mal an diesem Tag.

»Mm, lecker«, sagte Betty und vertiefte sich wieder in ihr Buch.

Als Rosalyn am Nachmittag von einer weiteren »Schluckspritztour« mit Amber und Crystal im Golfcart zurückkehrte, ließ sie sich weinselig aufs Sofa sinken und gestand Betty, dass sie zunächst Zweifel an den beiden jungen Frauen gehabt habe, weil sie ihr nicht außergewöhnlich genug erschienen. Was hatten sie schließlich schon vollbracht im Leben? Sie zogen von Haus zu Haus wie Zigeuner, hüteten ein Haus an der Ostküste, dann an der Westküste … Das war an sich keine Referenz für eine außergewöhnliche Bekanntschaft. Doch dann hatte sie die beiden näher kennen gelernt und festgestellt, dass sie durchaus außergewöhnlich waren. Einfach die nettesten Mädchen, die man sich vorstellen konnte, witzig und vergnügt… Sie hatten ihr ein lustiges Spiel beigebracht, für das man Tischtennisbälle und mit Bier gefüllte Plastikbecher brauchte. »Amber ist Masseurin, weißt du. Sie ist in der Ausbildung, hat noch keinen Abschluss. Aber sie ist ausgesprochen begabt, Betty. Ganz erstaunlich. Mein Ischias? Weg! Fast so gut, als hätte man einen Arzt in der Familie.«

Die außergewöhnlichen Mädchen steuerten das Gästehaus an und parkten den Golfcart an der Terrasse.

»Hallo!«, riefen sie. »Ist jemand zuhause?«

Miranda und Annie kamen zur Glasschiebetür und öffneten sie. Annie hatte gerade geduscht und war in ein Handtuch gehüllt.

»Wir wollen euch auf ganz besondere Weise in Palm Springs willkommen heißen!«, verkündete die ältere der beiden, Crystal. »Obwohl wir natürlich nicht von hier sind. Nur alte Leute kommen wirklich aus Palm Springs, und sogar die sind nicht von hier. Es ist jedenfalls ein ganz besonderer Ort, und da wir grade in so einem tollen Haus wohnen, der Swimmingpool ist fantastisch, mit Wasserfall…«

»Zwei«, warf ihre Schwester Amber ein.

»Zwei was?«

»Zwei Wasserfälle, Crystal.« Amber sagte zu Annie: »Ich habe mir selbst beigebracht, sehr aufmerksam und sensibel zu sein. Das ist unbedingt nötig.«

Annie zog ihr Handtuch fester um sich. Dann sei bitte sensibel, was meine nassen Haare betrifft, dachte sie ergeben, und lass mich reingehen.

»Sie ist eine Heilerin«, erklärte Crystal.

Miranda, die bislang kein Wort geäußert hatte, wedelte wegwerfend mit der Hand und ging ins Haus. Woraufhin es wiederum Annie oblag, die Konversation aufrechtzuerhalten.

Sie fragte sich, was wohl passieren würde, wenn auch ihr die Geduld ausging.

»Das ist doch völlig übertrieben, Crystal«, sagte Annie lachend. »Ich mache nur eine Ausbildung zur Masseurin.«

»Nein, nein, das stimmt nicht«, beharrte Crystal, ohne den peinlich berührten Blick ihrer Schwester zu beachten. »Sie beherrscht ganz unterschiedliche Behandlungsmethoden. Chakra-Balancing und schamanisches Heilen der Inka und …«

Amber verdrehte die Augen. »Das will Annie doch alles gar nicht hören. Jedenfalls wollten wir euch nur willkommen heißen. Wir finden eure Cousine Rosalyn einfach super. Sie ist ein echter Knaller.«

»Das ist nett von euch«, erwiderte Annie. Es war ja tatsächlich nett, und die Mädchen strahlten etwas Offenes, Fröhliches aus. Wenn sie sich nur wieder verziehen würden. »Ich denke, wir sehen uns bei der Seafood Night.«

»Manchmal entdeckt man da Promis«, berichtete Crystal. »Ich bin verrückt nach Promis. Einmal haben wir Orlando Bloom gesehen. Und dann natürlich Barry Manilow. Auf Cape Cod sind wir Gwyneth begegnet, ganz überraschend. Ich hoffe, wir können euch heute Abend wenigstens einen Promi bieten. Die fehlen euch doch jetzt bestimmt, wo ihr sonst in New York lebt. Ich meine, seit Paul Newman nicht mehr da ist, gibt's ja nicht mehr viele gute Promis in Westport.«

Annie fand es verwunderlich, dass Crystal so viel über ihre Wohnorte zu wissen schien, und schwieg.

Als habe sie gespürt, dass ihre Schwester etwas falsch gemacht hatte, fügte Amber rasch hinzu: »Phil Donahue! Vergiss Phil Donahue nicht.«

»Wer ist Phil Donahue?«, fragte Crystal.

»Ich hab dir doch gesagt, du sollst mal History Channel schauen, Crystal.«

Daraufhin wendeten die Mädchen aufgekratzt winkend den Golfcart, riefen Annie zu, man sähe sich später, und fuhren davon.

Rosalyn, deren silbrige Lederjacke im Zwielicht schimmerte, führte die kleine Schar an, als sie an diesem Abend über das dunkle Gras wanderte, das in der Dämmerung wie ein samtiger Teppich wirkte.

»Und wenn der Kojote wiederkommt?«, fragte Betty.

»Er liegt immer nur an dieser einen Stelle und sonnt sich, der arme Bursche«, sagte Roberts, der auch mit von der Partie war. »Er ist fast jeden Tag da. Ein Mann mit festen Gewohnheiten.«

»Wie ich«, bemerkte Mr. Shpuntov.

Die Seafood Night war die erste von diversen Abendveranstaltungen im Country Club. Das Clubhaus, ein modernes kreisförmiges Gebäude, erinnerte mit seinen Rundungen und Messinggeländern an ein Kreuzfahrtschiff. Als sie eintrafen und sich an einem großen runden Tisch an einem Fenster mit Aussicht auf den Golfplatz niederließen, war die erste Runde Austern, Muscheln und Krabben schon verputzt. Auf dem Buffet standen nur noch leere Platten mit Eisflocken, die jedoch postwendend durch volle ersetzt wurden. Auch Hummer und Krebs wurden aufgetragen.

»Wie bei einer Bar-Mizwa«, sagte Miranda traurig, weil sie an Kits Geschichte von seinem Freund Seth denken musste.

Annie hatte sich immer eine Bat-Mizwa gewünscht, aber Betty fand dergleichen ordinär, und Josie erachtete sämtliche religiösen Feste für primitiv, weshalb Annie bis zu ihrem Studium wartete, um Hebräisch zu studieren. Denn die Bat-Mizwa hatte sie sich vor allem aus diesem Grund gewünscht. Ihre Eltern hatten angenommen, es ginge ihr um das Fest und die Geschenke. Aber Annie war versessen darauf, die tote Sprache zu lernen. Eine Sprache zu sprechen, die es schon seit so langer Zeit gab – das war für sie, als offenbare man ihr ein Geheimnis. Auf der Highschool hatte sie aus demselben Grund Latein gewählt. Ihre Söhne gingen alle beide auf eine hebräische Schule, fanden es jedoch offenbar nicht sonderlich spannend, die geheime Sprache zu erlernen. Doch als sie dreizehn wurden, lasen sie ihre Texte aus der Tora und wurden in die Reihen der jüdischen Männer aufgenommen. Dagegen hatten Betty und Josie nicht das Geringste einzuwenden. Es war manchmal seltsam mit Großeltern und Enkeln.

»Ich wünschte, ich hätte Enkel«, sagte Annie, als sie alle an dem großen runden Tisch saßen.

»Ja, das wünscht man sich«, erwiderte Betty lächelnd.

»Du bist doch viel zu jung«, wandte Miranda ein.

»Ja, und vor allem sind meine Söhne zu jung.«

»Palm Springs färbt auf dich ab«, mutmaßte Rosalyn. »Du willst dich hier bloß mit den ganzen anderen Alten zur Ruhe setzen.«

»Alt, aber oho«, sagte Lou und küsste sie.

In der Tat befanden sie sich vorwiegend in Gesellschaft alter Menschen – Frauen mit ledrig gebräunter Haut und dürren Armen und Beinen, Männern mit Bäuchen und dicken rot geäderten Wangen. Sie sahen alle so knackig und betucht aus mit ihren weißen Hosen und farbigen Oberteilen. Betty wusste, dass sie auch zu den Alten zählte, aber vom entspannten Wohlstand dieser Leute hier blieb sie ausgeschlossen. Sie war alt und arm. Wie war es nur dazu gekommen? Sie sehnte sich danach, zu diesen sportlichen Senioren zu gehören, und zugleich verachtete sie diese Leute mit ihren lächerlichen Wüstenrasenflächen und bunten Golfcarts und kurzärmligen Sporthemden. Sie trug Schwarz und war froh darüber.

Doch es gab auch jüngere Leute im Raum; junge Männer und Frauen, die Platten mit Bergen von Austern, Hummer und Spargelsalat die breite, gewundene Rampe vom Eingang zu den gedeckten Tischen hinuntertrugen.

»Die Schwulen«, raunte Rosalyn. »Die halten das hier am Laufen. Wir anderen sterben ja aus«, fügte sie erklärend hinzu. »Aber das ist das neue Blut. Ich mag neues Blut.«

Auf einem kleinen Podium saß eine Band, bestehend aus Keyboarder, Gitarrist und Schlagzeuger, die nun *YMCA* anstimmte. Annie musste Miranda beipflichten: das Ganze erinnerte tatsächlich an eine Bar-Mizwa.

»Hier kommt das neue Blut angelaufen«, bemerkte Miranda.

»Nette Jungs. Tanzen gerne«, sagte Rosalyn.

Und tatsächlich forderte der junge Mann Rosalyn zum Tanzen auf.

»Die wissen, dass die Ehemänner nicht gerne tanzen«, sagte Lou und sah zu, wie seine zarte Frau über den Parkettboden der Tanzfläche glitt. Die drei Weissmann-Frauen bemerkten nun, dass sich auch alle anderen Paare auf der Tanzfläche aus einer mageren, elegant aufgemachten, älteren Frau und einem sportlichen, elegant aufgemachten, jungen Mann zusammensetzten.

Miranda wandte den Blick ab. Die Tanzpaare mit ihrem Altersunterschied beeindruckten sie wenig. Cousin Lou mochte sich über den großen Altersunterschied zwischen ihr und »dem jungen Kit« lustig machen, aber sie identifizierte sich in keiner Weise mit den alten Hennen, die dort von ihren jungen Partnern herumgeschwenkt wurden. Sie wurde demnächst fünfzig, aber sogar dieses monumentale Alter schien ihr so entfernt und ungreifbar wie die Berge dort draußen – hohe, zerklüftete, bedrohliche Anhäufungen aus Erde und Stein, die im Zwielicht weicher wirkten, im Dunkeln unsichtbar waren, durch gigantische Vorstädte und Staub an Wichtigkeit verloren. Wenn man sich selbst nicht alt fühlte, war es schwierig, einen jungen Mann als so viel jünger zu empfinden. Miranda bestellte sich einen Martini, trank ihn aus und bestellte sich den nächsten.

Dabei ließ sie den Blick durch den Raum wandern, geduldig und aufmerksam.

Aus irgendeinem Grund war sie sicher, dass er hier sein würde. Sie hätte nicht begründen können, warum sie davon überzeugt war, und wie viele Vorahnungen hätte sich auch diese als nichtig erweisen können und wäre dann vergessen worden. Doch Mirandas Vorahnung traf zu; sie war eine Sibylle, eine Weissagerin, eine Seherin, denn dort drüben schritt gerade ein Mann über den roten Teppich, diese lächerliche Gangway mit den Messingpfosten, und dieser Mann war Kit Maybank.

Miranda kippte sich den Martini hinter die Binde. Kit war hier, wie sie es vorhergesagt hatte.

»Er ist hier«, sagte sie beiläufig zu Annie.

»Hm?« Annie folgte dem Blick ihrer Schwester. »O mein Gott, tatsächlich.« Sie hob den Arm und winkte, aber Kit sah sie nicht. »Hab mir doch gedacht, dass du deshalb in den letzten Tagen so gut gelaunt warst.«

Miranda ließ Kit nicht aus den Augen, rührte sich jedoch nicht vom Fleck. »Ja.«

Mehrere junge Männer, die ein Autogramm haben wollten, scharten sich um Kit. »Meine Güte, mir war nicht klar, dass Serienstars auch so berühmt sind«, bemerkte Annie. »Muss wohl an den Männerküssen liegen.«

»Ja«, sagte Miranda wieder.

Sie machte immer noch keine Anstalten, sich zu bewegen. Annie fragte sich, ob ihre Schwester vielleicht schon zu angeschickert war, um aufzustehen. Sie wartete, aber Miranda blieb sitzen.

»Was ist denn, Miranda?«, fragte Annie. »Alles okay?«

»Ja, klar.«

»Seafood Night. Wie ulkig. Wusstest du, dass Kit heute Abend hier sein würde?«

»O ja, ich wusste es.« Miranda betrachtete ihr Spiegelbild im Buttermesser und blickte ihre Schwester dann über die Klinge hinweg entschieden an, damit sie nicht auf die Idee kam, ihr zu widersprechen. »Ich hatte eine Vorhersehung.«

»Moment mal … ihr hattet euch gar nicht abgesprochen?«

Doch Miranda hörte nicht mehr zu. Die Band stieg jetzt in *Love Shack* ein. Miranda sah Kit, der sich gesetzt hatte. Sie erhob sich. Jetzt würde alles gut werden. Die Welt war großartig, eine Welt voller Vorhersehungen, Meeresfrüchte und Bar-Mizwa-Musik, eine Welt, in der man über eine Tanzfläche spazieren und alten Hennen und jungen Schwuchteln ausweichen und die Hände auf die Schultern eines Mannes legen und sich vorbeugen und ihn auf den Kopf küssen und dann sehen konnte, wie er verwirrt aufschaute und lächelte.

Peinlich berührt lächelte.

Und aufstand und einem die Hand schüttelte.

Und sagte: »Miranda! Was machst du denn in Palm Springs?«

Mit kalter, argwöhnischer Stimme.

»Kit!« Sie hörte sich nervös lachen. Kit ließ ihre Hand los. Miranda sah ihre blasse Hand in der Luft schweben wie einen Vogel. Dann flatterte sie zu ihrem Gesicht. »Wie schön, dich zu sehen«, sagte sie. »Wo ist Henry? Ich hoffe, ich kann ihn auch noch sehen.« Sie sprach zu schnell und musste tief Luft holen.

»Henry?«, sagte Kit, als handle es sich um einen entfernten Bekannten.

Miranda stieß wieder ein nervöses Lachen aus.

»Henry ist bei seiner Mutter.«

»Oh.«

»Das geht also nicht«, sagte Kit.

»Oh«, wiederholte Miranda. Der kleine Henry. Henry hatte eine Mutter.

»Henry?«, fragte jetzt die Frau, die neben Kit saß, und wandte Miranda einen Moment lang ihr schönes Gesicht zu. Nicht ganz so jung wie die anderen am Tisch, dachte Miranda. Warum kam sie ihr so bekannt vor? Aus der Uni? Eine Lektorin? Dann dämmerte ihr: eine Schauspielerin. Und zwar eine berühmte.

Kit lächelte der Frau zu, als wolle er sagen: Es ist nichts. Gar nichts.

Miranda hielt Ausschau nach einem leeren Stuhl, den sie für sich heranziehen konnte. Bemerkte, wie Kit vorsorglich nach der Lehne seines Stuhls griff. Sie schaute Kit an, wollte einen Scherz darüber machen, dass sie seinen Stuhl schon nicht klauen würde, doch er sah gar nicht nach Scherzen aus. Sondern extrem angestrengt. Was strengte ihn so sehr an? Er holte tief Luft, wandte den Blick ab, öffnete und schloss mehrmals die Augen. Irgendetwas stimmte nicht. Irgendetwas ging hier vor sich. Und Miranda hatte eine Vorahnung.

Kit ergriff die Hand der berühmten Schauspielerin, und die Frau erhob sich.

»Miranda Weissmann, ich möchte dir Ingrid Chopin vorstellen …«

Miranda lächelte und streckte die Hand aus und spürte die kühlen Finger der anderen Frau, als Kit seinen Satz zu Ende sprach: »… meine Verlobte.«

Die Schauspielerin warf Miranda ein umwerfendes, strahlendes, unverbindliches Lächeln zu und zog ihre Hand elegant wieder zurück. Mirandas Hand blieb erneut in der Luft hängen. Kit sagte: »War wirklich nett, dich zu sehen.« Später erst fiel Miranda die Zeitform auf, die sie zum Gehen aufforderte. Doch jetzt, als sie sich in langsamerem Tempo bewegte als alle anderen, bemerkte sie nur, dass sie bereits den Mund geöffnet hatte, um die darin versammelten Worte herauszulassen: *Ach, das freut mich für dich, so viel Erfolg … und jetzt auch noch diese wunderbare Neuigkeit …*

Doch diese Worte, die ordentlich Schlange standen, wurden von anderen ungehobelten, rüden Worten beiseitegedrängt, die nicht warten wollten.

»Du kleiner Scheißer«, sagte sie.

Das hatte sie offenbar recht laut vorgebracht, denn diverse Leute drehten sich zu ihnen um.

Miranda spürte, dass sie so reglos dastand, als posiere sie für ein Foto, die Hand locker an die Wange gelegt. Dann drehte sie sich langsam weg und wieder zurück. Ich habe was vergessen, dachte sie. Da ist noch was zu erledigen. Sie löste ihre Hand von der Wange, schwang sie durch die Luft und ließ sie mit lautem Knallen auf Kits Wange landen. Das fühlte sich besser an. Viel besser. Als sie dann davonmarschierte, leuchtete ihr Gesicht so fahl wie der kalte Mond.

»Ach du lieber Gott«, sagte Annie, als sie Miranda schreien hörte. »Ach du lieber Gott«, sagte sie noch einmal, als Miranda Kit eine Ohrfeige verpasste.

»Was ist denn, Liebes?«, fragte ihre Mutter, die sich gerade angeregt mit Lou unterhalten hatte. »Ist irgendetwas?«

»Nein, nein«, antwortete Annie und stand auf, um ihrer Mutter den Blick zu versperren.

Roberts, der den Zwischenfall auch beobachtet hatte, blickte mit gequälter Miene zu Annie auf.

Die Band spielte jetzt schwungvoll *That's Amore.*

»Oh, ich liebe dieses Stück«, sagte Betty. »Wo ist eigentlich Miranda?«, fragte sie dann und sah sich um.

Miranda stand bewegungslos neben einem glitzernden Austernhügel und weinte.

Roberts sprang auf. »Möchten Sie tanzen, Betty?« Und er entführte Betty auf die Tanzfläche, mitten hinein ins Getümmel.

Kit flüsterte seiner verblüfften Verlobten etwas zu, warf den gaffenden Freunden am Tisch ein etwas verwirrtes Lächeln zu und folgte dann Miranda mit gesenktem Kopf, als sei er gerade verhaftet worden. Als er sie eingeholt hatte, legte er ihr die Hand auf die Schulter. Sie weinte reglos, ohne auch nur einen einzigen Muskel zu bewegen, als hätte sie mit den ganzen Tränen gar nichts zu tun, die aus eigenem Antrieb über ihr Gesicht rannen.

»Tut mir leid, Miranda. Ich hätte es dir sagen sollen, ich weiß. Es ist nur alles so schnell gegangen. Und was wir zwei, du und ich zusammen hatten … das kam doch auch aus dem Moment heraus, oder? Ich weiß, dass ich, na ja, dass ich dich hätte warnen sollen. Aber es kam so plötzlich.« Ein jungenhaftes Lächeln huschte über sein Gesicht. »Ich spiele in ihrem nächsten Film mit. Hab ich dir das gesagt?«

Miranda schüttelte den Kopf.

»Du weißt ja, was das für mich bedeutet. Du hast mich immer so gut verstanden, Miranda. Ein Kinofilm? Nach so vielen Jahren?«

Die Tränen waren versiegt. Miranda rührte sich nicht und gab keinen Laut von sich.

»Tut mir leid«, sagte Kit noch einmal.

Sie versperrten den Zugang zu dem Eisberg, der mit großen silbrig glitzernden Austern in schillernden Schalen gespickt war. Einige Leute traten heran, scharrten mit den Füßen und griffen dann behutsam an den beiden vorbei, um sich Austern zu angeln.

»Ich liebe Austern«, sagte Miranda.

»Ich weiß.«

Sie zuckte die Achseln.

»Tut mir so leid, Miranda.«

»Ich weiß.«

Als Miranda den Rückweg zu ihrem Tisch antrat, tat sie das langsam und nahezu feierlich, mit gemessenen Schritten und hoch erhobenen Hauptes, wobei sie mit großer Geste leere Stühle beiseiteschob. Annie sah, wie die Leute den Blick abwandten, um Miranda nicht anzuglotzen. Als ihre Schwester bei ihrem eigenen Stuhl ankam, trat sie auch diesen aus dem Weg. Er fiel um, kippte kraftlos auf den Rücken und blieb mit von sich gestreckten Beinen liegen. Miranda stand zitternd daneben, aschfahl und stumm.

Annie ergriff die Hand ihrer Schwester, sowohl um Miranda davon abzuhalten, eine weitere Szene zu machen, als auch um sie zu trösten.

»Was ist passiert, Schatz?«, fragte Betty, die gerade mit Roberts von der Tanzfläche zurückkehrte. »Geht es dir nicht gut?«

»Lebensmittelvergiftung«, sagte Annie prompt. Wie jüdisch ich doch bin, dachte sie, als gerade eine Platte mit Muscheln vorübergetragen wurde.

»Meeresfrüchte in der Wüste«, flötete Rosalyn. »Das ist ja auch unnatürlich, wie mein Vater gesagt hat.«

Mr. Shpuntov wedelte mit dem Zeigefinger. »Darf nicht nach Hering stinken.«

Roberts und Annie brachten Miranda mit dem Golfcart

von Amber und Crystal ins Haus zurück. Miranda legte sich ins Bett und schlief beinahe auf der Stelle ein. Als Annie zum Haupthaus zurückkehrte, fand sie Roberts am Pool vor, wo er eine stinkende Zigarre rauchte.

»Stört Sie das?«, fragte er.

Annie schüttelte den Kopf, aber Roberts löschte die Zigarre dennoch.

»Danke«, sagte Annie.

»Schlechte Angewohnheit.«

»Ich meinte nicht die Zigarre.« Annie blickte zum Himmel auf und betrachtete die flimmernden Sterne. Wieso hatte sie Miranda erlaubt, sie zu dieser Reise nach Palm Springs zu überreden? Wieso hatte sie Miranda erlaubt, sie zu diesem Umzug nach Westport zu überreden? Wieso hörte sie überhaupt auf ihre Schwester? Ihre Aufgabe als vernünftige, ältere Schwester bestand darin, Miranda zu beschützen, nicht ihr nachzugeben.

»Ich bin eine miserable Schwester«, sagte sie.

»Ich glaube nicht, dass das hier viel mit Ihnen zu tun hat«, erwiderte Roberts sanft. »Sie sind nicht für alles verantwortlich, Annie.«

Dann kamen die anderen weinselig und aufgekratzt in den Garten spaziert.

»Der Neffe meiner Haushälterin ist von einem Kojoten getötet worden«, erzählte Rosalyn gerade. »In Mexiko, als er die Grenze passierte.«

»Die greifen Menschen an?«, sagte Crystal. »O mein Gott, Amber …«

»Doch nicht das Tier Kojote. Schaust du denn niemals CNN? Du lieber Himmel.«

»Wie geht's meiner Kleinen?«, fragte Betty mit etwas belegter Stimme und sah sich um.

Sie musste sich einige Gläser Wein genehmigt haben. Vielleicht ganz gut, dachte Annie. »Es geht ihr besser. Schläft schon.«

»Ihr werdet nicht glauben, wen wir gesehen haben«, verkündete Rosalyn. »Bei der Seafood Night!«

»Zink!«, kreischte Crystal. »Wir haben Zink gesehen! Kit Maybank, den Schauspieler! Live sieht er sogar noch besser aus. Ich kann gar nicht fassen, dass ihr den kennt. Und habt ihr gesehen, mit wem er zusammen ist? Ingrid Chopin? Der fällt jetzt die Leiter rauf. Ich wusste ja schon immer, dass er in echt nicht schwul ist.«

»Sie ist doch gut zehn Jahre älter als er«, merkte Amber an.

»Ist sie nicht. Jake Gyllenhaal ist gerade aus ihrem Projekt ausgestiegen. Vielleicht spielt jetzt Kit Maybank an ihrer Seite.«

»So ist Palm Springs«, sagte Rosalyn begeistert. »Fehlt nur noch, dass Frank Sinatra und Peter Lawford zur Tür reinkommen.«

»Da kommt tatsächlich jemand«, bemerkte Lou. »Aber es ist Mr. Shpuntov, nicht das Rat Pack.«

»Nur eine Ratte im Alleingang«, murmelte Rosalyn.

Roberts gab ein kurzes Lachen von sich. »Hier gibt's jede Menge Ratten.«

»Ratten gibt es überall«, sagte Betty und dachte dabei an Joseph.

»Aha«, äußerte Annie. »Und wie geht es unserem Freund Kit?«

»Ich wünschte, Miranda wäre dagewesen«, fuhr Betty fort. »Es muss ihn wirklich verwirrt haben, uns alle plötzlich hier zu sehen. Ich habe ihm erzählt, dass Miranda wegen Kopfschmerzen nach Hause gehen musste – Lebensmittelvergiftung wollte ich nicht sagen, das ist so unappetitlich, und die sahen alle so gesund und sportlich und glamourös aus …«

»Aber was hat er *gesagt*?«

»Eigentlich gar nicht viel.«

»Meinen Sie vielleicht, er ist schüchtern?«, fragte Crystal. »Viele Schauspieler sind ja scheu.«

»Ratten sind auch scheu«, merkte Annie an.

»Ich mag Ratten nicht«, sagte Betty, und damit löste sich die ganze Versammlung auf.

Annie sah zu, wie sich alle verzogen: ihre Mutter ins Bett; Mr. Shpuntov, geleitet vom fürsorglichen Cousin Lou, auf sein Zimmer; Rosalyn zu der Mission, sämtliche Fenster gegen den ortsansässigen Kojoten zu verriegeln; Roberts – nachdem er ihr noch einen schnellen, aber nachhaltig besorgten Blick zugeworfen hatte – mit langen Schritten zu sich nach Hause; und Crystal zu ihrem Golfcart. Nur Amber lungerte noch an der Tür herum.

»Pst!«, machte sie und winkte Annie herbei, wobei sie sich nervös umschaute und dann noch einmal den comicartigen Pst-Laut von sich gab.

Belustigt trat Annie zu ihr.

»Was gibt's denn?«

»Wir müssen reden«, flüsterte Amber.

»Ach ja?«

»Morgen. Zehn Uhr. Fünftes Loch. Kommen Sie alleine.«

»Aber was …?«

»Morgen«, zischelte Amber, drückte dringlich Annies Arm und huschte davon.

Miranda atmete leicht und regelmäßig, obwohl sie verdreht und in ihren Laken verschlungen auf dem Bett lag, ein Anblick der Verzweiflung. Bedauerlicherweise war dies eine Welt, in der eine liebenswürdige, großzügige und temperamentvolle Frau nicht in Frieden lieben konnte. Das war weder gerecht noch normal. Allerdings stellte sich die Frage, ob Miranda jemals bei der Liebe Wert auf Frieden gelegt hatte. Sie fand Frieden langweilig.

Annie gestattete sich Fantasien einer friedvollen Liebe. Zwei Menschen im Bett. Natürlich nach leidenschaftlichem und beglückendem Sex. Aber das lag nun schon eine Weile zurück, hatte sich möglicherweise morgens ereignet, und jetzt war es Abend. Beide lehnten an ihren Kissen und lasen ein Buch. Und immer mal wieder warfen sie einander ein Lächeln zu oder berührten die Hand des anderen.

Das war vielleicht eine banale Szene. Aber was für ein Luxus ist Banalität, dachte Annie, die so viele Abende nur mit ihrem Buch im Bett lag. Genug lieben zu können und genug geliebt zu werden, so viel Liebe geben und empfangen zu können, dass man es sich erlauben konnte, ganze Abende einfach in simpler Freundschaftlichkeit zu verbringen – das war ein Reichtum, den Annie nur schwer ermessen konnte.

Der Mann, der in ihrer Fantasie neben ihr lag, war natürlich Frederick Barrow. Er wandte sich ihr mit diesem beinahe belustigten Verlangen zu, als sei er erstaunt über seine eigene Bedürftigkeit und sein eigene Heftigkeit. Und er packte ihre Arme und drückte sie aufs Bett, wie er es in New York getan hatte, während im Dunkeln über ihnen der Rauchdetektor blinkte.

Liebende Frauen, dachte Annie, als sie ins Bett ging. Sie lächelte reumütig, dachte daran, dass sie D.H. Lawrence nicht mochte, und fragte sich, was Frederick wohl von ihm hielt und ob sie jemals die Gelegenheit bekommen würde, ihn danach zu fragen. Vor dem Fenster rief eine Eule, und eine andere antwortete. Annie fiel auf, dass sie im wirklichen Leben noch nie zuvor eine Eule gehört hatte. Doch war dies nun das wirkliche Leben? Manchmal kam ihr Leben ihr wie ein Irrtum vor, nicht auf brutale und dramatische Weise, sondern wie ein schlichter Fehler – als sei sie an einer Kreuzung links abgebogen, obwohl sie scharf links hätte abbiegen müssen, und sei so in die falsche Stadt, den falschen Bundesstaat, das falsche Land geraten; oder als lese sie in einem Buch weiter, nachdem sie eine Weile in den Regen hinausgestarrt hatte, aber inzwischen hatte jemand umgeblättert. Die Eule rief wieder, doch diesmal kam keine Antwort. Es war ein wunderbarer Laut der Nacht, und Annie schlief ein.

Am nächsten Morgen wollte Cousin Lou alle zum Pancakes-Essen ausführen. Annie wusste nicht, wie sie der Einladung ausweichen sollte, um ihre geheime Verabredung mit Amber einzuhalten, bis Miranda sich weigerte aufzustehen.

»Soll ich hierbleiben und auf sie aufpassen?«, fragte Annie ihre Mutter. »Wäre sicher gut.«

»Armes Häschen«, sagte Betty und küsste Miranda, bevor sie mit den anderen aufbrach.

Wenn Miranda Ähnlichkeit mit einem Häschen hatte, dann lediglich mit einem überfahrenen, dachte Annie bei sich. Über Nacht schien ihr zierlicher Körper knochig und mager geworden zu sein. Ihre Wangenknochen stachen scharf hervor, und ihre schönen Augen waren stumpf und leblos, anstatt wie sonst lebhaft und spielerisch zu funkeln.

»Ach, lass mich doch bitte alleine«, bat Miranda.

»Dann geh ich ein Weilchen spazieren?«

Miranda zuckte kaum merklich die Achseln.

Annie spielte nicht Golf und musste sich erst im Internet den Country Club aufrufen und eine Karte des Golfplatzes studieren, um herauszufinden, wo sich das fünfte Loch befand und wie sie dorthin kommen sollte. Es war ungewöhnlich heiß für Dezember. In der klaren Wintersonne, in der sich die Berge scharf gegen den tiefblauen Himmel abzeichneten, machte sie sich auf den Weg und überlegte, was Amber wohl von ihr wollte.

Es dauerte nicht lange, bis sie es erfuhr. Auf einem kleinen Hügel erwartete Amber sie in dem gelben Golfcart, aufrecht wie ein General auf seinem Prachtross.

Der General trug eine rosa Blümchenbluse, strahlte aber dennoch etwas Kriegerisches aus. Amber stieg von dem Golfcart, die sorgfältig gezupften Augenbrauen nachdenklich zusammengezogen. »Du bist die Einzige, der ich vertrauen kann.«

»Danke«, erwiderte Annie unsicher und sehnte sich eine Kopfbedeckung herbei. Sie beschattete die Augen. »Können wir uns in den Golfwagen setzen, um aus der Sonne zu kommen?«

Amber nickte gewichtig und schritt voraus.

»So«, sagte Annie, der Ambers angestrengt gerunzelte Stirn nicht entging. Annie dachte an ihre eigene unglückliche Schwester, ihre unglückliche Mutter, ihr unglückliches Selbst und empfand heftiges Mitgefühl für dieses Mädchen, das ganz offensichtlich ein massives Problem hatte. »Worum geht es denn?«

Ein Golfcart mit einem älteren Paar zockelte vorbei. Die beiden schienen sich im Spaß zu zanken und deuteten lachend aufeinander.

»Wir haben einen gemeinsamen Freund«, begann Amber.

»Nicht nur einen.«

»Nein, ich meine noch jemand anderen.«

Das Gras glitzerte in der Sonne. Annie wartete ab. Amber hatte wunderhübsche Hände mit kurzen erlesen manikürten Nägeln, was Annie dazu bewog, ihre eigenen stumpfen Fingernägel zu betrachten.

»Kennst du Gwendolyn Barrow?«, fragte Amber.

»Gwendolyn Barrow?« Was konnte Fredericks Tochter wohl mit Amber zu schaffen haben? »Na ja, ich habe sie ein-, zweimal zufällig getroffen.«

»Was hältst du von ihr?«

»Das kann ich wirklich nicht sagen, Amber. Wie gesagt, ich hatte nicht viel mit ihr zu tun. Kennst du Gwendolyn?«

»Nicht sie selbst, aber jemanden, der ihr sehr nahe steht. Und den kenne ich sehr gut.« Sie presste die Lippen zusammen und warf Annie einen durchtriebenen Blick zu.

»Ach so, du bist mit ihrem Bruder Evan befreundet«, sagte Annie.

»Nein, nein, nicht mit Evan«, erwiderte Amber. »Mit *Freddie.*«

Amber hatte ziemlich feuchte Augen, fiel Annie auf. Große feuchte, braune Augen. Wie ein Tier, ein Tier mit Hufen. »Freddie?«

»Dem *Vater*. Frederick, Freddie.«

Annie versuchte, nicht rot zu werden. »Ach, Frederick. Ja, den kenne ich. Ich wusste nicht, dass du ihn auch kennst.«

Amber verzog den Mund zu einem einfältigen Lächeln, legte den Kopf schief und sah Annie an. »Ich kenne ihn gut«, sagte sie.

Unter dem Segeltuchdach des Golfcarts staute sich die Hitze, und die Luft draußen war unbarmherzig klar. Sogar die Wolken, scharf umrissen vor dem blauen Himmel, wirkten hart.

»Ich wusste, dass ich dir vertrauen kann. Er sagt so viel Gutes über dich.«

»Ach ja?« Annie spürte, dass Amber sie beobachtete, abschätzte, nach Anhaltspunkten suchte. Sie atmete so ruhig wie möglich und sah Amber direkt an. Freddie, wahrhaftig. »Nun, ich habe auch eine sehr hohe Meinung von Frederick.«

Amber biss sich auf ihre üppige Unterlippe und nickte wie jemand, der etwas besitzt und sich einverstanden erklärt, dass andere es auch gut finden. Sie bot Annie Kaugummi aus einer Blisterverpackung an und schob sich selbst drei Stück in den Mund, als Annie ablehnte. Der Geruch von künstlichen Fruchtaromen, den Annie mit Raumsprays aus öffentlichen Toiletten verband, verbreitete sich.

»Woher kennst du Frederick? Wenn ich das fragen darf.«

»Natürlich, kein Problem. Ich muss es ja ohnehin erzählen. Es war so: Crystal und ich haben sein Haus gehütet. Er hat dieses fantastische Haus in Massachusetts. Am Wasser und so. Aber dann war Crystal bei diesem Seminar.«

Amber unterbrach sich. Sie wirkte leicht peinlich berührt.

»Ist sie auch noch in der Ausbildung?«, fragte Annie. Sie hatte keine Ahnung, worauf dieses Geheimtreffen in der gleißenden Sonne hinauslaufen sollte, aber sie wollte die Sache beschleunigen.

»Crystal? Ja. Sie will Lebenshilfe-Coach werden und arbeitet auf ihren Abschluss hin. Sie war jedenfalls weg, ja? Und dann kam Freddie unerwartet nach Hause, und es ist eben irgendwie einfach passiert.« Sie verstummte, und ihr Gesicht nahm einen träumerischen Ausdruck an.

Annie hörte wie gebannt und aus weiter Ferne zu. Sie konnte die Worte, die über Ambers hübsche Lippen kamen, kaum verstehen, geschweige denn glauben, aber ihr war dennoch klar, dass es sich um die Wahrheit handelte. Frederick, ihr Frederick – obwohl er nur in ihrer Erinnerung und in ihren Fantasien ihr gehörte – und dieses Mädchen. »Ich weiß nicht recht, warum du mir das erzählst«, sagte sie so höflich wie möglich. Obwohl ihr ein Grund deutlich bewusst war. Annie meldete ihre Ansprüche an, hisste ihre Flagge und erkundete gleichzeitig die feindlichen Linien. Du bist wirklich ein General im Krieg, dachte Annie. Aber ich bin nicht dein Feind. Ich bin das kriegsverwüstete Dorf, der qualmende Trümmerhaufen, in dem nur noch Krähen hausen.

»Es war so ein Zufall, als ich dich hier gesehen habe! Ich trage diese schwere Last mit mir herum, in vielerlei Hinsicht, das kannst du mir glauben, und da treffe ich dich. Das passt so wunderbar. Fast wie vom Schicksal vorherbestimmt. Ich hasse es total, dieses Geheimnis haben zu müssen.«

»Aber warum muss es denn ein Geheimnis sein?«

Amber stieß ein kurzes bitteres Lachen aus. »Seine Familie.«

Annie hätte beinahe gelacht. Ja, die würde in der Tat ein Problem sein.

»Ich habe sie noch nicht kennen gelernt. Aber ich weiß jetzt schon, dass Gwendolyn besitzergreifend ist. Sehr sogar. Und dominant. Freddie hat mir das quasi gesagt. Und der Sohn – der will, dass Freddie in New York lebt. Beide wollen das.«

»Aber es ist doch nichts dagegen einzuwenden, wenn man seinem Vater nahe sein möchte.«

»Die wollen ihn doch nur auf ihren Festen vorführen, um ihre Freunde zu beeindrucken. Glaub mir, ich kenne das. Er ist ein Promi, weißt du. Jedenfalls in dieser Welt. Man muss sich mit Kultur auskennen, um das zu verstehen. Hast du mal was von ihm gelesen?«

Annie nickte.

»Oh. Na ja, ich nicht. Noch nicht. Die Bücher sind gefühlsmäßig nicht so mein Fall, wenn du weißt, was ich meine, aber sie sind sehr beeindruckend. Ich meine, er hat Preise dafür gekriegt. Und seine Kinder behandeln ihn wie eine Trophäe.« Sie lachte. »Eine Dad-Trophäe! Darauf bin ich noch gar nicht gekommen.«

Annie lachte nicht. Sie fragte sich, ob Frederick am Abend

der Lesung in der Bibliothek unerwartet nach Hause gekommen war. Ich wollte dir noch danken, hatte er gesagt, als er zu ihr trat. Ich ruf dich an, hatte er gesagt. Kein Wunder, dass er es nicht getan hatte. Dieses Mädchen hatte ihn in seinem Haus erwartet wie eine mädchenhafte Spinne. Annie betrachtete Amber nun mit anderem Blick: der schlanke perfekte Körper, die junge elastische Haut, das hübsche Gesicht, die Aura von Jugend, Gesundheit, Lebendigkeit. Und überdies erwies sich das Mädchen als pfiffig. Dad-Trophäe. Ja, da hatte sie den Nagel auf den Kopf getroffen, diese famose kleine Tussi.

»Seine Kinder behandeln ihn wie ihren Besitz. Und sie sind auf sein Geld scharf, glaub mir. Und wollen ihn als kostenlosen Babysitter. Hab ich alles schon erlebt.«

Als Amber ihre Rede beendet zu haben schien, öffnete Annie den Mund, um etwas zu erwidern, doch was gab es da schon noch zu sagen? Oder überhaupt noch zu denken? Frederick war der Mann, der sich ihr im Bett zugewandt und das 116. Sonett rezitiert hatte. Frederick war der Bruder der Frau, die das Leben ihrer Mutter zerstört hatte. Frederick war der Liebhaber dieses koketten, doch sonderbar ernsthaften Mädchens.

»Die würden mich niemals akzeptieren«, schloss Amber nun unglücklich. »Ich bin erst zweiundzwanzig!«

Wohl eher dreißig, dachte Annie leicht gehässig. So oder so war dieses Wesen zu jung für Frederick Barrow. Annie sah förmlich Gwendolyns verbissene Miene angesichts von Amber mit ihrem Panda-Tattoo auf dem Arm vor sich, und plötzlich tat das Mädchen ihr leid.

»Ich meine, er *ist* ein erwachsener Mann«, sagte Annie, die nun ihre Stimme wiederfand. »Er braucht ja wohl kaum die Erlaubnis seiner Kinder, wenn er sich –« sie unterbrach sich und suchte nach einem passenden Ausdruck – »eine Freundin zulegt.«

»Aber verstehst du denn nicht?« Amber nahm Annies heiße, angeschwollene Hände in ihre jungen, glatten Hände. »Das ist doch jetzt alles anders. Weil, na ja, wir sind verlobt.«

Annie starrte Amber fassungslos an.

»Du bist verlobt mit Frederick?«

»Ja. Es ist nämlich so …« Amber beugte sich zu Annie hinüber und flüsterte ihr ins Ohr: »Ich bin schwanger.«

14

Unter dem grellblauen Himmel überquerte Annie den Golfplatz. Diese Geschichte von Amber war einfach unvorstellbar. Sie selbst jedenfalls wäre niemals auf so eine Geschichte gekommen. In was für einer Welt konnte Frederick, ihr Frederick – oder sogar Felicitys Frederick – der Vater von Ambers Kind sein?

In dieser Welt mit den künstlich angelegten Rasenflächen und diesem übertrieben hellen Sonnenlicht. Es war unvorstellbar und dennoch wahr. Wie so viele Geschichten, jene Geschichten, die Miranda so schätzte und die Annie niemals las. Die Palmen mit ihren hohen, schlanken Stämmen und den ebenmäßigen Wedeln kamen Annie wie Plattitüden vor, wie Abziehbilder, wie Kinderzeichnungen oder Neonschilder.

Frederick würde Amber heiraten.

In den letzten Monaten hatte Annie sich gezielt darum bemüht, ihre Beziehung zu Frederick so schonungslos wie möglich zu betrachten: Er fühlte sich zu ihr hingezogen und mochte sie; er war ein Mann, der lange alleine gelebt hatte, was ihm auch zu behagen schien; seine Kinder wollten keine Konkurrentin für ihre Nähe zum Vater, ihre Rechte, ihr Erbe; seine großäugige Schwester hatte das Leben ihrer Mutter zerstört. Annie hatte diese Verbindung, deren Unwahrscheinlichkeit ihr durchaus bewusst war – Annie Weissmann und Frederick Barrow –, ohne Scheuklappen betrachtet. Sie hatte mit sich selbst gesprochen und die Lage drastisch mitsamt allen unerfreulichen Details geschildert. Und sie hatte sich – was ihr nun bewusst wurde – verliebt.

Wo die Liebe hinfällt, dachte sie. Hier schien sie ihr wie ein Stolperstein vor die Füße gefallen zu sein. Und Annie war gestolpert, aber nicht gestürzt, oder? Sondern auf den Füßen gelandet wie eine Katze. Dieses Bild hatte Miranda einmal leicht abfällig benutzt, um zu erklären, warum Annie viel besser mit Kummer und Leid umgehen konnte als sie selbst. Annie seufzte und stellte sich die zierlichen, hübschen und trügerischen Pfötchen von Katzen vor. Sie fühlte sich ganz und gar nicht wie eine Katze. Ihre Füße fühlten sich nicht wie Katzenpfötchen an. Sondern wie schwere müde Plattfüße, die ständig misshandelten Füße einer erschöpften Kellnerin.

Tränen kamen und verdampften in der Hitze. Quollen erneut hervor und verschwanden wieder. Alles stirbt, dachte Annie. Auch Tränen.

Schwanger. Sie wiederholte das Wort mehrmals, konnte es aber einfach nicht mit Amber und Frederick in Verbindung bringen. Was merkwürdig war, da die Verbindung zwischen ihnen dreien durch dieses Wort entstanden war. Amber, Frederick und das Proto-Baby. Doch sosehr Annie sich auch bemühte – wenn sie das Wort leise aussprach, stellte sich jedes Mal nur die Erinnerung an die Empfindungen ihrer eigenen Schwangerschaften ein: das erhitzte, schwitzige geschwollene Körpergefühl; das Gewicht ihres Bauches, der sie nach unten zog und sich zugleich mit Anspannung nach vorne ausdehnte; die endlose tiefe Müdigkeit; die Ängste, der Stolz, das Grauen, die Freude, die überschwängliche Freude. Während beider Schwangerschaften hatte sie auf der Couch gelegen und *Krieg und Frieden* gelesen, jeweils eine andere Übersetzung. *Anna Karenina* dagegen hatte sie überhaupt nie gelesen. Sonderbar. Oder auch nicht. Sie hatte nämlich *Anna Karenina* immer wieder angefangen und war jedes Mal von einer derartigen Sorge um Anna und ihr Wohlergehen erfasst worden, dass sie das Buch verstört zugeschlagen hatte. Sie wollte nichts erfahren, was sie schon wusste.

Annie sehnte sich plötzlich nach ihren Söhnen. Sie sehnte sich nach ihnen als jungen Männern und als Babys. Die weichen welligen Haare, die im Lauf der Jahre fester geworden waren, die schmutzigen Patschhände, die inzwischen groß und sauber waren, die männlichen Augen, dieselben Augen, in die Annie geschaut hatte, als man ihr die kleinen Wesen bläulich und verschorft auf den Bauch gelegt hatte.

Zum ersten Mal in ihrem Leben fühlte sich Annie einsam, vollkommen einsam und verlassen. Selbst als ihr Mann sie mit den beiden kleinen Jungen sitzen ließ, hatte sie noch die Jungs gehabt. Die waren nun auch verschwunden. Sie liebten sie und riefen sie an und schrieben ihr E-Mails und kuschelten sogar noch mit ihr, wenn sie in der Stimmung dazu waren. Aber sie waren dennoch Männer, und obwohl sie für immer Mittelpunkt von Annies Leben sein würden, war sie nicht mehr Mittelpunkt ihres Lebens.

Sie stellte sich vor, wie Frederick in sein Haus zurückkehrte, ein Haus, das er liebte und nach dem er sich sehnte. Vielleicht an jenem Abend, an dem er sich in der Bibliothek verabschiedete und von seinen Kindern gedrängt wurde, bei ihnen in der Stadt zu bleiben. Stundenlang war er in der Nacht auf den Straßen mit den vorbeibrausenden Scheinwerfern und den endlos dunklen Horizonten unterwegs gewesen. Bestimmt hatte er Halt gemacht auf einen Kaffee und vielleicht auch einen Doughnut. Dann wieder ins Auto, mit etwas steifen Knien, angestrengt blinzelnd. Als er schließlich auf die Zufahrt einbog und sein kleines oder auch großes Haus sah – eine Welle der Freude und Erleichterung. Zuhause, dachte er. Endlich zuhause. Und dann stieß er dort in der Küche auf eine hübsche junge Frau in knappen Shorts und Trägerhemdchen, deren schimmernde Haut nach dem Bad duftete, das sie gerade genommen hatte – Amber, die sich noch ein Glas Wein eingoss oder sich einen Happen zu essen holte. Und sie begrüßte ihn herzlich. Goss ihm ein Glas Wein ein. Und sie setzten sich auf die Veranda und lauschten den Wellen, die an den Strand schwappten. Die Sterne funkelten über ihnen, oder Wolken zogen vor dem Mond vorbei. Frederick zitierte ein paar Zeilen Shakespeare, sie war fasziniert. Er freute sich so sehr, wieder zuhause zu sein. Und zu diesem Gefühl gehörte auch das hübsche Mädchen, das entspannt und natürlich war, sich auf die Armlehne des Verandastuhls setzte und seine Schultern mit ihren starken Heilerhänden massierte. Und dann spürte er an seinem Arm plötzlich einen nackten Schenkel, und die Entspannung wich aus seinem Kopf, um einem anderen Gefühl Platz zu machen, das ganz überraschend kam, aber nicht mehr zu verdrängen war. Und seine Hand bewegte sich zu dem verlockenden Bein und wanderte langsam höher. Und mit einem kleinen Stöhnen glitt die Haushüterin auf seinen Schoß …

Zu ihrem Entsetzen konnte Annie sich jeden Moment dieses erotischen Stelldicheins in New England lebhaft vorstellen.

Umblättern, befahl sie sich. Oder besser noch: das Buch zuschlagen.

Miranda hatte gewartet, bis ihre Schwester, diese allgegenwärtige bedrängende Fürsorge in Person, endlich verschwunden war, um einen Spaziergang zu machen. Dann hatte Miranda sich im Bett aufgesetzt und ihren Laptop aufgeklappt.

Da war er.

Er trug jetzt keine Hosen mehr, auf denen Wale abgebildet

waren. Sondern Jeans und eine Designer-Armeejacke wie alle anderen auch. Sogar den unverzichtbaren Hollywood-Hut, einen Hipster-Strohhut mit schmaler Krempe und Band. Und das rote Armband. Das war ihr am Vorabend gar nicht aufgefallen. Dieses blöde rote Kabbalah-Armband. Neben ihm stand die Schauspielerin, Ingrid Chopin, eine zierliche, dunkelhaarige Frau mit üppigem Busen und betörendem Lächeln. Ihr Haar fiel auf ihre Schultern wie wilde Weinranken. Die Frau war unwiderstehlich, das entging auch Miranda nicht. Allerdings war sie mindestens vierzig, obwohl sie noch für fünfunddreißig durchging. Eine jüngere, aber dennoch nicht mehr junge Frau.

Was hat die, was ich nicht habe?, fragte sich Miranda. Lässt sich vermutlich gar nicht alles aufzählen.

Sie schob den Laptop weg und nahm wieder die Stellung ein, in der Annie sie zurückgelassen hatte: vor Wut und Wehmut eingerollt wie ein Fötus, die Arme, die sich sonderbar fremd anfühlten, um sich geschlungen, den Kopf voll rasender Gedanken. Du dämliche Kuh, du dumme Trine, du blöde, naive, alte Schachtel. Hast geglaubt, du könntest dir eine nette kleine Familie in einem netten Häuschen anschaffen, du und dein jugendlicher Held und dein unschuldiger kleiner Freund. Gar nichts hast du. Dein Leben ist eine Katastrophe. Eine Panne. Ein Nichts. Du wirst deine schwindenden Jahre nicht mit einem fürsorglichen Gatten und einem bezaubernden Jungen verbringen. Sondern alleine vor dich hin plappernd in einem Karton im Riverside Park. Nettes Häuschen? Dein Häuschen wird mit Taubenscheiße bedeckt sein. Dein Leben ist leer und sinnlos. Ein Schuhkarton. In dem ein paar tote Bienen liegen.

»Ist nur n' Nobby«, stöhnte Miranda in ihr Kissen. »Ist nur 'n Nobby.«

Annie trat aus dem grellen Sonnenschein ins dunkle Haus und schlich ins Schlafzimmer, in der Hoffnung, alleine sein zu können. Doch dort, in der künstlich gekühlten Luft, lag ihre Schwester eingerollt auf dem Bett. Einen kurzen Moment lang erwog Annie, sich Miranda anzuvertrauen. Sich auf den Bettrand zu setzen und ihrer Schwester zu erzählen, wie sehr sie sich verraten und missachtet fühlte, wie enttäuscht und angewidert sie war. Sie würde sich aufs Bett sinken lassen und deprimiert an die Decke starren, und Miranda neben ihr würde das Gleiche tun, und sie würden reden und reden und reden, bis sie Frederick und Amber in lauter winzige Teile zerlegt hatten, die so zerfleddert und unwichtig waren, dass sie einfach davonflogen.

Miranda schlug die Augen auf, sagte: »Großer Gott, Annie, verschwinde bloß« und schloss die Augen wieder.

Abgewiesen und weggestoßen, bevor sie ein einziges Wort geäußert hatte. Annie spürte die Hitze von draußen auf der Haut und die Kälte im Schlafzimmer, die nun in ihren Körper kroch. Alles war zu viel. Alles war zu wenig.

»Wieso liegst du eigentlich hier herum?«, fragte sie.

Und stupste Miranda an.

Jetzt kam schlussendlich die Wut, und sie war so heftig, dass Annie das Blut zu Kopf stieg. Die arme kleine Miranda, die arme ewig leidende Miranda. »Das ist erbärmlich! Steh auf!«

Miranda fuhr hoch. Haare klebten ihr am Gesicht. »Was ist denn mit dir los?«

»Was mit mir los ist?« Annie war so rasend wütend und bitterlich enttäuscht, dass ihr beinahe schwindlig wurde. »Das gab's ja noch nie.«

»Was zum Teufel soll das heißen?«

»Es soll heißen, dass du eine Diva bist«, antwortete Annie.

»Eine selbstsüchtige Diva. Ist dir schon mal aufgefallen, dass es anderen Menschen auch schlecht gehen kann?«

Miranda blickte sie verdattert an. Dann stieg ihr die Röte ins Gesicht. »Da du schon darauf zu sprechen kommst: Ich mische mich wenigstens nicht ständig in das Leben anderer ein wie du. Du solltest dir endlich mal ein eigenes Scheiß-Leben zulegen.«

Sie stritten jetzt, wie sie es als Kinder getan hatten – gemein und hasserfüllt und unter Tränen. Und steigerten sich hinein.

»Ich hab das alles satt, verstehst du?«, schluchzte Annie und wischte sich Tränen aus dem Gesicht. »Verflucht. Wie blöde.« Sie legte den Arm über die Augen. »Ich hab es satt. Mich um das Geld zu kümmern, während du dir Boote kaufst und Mama Chanel-Kostüme. Ständig die Erwachsene sein zu müssen –«

»Halt! Und *du* nennst *mich* selbstsüchtig?«

»*Miranda ist ganz durcheinander, wir können dich jetzt nicht ins Ballett fahren, Annie* … Du hast meine Kindheit ruiniert mit deinen dramatischen Szenen …«

»Ballett? Du meinst, als du mit einem Unterhemd unter deinem Tutu durch die Gegend gestapft bist? Einem *langärmligen* noch dazu …«

»Ich war *schüchtern*. Und mir war *kalt*.«

»Du hast meinen Troll gestohlen.«

»Den hattest *du* doch Debby Dickstein gestohlen. *Ich* hab ihn ihr zurückgegeben. Ich wollte es nur richtig machen.« Annie merkte, wie ihre Stimme den verhassten jämmerlichen Klang weiblicher Heulanfälle bekam. »Und so ist es schon immer. Ich bemüh mich und bemüh mich …«

»Ach ja? Dann lass mich doch einfach in Ruhe, und kümmer dich um deine eigenen Angelegenheiten, anstatt hier die Märtyrerin zu spielen.«

Annie warf ihrer Schwester einen giftigen Blick zu. »Angelegenheiten? Nicht dass *du* noch welche hättest, um die du dich kümmern könntest.«

Miranda war schlagartig ganz still. Der einzige Laut im Zimmer war das Surren der Klimaanlage. Dann sagte Miranda: »Scher dich zum Teufel, Annie. Mit deinen ganzen Sorgen und deinen Rechnungen und deinem piefigen kleinen Leben. Du kannst mir gestohlen bleiben.«

Annie, die sich selbst wie aus weiter Ferne fassungslos beobachtete, griff nach einer Lampe, die einer Giraffe nachempfunden war, und warf sie auf ihre Schwester. Die Giraffe fiel aufs Bett und glotzte ins Leere.

»Amber ist schwanger«, sagte Annie. »Frederick ist der Vater.«

Als Miranda die Augen aufriss, dachte Annie: *So, da hast du's.*

»Oh, Annie ...«

»Du kannst mir auch gestohlen bleiben.« Und damit stürmte Annie hinaus und warf lautstark die große Glastür hinter sich zu.

Am nächsten Tag war Weihnachten. Miranda hatte versucht mit Annie zu sprechen, weil sie ihr sagen wollte, dass sie Recht hatte, dass sie selbst, Miranda, wirklich ein melodramatisches Monster war, das jedes greifbare Gefühl ausschlachtete, dass sie selbstsüchtig war, Annie dagegen selbstlos und gütig und bedauernswert, und ob sie ihr bitte verzeihen könne? Doch Annie wollte nicht zuhören.

Beide bemühten sich, die Entfremdung vor ihrer Mutter zu verbergen. Betty machte zum Glück einen noch abwesenderen Eindruck als gewöhnlich und bemerkte nichts. Sie wartete mit allen anderen im Wohnzimmer auf Roberts. Er wollte sie alle, auch Amber und Crystal, zu einem geheimen Ort bringen, einer kühlen Höhle in einem Canyon, mit Aussicht auf Kakteen und Sträucher, von einem Weg aus leicht zu erreichen. Dort sollte es ein Picknick mit Kirschkuchen, Apfelkuchen, Kürbiskuchen geben. Und mit Truthahn und Gans. Schließlich war Weihnachten.

»Und jeder gute Jude weiß, was man da braucht«, bemerkte Rosalyn.

Annie, die sich wegen ihres Ausbruchs am Vortag schämte und deshalb noch wütender auf Miranda war, dachte an die Weihnachtsbäume ihrer Kindheit zurück, die mit kleinen Holzweihnachtsmännern auf Skiern, bunten Glaskugeln, Rentieren, Teddybären mit roten Strickmützen dekoriert gewesen waren. »Und vergesst eines nicht, Mädels«, hatte Josie gesagt, wenn sie um den Baum hüpften und den Schmuck an die duftenden Zweige hängten, während dazu *Die Nussknacker-Suite* auf dem Plattenspieler lief. »Denkt daran: Bei diesem Fest wird die Geburt eines Mannes gefeiert, in dessen Namen eine ganze Religion unser Volk seit Jahrtausenden verfolgt und zu vernichten versucht.« Er schaute sie beide mit strengem Blick an. »Das versteht ihr doch, oder?«

»Ja, Josie.«

»Gut! Und da ihr das nun wisst: Wieso sollen also nur die sich amüsieren, wie?« Und er grinste breit, woraufhin sich die beiden Schwestern wie Ballerinas mit ausgestreckten Armen im Kreis drehten, bis sie schwindlig und kichernd zu Boden sanken.

»Wo bleibt denn Roberts?«, fragte Betty jetzt. »Ich fühle mich wie ein Kind! Ich will los!« In Wirklichkeit stand ihr der Sinn eher danach, in ein Flugzeug zu steigen und nach Hause zu fliegen. Die Erinnerungen an so viele glückliche Weihnachtstage waren in dieser sonderbaren leeren Gegend mit ihrem Sonnenschein und ihren Felsen kaum erträglich für sie. Aber sie wollte ihren Töchtern Weihnachten nicht verderben. Deshalb klatschte sie in die Hände, lächelte die beiden an und dachte daran, wie sie als kleine Mädchen gewesen waren – was Annie und Miranda für sie auch immer bleiben würden.

Annie zwang sich, das Lächeln zu erwidern. Betty trug noch immer Schwarz – an diesem Tag einen schwarzen Pullover, mit einem lavendelfarbenen Tuch kombiniert –, aber Lavendel hatte man in der viktorianischen Zeit als gemäßigte Trauerfarbe getragen, kurz bevor man zu normaler Kleidung zurückkehrte. Konnte dies ein Hinweis darauf sein, dass Betty sich aus ihrer Zerstreuung und Depression lösen wollte? Vielleicht hatte diese Reise ja wenigstens einer von ihnen etwas gebracht.

Annie setzte sich in die Couchecke, brütete vor sich hin und vermied sorgfältig jeden Blickkontakt mit Miranda. Sie verabscheute die gnadenlose Sonne. Sie verabscheute die Berge. Cousin Lou hielt ihr eine Mimose hin. Sie schüttelte den Kopf, schloss die Augen und versuchte sich auf die Ankunft von Amber vorzubereiten, die sie treffen würde wie ein Faustschlag.

An dem Couchkissen bewegte sich etwas. Annie spürte, dass sich jemand zu ihr setzte, an sie lehnte, jemand, der ihr so vertraut war wie sie selbst.

»Ich vermisse Josie«, sagte Miranda, deren Kopf nun schwer auf Annies Schulter lag.

»›Wieso sollen nur die sich amüsieren‹«, sagte Annie leise.

Der schwere Kopf nickte. Der Kampf hatte ein Ende gefunden.

Roberts tauchte nie auf, sondern rief von unterwegs an. Er war auf dem Weg zum Flughafen, weil er überraschend geschäftlich nach Connecticut fliegen musste, und entschuldigte sich, weil das Weihnachtspicknick leider ausfallen musste.

In dem allgemeinen Tohuwabohu nach Verkündigung dieser Nachricht verschüttete Mr. Shpuntov ein Glas Wasser, wies mit krummem Zeigefinger auf Rosalyn und sagte: »Soso, Herr Klempner. Sie haben sich ja vielleicht Zeit gelassen.« Er deutete auf den Fleck auf dem Teppich. »Loch im Dach, sintflutartige Regenfälle. Was kommt wohl noch alles?«

»Unser jüdisches Weihnachtsfamilienpicknick fällt aus?«, fragte Cousin Lou bestürzt.

»Ein Klempner an Weihnachten?«, sagte Rosalyn zu ihrem Vater. »Das wäre nun wirklich ein Wunder!«

»Na los, Meister«, erwiderte Mr. Shpuntov brüsk, »an die Arbeit, an die Arbeit.«

»Was macht das schon?«, sagte Miranda. »Ist doch nur ein Picknick.«

»Und das Leben ist kein Picknick«, bemerkte Betty mit dumpfer Stimme, als sage sie die Multiplikationstabelle auf. »Wieder mal.«

Das Essen fürs Picknick wurde nun stattdessen auf dem Tisch ausgebreitet, und man aß mit einem Pappteller auf dem Schoß. Annie setzte sich auf einen Stuhl, um weiteren intimen Gesprächen mit Amber zu entgehen, aber die junge Frau ließ sich kurzerhand vor ihr auf dem Boden nieder.

»Ich hoffe, ich habe dich nicht, na ja, beunruhigt«, sagte sie leise. »Mit meinem Geheimnis und so.«

»Beunruhigt?« Annie horchte auf den Klang ihrer Stimme und war froh, dass sie sich fest und neutral anhörte. »Wieso denn das? Ich bin ja schließlich nicht deine Mutter. Und auch nicht Fredericks Mutter.« Sie lachte etwas gekünstelt, aber Amber schien diese Vorstellung nicht als absurd zu empfinden, weshalb Annie das Lachen sofort wieder einstellte.

»Trotzdem, ich weiß nicht recht«, sagte Amber. »Du kamst mir irgendwie sauer vor. Oder nein, nicht sauer – eher kritisch. Oder kühl? So hab ich es, ehrlich gesagt, empfunden. Ich meine, vielleicht gab's ja mal einen Flirt oder so zwischen euch beiden. Ich weiß natürlich, dass da nicht *wirklich* was war. Aber ich wollte das gerne klären, weil ich mich nicht gut gefühlt habe danach. Als sei ich dir irgendwie zu nahe getreten oder so.«

»Du brauchst dir keine Sorgen zu machen, Amber.«

Hatte sie das verstanden? O ja, ich glaube schon, dachte Annie. Genauso wie sie selbst verstanden hatte: Was auch zwischen euch gewesen sein mag – es kann jedenfalls nicht allzu viel gewesen sein, denn nun bin ich ja schließlich schwanger, und damit ist alles vorher Geschehene quasi null und nichtig.

»Gott! Totale Erleichterung!«

»Muss ganz schön anstrengend sein, mit so einem Geheimnis herumzulaufen.«

Amber stieß ein kleines zustimmendes Lachen aus.

»Vor allem, da es ja kein Geheimnis bleiben kann«, fuhr Annie mit einer gewissen genüsslichen Grausamkeit fort. »Tut mir leid, dass es so schlimm ist mit seiner Familie«, fügte sie dann zum Ausgleich hinzu. »Seine Kinder sind wirklich enorm besitzergreifend. Aber weißt du, Amber, selbst wenn sie's nicht wären: Es ist immer schwierig, wenn man in eine bestehende Familie kommt.« Und erst recht gleich zu zweit, dachte sie. Arme Amber. Ihr standen schwierige Zeiten bevor. »Aber nun ja, du wirst schließlich nicht die erste Stiefmutter der Welt sein.«

»Stiefmutter?«, fragte Amber verwirrt. »Ach so, *die*.« Sie gab ein bitteres Lachen von sich. »Stimmt, er hängt ja sehr an ihnen.«

Das sagte sie in einem Tonfall, als habe Frederick sich bei seinen Kindern eine unangenehme Krankheit eingefangen.

»Ich meine, ständig muss er nach New York fahren, um sie zu sehen. Gott, er hält es nicht mal länger als ein paar Tage ohne sie aus. Ich denk ja im Traum nicht daran, so viel Zeit mit meinem Vater zu verbringen. Würd ich auch echt nicht wollen. Das wär nix für mich. Wir fetzen uns immer übel. Wenn er erst das hier erfährt – das wird reinhauen. Aber scheiß drauf.«

»Scheiß drauf«, wiederholte Annie.

»Freddie hat Angst, dass Gwen ihm seine Enkelinnen vorenthalten wird, wenn er es ihr sagt. Als hätte er noch Zeit für Enkel, mit einem eigenen Baby. Wohl eher nicht. Aber das will er nicht hören. Na ja, er muss sich erst an die Situation gewöhnen, das kann ich schon verstehen, weiß der Himmel. In der Lage war er schließlich schon lange nicht mehr, nicht wahr? Das sagt jedenfalls meine Ausbilderin.«

»Du hast mit deiner Ausbilderin darüber gesprochen?«

»Na ja, nicht so direkt, aber die spürt alles Mögliche und merkt so was. Und ich musste ihr schließlich sagen, dass ich schwanger bin.« Als sie das Wort »schwanger« aussprach, senkte sie die Stimme, so wie manche Leute es tun, wenn sie »schwul«, »schwarz« oder »Krebs« sagen.

»Ich weiß schon, dass es eine Weile dauern wird, und wenn ich seine wahren Gefühle nicht kennen würde, wäre ich wahrscheinlich unsicher und gereizt. Aber da ich mir seiner so sicher bin, kann ich gut warten.« Sie hielt inne – um die Reaktion auf ihre Worte abzuschätzen, dachte Annie. Dann, als sie offenbar zufrieden war mit Annies neutraler Miene, fuhr sie fort: »Und wenn ich wirklich den Eindruck hätte, dass ihm eine Abtreibung lieber wäre, dann würde ich das auch machen.« Sie dehnte sich und schob dabei graziös das Kinn vor. »Ich würde alles tun, um ihn glücklich zu machen.«

»Aber das will er nicht?«

»O mein Gott, nein. Er hat mich gefragt, was *ich* will – ist das nicht total Mr. Frederick Barrow? Er wollte wissen, ob er mir einen Arzt empfehlen sollte, und er würde natürlich auch alles bezahlen, aber als ich gesagt habe, er müsste das Kind nicht mal als seines anerkennen, denn wir seien ja irgendwie alle Kinder des Universums, wenn du verstehst, was ich meine – und du verstehst das bestimmt –, wollte er das gar nicht. Er ist ein Ehrenmann. Und er will sich natürlich um mich kümmern, weil ich ja noch so jung bin und alles.«

Der arme Frederick hatte sich in einem Netz verstrickt, das er selbst aus männlicher Abenteuerlust und männlichem Ehrenkodex gesponnen hatte. Annie wurde klar, dass er nicht davonkommen würde. Sie versuchte, ihre Wut vom Vortag wiederzubeleben. Frederick war wahrhaftig alt genug, um nicht mehr so verantwortungslos zu sein, und nun stand ein komplett unschuldiges Leben auf dem Spiel. Hatte er sich das nicht überlegt, und hatte er noch nie von Verhütungsmitteln gehört, war er so außer Rand und Band gewesen? Doch Annie empfand nur noch Mitleid für ihn. Er hatte einen Fehler gemacht und würde den Rest seines Lebens dafür büßen.

»Da sind Sie ja!«, schrie Mr. Shpuntov, als er Rosalyn sah. »Halsabschneider! Ich hätte mal selbst Klempner sein sollen.«

»Das warst du auch«, erwiderte Rosalyn trocken. »Fünfzig Jahre lang.«

Miranda sah zu, wie Cousin Lou Mr. Shpuntov ins Esszimmer führte. Sie hatte sich so weit weg von allen gesetzt wie möglich. Aß Gans und Ente und Apfelkuchen. Trank Eierpunsch und warf Annie dann und wann ein scheues Lächeln zu, was ihre Schwester ebenso erwiderte. Dann beteiligte sich Miranda am Anzünden der Kerzen des Chanukka-Leuchters. Armes Chanukka, dachte sie, wie jedes Jahr, als sei dieser Tag ein Vogel mit gebrochenem Flügel, den sie auf dem Gehweg gefunden hatte. Es war der dritte Tag der Feiertage. Die ersten beiden hatte sie völlig vergessen.

15

Fredericks graues Schindelhaus aus der spätviktorianischen Zeit befand sich seit fast hundert Jahren im Besitz seiner Familie. Seine Schwester Felicity und er waren in diesem Wirrwarr aus sonderbar geschnittenen Zimmern und Salons und spiralförmigen Treppen aufgewachsen. Als ihre Eltern überraschend starben (Arthur Barrow 1980, Mary im Jahr darauf), hinterließen sie ihren Kindern lediglich dieses Haus. Das war in sich stimmig: zwei kränkliche, schrullige, gebrechliche alte Menschen, die mit der neuen Zeit nicht mehr zurechtkamen, hinterließen ein Haus, das ebenso kränklich, schrullig, gebrechlich und altmodisch war, wie sie selbst es gewesen waren – einen hölzernen Schatten seiner selbst, ein schadhaftes Erinnerungsstück. An dem Tag, an dem ihre Mutter beerdigt wurde, nahmen Frederick und Felicity die Beileidsbezeugungen der erstaunlich zahlreich erschienenen Trauergäste im Haus entgegen. Felicity hatte am Vorabend Sandwiches zubereitet, die klein, feierlich und inzwischen auch zu trocken waren. Sie trug das Tablett ins Esszimmer, stellte es auf den Mahagonitisch, der sie immer an einen überdimensionalen Sarg erinnert hatte, und kehrte in die Küche zurück. Sie suchte nach dem großen »Fest«-Perkolator, den ihre Mutter an Thanksgiving, Weihnachten und Ostern hervorgeholt hatte, drehte den Wasserhahn auf und bugsierte die Kanne ins Spülbecken.

Die betagten Rohre gurgelten und schienen dann schlagartig zum Leben zu erwachen. Felicity hörte eine laute Toilettenspülung, die sich verblüfft und überfordert anhörte. Auf dem Dachboden hatten sich Eichhörnchen eingenistet, die sich durch die Wände nach unten vorarbeiteten und mit ihren kleinen scharfen Krallen sonderbare Kratzgeräusche erzeugten. Felicity hatte dieses Haus nie gemocht. Sie verabscheute den Nebel, die traurig klingenden Nebelhörner, die Laute des Meeres und den Geruch des Meeres – diesen abstoßenden Geruch nach verfaulenden Algen oder verwesendem Meeresgetier. Sie verabscheute die bornierte Beschränktheit der Sommergäste und die nicht minder bornierte Beschränktheit der Ortsansässigen. Erst als Felicity zum Studium nach New York geflohen war, hatte sie das Gefühl gehabt, wirklich frische Luft zu atmen. In Manhattan hatte sie zum ersten Mal überhaupt richtig atmen können, so schien es ihr.

Sie ließ die Kanne volllaufen und drehte den Wasserhahn ab. Die Rohre gaben ein dumpfes Seufzen von sich. Dieses Haus seufzte permanent. Strukturell bedingtes Selbstmitleid.

Felicity hatte schon vor dem Tod ihrer Mutter versucht, ihren Bruder zum Verkauf des Hauses zu überreden. Aber leichtfertig und realitätsfern, wie er nun mal war, hatte er sich geweigert. »Ich liebe dieses Haus«, hatte er geantwortet, als ob das als Antwort ausreichte.

Felicity schleifte den großen Perkolator ins Esszimmer und drückte den Stecker in die Dose. Ein Funke sprang heraus.

Die Rache des Hauses, dachte Felicity. Es versucht mich abzumurksen, bevor ich es abmurkse.

Später jedoch wurde Felicity bewusst, dass dieser Funke genau das war, was sie gebraucht hatte. Der Funke für eine zündende Idee. Denn als sie da stand und auf das ausgefranste Kabel, die vergilbte Steckdose und den Holzboden blickte, der auch dann wie ein Schiff auf hoher See zu knarren pflegte, wenn ihn niemand betrat, kam ihr diese einfache und naheliegende Idee.

Sie nahm Frederick am Arm und führte ihn in die Küche.

»Du liebst dieses Haus«, sagte sie.

Frederick machte große Augen und setzte diese Miene eines unschuldigen Schlingels auf, die viele Frauen bei ihm so unwiderstehlich fanden.

»Ja doch«, sagte Felicity. »Ich habe gerade gesagt, dass du das Haus liebst, oder nicht?«

»Doch.«

»Und ich will dieses Haus nicht.«

Er seufzte und sagte: »Felicity, heute ist die Beerdigung. Kann das nicht warten ...«

»Zahl mich aus«, sagte sie. »Es ist ganz einfach. Du zahlst mich einfach aus.«

Frederick zahlte ihr einen anständigen Preis – jedenfalls dachte sie das zu diesem Zeitpunkt. Felicity legte das Geld sofort in Aktien an und machte einen ganz hübschen Gewinn damit. Doch als sie die Sache nach einiger Zeit noch einmal durchdachte, kam sie ihr alles andere als gerecht vor. Zwar nicht direkt unreell, aber ... Das Haus war nämlich im Laufe der Jahre weitaus mehr im Wert gestiegen als ihre Aktien. Wenn Frederick es jetzt verkaufen würde, könnte er ein Vermögen damit verdienen. Und ein Teil dieses Vermögens gehörte doch dann eigentlich rechtmäßig – wenn auch nicht von Rechts wegen – ihr, nicht wahr?

»Tja, *du* hast jedenfalls abgesahnt«, konnte man sie des Öfteren zu Frederick sagen hören.

»Tja, *er* hat jedenfalls abgesahnt«, sagte sie zu Joseph, als sie sich im Gästezimmer – dem ehemaligen Schlafzimmer ihrer Eltern – einrichteten.

Die ganze Familie war zu Weihnachten im Haus versammelt. Gwen, ihr Mann Ron und die Zwillinge waren in angrenzenden Zimmern im zweiten Stock untergebracht. Evan schlief gegenüber in dem kleineren Zimmer neben Felicity und Joseph. Fredericks Zimmer befand sich im Erdgeschoss. Er hatte schon lange den hinteren und den vorderen Wohnraum für seine Zwecke umgestaltet – in dem vorderen Zimmer mit dem Erkerfenster arbeitete er, im hinteren schlief er. In diesem Zimmer stand er am Weihnachtstag am Fenster und blickte hinaus in das triste Winterlicht des frühen Morgens.

Felicity lag unterdessen mit gerunzelter Stirn im Bett und schaute ebenfalls zum Fenster hinaus.

»Joe«, sagte sie.

Joseph gab ein prustendes Schnarchen von sich, gefolgt von einer Reihe flüssiger Blasen.

»Joe«, wiederholte Felicity. Sie wandte sich Joe zu und rüttelte ihn zunächst sachte, dann aber zunehmend heftiger an der Schulter.

»'tschuldige«, murmelte er. Das Schnarchen ebbte einen Moment ab, schwoll dann jedoch zu unverminderter Stärke an.

Felicity stand auf und hasste das Haus dabei ebenso nachhaltig, wie als sie zu Bett gegangen war. Die winzigen Zimmer, das Meeresdröhnen – es war, als sei man lebendig begraben, als sei man gezwungen, hilflos hier zu vermodern und dabei diesem überheblichen, unsterblichen Rauschen zu lauschen. Und nun auch noch das Geschnarche. Lebendig begraben mit dem Ozean und einem Schnarcher. Felicity schlüpfte in Bademantel und Pantoffeln. Nicht mal richtig heizen konnte man dieses Haus. Und dennoch war es ein Vermögen wert! Sie stieg die knarrende Treppe hinunter.

Frederick hörte sie. Ihr Schritt war unverkennbar – schnell und scharf. Er empfing sie am Fuß der Treppe.

»Kaffee?«, fragte er.

»Du bist ja furchtbar früh auf.« Sie zog eine Augenbraue hoch angesichts seiner abgetragenen Cordhose und des von Motten angeknabberten Pullovers. Ihr Bruder war wirklich schrecklich manieriert.

»Ich weiß nicht, ob ich überhaupt im Bett war.«

»Schlechtes Gewissen?«

Zu Felicitys Erstaunen schien ihr Bruder tatsächlich zusammenzuzucken.

»Was?«, erwiderte er streng. »Was meinst du damit?«

Felicity lachte. »Keine Ahnung, Frederick. Was habe ich damit gemeint? Irgendwas wird's wohl gewesen sein, sonst würdest du nicht aussehen wie ein Köter, der auf der Müllkippe geschlafen hat. Warst du auf der Müllkippe?«

Frederick erwog, ein Geständnis abzulegen. Ja, ich war auf der Müllkippe. Ich habe überall meinen Abfall verstreut, und nun muss ich damit leben, mit großen stinkenden Abfallhaufen, irreversiblen Abfällen, die ich voll und ganz verdient habe und mit denen ich mich wie Hiob klaglos arrangieren würde, wäre da nicht ein unschuldiges Wesen, eine winzige bedauernswerte Seele, die in absehbarer Zeit in eine Familie hineingeboren wird, die keine ist, der Herr möge mir vergeben.

»Kaffee?«, fragte er.

Sie saßen in der Küche, und der Dampf von ihren Kaffeebechern verwehte im blässlich weißen Morgenlicht.

»Joe scheint ein netter Kerl zu sein«, bemerkte Frederick. Eine nichts sagende Bemerkung, wie sie von ihm zu erwarten war. Aber Joe kam Frederick tatsächlich wie ein netter Kerl vor. Annie hatte sich nie über die Scheidung ausgelassen, und das war auch nicht nötig – ein Blick auf Betty hatte Frederick genügt, um die Lage zu erfassen. Er hatte Hunderte oder gar Tausende solcher Frauen gesehen. Sie kamen in Scharen zu seinen Lesungen, zu seinen Workshops und Kursen, die er gelegentlich anbot. Sie bildeten eine ganze amerikanische Gesellschaftsschicht, diese verlorenen Seelen, ähnlich wie die verlorenen Jungen aus Sudan. Doch sie waren keine Jungen, sondern ältere Frauen, noch immer auf ihre Art schön und lebendig, nur mit dieser einen Sache konfrontiert, die jegliche Schönheit und Lebendigkeit zunichtemacht – Bedeutungslosigkeit. Ja, Joseph schien ein netter Kerl zu sein. Und er hatte getan, was eben auch nette Kerle manchmal tun. Frederick hätte Joseph Weissmann gerne verurteilt, doch das wagte er nicht. Bedrückt gestand Frederick sich ein, dass er sich nun auf Josephs Seite schlagen musste, denn sie waren Kameraden und gehörten derselben Verbindung an, der Verbindung der Schürzenjäger.

»Er ist wie ausgewechselt«, sagte Felicity. »Gott sei Dank.«

»Den alten Joseph mochtest du nicht?«

»Sei doch nicht blöd, Frederick.«

»Nun, da hast du aber eine echte Vision gehabt, wenn du schon vorher den neuen Mann im alten erkennen konntest.«

Felicity warf ihm ein kurzes bissiges Lächeln zu. »Wir haben uns verliebt. Er brauchte mich.«

»Und das Schicksal wollte es, dass du dann auch da warst.«

Felicity putzte sich die Nase. »Es ist eiskalt in diesem Haus hier.«

»Ich mag seine Tochter, Annie. Es war nett von dir, dass du uns zu dieser Lesung zusammengebracht hast, Felicity.«

»Ach so, das. Ich dachte, das macht es ihr vielleicht leichter. Dann bist du wenigstens mal zu was nutze.« Sie tätschelte ihrem Bruder den Arm. Er war etwas älter als sie, aber so unglaublich weltfremd. Dieser ausgefranste Wollpullover zum Beispiel. Sie zupfte an einem losen Faden.

»Und wie heißt die andere Tochter?«, fragte Frederick.

»Stieftochter. Trotzdem liebt der Mann sie so heiß und innig, als wären sie seine leiblichen Töchter. Hat sie nach Strich und Faden verwöhnt. Aber wenn Kinder älter werden, muss man auch mal streng sein. Stark, jedenfalls wenn es darauf ankommt. Ich glaube, das merkt er jetzt, der arme, liebe, großzügige Mann. Für mich ist die ganze Geschichte natürlich sehr schmerzhaft. Mit der Stiefmutter und alldem.«

»Und alldem«, wiederholte Frederick gedankenverloren.

Am Tag nach Weihnachten sollten Crystal und Amber an die Ostküste zurückfliegen. Ihre Haushüterzeit in Palm Springs war zu Ende, das Haus am Golfplatz wieder bewohnt.

»Ihr seid wie zwei Zigeunerinnen, ihr beide«, sagte Rosalyn neidvoll. »Oder wie zwei Vögel, die mal hierhin, mal dorthin ziehen. Immer unterwegs.«

Annie sann müßig über Albatrosse nach. Blieben die nicht manchmal ein Jahr lang nur in der Luft? Von anderen komischen Angewohnheiten abgesehen.

Die beiden kehrten in ein Haus zurück, das sie schon einmal gehütet hatten: das Haus auf Cape Cod. »Da fühlen wir uns so zuhause«, sagte Amber und sah Annie an. »Es ist ein zauberhaftes altes Haus.«

»Bisschen zu alt für meinen Geschmack«, bemerkte Crystal mit einem Kichern.

»Aber dich hat ja keiner gefragt, oder, Crystal?«

Mich auch nicht, dachte Annie, als sie den beiden jungen Frauen zum Abschied zuwinkte und der gelbe Golfcart mit fröhlich flatternden Fransen zwischen den grellgrünen Grashügeln davongondelte.

»Mein neues Zuhause«, raunte Amber Crystal zu, als sie mit ihrem Mietwagen auf die Zufahrt einbogen. »Sommerhaus, sollte ich wohl sagen. Unter keinen Umständen werd ich hier das ganze Jahr über leben.«

Felicity hörte den Wagen als Erste.

»Wer mag das denn wohl sein.« Sie zog den Vorhang beiseite.

»Oh«, sagte Frederick so beiläufig wie möglich, »nur zwei Freundinnen, die ein paar Tage hierbleiben. Die Mädchen, die manchmal für mich das Haus hüten.«

»Deine Haushüterinnen?«, sagte Evan. »An Weihnachten?«

»Wenn *wir* alle hier sind?«, fragte Gwen.

»Na ja«, sagte Frederick, »ich wollte, dass ihr euch mal kennen lernt.«

Evan und Gwen sahen sich an.

»Versuchst du mich zu verkuppeln oder so was, Dad?«, sagte Evan. »Weil, weißt du, ich kann mir selbst Mädchen suchen, und auf diese obdachlosen Haushüterinnen bin ich sowieso nicht scharf.«

»Nein, Evan, ich will dich nicht verkuppeln, das kannst du mir glauben.«

»Super, Sie kennen zu lernen«, sagte Amber, als Frederick die Schwestern seinen Kindern vorstellte. »Freddie erzählt ganz viel von Ihnen.«

»Freddie?«, sagte Evan.

»Sie meint Ihren Vater«, erklärte Crystal vertraulich.

Frederick sagte: »Schon okay. Das hier ist meine Schwester Felicity. Und ihr Freund Joe.«

»Freddie?«, sagte Evan mit fragendem Unterton zu Gwen.

Die Schwestern bezogen das Dachzimmer, wo sie, wie sie betonten, alleine zurechtkamen, niemand müsste sich um sie kümmern, da sie hier ja quasi zuhause waren; sie hatten das Haus so lange gehütet.

Amber wusste, dass sie einen steilen Berg vor sich hatte und dass der Aufstieg kein Spaziergang sein würde. Sie straffte ihre hübschen Schultern. Ebenso gut konnte sie gleich damit anfangen. Annie gegenüber hatte Amber nur ein bisschen übertrieben: Es war tatsächlich über Heiraten oder wenigstens Zusammenleben gesprochen worden. Aber ihr war klar, dass sie zunächst Gwen und Evan neutralisieren musste.

»Ist das ein wunderbares Haus«, sagte sie zu Gwen. »So viel Geschichte. Ich hab ein Foto davon gefunden, von vor hundert Jahren. Im Internet. Hab Wochen dafür gebraucht, aber … hier.«

In Wirklichkeit hatte sie das Stadtmuseum angerufen und mit dem Archivar gesprochen, der ihr das Foto vor ein paar Tagen per E-Mail geschickt hatte. Amber überreichte Gwen das Foto, das sie auf dickem Fotopapier ausgedruckt hatte.

Gwen war wider Willen fasziniert. »Danke.« Sie betrachtete das Foto. »Das habe ich noch nie gesehen. Wie kahl das Grundstück damals war.«

»Ihre Familie hat offenbar viel dran gearbeitet.«

Gwen nickte. »Die Rosensträucher.«

»Historische Rosenarten.« Amber, die sich nun etwas entspannte, fuhr fort: »Apropos historisch: Hat Ihr Vater eigentlich mal den Abfluss der Badewanne reparieren lassen? Ich hab es ihm schon x-mal gesagt. Er ist mit seinen Gedanken immer ziemlich woanders, wie? Der klassische Künstler, oder?«

Gwen sah sie mit leerem Blick an.

Amber merkte, dass sie sich zu schnell zu weit vorgewagt hatte, und schaltete einen Gang zurück. »Eine zauberhafte alte Wanne. Diese Klauenfüße! Ich hab ein paar neue Badezusätze mitgebracht. Die passen total gut zu dieser alten Luxuswanne. Sind organisch, hab sie auf einer Website für Massagetherapie gefunden. Enthalten sogar Hanf.« Sie bückte sich, zog den

Reißverschluss ihrer Tasche auf und holte ein Schraubglas heraus. »Möchten Sie es mal ausprobieren?«

»Nein«, antwortete Gwen kühl. »Ich habe kein Interesse an Hanf, besten Dank auch.«

»Ich schon«, warf Evan ein. »Nur nicht in meinem Bad.«

»Ach ja?«, sagte Crystal. »Ich hab echt gutes Gras dabei …«

Und so trieb nicht Amber, sondern Crystal den ersten Keil in die Familienmauer der Barrows. Amber fand, dass Crystal dieser Sieg – den sie aber nicht als großen Sieg betrachten wollte – förmlich in den Schoß gefallen war, und mit einer Mischung aus Verdruss und Genugtuung sah sie zu, wie Crystal und Evan sich auf die hintere Veranda verzogen.

16

Der Winter brach so rasant und wuchtig über Westport herein, als hätte er es eilig und wolle die ganze Schweinerei so schnell wie möglich hinter sich bringen. Es kam nur zu einem einzigen heftigen Schneesturm, dessen Ergebnis sich am nächsten Morgen in der strahlenden Sonne auflöste, und zu einem verheerenden Eissturm, bei dem in der ganzen Stadt Hunderte von Ästen abbrachen, weil der gefrorene Regen sie mit bizarren Schnörkeln überzogen und so schwer wie französische Spiegel gemacht hatte. Der Himmel war grau wie gewohnt, der Wind gebärdete sich wild, es regnete reichlich. Und dann, im Februar ganz plötzlich tiefblauer Himmel, schlammige Erde und ein mildes Lüftchen.

Als die Weissmann-Frauen Anfang Januar aus Palm Springs zurückkehrten, war der Schnee gerade geschmolzen, und der Boden taute. Betty beschloss, am Computer Poker zu spielen, um die Familieneinkünfte aufzubessern. Annie und Miranda hatten zwar nicht vergessen, was sie einander an den Kopf geworfen hatten, aber sie hatten einander verziehen und verstanden sich wieder einigermaßen. Dennoch versuchte Annie, sich so oft wie möglich in der Bibliothek aufzuhalten. Doch auch dort hatte sie immer wieder das Bedürfnis zu flüchten. Wenn sie es nicht mehr ertragen konnte, mit ihren Vorgesetzten zu sprechen oder reiche Buchliebhaber um Spenden zu bitten, verkroch sie sich auf den Dachboden und kramte dort herum. Den Kollegen sagte sie, dass sie nach alten Kostbarkeiten suche, und sie fand tatsächlich in einem Rahmen mit gesprungenem Glas einen verblassten Brief von George Washington und den ersten Band der zweibändigen amerikanischen Erstausgabe von *Sinn und Sinnlichkeit*. Doch in erster Linie kramte sie zwischen Stapeln von kaputten Stühlen und ausrangierten Heizlüftern herum, weil sie allein sein wollte. Das Alleinsein war ihr ein schmerzhaftes körperliches Bedürfnis geworden. Am Strand in Westport, an dem sie sich zuvor so frei gefühlt hatte, schien es vor Menschen nun förmlich zu wimmeln: Sie waren in ihren Häusern, auf der anderen Seite des Long Island Sound in anderen Häusern, und anderthalb Kilometer weiter rasten sie in ihren Autos den I-95 entlang. Mit Flugzeugen flogen sie über ihr am Himmel hin und her. Sie lagen sogar unter ihr oder jedenfalls nicht weit entfernt in der dunklen stillen Erde. Und sie folgten ihr überallhin. Sie sprachen zu ihr am Telefon und schrieben ihr am Computer. Sie sangen aus Radios, riefen Taxis herbei und verlangten, dass Annie den Fahrstuhl für sie aufhielt. Die Menschen konnten natürlich nichts dafür, sie verhielten sich nur so, wie man es von ihnen erwartete, aber Annie konnte nicht umhin, sie zu verabscheuen.

Auf dem Dachboden jedoch befanden sich nur die Dinge, derer die Menschen sich entledigt hatten. Eine klotzige elektrische Schreibmaschine. Die gerahmte Abschlussurkunde einer gewissen Mildred Peacock Winship vom Barnard College aus dem Jahre 1927. Kupferstiche, Fotografien – es war wie Muschelnsammeln am Strand. Annie genoss das Alleinsein. Aber wer war Mildred Peacock Winship gewesen? Vielleicht eine engagierte Bibliotheksangestellte, eine unverheiratete Frau mittleren Alters, die tippte und die Akten führte, ihren mageren Scheck in Empfang nahm und in ein großes Holzhaus in der Bronx fuhr, um für ihre alten Eltern Abendessen zu machen. Vielleicht war sie aber auch eine Mäzenin gewesen, die der Bibliothek Tausende von Dollar und ihre wertvollen Ausgaben von Emerson und Hawthorne vermacht hatte. Annie dachte müßig, dass sie das herausfinden könne. Doch zugleich war sie Mildred Peacock Winship – wer jene auch gewesen sein mochte – ungemein dankbar dafür, dass sie nicht anwesend war.

Der Dachboden war ein sicherer Ort. Still und abgeschieden. Wie ich, dachte Annie, als sie nach einer besonders ermüdenden Sitzung mit der Bibliotheksleitung zur U-Bahn ging.

»Du bist aber ein hübsches Kerlchen«, sagte eine Frau zu einem Hund, der an eine Parkuhr angebunden war.

Als Annie in der Grand Central Station ausstieg, hielt ein Obdachloser ihr eine angeschlagene Tasse hin und sagte: »Hallöchen, schöne Frau.« Annie überlegte noch, ob sie höflich lächeln und ohne Blickkontakt vorbeihasten oder den Mann einfach nur übersehen sollte, als sie merkte, dass er die Frau hinter ihr meinte. Im Zug wanderte sie durch einige Abteile und hielt nach einem Platz in Fahrtrichtung Ausschau. Schließlich entdeckte sie eine potenziell passende Lücke – den gepflegten Hinterkopf einer Frau, der über drei Plätzen aufragte –, aber als sie dann ihre Tasche auf den mittleren Platz stellen wollte, merkte sie, dass dort ein Kind saß.

Es entstand ein leicht peinlicher Moment, als Annie ihre Tasche wieder zurückzog, den Blick der Mutter aufschnappte und erwog, ob es nun als Beleidigung aufgefasst würde, wenn sie weiterging, um sich eine laute und gewiss langweilige Zugfahrt mit Kind zu ersparen, weil ihr besonders an diesem Abend so sehr nach Ruhe und Frieden zu Mute war. Sie hatte sich gerade zugunsten der Beleidigung und gegen entnervenden Lärm entschieden, als das Kind etwas sagte.

»Annie!«

Sie blickte überrascht auf das Kind hinunter und erkannte Henry.

Annie breitete die Arme aus, und Henry kletterte rasch auf seinen Sitz und umarmte sie. Die Frau neben ihm war zweifelsfrei seine Mutter. Sie sah ihm nicht nur ähnlich, sondern hatte auch diesen unverkennbar mütterlichen Ausdruck in den Augen. »Sie müssen Henrys Mutter sein«, sagte Annie rasch und streckte der Frau die Hand hin. »Ich bin Annie Weissmann. Eine Freundin von Henry aus Westport.«

Henry schaute sich um. »Randa?«, fragte er.

»Sind Sie Randa?«, fragte die Frau. »Henry erzählt ganz oft von Ihnen. Ich bin Leanne.«

Annie setzte sich und erklärte, dass es sich bei Randa um ihre Schwester Miranda handelte.

»Miranda ist zuhause«, sagte sie dann zu Henry.

Die Frau hatte kurz geschnittene blonde Haare und blassblaue Augen. Sie trug keinerlei Make-up, was sie auch nicht nötig hatte, denn ihre Haut schimmerte und war so glatt wie die eines Kindes, obwohl sie etwas älter zu sein schien als Kit. Der Bursche hat offenbar ein Muster, was ältere Frauen angeht, dachte Annie, als sie Leannes freundliches Lächeln erwiderte.

Henry kletterte über den Schoß seiner Mutter zum Fenster, drückte sich die Nase an der Scheibe platt und sang in wirrer Folge das Alphabet vor sich hin, während er Autos beobachtete.

»Sie waren in Afrika?«, sagte Annie, in dem Bestreben, Konversation zu machen, ohne Kit Maybank zu erwähnen.

»Ja, aber jetzt wohnen wir bei meiner Tante. Jemand muss sich um sie kümmern, und das Haus ist riesig.«

»Ja, das habe ich gehört«, erwiderte Annie und verfiel in ein unbehagliches Schweigen, denn von wem außer Kit sollte sie das wohl gehört haben?

Henry löste sich vom Fenster und sah zu, wie der Schaffner ein Loch in die Fahrkarte seiner Mutter, nicht jedoch in Annies Monatskarte knipste. Annie sagte ihm, dass sie Pendlerin sei, und erklärte ihm dann das Wort.

»Du fährst *jeden Tag* mit dem Zug?«, fragte er staunend und sichtlich neidisch.

»Zweimal sogar.«

»*Wir* haben Dinosaurier gesehen«, erwiderte er leicht trotzig.

Danach kam das Gespräch zum Erliegen, bis sich der Zug Westport näherte.

»Wir steigen erst in Greens Farms aus«, sagte Leanne, als Annie ihren Mantel anzog.

»Ach ja, natürlich. Greens Farms ist ja viel näher am Haus Ihrer Tante. Ich mag diesen Bahnhof sehr gerne. Und die kleine altmodische Post dort. Gehört zu meinen Lieblingsorten in Westport.«

Leanne lachte.

»Ich will mitgehen zu Randa«, verlangte Henry.

»Tante Charlotte haben Sie nie kennen gelernt, oder?«, fragte Leanne.

»Ich will mit zu Randa«, wiederholte Henry.

Annie schüttelte den Kopf. »Nein. Ich habe sie nie kennen gelernt.«

»Liegt nahe. Kit und sie verstehen sich überhaupt nicht.«

»Aber Sie scheinen gut mit ihr auszukommen«, sagte Annie.

»O ja. Sie ist zwar eine Art Drache, aber wir lieben sie, nicht wahr, Henry?«

Henry nuckelte stumm an seiner Faust.

Kein Wunder, dass Kit in dem alten Bootshaus gewohnt hatte. Aber weshalb war er mit seiner Tante zerstritten? Und wieso besaß seine Exfrau das Vertrauen der alten Dame? Annie hätte dieses interessante Gespräch gerne fortgesetzt. Das Ganze ging sie natürlich nichts an. Aber das verhielt sich bei Klatsch und Tratsch schließlich immer so.

Henry war nun zu einem lautstarken Singsang übergegangen, um seinem Verlangen nach Randa Ausdruck zu verleihen. Annie fragte sich, ob sie etwas dazu sagen sollte. Sie wusste, dass Miranda überglücklich sein würde, Henry wiederzusehen. Doch vielleicht wäre Henrys Mutter durchaus nicht überglücklich, wenn sie ihren Sohn bei der Exfreundin ihres Exmannes zurücklassen sollte. Die Angelegenheit war ziemlich delikat.

»Ich will –«

»Schon gut, schon gut«, sagte Leanne und legte Henry die Hand auf den Mund. »Hören Sie«, sagte sie kurz entschlossen zu Annie. »Kommen Sie doch alle zu uns zum Tee. Ja. Das wäre ideal.« Sie nahm die Hand von Henrys Mund, kramte in ihrer Tasche herum und brachte eine Visitenkarte zum Vorschein, die sie Annie mit bezauberndem Lächeln und entschiedener Geste entgegenstreckte. »Dann haben wir ja alles geklärt.«

Annie lachte. Leanne erinnerte sie ein bisschen an Miranda.

Während Annie mit dem Pendlerzug von New York nach Westport fuhr, war Frederick mit dem Amtrak-Zug von Boston nach New York unterwegs. Er befand sich nicht in Begleitung von Crystal und Amber. Die beiden waren eine Woche zuvor mit seinem Wagen nach Great Barrington gefahren, wo sie wiederum als Haushüterinnen tätig waren (das Wort »Heimhüterinnen« fand Frederick so peinlich, dass er es nicht einmal denken mochte). Danach würden sie in New York zu ihm stoßen und bei Felicity und Joe in der großen Wohnung am Central Park West wohnen, was Felicity allerdings noch nicht wusste. Amber und Crystal würden ihr als Überraschung präsentiert werden. Frederick lachte in sich hinein, als er sich die Miene seiner Schwester vorstellte. Die konnten ihm alle gestohlen bleiben, beschloss er. Er verlangte wirklich nicht viel vom Leben. Er wollte nur in Ruhe in seinem Arbeitszimmer sitzen, dem Meeresrauschen zuhören und Bücher schreiben. Wieso gab es ständig so ein Chaos?

Frederick lehnte sich zurück, schloss die Augen und bemühte sich, an etwas anderes zu denken als das Chaos. Er musste eine Buchrezension schreiben und versuchte, den ersten Satz zu entwerfen, aber der Roman, eine karge, schmerzhafte Geschichte, die in Las Vegas spielte, war letztlich langweilig. Frederick hatte festgestellt, dass alles langweilig wurde, wenn man auf einen Abgrund zuschlitterte. Angst, Hoffnungslosigkeit – alles unsagbar öde. Er beschloss, so bald wie möglich wieder mit dem Rauchen anzufangen.

Amber und Crystal hatten den Tag mit Shoppen zugebracht. Sie hatten an der Fifth Avenue begonnen und beim Time Warner Center am Columbus Circle aufgehört. Im Gabriel's auf der anderen Seite der Sixtieth Street waren sie mit Frederick auf einen Drink verabredet. Jetzt saßen sie auf den Barhockern, an deren Fuß sich ihre Einkaufstüten türmten, bestellten Cosmopolitans und warteten.

»Ich fühl mich richtig künstlerisch«, sagte Crystal.

»Meinst du nicht ›kultiviert‹? Ich kann eigentlich weder am Shoppen noch an Cocktails was Künstlerisches finden, ehrlich gesagt.«

»*Pardonnez-moi.*« Crystal betrachtete ihren rosafarbenen Drink. »Hey, sag mal, darfst du überhaupt trinken? Drückt ihnen das nicht die Gebärmutter oder den Sauerstoff oder so was ab?«

»Es ist meine Gebärmutter«, erwiderte Amber. Aber als sie Frederick hereinkommen sah, schob sie ihr Glas beiseite.

»Hey, Daddy-o«, sagte sie, stand auf und umarmte ihn.

»Du solltest wirklich aufhören, mich so zu nennen, Amber.«

»Dummerchen«, sagte sie und küsste ihn.

Er lächelte. »Seid ihr bereit, Mädels? Noch einmal stürmt, noch einmal?«

Sie blickten ihn verständnislos an.

»Heinrich der Fünfte, meine Lieben.« Er war unausstehlich, das war ihm wohl bewusst. Und er genoss es. Außerdem hatte er wohl ein Anrecht auf ein wenig Selbstmitleid. Wenn man sich mal überlegte, was ihm alles bevorstand. Mein Gott, was ihm bevorstand. Er holte seine soeben erstandene Packung Marlboros heraus.

»Sie dürfen hier nicht rauchen, Sir«, sagte der Barkeeper.

Ach ja. Rauchverbot in öffentlichen Lokalen. Wie konnte er das nur vergessen? Aber er hatte seit dreißig Jahren nicht mehr geraucht, da war das vielleicht verzeihlich. Er schob das Päckchen wieder in die Tasche. »Seid ihr bereit zur nächsten Attacke auf meine Kinder?«

Attacke, dachte Amber. Doch, dazu war sie durchaus bereit.

Sie trafen pünktlich um acht ein. Gwen und Ron wohnten in einer Dreizimmerwohnung im dritten Stock eines großen alten Apartmenthauses an der Bank Street. Frederick war etwas außer Atem vom Treppensteigen, als sie oben ankamen. Die Zigaretten, die er auf der Straße geraucht hatte, blieben nicht ohne Folgen.

»Oh!«, sagte Gwen. »Sieh mal einer an. Amber und Crystal. Mit euch hatte ich leider nicht gerechnet.«

»›Unwillkommne Gäste sind nicht willkommner meist, als wenn sie gehen‹«, sagte Frederick. »*Heinrich der Sechste*.« Er verbeugte sich. Ich bin gut in Schwung, dachte er. Schade, dass Shakespeare nicht auch noch *Heinrich der Siebte* geschrieben hat.

Gwen trat einen Schritt zurück und musterte ihn stirnrunzelnd. »Bist du betrunken?« Sie konnte sich nicht vorstellen, aus welchem anderen Grund ihr Vater, der ansonsten höflich und formvollendet war, mit zwei ungeladenen Gästen zum Essen erscheinen würde, die er dann auch noch beleidigte. »Du siehst blass aus. Und du riechst nach Zigaretten.«

Frederick wollte gerade die Zigaretten zutage fördern, um sie seiner Tochter als stolzen Beweis seiner Verkommenheit zu präsentieren, als Amber einwarf: »Das liegt nur an der Treppe. Er müsste mal ein bisschen Aerobic machen. Ich sag ihm immer, er soll ins Fitnessstudio gehen, aber Sie wissen ja, wie er ist.«

Das wusste Gwen in der Tat. Aber es gefiel ihr ganz und gar nicht, dass Amber das auch zu wissen schien.

Während zwei weitere Gedecke aufgelegt wurden, sagte Evan: »Hallo, Freddie.« Er lachte, schüttelte den Kopf und wandte sich Crystal zu. »Und, was macht das Haushütergewerbe?«

»Machst du Häusern Hüte?«, fragte eines der beiden Zwillingsmädchen.

»Nein, ich mache eine Ausbildung.«

Die Kleine sah enttäuscht aus.

»Als Lebensberaterin, oder? Hast du auch eine Trillerpfeife? Und Energydrinks?«, fragte Evan.

»Ich würde sagen, Sie könnten auch ein bisschen Beratung brauchen, junger Mann. In Sachen Manieren«, konterte Crystal.

»Ich könnte alles Mögliche brauchen.« Er hielt einen imaginären Joint an die Lippen und sog die Luft ein.

Crystal lachte.

»Evan!«, sagte Gwen. »Herrje, es sind Kinder im Raum!«

»Das stimmt«, sagte Crystal.

Evan zog einen Flunsch. »Hab doch nur Spaß gemacht.«

Wann sage ich es ihnen?, überlegte Frederick.

»Amber, setz dich doch am besten hier neben Ophelia.« Gwen wies auf einen Hocker, der unter eine Tischecke geschoben war.

»Das ist ja ein malerischer kleiner Stuhl. Von den Shakern?« Amber hatte sich mit Antiquitäten befasst.

Gwen nickte widerstrebend.

Soll ich es ihnen vor dem Essen sagen?, sinnierte Frederick. Dann vergeht ihnen der Appetit. Oder danach? Dann wird ihnen womöglich übel.

»Ist das witzig!« Amber hatte sich auf dem Hocker niedergelassen. »Seh ich nicht aus wie eine kleine Melkerin, Ophelia?«

»Juliet«, sagte die Kleine bockig und trat Amber gegen das Bein.

Frederick merkte, dass ihm plötzlich selbst übel war. Der Mut, den er in der Bar noch gehabt hatte, verließ ihn nun. Er sah Gwennie an. Sie hatte sich wirklich zu einem Snob entwickelt, das musste man zugeben. Doch sie beschützte ja nur, was sie für wichtig hielt. Sie war als Kind schon etwas pedantisch gewesen, und er hatte es immer rührend gefunden, wie angestrengt sie versuchte, Ordnung in diese chaotische Welt zu bringen. Und Evan war zurzeit so sarkastisch und widerwärtig. Vielleicht würde sich das noch verwachsen. Dennoch betete Frederick seinen Sohn an. Er beobachtete, wie Evan Crystal piesackte, mit ihr spielte wie eine grausame Katze mit der Maus. Na dann viel Glück, Evan, dachte Frederick. Diese beiden Mäuseschwestern sind gerissener, als du vielleicht glaubst.

»Schade, dass Joe nicht mitkommen konnte«, sagte Ron.

»Die Wirtschaft«, sagte Felicity in einem Tonfall, als handle es sich um einen Verkehrsstau. »Nur schrecklich. Ich habe es selbst kaum geschafft zu kommen. Aber ich bin natürlich nur Vizechefin und habe die leichteren Aufgaben.«

»Ich freue mich, dass ihr alle hier seid«, sagte Frederick. »Ich möchte nämlich eine Neuigkeit bekannt geben.«

»Das ist ja lustig«, sagte Gwen. »Ich nämlich auch!«

Alle sahen sie an.

»Ich bin schwanger!«

Frederick und Amber warfen sich einen Blick zu, während die anderen Gwen und Ron gratulierten.

»Und was wolltest du bekannt geben, Dad?«, fragte Ron.

»Nichts«, antwortete Dad. »Nichts, das nicht warten könnte.«

In der Wohnung am Central Park West schlief Amber mit Crystal in einem Zimmer, nicht mit Frederick. Amber war schockiert gewesen, als Frederick am Abend zuvor um ein Haar ihren Zustand bekannt gegeben hätte, und sie war enorm erleichtert, dass Gwens Nachricht das verhindert hatte.

»Sie müssen mich erst noch näher kennen lernen«, erklärte sie Frederick. »Aber wenn das passiert ist, werden sie gar nicht anders können, als mich zu lieben, du wirst schon sehen.«

Und zu Fredericks Erstaunen trat genau dies ein.

»Gwen, hättest du was dagegen, wenn ich heute mit den Mädchen ins Metropolitan ginge? Da gibt es eine Kinderführung für die europäische Malerei …« »Ach, Felicity, du hast es geschafft, diese Wohnung repräsentativ und persönlich zugleich einzurichten. Und du hast wirklich einen Dekorateur beschäftigt? Das harmoniert alles so gut mit deiner Person. Du musst ja eine hervorragende Managerin sein …« »Gwen, hast du gehört, wie Juliet den Dora-Song singen kann? Hast du dir mal überlegt, ihr Gesangsstunden geben zu lassen?«

Amber war dreist und raffiniert, und Frederick beobachtete verblüfft, wie sie sich mit ihren Schmeicheleien bei seiner kratzbürstigen Tochter und seiner noch kratzbürstigeren Schwester beliebt machte. Es fehlte nur noch, dass Amber sich die Hände rieb und murmelte, sie sei doch ganz nichtsnutzig. »Im Ernst? Du hast dieses Essen gekocht *und* den ganzen Tag gearbeitet?«, sagte sie zu Felicity. »Wenn dein attraktiver Chef jemals so dumm wäre, dich gehen zu lassen –«, an dieser Stelle warf sie Joseph ein Lächeln zu, das dieser mit einem leicht dümmlichen Grinsen erwiderte –, »könntest du irgendwo Küchenchefin werden. Ich meine, mir steht das ja nicht zu, das zu sagen, da ich doch nur dein dankbarer, nutzloser Gast bin, aber ich finde, du solltest dich bei *Top Chef* bewerben. Du passt doch richtig gut ins Fernsehen. Nach Leuten wie dir suchen die immer.«

Diesen schleimerischen Dauerbeschuss setzte Amber unermüdlich fort. Sie kaufte in einem angesagten Laden Designer-Babydecken und Lätzchen für Gwen. Sie tauchte mit einem Korb voll erlesener Cookies bei Joseph im Büro auf, überreichte ihn Felicity und half dann, die Kekse an die Angestellten zu verteilen, wobei sie so tat, als sei es Felicitys Idee gewesen.

»Ich bin extra dafür nach Red Hook rausgefahren«, raunte sie abends Crystal zu, als sie in ihren nebeneinanderstehenden Betten lagen.

»Aber wieso? Hier in der Gegend gibt's doch massenhaft Bäckereien.«

»Diese Leute kommen nie aus Manhattan raus. Red Hook ist völlig exotisch für die. Das macht dann den Eindruck, als hätte ich mir riesige Mühe gemacht.«

»Hast du doch auch.«

»Man muss in seine Zukunft investieren, Crystal. Schaust du nie Suze Orman?«

Vielleicht waren es die Massagen, die schließlich die Barrows endgültig für Amber einnahmen – denn sie war tatsächlich eine so begabte Masseurin, wie ihre Schwester behauptet hatte. Und sie massierte die Frauen der Barrow-Familie bereitwillig und kostenlos – eine Versuchung, der sie nicht widerstehen konnten. Auch Evan fand sich immer häufiger in der großen Wohnung am Central Park West ein, gab kleine ächzende Laute von sich und wackelte mit den Schultern (einmal brachte er sogar seine neueste Freundin, eine Tänzerin, mit), bis Amber den Wink verstand und ihre Hilfe anbot.

Gwen und Felicity pflegten einen vertrauten Umgang mit den Frauen, die für ihre privaten und kosmetischen Belange zuständig waren. Die Frauen, die ihnen die Haare schnitten und färbten, ihre Nägel manikürten und ihr Fitnessprogramm erstellten, gehörten zu einer verschworenen Gemeinde von Personen, mit denen man nicht privat verkehren musste, die aber dennoch wie Vertraute behandelt wurden. Von diesen Umgangsformen profitierte auch Amber. Sie fügte sich in die Familie, ohne Ansprüche auf Gleichbehandlung zu erheben – was bedrohlich gewesen wäre –, rangierte jedoch auf der sozialen Leiter höher als die Hausangestellten.

Gwen begann, sich mit Amber zum Mittagsimbiss zu treffen und sie zum Einkauf von Umstandskleidern mitzunehmen. Amber vertrat Ron ein paar Mal bei Gwens Geburtsvorbereitungskurs. Einmal fuhren sie sogar übers Wochenende auf eine Wellnessfarm. Crystal begleitete sie manchmal, war aber meist damit beschäftigt, einen Versicherungsmakler zu beackern, den sie in einem Club kennen gelernt hatte.

»Crystal, der Typ ist echt prollig, ja? Sieh bitte zu, dass er den Barrows fernbleibt, okay?«

»Warum? Meinst du, sie würden ihn nicht mögen?«

Amber lachte.

»Ja, verstehe schon«, sagte Crystal. »Hey, hast du gemerkt, dass Evan mir ziemlich Augen macht? Scheint irgendwie auf mich scharf zu sein.«

Amber verdrehte die Augen. »Ja, träum schön weiter. Aber mit dem Prol bist du eh besser dran.«

»Stimmt. Wir gehen in supertolle Clubs. Aber da du ja jetzt verlobt bist, interessiert dich das bestimmt nicht mehr.«

»Stimmt«, bestätigte Amber. »Ich muss Prioritäten setzen.« Dann: »Was denn für Clubs?«

17

An einem warmen Frühlingstag, an dem sogar die harte, rissige Erde vor dem Cottage fruchtbar und viel versprechend wirkte, bekam Miranda die Nachricht, dass sie nun offiziell bankrott war.

Sie erhielt den Anruf von ihrem Anwalt, als sie mit einer Tasse auf der Verandatreppe in der Sonne saß. Ihr Handy piepte und vibrierte in der Gesäßtasche ihrer Jeans.

»Hallo, Brian.«

»Hallo, Miranda«, sagte ihr Anwalt.

Schweigen. Ein Rotkehlchen, das in einem Grasbüschel hockte, wandte den Kopf und blickte mit seinen Knopfaugen zu ihr herüber.

»Schlechte Nachrichten?«, fragte Miranda.

»Tut mir leid, Miranda.«

»Die Miranda Weissmann Literary Agency ist nun offiziell bankrott?«

»Tut mir wirklich ganz furchtbar leid.«

»Es ist also aus?«

»Na ja, nicht ganz. Ich habe es dir doch erklärt. Du hast ja immer noch Gläubiger. Jegliche Einnahmen aus bisherigen …«

Miranda hörte nicht mehr zu. Es war aus.

»Danke, Brian. Danke für deine Hilfe.« Miranda unterbrach die Verbindung und starrte mit trockenen Augen auf das Rotkehlchen. Als Kind hatte sie Rotkehlchen immer mit leuchtend blauem Gefieder und knallroter Brust gemalt. Aber eigentlich waren Rotkehlchen braun. Ihre Brust hat einen rostroten Farbton. Bis zu diesem Augenblick hatte Miranda nie darüber nachgedacht. Wie war sie damals nur auf die Idee verfallen, dass Rotkehlchen königsblau und scharlachrot waren? Vermutlich aus Bilderbüchern. *Sie liebt Bücher zu sehr. Das hat ihr das Hirn verdreht.* Tja nun. Das wahre Leben. Es war an der Zeit, ein neues wahres Leben zu beginnen. Noch einmal von vorne anzufangen.

Miranda wartete auf die Sturzflut selbstmitleidiger Tränen. Wenn ich mich schon nicht bemitleide, wer dann?, dachte sie. Und wenn nicht jetzt, wann dann?

Aber die Tränen blieben aus. Miranda empfand nur Ungeduld. Noch mal von vorne anfangen. Los geht's. Mach dich ans Werk. Schon, aber an welches? Mit leerem Blick starrte sie weiterhin auf das rostfarbene Rotkehlchen. Und wer sollte sie sein in diesem neuen Leben?

Es gab eine Kanne Tee zum Tee bei Tante Charlotte, aber kaum etwas anderes. Ein paar Cracker. Ein kleines Stück trockenen Käse. Betty war froh, dass sie den Kuchen von Balducci's mitgebracht hatte. Die Gojim, erklärte sie ihren Töchtern, bewirten ihre Gäste nicht; das ist bei ihnen nicht Brauch, und wir sollen die Bräuche anderer Kulturen achten, aber deshalb müssen wir ja nicht darben. Betty hatte immer Cracker und Life-Saver-Bonbons in ihrer Handtasche für den Fall einer Unterzuckerung, aber die wollte sie nicht unbedingt zu einer Teeeinladung mitbringen. Der Kuchen dagegen … niemand konnte etwas dagegen einwenden, wenn Gäste einen leckeren Streuselkuchen überreichten. Miranda und Annie hatten sich zunächst über ihre Mutter lustig gemacht, aber als Betty nun Miranda dabei zusah, wie sie versuchte, ein Stück von dem gummiartigen Käse abzuschneiden und es dann auf einem schlaffen Cracker zu platzieren, fühlte sie sich bestätigt.

Charlotte Maybank schien ebenfalls angetan von dem Kuchen. Sie war eine kleine zarte Frau um die achtzig, die ein wenig an einen Vogel erinnerte, wenn man von den ziemlich vorstehenden Zähnen absah. Ihre Gäste empfing sie im Wohnzimmer, quasi aufgebahrt in einem nagelneuen automatischen Liegestuhl, der inmitten der historischen Möbel aus dem achtzehnten Jahrhundert absurd wuchtig und unpassend wirkte.

Als ihr die weiße Schachtel mit dem roten Band überreicht wurde, setzte sie den Stuhl in Bewegung, der gewichtig surrte und Tante Charlottes Kopf einige Zentimeter nach oben beförderte. Dann beäugte die alte Dame den Kuchen mit begehrlichem Blick, wobei sie ihre Schneidezähne in einem Lächeln entblößte. »Soso. Weißt du, Leanne, ich glaube, ich sollte jetzt mal ein Stückchen Kuchen zu mir nehmen«, sagte sie dann, als sei die Kuchenschachtel eine Pillenpackung. Sie reichte die Schachtel Henrys Mutter. »Ich könnte wirklich ein Stück Kuchen gebrauchen.«

»Wird dich wieder zu Kräften bringen«, sagte Leanne und steuerte, in sich hineinlächelnd, Richtung Küche.

»Operation«, sagte die alte Dame zu ihren Gästen und wies auf ein schmales hartes Sofa und zwei Holzsessel ihr gegenüber.

»Oh«, sagte Annie, »ich hoffe …«

»Geglückt«, fiel Tante Charlotte ihr ins Wort.

Danach trat Schweigen ein.

»Die sind wunderschön«, sagte Betty schließlich und strich mit der Hand über die Sessellehne.

»Wollen Sie die? Leanne!«, schrie die alte Dame und wedelte mit ihrem mageren Arm. »Leanne!«

Leanne erschien, gefolgt von Hilda, der alten Haushälterin, die ihnen die Haustür geöffnet hatte und nun ein Tablett in den Händen trug. Miranda hatte den Eindruck, als habe Leanne ihrer Tante einen ironischen Salut entboten, aber vielleicht hatte sie sich nur die Haare aus der Stirn gestrichen. Leannes Haare hatten keinerlei Ähnlichkeit mit Henrys schwarzen schimmernden Locken, sondern waren fein und rotblond. Dennoch ähnelte Leanne Henry. Miranda lächelte, als sie Henrys Mutter beobachtete, wie sie durch den Raum ging, und über die Ähnlichkeit nachsann. Waren es die Hände? Die runden Schultern? Vielleicht. Als Leanne Mirandas Aufmerksamkeit bemerkte und mit leicht schief gelegtem Kopf und fragendem Blick lächelte, schaute Miranda rasch auf ein riesiges Gemälde von einer Art Jagdhund. Sie hatte die Antwort auf ihre Frage bereits gefunden. Das Lächeln. Der schief gelegte Kopf. Die wachen, interessierten Augen.

»Leanne«, fuhr die Tante fort, »diese reizende Person hat die Hepplewhites bewundert. Sieh zu, dass sie sich an der Versteigerung beteiligen.« Sie wandte sich erneut Betty zu. »Wenn ich nicht mehr da bin. Das ist hier alles zu haben, wissen Sie. Wird versteigert, wenn ich nicht mehr bin.« Sie wedelte mit dem Zeigefinger. »Aber *noch* bin ich da.«

»Zweifellos«, sagte Leanne und reichte ihrer Tante einen Teller mit einem großen Stück Kuchen.

»Das Geschirr auch«, sagte die alte Dame und klopfte mit ihrer Kuchengabel auf den Dessertteller, der wirklich exquisit war, wie Betty bemerkte. Aber sie hatte schließlich ihre eigenen Teller und Stühle und brauchte nichts aus dem Haushalt dieser Frau. Wo sollte sie die Sachen auch noch unterbringen? Das Cottage war ohnehin so klein. Und selbst bei einer Versteigerung würde man für diese Dinge noch ein hübsches Sümmchen hinblättern müssen. Betty sinnierte darüber, was für ein lustiger Ausdruck »hübsches Sümmchen« war, und nahm nur noch am Rande wahr, wie die Tante ihre Litanei fortsetzte: »Gabeln, Messer, Löffel … der ganze Krempel. Zücken Sie Ihre Scheckbücher, meine Damen.«

Gegen Ende der Teeeinladung stieß Roberts zu ihnen. Seit ihrer Zeit in Palm Springs hatten ihn die Weissmann-Frauen schon öfter wieder zu Gesicht bekommen, aber in dem Herrenhaus an der Beachside Avenue hatten sie nicht mit ihm gerechnet.

»Ich wusste gar nicht, dass Sie mit den Maybanks bekannt sind«, sagte Betty und dachte mit einer gewissen Kälte an Kit.

»Roberts ist sehr diskret«, sagte Tante Charlotte. »Er regelt alle meine rechtlichen Angelegenheiten.«

»Nicht ganz alle, leider«, wandte Roberts ein.

»Er wird für mich diese Sessel versteigern, nicht wahr, mein Lieber?«

»Ich hoffe aufrichtig, dass dies nicht der Fall sein wird, Charlotte.«

Miranda saß in dem anderen Sessel, und Henry hatte sich auf ihrem Schoß eingekuschelt. Sie ließ ihre Wange auf seinem Kopf ruhen und atmete seinen Duft ein. So lange Zeit hatte sie sich innerlich zerfetzt und desorientiert gefühlt, eine Frau ohne Heimat, und nun war sie auch noch bankrott, aber das war alles nicht wichtig. Denn hier war Henry, wie Odysseus zurückgekehrt von einer endlos langen Reise.

Als Henrys Mutter ihr noch ein Stück Kuchen anbot, sagte Miranda: »Henry sieht Ihnen so ähnlich.« Sie schaute zu Henry hinunter. »Obwohl …«

»Obwohl er genau aussieht wie Kit?« Leanne strich dem Kleinen durchs Haar und berührte dabei versehentlich Mirandas Wange. »Verzeihung«, sagte sie und zog rasch ihre Hand zurück.

Miranda holte tief Luft. Henrys Nähe, die sanfte Berührung der Frauenhand, eine Zärtlichkeit, die eigentlich für den kleinen Jungen bestimmt war – Miranda war gerührt, fast den Tränen nahe.

Leanne lächelte, wobei sie Henry extrem ähnlich sah, und entfernte sich.

Wirklich, Miranda, du wirst immer absurder – wie Josie immer zu ihr gesagt hatte.

»Was haben Sie denn, meine Liebe? Mögen Sie Ihren Kuchen nicht?«, fragte die alte Frau.

Miranda zwang sich zu einem Lächeln. »Ich? Doch, doch. Er ist köstlich.«

»Dann essen Sie doch auf«, sagte Tante Charlotte und beäugte gierig Mirandas unberührtes Kuchenstück. »Wo gehobelt wird, fallen Späne.«

Etwa einen Monat nach der Teeeinladung kehrten Lou und Rosalyn aus Palm Springs zurück, und am nächsten Tag schon klopfte Lou an die Haustür des Weissmann-Cottage. Er wollte die Einladung zur Party anlässlich ihrer Rückkehr persönlich überbringen.

»Alle wieder vereint!«, sagte er. »Was für ein Anlass!«

Annie wurde von ihrem enthusiastischen Cousin in die Arme geschlossen und sann in dieser Stellung darüber nach, was sie wohl davon hielt, in Kürze wieder an die ausladende Brust von Cousin Lous Großfamilie gezogen zu werden. Abgesehen von all den Leuten, die sie nicht gut kannte, mochten sich dort auch solche einfinden, die sie gerne niemals kennen gelernt hätte – Amber und Gwen zum Beispiel. Würden die auch bei der Party sein? Womöglich würden sie Frederick mitbringen. Und der würde vielleicht seine Schwester mitbringen, Felicity …

»Eine große Gemeinschaft, deine Familie«, sagte Annie, als Cousin Lou sie wieder losließ.

In diesem Moment kam Miranda hereinspaziert, gefolgt von Henry und dessen Mutter, Leanne.

»Cousin Lou! Du bist wieder da!« Miranda fiel Cousin Lou um den Hals.

»Du siehst prächtig aus«, sagte der. Als er Miranda zum letzten Mal gesehen hatte, hatte sie so bedrückt und abwesend gewirkt. Er wollte dafür sorgen, dass sie wieder fröhlich und anwesend war. »Du hast Rosenwangen.«

Miranda lächelte. Sie ist unwiderstehlich, erinnerte sich Cousin Lou plötzlich wieder. Doch seit einiger Zeit war sie so … unbedeutend gewesen. Das war das treffende Wort für die Miranda aus Palm Springs. Verstimmt, abwesend, stumm, unscheinbar. Jetzt jedoch kam ihr strahlendes, lebhaftes Lächeln wieder zum Vorschein, das herausfordernd und beruhigend zugleich war. Das hatte er eine Ewigkeit nicht mehr zu Gesicht bekommen. Cousin Lou seufzte zufrieden. Er liebte es, Menschen glücklich zu sehen.

Doch wie gelang es Miranda nur, in ihrer Lage zu lächeln? Er hatte gehört, dass sie pleite war. Rosalyn hatte gesagt, die Agentur wäre nicht mehr existent. Miranda besaß keinen Cent mehr.

Beim Gedanken an Bankrott wurde Cousin Lou ganz übel.

Was für eine tapfere Frau sie doch war, dann so eine Haltung an den Tag zu legen.

Miranda schaute in den Spiegel. »Hey, ich hab Rosenwangen.«

Henry hielt ernsthaft in ihrem Gesicht nach Rosen Ausschau.

»Hallo, Henry«, sagte Cousin Lou, »erinnerst du dich noch an mich?«

Henry lief zu der anderen Frau, die ins Haus gekommen war, und umklammerte ihr Bein. Von dort aus starrte er Cousin Lou verwirrt und stirnrunzelnd an.

»Das ist Henrys Mutter, Leanne Maybank.«

»Maybank«, sagte Betty. »So ein hübscher Name. Das fällt mir jedes Mal wieder auf, wenn ich ihn höre.«

»Ja, nicht wahr?«, sagte Leanne. »Aber Kit hat meinen Namen nicht deshalb angenommen.«

»Maybank?«, sagte Miranda.

»Ihr Mann hat Ihren Namen angenommen und ihn nach der Trennung behalten?«, fragte Cousin Lou, sichtlich aufgeregt ob dieser Neuigkeit.

»Wirklich klangvoller Name«, bemerkte Betty ein weiteres Mal.

»Eine neue Welt, eine neue Welt«, äußerte Lou und gab einige unfrohe Grunzlaute von sich. »Manchmal habe ich das Gefühl, ich werde alt.«

»Er mochte seinen eigenen Nachnamen einfach nicht«, erklärte Leanne.

»Warum nicht?«, fragte Annie, die das Thema faszinierend fand. »Hieß er vielleicht Carson oder so?«

»Tja … genau so war es.«

Diese Information sorgte erst einmal für bedächtiges Schweigen.

»Er ist in Wyoming aufgewachsen«, fügte Leanne dann hinzu. »Deshalb kamen seine Eltern wohl auf die Idee, ihn auch noch Kit zu nennen.«

»Warte mal, wie alt war Kit denn dann, als er nach Maine zog?«, fragte Miranda. »Er hat mir so viel von seiner Kindheit in Maine erzählt. Hat mich richtig neidisch gemacht. Die vielen Geschwister, Muschelessen am Strand, Blumenpflücken auf den Wiesen. Die Bienenzucht …«

Leanne warf ihr einen irritierten Blick zu. »Das hat er dir erzählt?«

Miranda bereute ihre Worte auf der Stelle. Ihr war wohl bewusst, dass sie sich in Bezug auf Kit und Leanne in einer schwierigen Position befand. Ihre eigene Bitterkeit gegenüber Leannes Exmann musste sie unter allen Umständen für sich behalten. Miranda war schon vor langer Zeit dahintergekommen, dass nur der Expartner selbst den Expartner angreifen darf. Als Außenstehender konnte man beipflichten, durfte aber derlei Attacken niemals initiieren. Miranda hatte sich dieses Verhalten eingeprägt, obwohl sie es nie wirklich verstanden hatte. Glückliche Erinnerungen oder positive Äußerungen über den Expartner waren allerdings ebenso tabu. Eigentlich konnte man rein gar nichts zu diesem Thema äußern, ohne den gekränkten Partner wiederum zu kränken, und hielt deshalb lieber den Mund. Vor allem dann, wenn man mit dem Expartner geschlafen hatte. Und die Freundschaft des gekränkten Partners von Tag zu Tag mehr genoss.

Die Freundschaft mit Henrys Mutter war eine Offenbarung für Miranda. Sie hatte nie eine beste Freundin gehabt, nicht einmal als erwachsene Frau. Und als Kind war sie hauptsächlich mit Annie zusammen gewesen. Später dann hatte es massenhaft Freundinnen gegeben – aber es waren eben sehr viele gewesen. Und dann natürlich all die Männer. Sehr viele Männer. Und nun, in dieser Kleinstadt, gab es nur diese einzige Frau für sie. Hier war alles anders. Doch auch Miranda selbst war anders als früher.

Konkurs – der leuchtende Trennstrich zwischen ihrem früheren und ihrem jetzigen Leben. Zu ihrem eigenen Erstaunen hatte Miranda auf den Bankrott nicht mit Wut oder Depression reagiert. Sondern sie empfand ein überwältigendes und bisweilen regelrecht verwirrendes Freiheitsgefühl. Sie war frei von Erfolg und frei von Versagen. Sie war – plötzlich entsann sie sich eines Wortes, das Frederick benutzt hatte – unbelastet.

Miranda merkte, dass sie dieses neue Geschöpf zärtlich beschützen wollte; sie empfand es als eine Art kleinen grünen Schössling, was vielleicht daran lag, dass sie – ein Experiment ihres neuen Selbst – begonnen hatte, sich mit Gärten zu beschäftigen, weil die vereinzelten wilden Pflänzchen im Vorgarten des Cottage sie faszinierten. Charlotte Maybanks Haus an der Beachside Avenue war von Gärten umgeben, und Miranda verbrachte zunehmend mehr Zeit dort. Sie jätete Unkraut und beschnitt Sträucher, wobei sie sowohl ihren Laptop als auch den alten Gärtner konsultierte, der einmal die Woche vorbeikam, damit sie nicht irrtümlich kleine Blumen ausriss. Und sie kümmerte sich um Henry, wenn Leanne nach New Haven in die Bibliothek fuhr. Wenn Leanne zuhause arbeitete, spielte Miranda mit Henry, achtete darauf, dass er seinen Mittagsschlaf bekam, und kochte für sie drei Mittagessen.

»Ich komme mir vor, als würde ich dich ausnützen«, sagte Leanne.

»Du kannst mich zum Ausgleich beraten, wenn ich an einer Epidemie erkranke«, erwiderte Miranda, erinnerte sich dann an die Warnung ihrer Mutter, sich nicht von Kit ausnutzen zu lassen, und lachte.

Manchmal kochte sie jetzt auch im Cottage. Das war eigentlich ganz einfach, hatte sie festgestellt. Gut zu kochen nicht unbedingt, aber jedenfalls überhaupt. Man las die Anweisungen im Rezept durch und führte sie aus. Das war ungeheuer beruhigend. Ein Teelöffel war ein Teelöffel, weiter nichts.

Sie hatte auch einen Lebenslauf verfasst, was sie deprimiert, aber auch seelisch gestärkt hatte. Danach suchte sie nach

Headhuntern und begann Briefe zu verfassen, die sie ihnen schicken wollte.

»Aber ich bin zum Kindermädchen geboren«, sagte sie.

Manchmal kam Roberts abends vorbei, und dann zogen Leanne und ihre Tante sich mit dem Anwalt zurück und besprachen Geschäftliches. Dann oblag es Miranda, Henry sein Bad einzulassen. An anderen Tagen wollte Tante Charlotte, dass Leanne sich vor dem Schlafengehen um sie kümmerte, und Miranda freute sich, dass sie Henry zu Bett bringen durfte. »Das geht weg«, pflegte Charlotte zu sagen und deutete auf ein Gemälde, wenn Leanne ihr die Treppe hinaufhalf. »Du wirst versteigert!« Im Bett deutete Henry dann auf seine Plüschtiere und sagte: »Du wirst versteigert! Was ist das, versteigert?«

Wenn ihre Mündel beide schliefen, setzten Leanne und Miranda sich ins Wohnzimmer und tranken. Sie tranken gerne gemeinsam ein paar Gläser; manchmal leerten sie zusammen eine Flasche Wein, manchmal tranken sie auch Bourbon oder Gin. Sie tranken und redeten. Aber sie sprachen nie über Kit. Das war eine Art stillschweigende Übereinkunft.

Und nun hatte Miranda dummerweise Kits Schilderungen seiner Kindheit erwähnt. Diese ganzen vertrauten und schönen Gespräche über Kits sonnige Jugend – das musste Leanne zwangsläufig missfallen.

»Maine, wie?«, fragte Leanne. Sie schien noch mehr sagen zu wollen, stieß dann jedoch nur ein angewidertes Seufzen aus.

»Maine? In Maine gibt es rein gar nichts, was wir hier in Westport nicht auch hätten«, verkündete Cousin Lou. »Maine können Sie vergessen. Kommen Sie einfach auch zu unserer Party. Sie sind ja Henrys Mutter … damit gehören sie quasi zur Familie …«

»Die Saison«, sagte Annie nach der dritten Essenseinladung müde, »ist in vollem Gange.«

Betty verweigerte sich diesen Einladungen häufig und verabschiedete erleichtert ihre Töchter. »Sucht euch nette, reiche Ehemänner«, rief sie ihnen dann noch nach, um sich einmal mehr die empörten Erwiderungen anzuhören. Dann, zu guter Letzt: Ruhe und Frieden. Alleinsein und Zeit, um interessante Erfindungen zu bestellen, die im Fernsehen angepriesen wurden. Mit OxiClean – von dem Annie zugeben musste, dass es Wunder bewirkte – hatte es angefangen. Doch inzwischen hatte Betty ferner eine Fleecedecke mit Ärmeln angeschafft, die man wie einen hinten zu schließenden Bademantel trug, sowie einen tragbaren Dampfreiniger und eine großartige Bürste, die man gleichermaßen für Hunde wie Katzen benutzen konnte und die mit einer Gratisschere zum Abschneiden von Kletten und verfilzten Haaren geliefert wurde.

»Aber wir haben keinen Hund«, hatte Annie gesagt, als die Schere eintraf.

»Und auch keine Katze«, hatte Miranda ergänzt.

»Man weiß nie, was kommt, ihr Lieben«, hatte Betty erwidert. »Man weiß nie, was kommt.«

Jetzt schaltete sie den Fernseher ein und suchte den Sender, auf dem Wiederholungen von Serien liefen. Von Zeit zu Zeit schaute sie sich gerne Kit an. Sie fand es aufregend, jemanden zu kennen, der im Fernsehen war, was sie allerdings ihren Töchtern gegenüber niemals zugegeben hätte. Die waren bei solchen Themen so überheblich. Das musste daran liegen, dass sie in New York groß geworden waren. Die konnte man mit nichts mehr beeindrucken.

»Aber das ist nicht richtig«, sagte Kit zu seinem Lover.

Nicht richtig, dachte Betty. So vieles in dieser Welt war nicht richtig. Wieso machten sich diese beiden gesunden, schönen jungen Männer Sorgen über etwas so Harmloses wie einen Kuss? Sie dachte daran, wie Joseph sie zum ersten Mal geküsst hatte. Die Erinnerung war so lebhaft, als sei es erst an diesem Morgen geschehen. Doch es hatte sich an einem Morgen vor vielen Jahren ereignet. Sie hatten sich eine Woche zuvor bei einer Party kennen gelernt, und Joseph hatte sie gefragt, ob sie mit ihm in eine Ausstellung im Metropolitan Museum gehen wolle. Betty erinnerte sich nicht mehr an die Ausstellung – spanische Malerei vielleicht? Danach waren sie im Central Park spazieren gegangen. Annie und Miranda, die damals noch sehr klein waren, wurden unterdessen zuhause von einem jungen Mädchen beaufsichtigt, das nebenan wohnte. Betty wusste noch, dass sie sich damals besorgt gefragt hatte, ob das Mädchen womöglich mit einem pickligen Jüngling telefonierte, anstatt mit Puppen zu spielen oder Guck-guck-Spiel für die Kleinen zu machen. Hauptsache, das Mädchen ließ ihre Töchter nicht in der Badewanne ertrinken, hatte Betty damals gedacht. Dann nahm Joseph sie unvermittelt an der Hand und führte sie in ein Dickicht aus Bäumen und Sträuchern. Betty hörte den Verkehr von der Fifth Avenue; sie hörte einen Hund bellen, hörte eine Mutter, die ihr Kind anhielt, nicht zu weit vorauszulaufen; hörte ein Martinshorn in der Ferne, ein Eichhörnchen, das in Blättern raschelte, oder war es eine Ratte … Und dann blickte Joseph mit halb geschlossenen Augen auf sie herunter und küsste sie.

Betty bekam heute noch weiche Knie, wenn sie daran dachte. Sie hatte sich Hals über Kopf in Joseph verliebt, als sie bei dieser grässlich verqualmten Party in Downtown die ersten Worte wechselten. Liebe auf den ersten Blick konnte sich als Irrtum erweisen – sogar die Liebe auf den zweiten oder dritten Blick. Aber das war kein Irrtum, dachte Betty. Ein Jammer, dass er nun alles zerstören musste.

Sie schaltete den Fernseher aus und ordnete einige Papiere. Als das Telefon klingelte, sah sie auf dem Display, dass ihr Anwalt dran war, und nahm sofort ab.

»Was macht mein ›Fall‹?«

»Sie werden es kaum glauben, Betty, aber es scheint wirklich, als ob … nun, ich habe den Eindruck, wir machen Fortschritte! Die Anwälte von Joseph Weissmann, die sich bislang sogar geweigert haben, meine Anrufe anzunehmen, melden sich jetzt plötzlich und bitten um Gesprächstermine zwecks ›Klärung‹.«

Betty wurde von einer Welle der Erleichterung erfasst, die ihr zuwider war, denn sie machte ihr schlagartig bewusst, wie bedroht und verängstigt und verletzlich sie war. Dann packte sie eine ohnmächtige Wut. Und darauf folgte seltsamerweise ein Anflug von Mitleid für Joseph.

»Ich weiß nicht, was passiert ist«, fuhr ihr Anwalt fort. »Vielleicht haben Sie die ganze Sache einfach ausgesessen. Das können sich die wenigsten Frauen erlauben. Die lassen sich dann auf Angebote ein, weil sie nicht mehr wissen, wovon sie einkaufen sollen.«

»So was würde Joseph niemals machen«, erwiderte Betty.

»Aber nur, weil wir es verhindert haben. Dafür können Sie Ihrer Familie dankbar sein.«

Joseph gehört zu meiner Familie, hätte Betty am liebsten gesagt.

»Wir haben's geschafft, wir haben's geschafft!«, jubelte Miranda und tanzte durchs Zimmer, als sie die Neuigkeiten erfuhr.

»Vielleicht!«, pflichtete ihr Annie etwas gemäßigter bei. »Vielleicht haben wir es geschafft!«

Betty fand die Vorstellung eines Triumphs schmerzhaft ernüchternd. Weshalb freuten sich die beiden nur so? Betty blickte sich im Wohnzimmer um, betrachtete die Möbel und den Teppich, die Gemälde und Vasen, und versuchte sich die Gegenstände in ihrem ursprünglichen Ambiente vorzustellen. Würde sie das Cottage vermissen, falls sie nun wirklich in ihre alte Wohnung zurückkehrte? Sie war nicht sicher, hoffte aber, dass es so sein würde. Sie wollte die Zeit hier nicht als vergeudet betrachten müssen. Doch der Gedanke an die Rückkehr bereitete ihr keine Freude. Alleine in dieser Wohnung zu leben würde sich anfühlen, als treibe man in einem kleinen Boot auf dem Ozean. Kein Ziel und keine Hoffnung, jemals irgendwo anzukommen.

18

An einem Nachmittag, an dem Leanne in der Bibliothek des Herrenhauses an der Beachside Avenue arbeitete, suchten Henry und Miranda auf dem Rasen im hinteren Garten nach Würmern. Vor ihnen erstreckte sich der Long Island Sound. Der Himmel war leuchtend blau und der Wind frisch. Tante Charlotte hatte sich nach der Operation so weit erholt, dass sie mit einem Rollstuhl nach draußen gefahren werden konnte. Sie trug eine der Fleecedecken mit Ärmeln, die Betty bestellt hatte. »Die zweite hat nur die Hälfte gekostet«, hatte sie der aufgebrachten Annie erklärt. Dann hatte sie die zweite Decke Charlotte Maybank geschenkt, die sie nun unablässig trug, draußen wie drinnen.

Henry grub die Hände in die feuchte Erde, die fruchtbar und dunkel, beinahe schwarz war. Ein rosa Wurm glitt in die Rinne, die Henry angelegt hatte.

»Schau!«, sagte er.

»Wir können angeln gehen«, schlug Miranda vor.

Henry runzelte die Stirn. Miranda wusste inzwischen, dass dies einer Sturmwarnung gleichkam.

»Dann stirbt der Wurm«, sagte er mit zittriger Stimme. »Dann stirbt der Fisch …«

Miranda nahm den Wurm rasch hoch und legte ihn Henry auf die Handfläche. »Siehst du den braunen Teil?«, sagte sie. »Das ist Erde. Der Wurm frisst die Erde, und die Erde kommt hinten wieder raus und ist dann gut für die Pflanzen.«

»Wurmkaka«, sagte Henry zufrieden.

Miranda atmete erleichtert auf. Als sie aufblickte, sah sie, wie Roberts aus dem Haus trat und den Plattenweg entlangkam. Der Anwalt trug wie immer einen dunklen Anzug, und seine Schuhe waren auf Hochglanz poliert. Er wirkte noch ernster als sonst.

»Roberts?«, sagte Miranda und richtete sich auf. »Alles in Ordnung?«

Er winkte Miranda flüchtig zu, wandte sich dann der alten Dame zu, sagte: »Charlotte, wir müssen reden« und setzte den Rollstuhl in Bewegung.

»Haushaltswaren, Gebrauchsgüter, Nippes ...«, hörte Miranda Charlotte sagen, während sie ins Haus gefahren wurde. »O ja, alles muss weg!«

Später fragte Miranda Leanne, ob etwas nicht stimmte. »Roberts sah ziemlich gestresst aus.«

Leanne schürzte nachdenklich die Lippen, dann schüttelte sie den Kopf und sagte: »Nur wirres Gerede von meiner Tante. Du weißt ja, wie sie ist.«

Frederick stand ganz oben auf der Düne, die nackten Füße im kalten Sand. Er dachte an den Abend, an dem er in der Furrier Library in Manhattan gelesen hatte. Er sah Annie Weissmann vor sich, mit leuchtenden Augen und einem kleinen stolzen Lächeln, das sie nur schwer verbergen konnte, auf ihrem angenehmen Gesicht. Cape Cod im Winter, hatte seine Tochter verächtlich gesagt. Annies Schwester hatte eine freundliche, aber sonderbare Bemerkung gemacht, irgendeinen Unsinn über Gleitschirmflieger, und etwas über nackte Füße im Sand. Gwen hatte keinerlei Verständnis für Füße im Sand. Und Amber offenbar ebenso wenig. Frederick lehnte sich gegen den Wind, der vom Meer herüberwehte und so stark war, dass er beinahe sein Gewicht zu tragen vermochte. Er spürte den Wind im Gesicht, in den Haaren, auf der Kopfhaut. Seine Hände waren rot und kalt. Am liebsten wäre er für immer so stehen geblieben. Das dumpfe Rumpeln der Wellen, das Heulen des Winds in den Ohren, die heftigen Windböen und das Ziehen an seinen kalten Füßen im harten Sand – all das gab Frederick das Gefühl, seinem gegenwärtigen Leben entkommen und sein wahres Leben führen zu können. Er stand auf der Düne, bis es zu dämmern begann. Seine Gelenke fühlten sich steif an, aber er war erfrischt.

Auf der Heimfahrt rief ihn jemand auf dem Handy an.

»Wo warst du denn bloß?«, fragte Amber. »Ich versuche dich seit über einer Stunde zu erreichen. Ich dachte schon, du hättest einen Herzinfarkt oder so was.«

»Ich hoffe, du bist jetzt nicht enttäuscht. Ich war am Strand und hab das Handy im Auto gelassen.«

»Hör mal, wir bleiben noch länger in der Stadt. Das macht dir doch nichts aus, oder?«

Amber und Crystal waren in Josephs Wohnung geblieben, als Frederick nach Cape Cod zurückkehrte. Seither waren zwei Wochen vergangen. Frederick hatte den Eindruck, dass Amber für seine Schwester und seine Tochter ziemlich unentbehrlich geworden war, eine Art Mädchen für alles. Sie machte Besorgungen. Sie passte auf die Zwillinge auf und ging mit ihnen ins Puppentheater und zum Kinderarzt. Felicity bat Amber oft, im Supermarkt oder beim Schlachter für sie einzukaufen. Alle drei zusammen (Crystal schien an diesen Aktivitäten eher selten teilzunehmen) gingen häufig mit den Zwillingen in den Park und machten danach an der East Side einen Einkaufsbummel. Frederick versuchte so wenig wie möglich an diese drei Frauen zu denken. Er ging jeden Morgen ein bis zwei Stunden am Strand spazieren. Dann schrieb er, ging abends wieder spazieren und trank sich anschließend in den Schlaf. Er war gern alleine und in diesem Zustand durchaus glücklich; unglücklich war er lediglich bei der Vorstellung seiner nahen Zukunft.

»Papa?«, sagte Henry und deutete auf den Fernseher. Kit lehnte mit angstverzerrtem Gesicht an einer Backsteinwand, während ihm jemand eine Pistole an die Schläfe hielt. Henry begann zu weinen.

»Aber, Schatz, das ist doch nicht echt«, erklärte Leanne. »Es sieht nur so aus. Das ist Papas Beruf – was vorspielen.«

Henry schluchzte herzzerreißend.

Betty sagte: »Holt ihm doch einen Keks. Gebt dem Kind einen Keks.« Bei den Mädchen hatte das zwar nie funktioniert, als sie klein waren, aber man konnte ja nie wissen. Waren überhaupt Kekse im Haus?

Leanne und Miranda nahmen Henry mit in die Küche und setzten ihn auf die Arbeitsfläche.

»Tut mir echt leid, Leanne. Meine Mutter hätte sich das nicht anschauen sollen, solange du hier bist.«

Leanne öffnete Küchenschränke. »Wo bewahrt ihr die Kekse auf? Mach dir keine Gedanken, Randa. Nicht wahr, Henry? Mami und Randa sind ja da. Und Papa geht es gut. Beruhig dich, Schatz«, sagte sie und küsste Henry auf die Stirn.

»Weiß nicht, wie ruhigen geht«, schluchzte er.

Miranda öffnete einen weiteren Schrank und starrte auf Vollkornnudeln, Cracker, eine Dose Kichererbsen und ein Glas Mandelmus. »Wie wär's mit so 'ner Art Erdnussbutter auf einem Cracker?« Henry nickte stumm. »Gut«, sagte Leanne. »Und wein doch nicht wegen Papa. Er wird bestimmt bald aus dem Fernsehen kommen und dich besuchen, oder?« Sie sah Leanne an. »Oder?«

Leanne zuckte die Achseln.

»Gut«, sagte Miranda. »Das macht er bestimmt. Wir können ihn doch mal anrufen. Weißt du, du kannst mit ihm telefonieren und ihn dabei auf dem Bildschirm sehen.«

Henry knabberte seinen Cracker, während er darüber nachdachte.

»Okay«, sagte er schließlich.

Leanne sah erleichtert aus. »Danke«, sagte sie zu Miranda. »Es ist manchmal ziemlich schwierig, mit Kit in Kalifornien.«

»Ich versteh schon. Das ist alles so schmerzhaft und unangenehm.«

Leanne nickte. »Kann man so sagen.« Sie streichelte Henrys Kopf.

Miranda blickte auf Leannes Hand, die sich so mühelos an diesen kleinen Kopf schmiegte. Sie spürte plötzlich einen verwirrenden Anflug von Eifersucht und wandte den Blick ab.

»Schmerzhaftes Thema«, sagte Leanne leise.

Miranda holte tief Luft und atmete langsam aus. Es würde bald regnen. Sie schaute auf den kittgrauen Himmel. Dann sprach sie aus, was sie schon lange hatte sagen wollen, eine einfache Empfindung, ein Bekenntnis zu Freundschaft und Verbundenheit, aber bislang war es ihr zu anmaßend erschienen. »Es tut mir leid, dass er dich unglücklich gemacht hat.«

Ein unbehagliches Schweigen entstand. Dann sagte Leanne: »*Mich*?«

»Na ja, mich auch. Und ich weiß, wie absurd sich das anhört, weil es von mir kommt, aber ich meine, wenn man verlassen wird … Schau dir meine arme Mutter an. Sie fühlt sich so verraten. Und ist so verletzt …«

Leanne starrte sie an. »Kit hat mich nicht verlassen«, sagte sie.

»Mehr?«, sagte Henry und deutete auf die Cracker.

Miranda bestrich einen Cracker mit Mandelmus und verspeiste ihn geistesabwesend selbst.

»Mehr *bitte*?«, sagte Henry.

»*Ich* habe *Kit* rausgeworfen.«

Miranda hob Henry herunter. »Fragst du Betty mal, ob sie auch einen Cracker will, ja?«

Sie lutschte Mandelmus von ihren Fingern, als Henry davonflitzte.

Dann sagte sie: »Ah.«

Von draußen war das heisere Muhen einer Kuh zu vernehmen, das sich wie ein unpassendes Echo anhörte.

Aus dem Wasserhahn fielen schwere, dumpf klingende Tropfen ins Becken.

»Und wegen Maine«, sagte Leanne nach einer Weile.

»Hör zu, es tut mir wirklich aufrichtig leid, dass ich das zur Sprache gebracht habe. Das war ganz ungeschickt von mir. Ich meine, auch wenn du ihn verlassen hast«, fügte Miranda hinzu. Sie stand auf und drehte beide Wasserhähne fest zu, aber das Tropfen hörte nicht auf. »Das ist ein schwieriges Thema. Vor allem für uns beide.«

Leanne gab ein gequältes Lachen von sich und wandte sich ab.

»Ich weiß, unsere Freundschaft ist eigentlich sehr unwahrscheinlich.« Miranda empfand beinahe so etwas wie ein Hochgefühl, als sie einfach so ihre Freundschaft erklärte. »Schon seltsam, dass wir uns durch Kit gefunden haben …«

»Wir haben uns durch Henry gefunden«, hörte sie Leanne sagen.

Miranda hatte eigentlich noch nie mit jemandem über Kit gesprochen, und nun hatte sie den Impuls ausgerechnet bei der Person, die sich am wenigsten dafür eignete. »Ich glaube, es war mir einfach wichtig, dass du meine Geschichte mit Kit verstehst. Weil du die Einzige bist, die das kann.« Miranda hörte sich selbst reden, ein unbeholfener Wortschwall quoll aus ihr heraus, doch sie konnte sich nicht bremsen. »Diese ganzen Geschichten aus Maine haben mir so viel bedeutet, ich fand es so schön, mit jemandem zusammen zu sein, der so eine idyllische Kindheit hatte, vor allem nachdem ich immer die furchtbaren Geschichten der ›Schrecklichen Schriftsteller‹ gehört habe, die sich dann auch noch alle als erfunden erwiesen haben; es war so tröstlich und anregend, mit einem normalen Menschen zu reden, der nichts zu verbergen hat, dessen Kindheit für ihn selber und für andere so real war ...«

Während Miranda sprach, beugte Leanne sich in fast bedrohlicher Pose über den Tisch. Sie versuchte mehrmals, Miranda zu unterbrechen, doch die konnte nicht aufhören zu reden. Sie kam sich vor wie ein lahmes Rennpferd, das an gebrochenem Herzen sterben wird, wenn es nicht das Ziel erreicht. Es war ihr plötzlich ungemein wichtig, sich verständlich zu machen. »Mein gesamter beruflicher Erfolg beruhte auf reißerischen, schmalzigen Tragödien. Die sich dann auch noch als *erlogene* reißerische, schmalzige Tragödien erwiesen haben. Stell dir mal vor, wie sich das anfühlt. Beschissen, kann ich nur sagen. Und nun stell dir vor, wie wohltuend es war, mit jemandem zu reden, der in einer liebevollen, lustigen Familie aufgewachsen ist, umgeben von Vögeln und blühenden Wiesen und ...«

»Großer Gott!«, sagte Leanne. »Hör sofort auf! Das ist nicht zum Aushalten. Liebevoll und lustig und Vögel und Wiesen? Ich krieg das Kotzen. Herr im Himmel ...«

Miranda verstummte tatsächlich. Doch dann sagte sie sehr ernst: »Schau, was immer Kit mir oder dir angetan haben mag: Ich finde es absurd, dass wir nie über ihn reden. Ich war diesbezüglich noch schlimmer als du, ich weiß wohl. Aber ich habe das eben bisher falsch gemacht, okay? Wir sollten offen und ehrlich über Kit reden können.«

»Offen und ehrlich? Über Kit? Ist das dein Ernst? Okay. Dann legen wir mal los. Also, mal als Erstes: Kit ist *nicht* in Maine aufgewachsen«, sagte Leanne. »Soweit alles klar? Er hat Maine noch nicht mal aus der Nähe zu Gesicht gekriegt. Er hatte auch keine Geschwister, sondern er war ein Einzelkind. Und sein Vater? Hat die Mutter verlassen, als Kit zwei Jahre alt war, und hat sich nie wieder blicken lassen. Die Mutter? Eine Trinkerin, der kaum bewusst war, dass es ihn gab …«

Miranda sank auf einen Küchenstuhl. »Großer Gott. Ist das wahr?«

»Das ist alles Show, Miranda. Kit macht den Leuten etwas vor«, sagte Leanne. »Daraus besteht sein Leben.«

Nun konnte Leanne sich nicht mehr bremsen und platzte mit allem heraus: wie Kit ihren Namen angenommen hatte, »weil er ein Snob ist, verstehst du? Weil sich der Name nach West Coast Upperclass anhört«; wie er sich in Kleidung und Sprache dieser Schicht anpasste; wie er kostspielige Kleidung, Autos, Boote anschaffte, die sie sich gar nicht leisten konnten, nur um seine Freunde zu beeindrucken; seine Grandiosität und sein Egoismus und die Lügen – die Lügen waren allgegenwärtig. »Du hast ihn als jungenhaft empfunden. Das verstehe ich schon. Aber das sieht man mit anderen Augen, wenn der Junge von Kreditkarten lebt, deren Rechnungen er nicht mehr begleichen kann; wenn der Junge fünfunddreißig Jahre alt ist und noch nie gearbeitet hat …«

»Er ist fünfunddreißig? Er hat behauptet, er sei dreißig.«

»Zu alt für dich?« Leanne warf Miranda einen scharfen Blick zu. Dann wurde ihre Miene sanfter und mitfühlend. »Arme Miranda.«

Vielleicht lag es an Leannes sanfter Stimme, vielleicht

war dies aber auch der Tropfen, der das Fass zum Überlaufen brachte, das endgültige Beispiel dafür, dass Miranda außer Stande war, die Realität zu begreifen – jedenfalls kamen nun die Tränen, die Pleite-Tränen, die Kit-Tränen, die Tränen des Selbstmitleids, der Scham über die eigene Dummheit, der bedrückenden, belastenden Erschöpfung; seit Wochen und Monaten angestaut, brachen sie nun heraus. »Ich kann Wahrheit und Fiktion echt nicht unterscheiden, was? Kein Wunder, dass ich pleite bin. Ich bin so eine dämliche Kuh. So eine Idiotin … völlig erbärmlich …«

Oh, nun gab es kein Halten mehr für das Selbstmitleid. Wenn ihre Stimme schrill wurde – so fing es immer an –, das war die Aufwärmphase. Bald würde der Anfall olympische Dimensionen annehmen – Verzweiflungsschreie, dramatisches Armgefuchtel. Leanne hatte sie noch nie in voller Fahrt erlebt.

Leanne stand auf und trat zu Miranda. »Du hast eben was übrig für Happy Ends, Miranda. Das ist doch nicht verkehrt.«

»Es gibt sie bloß nicht in der Wirklichkeit«, sagte Miranda mit erstickter Stimme. »Sie sind nicht echt.«

Leanne blieb neben ihr stehen, und Miranda vergrub ihr Gesicht an Leannes Bauch und begann hemmungslos zu schluchzen. Leanne hielt sie umfangen und streichelte ihren Kopf, bis die Tränen versiegten.

Peinlich berührt über ihren Ausbruch versuchte Miranda zu lachen. »Drama ist anstrengend«, sagte sie.

Leanne setzte sich wieder und legte den Kopf schief, wie Henry.

Miranda streckte die Hand aus und zwickte sie leicht in die Wange. »Aber du bist echt, oder?«

Leanne verzog ein wenig das Gesicht. »Ich kann jedenfalls nicht gut was vortäuschen, wenn du das meinst.«

Ein lastendes Schweigen trat ein.

Leanne ergriff Mirandas Hand. »Jedenfalls nicht über längere Zeit.«

Als Leanne Mirandas Hand umfasste, war von der Tür ein Scharren und ein schriller Schrei zu vernehmen: »Nein!«

Miranda zuckte zusammen, und Leanne zog ihre Hand zurück. Sie schauten zur Tür.

Dort stand Henry und starrte sie an.

»Wir haben nur…«, sagten sie beide und verstummten dann. Sie hatten nur was?

»Nein!«, wiederholte Henry. »Betty sagt, nein, sie will keinen Cracker.« Er lief ins Wohnzimmer zurück und schrie dabei: »Ich hab's ihnen gesagt! Ich hab's ihnen gesagt!«

Miranda sah den Deckel vom Mandelmus auf dem Tisch liegen und verschloss gedankenverloren das Glas.

Die Essenseinladungen bei Cousin Lou fielen seit einiger Zeit etwas bescheidener aus. Es gab einen Einbruch im Immobilienmarkt, von dem Lou allerdings nicht nachhaltig betroffen war. Er hatte sein Bündel geschnürt, wie er gerne sagte, und er stellte sich dabei ein Päckchen vor, in eine Decke gehüllt, das man wie ein Baby im Arm halten konnte. Sein Bündel jedenfalls hatte er schon vor einigen Jahren aus dem Immobilienmarkt herausgenommen. Dann allerdings hatte er das arme Bündel dem Börsenmarkt überlassen, wo es zwar am Leben blieb, aber darbte. Dasselbe galt nun für Lous Feste, weshalb einige der Schnorrer das Weite suchten. Annie freute sich, dass Roberts nicht zu ihnen gehörte. Es schmerzte sie jedoch, sich vorzustellen, was der Mann durchmachte, wenn er Miranda so oft begegnete, denn er sah sie sowohl im Haus der Maybanks an der Beachside Avenue als auch bei Cousin Lou. Und er kam auch häufig zu ihnen ins Cottage. Menschen sollten nicht in den Ruhestand gehen, dachte Annie. Nicht mal mehr oder minder. Roberts hatte offenbar keinen anderen Lebensinhalt mehr, als Miranda auf den Fersen zu bleiben.

Aber Annie freute sich immer, wenn sie ihn sah. Roberts strahlte eine wohltuende Ruhe und Gelassenheit aus. Wenn Annie beim Essen neben ihm saß, konnte sie seine schlanken eleganten Hände betrachten, wie sie ein Weinglas hielten oder ihr das Salz reichten, und dabei vollkommen in ihren eigenen Gedanken bleiben, die traurig, ihr aber dennoch in gewisser Weise lieb waren. Gedanken an Frederick. Den armen, dummen Mann. Den armen, dummen, schwachen Mann. Sie konnte nicht umhin, sich um ihn Sorgen zu machen. Obwohl sie nichts über ihn gehört hatten, kein Wort über Amber, Ehe oder ein Kind. Sogar Betty erwähnte ihn nicht mehr und machte keine Anspielungen auf eine Verbindung zu Annie. Und nachdem Miranda von ihrer Schwester eindringlich darum gebeten worden war, Frederick, Amber und deren Zustand nie wieder zu erwähnen, hielt sie sich auch dran. Eine Weile ging sie einfühlsamer mit Annie um, was diese ebenso rührend wie nervend fand. Doch inzwischen hatte Miranda zum Glück den Kopf wieder in den Wolken, wie immer.

Wobei die Wolken diesmal etwas Neues und ganz anderes als gewöhnlich waren. Kein Mann, keine Liebesaffäre, keine Dramen. Lediglich … Freundschaft? Kinderbetreuung? Jedenfalls exzessive Gartenarbeit, so viel stand fest. Der gesamte Vorgarten wurde umgegraben. Miranda hatte sich zu einer Art viktorianischer Gesellschafterin oder alter Jungfer entwickelt. Annie verstand das alles überhaupt nicht. Aber Miranda war sichtlich glücklich, und das war das Wichtigste. Obwohl Annie völlig schleierhaft war, wie Miranda nach dem Zusammenbruch ihrer Agentur jemals wieder Geld verdienen wollte. Vielleicht konnte Annie ihr eine Stelle in der Bücherei verschaffen. Wobei die gerade Stellen abbaute …

»Ich habe heute Ihre Schwester gesehen«, sagte Roberts. Er hatte Annie ein Glas Wein gebracht, und sie standen an einem von Lous Panoramafenstern. Der Mond leuchtete außergewöhnlich hell, und man konnte übers Wasser blicken. »Sie war bei den Maybanks mit Unkrautjäten beschäftigt.«

»Vielleicht wird sie da als Gärtnerin angestellt.«

»Das glaube ich eher nicht. Sie grub das Unkraut sehr behutsam aus und legte es in einen Korb. Sie will es wieder einpflanzen. Im Wald.«

»Miranda hatte schon immer eine Schwäche dafür, etwas zu retten.« Annie seufzte.

»Genau wie Sie«, erwiderte Roberts.

Sie verfielen in Schweigen. Der Wind trieb silbrige Wolken vor dem Mond vorbei.

Er ist so ein höflicher Mann, dachte Annie.

Roberts schwenkte den Wein in seinem Glas herum. »Miranda hat Glück, dass Sie ihre Schwester sind.«

»Oh, was soll nur aus ihr werden?«, sagte Annie, halb zu sich selbst.

»Und was soll aus Charlotte werden?«

Erst als Annie später im Mondlicht nach Hause ging, fragte sie sich, was Roberts damit gemeint hatte. Vielleicht war an dem ganzen Gerede über die Versteigerung der Ahnenporträts doch etwas dran.

»Roberts ist so oft bei Charlotte«, sagte Miranda, als Annie ihr von dem Gespräch berichtete. »Keine Ahnung, was sie alles zu besprechen haben.«

»Hier ist er aber auch häufig«, wandte Betty ein.

»Er geht bestimmt dorthin, um dich zu sehen«, sagte Annie zu Miranda.

»Vielleicht ist Henry sein uneheliches Kind«, mutmaßte Betty.

An einem sonnigen Frühlingsnachmittag stand Betty in der Küche und beobachtete einen kleinen schwarzgelben Vogel, der zwischen den jungen Blättern eines Ahornbaums umherflatterte. Vögel waren frei, das wusste man. Weil sie fliegen konnten. Sie erinnerte sich, wie Rosalyn Amber und Crystal mit Vögeln verglichen hatte, weil sie von Nest zu Nest flogen. Aber was bedeutete das schon, außer dass sie kein Zuhause hatten? Sie waren frei wie ein Vogel. Doch wie frei war man, wenn man Jahr für Jahr dieselbe Küste desselben Kontinents entlangfliegen musste, wie schon die Vorfahren es getan hatten und wie die eigenen Nachkommen es auch wieder tun würden? Dieser farbenfrohe kleine Vogel – ein Goldzeisig? – war ganz und gar nicht frei. Sondern auch ein Gefangener, und noch dazu heimatlos.

Betty lachte in sich hinein. Was für triste Gedanken sie jetzt immer hatte. Ein schöner Vogel an einem schönen Tag! Sie sollte draußen in der frischen Luft sein und sich an den Wundern der Natur freuen, anstatt einen unschuldigen Vogel in die Diaspora zu verbannen. Betty zog Sneakers und Jacke an, setzte Sonnenbrille und einen breitkrempigen Sonnenhut auf und marschierte los.

Die Wellen waren gleichförmig und gemäßigt, und die sanfte Gischt zischte leise. Sie entdeckte ein schönes grünes Glasstück, vom Meer weich gewaschen, war aber zu steif, um sich zu bücken und es aufzuheben. In der Ferne sah sie das weiße Segel eines kleinen Boots. Vielleicht war das Miranda, die dort draußen mit Henry und seiner Mutter in diesem ulkigen kleinen Boot von Charlotte Maybank unterwegs war. Betty hatte ihr gesagt, sie solle unter ihre Jacke noch einen Pulli anziehen. Es war so windig, und die Sonne täuschte, die Luft war noch immer kühl. Vor einigen Jahren hätte Betty nicht an Pullover gedacht, nur an das vergnügte Knattern des Segels. Und sie wäre selbst auf dem Boot gewesen. Doch diese Zeiten waren vorbei. Vielleicht sollte sie in die Stadt fahren und bei Starbucks eine Tasse Kaffee trinken. Annie würde das nicht gutheißen. Annie fand, dass Betty den Kaffee zuhause kochen und dann in einer Thermosflasche mitnehmen sollte, aber das machte einfach keinen Spaß. Bald würden die Buden am Strand wieder aufmachen, und dann konnte man dort Kaffee kaufen. Im Sommer würden die Kinder am Strand sein, gefolgt von ihren mit Sandspielsachen und Klappstühlen beladenen, am Handy hängenden Müttern. Doch jetzt war weit und breit nur ein Mann mit einem Irish Setter zu sehen. Das Fell des Hundes glänzte in der Sonne. Vielleicht sollte sie ihre Haare in diesem Ton färben lassen. Sie könnte den Mann um eine Strähne des Fells bitten und die dann zu ihrer Friseurin bringen.

Langsam spazierte Betty zum Haus zurück. Mithilfe ihrer Töchter war es zu einem Zuhause für sie geworden. Sie hatte immer ein Zuhause für ihre Töchter geschaffen, und ihre Töchter hatten dasselbe für sie getan. Aber sie konnten nicht für immer mit ihr zusammenleben. Die beiden waren erwachsene Frauen, ebenso wie Betty selbst. Sie fragte sich, wann und ob sie in ihre Wohnung zurückkehren würde. Eine einsame Frau. So heimatlos wie ein Vogel.

Betty war plötzlich furchtbar müde, und ihr Kopf tat weh. Ihr Hals war so steif, und in ihrem Kopf spürte sie ein dumpfes Pochen. Sie sah das Cottage und fragte sich, ob sie es noch bis dorthin schaffen würde. Ein Schritt. Zwei. Sie zählte. Zehn. Da waren die rissigen Betonstufen. Der Schmerz in ihrem Kopf schoss himmelwärts, explodierte und kehrte verheerend schnell wieder zurück und begann das Spiel von Neuem, wie die kleinen Wellen. Schritt. Schritt. Dreizehn, ihre Glückszahl, denn nun hatte sie die Couch im Haus erreicht. Die Couch war unter ihr. Der Schmerz in ihrem Kopf schrie und kreischte. Und niemand war da, der ihn hören konnte. Niemand außer mir, dachte Betty.

Miranda war es, die Betty fand und den Krankenwagen rief. Leanne und sie waren nicht segeln gewesen an diesem Tag. Zunächst hatten sie Kit über Skype angerufen und zugeschaut, wie Henry mit seinem Vater sprach. Miranda war zuvor ein wenig besorgt gewesen, wie sie es wohl verkraften würde, Kit wiederzusehen – wenn auch nur bei einem Videotelefonat auf einem Computerbildschirm. Als Leanne Kit mitteilte, dass Miranda auch im Zimmer war, sah er etwas bestürzt aus, fing sich aber gleich wieder und sagte in seiner üblichen munteren Art: »Eine Verschwörung. Glaub nicht alles, was du hörst.«

Das werd ich bestimmt nicht tun, dachte Miranda, sagte jedoch nichts, sondern blieb außerhalb des Blickwinkels der Kamera stehen und schaute zu.

Sie fand, dass Kit so gut wie immer aussah, obwohl seine lässige Art ihr jetzt wie ein Betrug erschien – es kam ihr nun vor, als sei Henry sein Neffe oder sein jüngerer Bruder, ein Kind, das er mochte, für das er jedoch wenig oder gar keine Verantwortung übernahm.

»Ich hab Angst gehabt«, sagte Henry wegen des blutverschmierten Kit mit der Pistole am Kopf.

»Das war nur Ketchup«, erwiderte Kit. »Ist das nicht lustig? Dass Papas ganzes Gesicht mit Ketchup verschmiert war?«

Henry fand es lustig. Dann sagte er: »Komm zu uns.«

»Okay, mein Freund«, sagte Kit. »Mach ich! Sobald es geht.«

Leanne, die hinter Henry stand, warf Miranda einen bedeutsamen Blick zu.

»Das hab ich gesehen«, sagte Kit. »Hör zu, ich *arbeite*, ja? Damit hast du mir doch ständig in den Ohren gelegen, und jetzt arbeite ich wirklich.«

»Schon gut«, erwiderte Leanne. »Stimmt. Entschuldige.«

Kit schmollte einen Moment lang. Ist er wirklich fünfunddreißig?, fragte sich Miranda. Sie sah Leanne an. Und wie alt war Leanne eigentlich? Sie hatte Leanne noch nie gefragt, war gar nicht auf die Idee gekommen.

»Und jetzt muss ich zur Arbeit, okay? Ich brauche eine Stunde bis zum Studio …«

Henry warf seinem Vater einen Kuss zu, und der Bildschirm wurde schwarz.

»Wie alt bist du?«, fragte Miranda unvermittelt.

»Achtunddreißig«, antwortete Leanne. »Warum?«

»Acht«, sagte Henry und hielt alle Finger hoch.

»Ich bin neunundvierzig«, sagte Miranda.

Leanne legte nachdenklich den Kopf schief und sagte: »Okay.«

Dann hob sie Henry hoch, wirbelte ihn herum und sagte, sie würden jetzt eine Abenteuerradtour zum Devil's Den machen.

Sie radelten die kurvigen, hügeligen Straßen zu dem Naturschutzgebiet in Weston entlang. Henry saß im Kindersitz hinter Leanne. Als es bergab ging, überholte Miranda die beiden, stellte sich wie früher als Kind in die Pedale und sauste den Abhang hinunter. Geschwindigkeit, dachte sie, verschafft einem das triumphale Gefühl, Fortschritte zu machen.

»Der Bankrott scheint dir gut zu bekommen«, sagte Leanne lachend, als sie unten ankam.

Die Unterlagen vom Anwalt waren am Vortag eingetroffen. »Den Boden unter den Füßen verlieren«, erwiderte Miranda. »Meine Spezialität.«

Henry sah sie fragend an.

»Jetzt bin ich frei«, fügte Miranda hinzu.

Sie wanderten einen Pfad entlang und landeten an einem

schattigen Platz, an dem schlanke Birken aufragten. Miranda legte die Hand auf den Stamm einer Birke. »Der schönste Baum von allen.« Sie war ergriffen, was ihr zurzeit oft passierte. Vielleicht kam sie in die Wechseljahre.

»Ich frage mich, ob ich vielleicht schon in der Menopause bin. Ich könnte ständig …«

»Was?«, fragte Leanne.

Miranda warf sich zu Boden und wälzte sich in den Blättern, atmete den feuchten Duft des Frühlings, den staubigen Geruch des vergangenen Herbstes ein. Dann blieb sie liegen und starrte in das Blätterdach, über dem sich der blaue Himmel abzeichnete.

»Ich könnte ständig heulen vor Glück«, sagte sie.

Aber ob das wirklich mit der Menopause zu tun hat, dachte sie. Da schwitzte man und ging in einigen Jahren als irgendwie ruhigerer Mensch mit brüchigen Knochen daraus hervor. Aber diese tiefe stille Zufriedenheit? Das war Irrsinn. Diese heftige, schmerzhafte Freude, diese intensive Dankbarkeit, die sich anfühlte, als atme man frische, kühle Luft ein. Das sanfte Ausatmen, in dem solcher Frieden lag.

Leanne streifte ein Blatt von Mirandas Gesicht.

Frieden? Miranda biss sich auf die Lippe. Wenn Frieden brennt, dann ist es Frieden, dachte sie. Wenn Frieden einen erzittern lässt, dann ist es Frieden. Wenn Frieden bedeutet, im einen Moment ruhig und im nächsten gepeinigt zu sein, wenn Frieden inneren Krieg bedeutet – dann, und nur dann ist es Frieden, was ich empfinde.

Sie starrte auf die Blätter, auf denen das Sonnenlicht spielte. Warum konnte sie nicht ganz normal eine Freundin haben wie andere Menschen auch? Vielleicht hatte Annie wirklich Recht – sie war eine Drama-Diva, konnte ohne Dramen offenbar nicht leben.

»Randa!«

Miranda drehte sich auf die Seite und sah Leanne an. Was für ein Chaos. »Ja?«

Leanne drehte einen Ast in den Händen, als wolle sie ein Feuer machen. »Ach, nichts«, sagte sie.

Miranda rollte sich wieder auf den Rücken. Leanne hatte sie Randa genannt.

Plötzlich erschien ein kleines schmutzverschmiertes Gesicht dicht vor Mirandas Augen. »Hast du jetzt Boden unter Füßen loren?«, wollte es wissen.

Als Miranda an diesem Nachmittag ins Cottage zurückkam, fand sie ihre Mutter schmerzgepeinigt auf der Couch vor.

»Ich kann meinen Hals nicht bewegen«, flüsterte Betty. »Mein Kopf explodiert. Immer wieder.«

Die Sanitäter waren ehrenamtliche Helfer. Miranda erkannte ein blondes Mädchen wieder, das sie manchmal am Strand laufen sah. Sie folgte dem Krankenwagen in Bettys Mercedes, konnte sich aber später nicht mehr daran erinnern.

»Es ist Meningitis«, teilte sie Annie am Telefon mit.

»*Was?*«

»Nein, es ist nicht die schlimme Sorte, an der man stirbt.«

»Nur die Sorte, die einem das Gefühl gibt, dass man gerne sterben würde«, flüsterte Betty von ihrem Krankenhausbett. »Bitte hör auf zu reden, Schatz.«

Aber Betty wollte ganz und gar nicht sterben. Sie wünschte sich, die Zeit zurückdrehen zu können – nicht bis in ihre Jugend oder zu ihrer glücklichen Zeit mit Joseph. Sondern nur bis zu diesem Nachmittag, zu dem Moment, bevor sie zu ihrem Strandspaziergang aufbrach. Als sie aus dem Küchenfenster schaute und den Goldzeisig durch die Äste des Ahorns flattern sah. Sie war so ungerecht gewesen. Sie wünschte sich, wieder aus ihrem Küchenfenster schauen und den kleinen Vogel beobachten zu können, diesen schwarzgelben Blitz, der zwischen den Blättern umherflog, und sie wollte sich entschuldigen. Bei dem Vogel. Er war ein schöner Vogel an einem schönen Tag gewesen, und sie hätte an beidem nicht zweifeln sollen.

»Ich werde keinen einzigen Tag meines Lebens mehr für eine Selbstverständlichkeit halten«, sagte Betty am nächsten Tag zu Annie, als die Antibiotika zu wirken begannen und der Schmerz nachließ. »Und du solltest das auch nicht tun.«

»Hast du plötzlich Gott gesehen?«, fragte Annie.

»Du liebe Güte, nein. Wieso, du?«

Als Annie Josie anrief, um ihn über Bettys Krankheit zu informieren, musste sie gegen den Impuls ankämpfen, Josie die Schuld daran zu geben. Es war ungehörig, die Schmerzen ihrer Mutter auszuspielen, um jemanden zu beschämen – selbst wenn dieser Jemand es verdient hatte. Und dennoch, als sie zu Josie sagte: »Mom liegt mit einer Meningitis im Krankenhaus«, empfand sie unleugbar einen Anflug von Genugtuung.

19

Betty wurde nach sechs Tagen entlassen, aber sie war noch sehr geschwächt. Nach einigen Tagen im Cottage war sie noch schwächer, und Annie und Miranda stützten sie auf beiden Seiten und brachten sie zum Arzt.

»So ein Theater«, sagte Betty. »Dabei brauche ich bloß Ruhe.«

Doch der Arzt sagte, sie habe sich im Krankenhaus eine Staphylokokkeninfektion zugezogen, und verschrieb ihr hohe Dosen diverser Antibiotika.

Dennoch wollte Betty jeden Morgen aufstehen, und ihre Töchter führten sie bei schlechtem Wetter zur Couch im Wohnzimmer und bei gutem zum Liegestuhl auf der Veranda. In beiden Fällen trug Betty ihre Sonnenbrille, da sie gegen die Kopfschmerzen half.

»Du siehst ausgesprochen glamourös aus«, sagte Cousin Lou, als er sie besuchen kam.

»Ich bin ja auch in meinem Privatsanatorium.« Bettys Beine waren in eine Decke gehüllt, und sie hielt einen Becher Brühe in der Hand.

Lou sah in der Ecke einen Besen stehen, holte ihn sich und begann geistesabwesend den Boden zu kehren.

»Wie geht's Mr. Shpuntov?«, erkundigte sich Betty.

»Er hat gestern seine Pflegerin gehauen.«

»Au weh.«

»Sie hat aber zurückgehauen, das war also nicht weiter

schlimm.« Cousin Lou blieb stehen und betrachtete Betty. Sie war bleich und mager – ihre Handgelenke sahen aus wie geäderte Sehnen. »Wie geht es dir?«, fragte Lou, plötzlich ernst.

»Ich haue keine Pflegerinnen. Und die Pfleger auch nicht«, antwortete Betty.

Annie trat mit Bettys Medikamenten zu ihnen.

»Oder, Annie?«

»So gut wie nie.«

»Setz dich, Lou«, sagte Betty. »Es ist sehr angenehm, einfach nur zu sitzen. Ich hatte keine Ahnung, dass es mir so gut gefallen würde, Patient zu sein. Ich kann das nur empfehlen. Ich glaube, ich habe die ideale Berufslaufbahn für mich gefunden. Außerdem bin ich ja auch noch Witwe. Das will ich keinesfalls aufgeben.«

»Multitasking«, bemerkte Annie. Sie machte sich Sorgen. Betty schien es wirklich zu genießen, nur auf dem Sofa zu liegen und Himmel und Bäume zu betrachten. Sie wirkte verträumt und versonnen und sehr weit weg.

»Es gibt hier einen Goldzeisig«, sagte Betty zu Cousin Lou, als sei das die Erklärung für alles. »Wenn ich sehr still und geduldig bin, sehe ich einen Goldzeisig.«

Roberts kam an diesem Abend vorbei und brachte Betty einen Strauß Narzissen.

»Die ist für Sie«, sagte er und reichte Annie eine von den Narzissen.

Er besuchte sie jetzt fast jeden Tag. Der arme Mann, dachte Annie. Miranda war so gut wie nie da, aber Roberts saß geduldig bei Betty, unterhielt sie mit Geschichten von seinen geldgierigsten Mandanten und deren unredlichen Machenschaften und blieb häufig noch zum Abendessen.

»Fehlt Ihnen die Arbeit? Macht es Ihnen was aus, im Ruhestand zu sein?«, fragte Betty. »Wir können nämlich noch so ein

Sofa anschaffen, und dann können Sie mir in meinem Sanatorium Gesellschaft leisten. Dann hab ich zu tun.«

»Na ja, so ganz ausgestiegen bin ich noch nicht. Ein paar Mandanten habe ich schon noch.«

»Charlotte Maybank zum Beispiel, nicht wahr? Sie scheint sich ja viele Gedanken über ihren Nachlass zu machen.«

Betty erwartete, dass Roberts nun lächeln würde, wie er es häufig tat, wenn er ihr die Anekdoten von den Launen und Grillen seiner Mandanten und absurde Fälle aus seinem Berufsleben schilderte. Doch jetzt presste er die Lippen zusammen und blieb stumm. »Verzeihung, geht mich ja nichts an«, sagte Betty.

Wenn Annie von der Arbeit nach Hause kam, saßen Roberts und Betty oft im fahlen Licht der Dämmerung still nebeneinander. Wie winzig und zerbrechlich ihre Mutter in ihren zarten schwarzen Kleidern neben Roberts wirkte, dem sonnverbrannten, großen schlanken Mann im Anzug.

Er lächelte, wenn er Annie erblickte. Stand auf und küsste Annie auf die Wange. Sie machte ihm dann ein Kompliment über seine Fliege. Dann tranken sie Cocktails.

»Holt Miranda Sie nicht vom Zug ab?«, fragte er an dem ersten Abend, an dem Annie alleine eintraf.

Armer Roberts, dachte sie. »Nein, keine Miranda. Nur wir zwei Hennen heute Abend, fürchte ich.«

»Ah.« Er nahm seinen Martini in Empfang. »Sind Sie vom Bahnhof nach Hause gelaufen? Ich könnte Sie jederzeit abholen, Annie, wenn Miranda verhindert ist.«

Annie lächelte. Der formvollendete Roberts. Sehr traditionell. Wie ich, dachte sie. »Ich habe Miranda bei Leanne abgesetzt, nachdem sie mich abgeholt hat. Aber das ist sehr aufmerksam von Ihnen.«

Er nickte. »Miranda ist ein Segen für Leanne. Charlotte ist

sehr gebrechlich. Aber …« Er unterbrach sich und sagte dann: »Nun ja, sie hat viel durchgemacht.«

Da Miranda erst viel später nach Hause kommen würde, fragte Annie Roberts nicht, ob er zum Essen bleiben wolle. Er blieb dennoch.

Einsam, dachte sie. Nicht wie ich. Was war das Gegenteil von einsam? Das Wort, um einen Menschen zu beschreiben, der die Gegenwart anderer nicht ertragen konnte? Vielsam? Doch Annie merkte, dass Roberts zu den wenigen Menschen gehörte, vor denen sie nicht davonlaufen wollte. Vor Roberts wollte sie nicht auf den Dachboden flüchten. Es war sogar eher so, dass er sie an einen Dachboden erinnerte: stille Luft, gedämpftes Licht, und die Gegenstände dort lösten Erinnerungen, angeregte Gedanken oder angenehmes Staunen aus.

Felicity beschloss, die Mädchen – womit sie Gwen, Amber und Crystal meinte – zum Lunch ins Café des Artistes auszuführen. Amber war so eine … Felicity lächelte … beinahe hätte sie das Wort »Perle« benutzt, als sei Amber ein treues, altgedientes Hausmädchen. Sie strahlte in der Tat einen gewissen unterwürfigen Ehrgeiz aus, der Felicity nicht entging. Crystal war ein dümmliches Nichts, aber Amber hatte etwas, trotz ihres in die Jahre gekommenen Teenager-Slangs. Sie war so fürsorglich, und dennoch spürte man etwas Stählernes hinter ihrer geduldigen Sanftheit. Sie erinnerte Felicity an … Felicity. Und das faszinierte sie. Dazu kamen diese Massagen, die es andauernd umsonst gab und um die Felicity von all ihren Freundinnen beneidet wurde.

Felicity war selbst noch nie im Café des Artistes gewesen, aber es war ein Kultlokal an der Upper West Side, und da Felicity beabsichtigte, selbst auch Kultstatus zu erlangen, fand sie, dass sie und das Café des Artistes sich begegnen sollten. Sie hatte für ein Uhr einen Tisch reserviert und verließ das Büro so frühzeitig, dass sie auch bei dichtem Verkehr pünktlich sein würde. Sich ein Taxi zu nehmen, selbst wenn es in der Nähe eine U-Bahnstation gab, gehörte zum neuen Luxus ihres Lebens. Das Leben bot ihr jetzt viele solcher kleinen Annehmlichkeiten, dachte sie zufrieden. Sie hatte sich ins Zeug gelegt für diesen Luxus, hatte hart gearbeitet, um Joe glücklich zu machen und im Büro erfolgreich zu sein. Sie nahm weder Joe noch dem Büro diesen Energieaufwand übel, sie mochte sowohl den Mann als auch ihre Arbeit, aber es war dennoch alles anstrengend, und nun wurde sie für ihre Bemühungen belohnt.

Felicity betrat das dezent beleuchtete Restaurant und wurde von einem höflichen Herrn zu einem Tisch geleitet. Das Silber glitzerte, und die Servietten und Tischtücher waren so blütenweiß und vornehm wie Smokinghemden, dachte sich Felicity. Sie betrachtete die Wandbilder, diese berühmten nackten rothaarigen Frauen, die sich an Weinranken festhielten. Diese Frauen mussten nie in einem Büro arbeiten, dachte Felicity. Mussten nicht Ewigkeiten sparen, um sich ein enges Zweizimmerapartment in einem unattraktiven Haus in einer unattraktiven Wohnanlage zu kaufen, die eher nach New Jersey als nach Upper West Side aussah. Felicity schürzte die Lippen und lächelte. Die üppigen nackten Rotschöpfe auf den alten Gemälden wären inzwischen jedenfalls schon runzlige alte Weiber. Oder sogar mausetot.

Reiche Erde für ein reiches Anwesen, dachte Miranda, als sie hinter dem Haus an der Beachside Avenue im Rosengarten arbeitete. Haus? Es war eigentlich eine Villa, nicht nur ein Haus. Man hatte es nicht als Unterkunft erbaut, sondern um Wohlstand zur Schau zu stellen. Den Rosengarten hatte seit Jahren niemand mehr betreut, aber die Spaliere waren noch immer üppig bewachsen. Miranda jätete Unkraut, während Henry Mittagsschlaf machte und Leanne an einem Vortrag arbeitete, den sie demnächst bei einer Epidemiologenkonferenz halten musste. Miranda, die weder Texte vorbereiten noch schlafen musste, riss Unkraut aus. Sie verstand nichts von Gartenarbeiten, aber zum Unkrautjäten reichte es. Das konnte schließlich jeder. Sogar eine Vollniete, eine Bankrotteurin, eine Frau, die heimlich und niederträchtig ihre beste Freundin belog.

Miranda hatte sich oft verliebt, und es war immer ein Schwindel erregender Rausch und dann eine furchtbare Enttäuschung gewesen. Aber jetzt ging es um Leanne, Henrys Mutter, ihre neue Freundin, diese Frau, der sie alles anvertraute. Bis auf eine Sache. Die wichtigste.

Es war so eigenartig, so verschwiegen, so intim, seine Gefühle für sich zu behalten. Miranda hegte und genoss ihr Geheimnis. Das tat ihr zwar nicht gut, denn es machte sie schwindlig und atemlos, aber seltsamerweise störte sie das nicht. Sie suhlte sich in ihrem Elend. Ein Widerspruch in sich, all diese romantischen Empfindungen im Inneren anzustauen.

Es begann heftig zu regnen. Vielleicht würde sie sich eine Lungenentzündung holen und daran sterben. Das wäre sehr romantisch.

Miranda hatte viele Bücher über Frauen gelesen, die sich in Frauen verlieben. Diese Geschichten waren ein kleines Segment ihres Gewerbes, ein beliebtes Genre, inzwischen etwas aus der Mode gekommen, aber sehr angesagt in den Neunzigerjahren. Zwei solcher Geschichten hatte sie selbst verkauft, eine davon an Knopf, was ein einträgliches Geschäft mit einem üppigen Vorschuss gewesen war. Diese Frauen hatten ihr wahres Selbst entdeckt und so fort. Konnten nicht mehr mit einer Lüge leben und so fort. Miranda hatte das ein wenig nachfühlen können, aber insgesamt war ihr das Ganze unnötig und übertrieben vorgekommen. Ein Ergebnis überbordender Fantasie, wenn nicht ein reiner Akt des Willens. Miranda war so damit beschäftigt gewesen, sich in unpassende Männer zu verlieben, dass ihr zu diesem Thema nur die Frage einfiel: Wozu?

Jetzt weiß ich es, dachte sie.

Sie beobachtete Leanne, wie sie drinnen im trockenen, warmen Zimmer saß und in ihren Unterlagen blätterte. Der Regen prasselte vom Himmel herab, und hinter Miranda klatschten die Wellen des Long Island Sound an den Strand, die ihr damals so übel mitgespielt hatten. Miranda wusste nicht, wie all diese Erlebnisse unter einen Hut zu bringen waren, und es kümmerte sie auch nicht. Solange sie nur hierbleiben konnte.

Von ihrem Platz zwischen den Rosenstöcken aus sah Miranda, wie Roberts ins Zimmer trat und mit Leanne sprach. Leanne strich sich mit beiden Händen durchs Haar, eine Geste der Verzweiflung. Roberts zeigte ihr einen Stapel offiziell wirkender Papiere. Leanne legte den Kopf zurück und starrte an die Decke. Dann stand sie auf und machte hilflose Gesten mit den Armen. Ballte die Hände zu Fäusten, öffnete und schloss den Mund. Miranda ging durch den Regen zum Fenster und versuchte, Leanne mit Gesten zu fragen, ob sie hereinkommen sollte. Doch Leanne, die mit den Papieren wedelte und Roberts anschrie, nahm sie nicht einmal wahr. Woraufhin Miranda zum Auto tappte und zum Bahnhof fuhr, um Annie abzuholen.

Felicity lief unterdessen durch denselben strömenden Regen. An den Bäumen im Central Park zeigten sich schon Knospen, aber nun wurden ihre schwarzen Äste vom Wind gepeitscht. Der Portier ihres Hauses kam ihr mit dem Regenschirm entgegengelaufen, und Felicity schritt so würdevoll neben ihm her, wie es ihr unter diesen Umständen gelang. Sie war klatschnass. Ihr Nerzmantel hing schlaff herunter und erinnerte an eine Familie ertrunkener Würmer, und aus ihren Haaren rann Wasser. Ihr Regenschirm war vom Wind umgestülpt worden, und sie hatte ihn unterwegs liegen lassen und war immerzu weitergelaufen. Ihre Schuhe waren natürlich ruiniert. Der Pelzmantel tropfte wie ein nasser Hund und verströmte im Fahrstuhl einen intensiven animalischen Geruch.

»Joe!« Felicitys Schuhe quietschten auf den Marmorplatten, die sie in der Diele hatte verlegen lassen. »Joe!«

Er kam aus der Küche, entspannt und gelassen, ein Glas Scotch in der Hand. Normalerweise wusste Felicity seine untadelige Kleidung, sein gepflegtes Äußeres, seine festen Gewohnheiten zu schätzen. Aber in diesem Moment brachte es sie auf die Palme, dass er sich so wohl zu fühlen schien.

»Siehst du nicht, dass ich völlig durchnässt bin?«

Joe nahm ihr den Mantel ab und hielt ihn von sich weg. »Handtuch?«, sagte er und schritt zum Badezimmer. Er fragte sich, ob es seine Bestimmung war, hysterischen Frauen Handtücher zu bringen. Zumindest hatte Felicity bislang kein Whiskyglas nach ihm geworfen wie Betty. Er hatte eben noch mit Miranda telefoniert. Er rief täglich im Cottage an, obwohl die Mädchen keinen Hehl aus ihrer Verachtung für ihn machten. Aber er musste einfach wissen, wie es Betty ging. Meningitis. Normalerweise bekam Betty nicht mal eine Erkältung. Wie hatte sie sich diese schreckliche Infektion zugelegt? Irgendwie wusste Joseph, dass er Schuld daran hatte. Das sahen Annie und Miranda offenbar auch so. Zumindest war Betty jetzt nicht mehr im Krankenhaus. Sie ließen ihn nicht mit ihr sprechen, obwohl er sicher war, dass Betty gerne mit ihm gesprochen hätte. Nach all diesen gemeinsamen Jahren.

Doch nun waren sie nicht mehr zusammen, hatte Annie ihm zu verstehen gegeben. Sie hat die Verbindung gekappt, hatte Annie gesagt. Sie ist damit beschäftigt, seelisch und körperlich zu genesen. Willst du, dass es ihr noch schlechter geht? Bist du so selbstsüchtig und egoistisch? Ist mir ganz egal, ob du dich schuldig fühlst oder nicht, hatte sie zu ihm gesagt, aber du wirst meine Mutter nicht aufregen.

»Es ist wegen Frederick«, sagte Felicity, die mit quietschenden Schuhen hinter Joseph getreten war.

Er nahm ein riesiges weißes Badehandtuch aus dem Regal. »Hier, Liebling.«

»Ich rede mit dir! Hörst du mir nicht zu? Frederick!«

Der nasse Pelzmantel hing schwer und tropfend an Joes ausgestrecktem Arm. Joe ließ ihn in die Badewanne fallen und fürchtete beinahe, dass nasse, rachsüchtige Nerze daraus hervorspringen würden. Er verabscheute diesen Mantel. Wieso trug sie ihn überhaupt im April? Miranda wäre fuchsteufelswild, wenn sie ihn jemals zu Gesicht bekäme. Aber das war sie ohnehin schon. Joseph legte Felicity das Handtuch um die Schultern. »Was ist denn mit Frederick, Liebling?«

»Er *heiratet* sie. Dieses … Mädchen.«

Joseph nahm ein kleineres Handtuch und legte es Felicity auf den Kopf. Jetzt sah sie aus wie eine wütende Nonne. »Welches Mädchen denn? Eine von den beiden, die hier gewohnt haben? Ich kann die nicht auseinanderhalten. Bist du sicher? Die sind doch gar nicht Fredericks Typ. Und noch halbe Kinder.«

»Hah!«, machte Felicity. »Da hast du's. *Kinder.*«

»Na, immerhin besser, er heiratet ein Mädchen als einen Jungen, oder?«

»Nein, verstehst du nicht, sie *kriegen* ein Kind. Sie ist schwanger – oder behauptet das jedenfalls. Ich glaube ihr aber kein Wort. Man sieht gar nichts. Allerdings trainiert sie natürlich auch ständig. Ich habe Frederick gesagt, er soll einen Vaterschaftstest verlangen. Gwen ist vollkommen außer sich. Stell dir nur mal vor, wie ihr zu Mute sein muss! Nach allem, was sie für das Mädchen getan hat. Und mir erst! Ich habe ihr erlaubt, hier zu wohnen!«

Joseph hielt sein Scotch-Glas an die Lippen. Vor seinem inneren Auge sah er Betty in ihrem zerknitterten Morgenmantel auf der Couch, wutentbrannt. Das Glas war durch die Luft geflogen, und der Scotch-Duft hatte in der Luft gehangen wie eine Wolke. Die Wohnung war damals ein Schlachtfeld gewesen. Jetzt war sie nur noch eine Wohnung. Felicity, in Frottee gehüllt, wanderte aus dem Badezimmer. Joe wusste, dass er es ihr bald sagen musste.

»Und Frederick!«, fuhr sie fort. Durch die Handtücher klangen ihre Worte dumpf. »Wie konnte er das nur seiner Tochter antun? Stammt er aus Alaska? Denn da werden sie vermutlich hinziehen. Das kriegen wir bestimmt als Nächstes zu hören. Und frag lieber nicht nach Evan – der ist komplett aus der Haut gefahren. Er ist stocksauer. Es ist so eine Demütigung für die Familie. Ich meine, Frederick ist eine Person des öffentlichen Lebens. Jeder wird das erfahren. Ich bin so durcheinander, dass ich zu Fuß nach Hause gegangen bin. Aber wenn es regnet, dann schüttet es natürlich auch gleich. Und es hat geschüttet, und ich bin pitschnass geworden. Danke«, fügte sie hinzu und frottierte ihr Haar, während sie in die Küche marschierte. »Diese kleine Schmarotzerin.«

»Wo ist sie überhaupt jetzt?«, fragte Joseph, dankbar, seine eigenen Nachrichten noch aufschieben zu können. »Ist sie nicht mit dir nach Hause gegangen?«

»Oh, diese kleine Schwindlerin wird keinen Fuß mehr über diese Schwelle setzen.«

Joseph setzte Wasser auf und gab etwas Whisky und Zucker in einen Becher. »Setz dich«, sagte er sanft. Er holte eine Zitrone aus dem Kühlschrank, schnitt sie auf und quetschte den Saft in die Tasse. Als das Wasser kochte, goss er es in den Becher und reichte ihn Felicity.

Sie atmete den Duft des heißen Getränks ein. »Genau das Richtige. Wir müssen jetzt alle Schlösser austauschen.«

»Ja«, sagte Joseph. »Das müssen wir in der Tat tun. Oder jemand anders.«

Felicity ließ den Becher sinken und sah Joe an. »Was ist?«

»Mir wurde von den Anwälten gerade das endgültige Urteil mitgeteilt.«

Felicity erhob sich. Auch jetzt, in ihrem Nonnenhabitus aus Handtüchern, hielt sie sich sehr aufrecht. »Ja?«

»Die Wohnung gehört Betty.«

Felicity schwieg einen Moment, dann sagte sie: »Okay.«

Sie setzte sich wieder und trank ein paar Schlucke von ihrem Grog.

Das liebte er an ihr, dachte sich Joseph. Diese Härte. Diese Unnachgiebigkeit. Felicity war stark. Manchmal fragte er sich, ob sie tatsächlich in jeder Hinsicht ein Mensch war. Aber stark war sie immer.

»Ich wollte ohnehin schon immer Downtown wohnen«, sagte sie. »Die West Side ist überhaupt nicht mehr angesagt.«

Im Museum für Naturgeschichte, in das Crystal und sie vor dem Regen geflüchtet waren, stand Amber unter dem Dinosaurier und sprach in ihr Handy. Mit der anderen Hand kniff sie Crystal bei jedem Wort in den Arm. »Es ist ganz allein ihre Schuld, Frederick. Alles lief so gut«, sagte sie und kniff zu.

»Au … Ist mir eben so rausgerutscht, Amber … Au …«

Am Tag vor dem heftigen Regen war Betty wegen eines starken Hustens beim Arzt gewesen. Sie hatte das nicht vorgehabt, aber als Annie von der Arbeit nach Hause gekommen war und ihre Mutter gehört hatte, war sofort ein Termin vereinbart worden. Annie behandelte ihre Mutter wie ein Kind, und Betty war zu schwach, um sich zu widersetzen.

»Gefällt mir gar nicht, wie sich das anhört«, sagte der Arzt.

Du gefällst mir auch gar nicht, dachte Betty. Der Arzt war ein junger herablassender Mann. Wenigstens sagte er nicht »wie geht's uns denn« oder sprach betont langsam und mit erhobener Stimme wie andere Ärzte.

»Aber sie ist nur erkältet«, wandte Miranda ein, als der Arzt darauf bestand, Betty wieder ins Krankenhaus zu schicken. Das war doch übertrieben. Und schließlich wusste jeder, dass Menschen im Krankenhaus nur noch kränker wurden. Vor allem alte Menschen.

»Pass auf, dass du nicht das Sundown-Syndrom kriegst«, sagte Miranda an diesem Abend zu Betty, als Annie und sie aufbrachen und ihre Mutter in der Obhut des gestressten Pflegepersonals zurückließen. »Wasch dir häufig die Hände.«

»Ich hab ja schon Staphylokokken, Schatz.«

»Siehst du?«

Betty warf ihnen einen Kuss zu und winkte, dann wurde sie wieder von einem Hustenanfall geschüttelt.

»*American Idol*«, keuchte sie und wies auf den Fernseher.

An der Tür schauten die beiden noch einmal zurück. Betty war blass und dünn und hustete schwer. Überall an ihrem Körper waren Schläuche befestigt. Sie fischte ihre Brieftasche aus der Nachttischschublade, schaute auf den Bildschirm und gab eine Nummer ins Telefon ein.

»O Gott, nicht schon wieder«, sagte Annie.

Auf dem Bildschirm wischte jetzt ein junger Mann mit einem wundersam saugfähigen Tuch eine Colalache auf. »Wowsham!«, sagte er dabei.

Zwei Tage später, am Tag des heftigen Regens, lag Betty noch immer im Krankenhaus. Miranda hatte fast den ganzen Tag dort verbracht, sich dann aber eine Pause gegönnt, um Unkraut zu jäten und die frische Luft einzuatmen, die vom Strand herüberwehte.

Jetzt, während Robert und Leanne in ihrem offenbar sehr unangenehmen Gespräch verfangen waren, holte Miranda Annie vom Bahnhof ab und fuhr mit ihr zum Krankenhaus. Miranda erzählte nichts von der Szene, die sie beobachtet hatte. Sie sprachen nur über Betty.

»Heute früh ging es ihr gut«, sagte Miranda, doch es hörte sich sogar in ihren eigenen Ohren falsch an. »Sie hat ein bisschen Toast und Apfelmus gegessen.«

In Bettys Zimmer hängten die beiden ihre Mäntel auf. Betty bedeutete ihren Töchtern, dass sie sich jeweils auf eine Bettseite setzen sollten. »Du hier und du da«, sagte sie und nahm sie dann beide in die Arme.

»Ich liebe euch«, sagte sie. Tränen stiegen ihr in die Augen. »Ich liebe euch beide so sehr.«

Annie und Miranda warfen sich hinter Bettys Rücken einen Blick zu.

»Wir lieben dich auch«, murmelten sie, in einem Tonfall, der besagte: *Was ist los, um Himmels willen*?

»Es ist vorbei«, sagte Betty schließlich nach ausgiebiger Umarmung und halb unterdrücktem Schniefen. »Es ist vorbei.«

»Was?«, sagte Annie und sprang auf. »Was ist denn los? Was hat der Arzt gesagt?«

»Die Scheidung. Die *Scheidung* ist vorbei«, erklärte Betty beruhigend.

»Du lässt dich scheiden?«, fragte Miranda, und ein belämmertes Lächeln trat auf ihr Gesicht.

»Ach, Schatz, natürlich lassen wir uns scheiden. Darum geht es doch gerade. Jetzt muss Josie nachgeben. Der Forensic Accountant hat alles im Griff.«

»Was für ein Forensic Accountant?«, fragte Annie. »Wovon redest du?«

»Er heißt Mr. Mole. Der Name passt doch fantastisch, oder? Als Roberts mir seinen Namen genannt hat, wusste ich sofort, dass er uns helfen würde.«

»Roberts?«

»Roberts und Mr. Mole haben das alles geregelt. Josie muss mir die Wohnung überlassen und einen Teil unseres Vermögens. Er muss sich jetzt wie ein anständiger Mensch benehmen. Alles geht seinen Gang. Er hat ja immer behauptet, ein anständiger Mensch zu sein.«

Annie sank wieder aufs Bett. »Großer Gott«, sagte sie und stieß einen Seufzer der Erleichterung aus.

»Wir haben tatsächlich gesiegt!«, rief Miranda aus. »Endlich! Stimmt es auch wirklich?«

»Ich soll morgen in die Stadt kommen und die Papiere unterzeichnen. Aber …«

»Die lassen dich bestimmt heute Abend raus, und wir fahren dich morgen«, sagte Annie.

Betty lachte. »Ihr tut so, als sei ich quasi tot, und dann soll ich aus dem Bett springen und Termine wahrnehmen? Aber die werden mich ohnehin nicht rauslassen heute.«

»Aber …«

Betty deutete auf ihre Brust. »Lungenentzündung oder so was …«

Annie lief hinaus, um nach dem Arzt zu suchen, der natürlich unauffindbar war. Lungenentzündung oder so was? Diese kleine Information wurde ihr so nebenbei vermittelt? Betty konnte einen zur Raserei treiben. Annie hätte ihre Mutter mitsamt ihrer Lungenentzündung am liebsten geschüttelt. Sie hätte überhaupt gerne irgendjemanden geschüttelt, vorzugsweise den Arzt. Gerade wurde ein Ruf durchgegeben: »Dr. Franken, Dr. Franken, bitte melden ... Dr. Franken, Dr. Franken ...« Ihre Mutter nannte den Arzt »Dr. Frankenstein«. Er war kaum älter als Annies Sohn Charlie. »Dr. Franken, Dr. Franken.« Im Krankenhaus klangen solche Durchsagen immer Unheil verkündend. Annie spürte, wie ihr Herzschlag sich beschleunigte.

»Ihr seid bevollmächtigt«, sagte Betty, als Annie wieder ins Zimmer kam, um auf den Arzt zu warten. »Ich möchte, dass ihr zwei in die Stadt fahrt und die Papiere für mich unterschreibt.«

»Ach, Mom, das hat doch Zeit. Jetzt müssen wir uns erst mal darum kümmern, dass du wieder gesund wirst.«

»Man kann sich um zwei Sachen zugleich kümmern, Annie«, erwiderte Betty lächelnd. »Das weiß ich aus Erfahrung. Ich möchte, dass ihr in die Stadt fahrt und die Sache erledigt.« Sie hielt inne. Dann ergriff sie mit der Linken Annies Hand und mit der Rechten die von Miranda. »Ich möchte, dass ihr das macht«, sagte sie noch einmal.

»Dr. Franken, Dr. Franken«, hörte man aus den Lautsprechern.

»Ich will, dass dieser miese verkommene Dreckskerl euch unter die Augen treten muss«, sagte Betty mit wildem Blick. »Euch *beiden.*«

Miranda und Annie starrten ihre Mutter an.

»Das ist er euch schuldig«, sagte Betty. »Möge er in Frieden ruhen«, fügte sie mit sanfterer Stimme hinzu.

Nach einer Weile tauchte endlich der Arzt auf, ein junger Bursche in weißem Kittel. Bettys Staphylokokkeninfektion sei schlimmer geworden, sagte er. Lungenentzündung… musste intravenös Antibiotika bekommen… konnte unter keinen Umständen entlassen werden… in ihrem Alter… konnte von Glück sagen, dass sie die Meningitis überlebt hatte… in ihrem Alter… in ihrem Alter… in ihrem Alter…

Annie hatte mechanisch mitgeschrieben. Als sie ihre Notizen zuhause zu entziffern versuchte, sagte sie: »Alles nur Worte. Ein Haufen bedeutungsloser Worte. Das Einzige, was ich wirklich gehört habe, war ›in ihrem Alter‹. Und dabei ist sie noch gar nicht so alt. Dieser Vollidiot von einem Arzt.«

Sie legte sich auf Bettys Sofa.

»Mach dir keine Sorgen«, sagte Miranda in besorgtem Tonfall. »Sie wird schon wieder gesund.«

Annie konnte sich nicht erinnern, dass Miranda jemals zuvor versucht hatte, sie zu trösten, und es machte ihr Angst. Dann musste es wirklich schlecht stehen um Betty.

Miranda rief Leanne an, die versprach, sich als Kollegin bei dem Arzt nach dem wahren Sachverhalt zu erkundigen.

»Sie will auch heute Nachmittag reinfahren und nach Betty schauen, wenn Henry seinen Mittagsschlaf macht. Hilda kann so lange auf ihn aufpassen.«

Miranda schien sehr stolz auf Leanne zu sein, ganz als habe sie einen Anteil am großzügigen Verhalten der Freundin. »Das ist lieb von ihr«, sagte Annie, und Miranda strahlte übers ganze Gesicht.

Dann rief Annie Cousin Lou an, um zu fragen, ob Rosalyn Betty vielleicht am nächsten Morgen besuchen könnte.

»Nein, nein, das geht gar nicht«, sagte Cousin Lou. »Sie würde deine arme Muter zum Irrsinn treiben. Lieber Himmel, ausgeschlossen. Aber ich werde sie selbst besuchen. Ich habe doch eine beruhigende Wirkung, oder? Ich kann Menschen gut aufheitern. Ich besuche sie. Rosalyn ist im Moment zu nervös. Diese ganze Geschichte belastet sie zu sehr.«

»Was für eine Geschichte? Dass Mom im Krankenhaus ist?« Vermutlich tat Rosalyn nun so, als sei sie selbst betroffen.

»Nein, nein. Die ganze Sache mit diesen beiden Mädchen aus Palm Springs. Das ist ja ein großes Tohuwabohu.«

Annie hätte um ein Haar aufgestöhnt. Amber und ihre Eskapaden interessierten sie im Moment überhaupt nicht. Nicht einmal Frederick. Schnee von gestern. Nur ihre Mutter war ihr wichtig.

»Eine von den beiden scheint was mit diesem Barrow angefangen zu haben«, berichtete Cousin Lou. »Und Gwen ist nun fuchsteufelswild…«

Annie sann müßig darüber nach, wo Cousin Lou diesen leicht angestaubten Ausdruck aufgeschnappt hatte.

»Rosalyn hat schon den ganzen Tag mit hysterischen Frauen telefoniert und ist völlig am Ende. Und das Ganze noch, da ja ein Baby erwartet wird…«

»Cousin Lou, tut mir wirklich leid, dass Rosalyn diesen Stress hat«, fiel Annie ihm ins Wort, »aber kannst du nun morgen früh ins Krankenhaus fahren oder nicht? Ich muss das wissen.«

»Was? Gehöre ich zur Familie oder nicht? Morgen früh bin ich zur Stelle.«

20

Das Treffen fand in einem Sitzungsraum mit Blick auf den Hudson statt. Miranda starrte auf einen Kahn, der reglos im braunen Wasser des Flusses lag.

»Müllkahn«, sagte sie. »Der arme alte Müllkahn.«

Josies Anwalt blickte gereizt von seinen Papieren auf. Josie lachte.

»Nur du würdest Mitleid mit einem Müllkahn haben«, sagte er zärtlich.

»Sei nicht so herablassend.«

Josie sah erschüttert aus. »Miranda …«

Die Tür ging auf, und der Forensic Accountant, Mr. Mole, kam herein. Er war ein fetter Mann, der Ähnlichkeit mit Kröterich von Schloss Krötinhall hatte. Hinter ihm erblickte Miranda Roberts, mit einem Aktenkoffer bewaffnet.

»Sie tauchen ja an den merkwürdigsten Stellen auf«, sagte Annie, aber in diesem Ambiente war Roberts mit seiner zurückhaltenden formellen Art und seiner hellblauen Fliege ausnahmsweise genau richtig. Er ließ sich am Kopfende des Tisches nieder, legte seine langen Finger aneinander und blickte gelassen in die Runde.

»Wollen wir anfangen?«, sagte er.

»Mehr oder minder im Ruhestand«, murmelte Miranda vor sich hin.

Sie unterzeichneten die Papiere schweigend, nur das Kratzen der Kugelschreiber war zu vernehmen.

»So«, sagte Josie dann lächelnd, »ich hab euch beiden ja gesagt, dass ich großzügig sein werde!«

Annie schaute den Mann an, der bis vor Kurzem ihr Vater gewesen war, und sie wusste, dass er irgendwann auch wieder ihr Vater sein würde. Nicht, weil sie ihm verzeihen würde. Das stand ihr gar nicht zu, denn er hatte sich schließlich nicht von ihr scheiden lassen, und sie würde ihm ohnehin niemals verzeihen, ob es ihr nun zustand oder nicht. Auch nicht, weil sie vergessen würde, obwohl natürlich im Laufe der Jahre so manches in der Erinnerung verblasste. Nein, es würde Josie aus einem ganz anderen Grund gelingen, sich wieder in ihr Herz zu stehlen. Weil sie ihn liebte.

Nur im Moment liebte sie ihn gar nicht.

»Ach, Josie«, sagte sie traurig, stand auf und umarmte ihn, um ein letztes Mal seine väterliche Wange zu spüren, den väterlichen Duft seiner Seife einzuatmen. »Du hast dich benommen wie ein absoluter Idiot.«

»Mittagessen?«, sagte er ziemlich kläglich und blickte zwischen Annie und Miranda hin und her.

»Wir müssen zu unserer kranken Mutter zurück«, antwortete Miranda, »die jetzt zumindest ein anständiges Dach über dem Kopf hat.«

Joseph nickte. »Zum Glück«, sagte er. »Zum Glück konnten wir das jetzt endlich regeln.«

»Dank des Forensic Accountant«, sagte Miranda und bedachte ihren Vater mit ihrem trotzigsten Blick, an den Josie sich noch gut aus ihren Kindertagen erinnern konnte.

Er wollte den beiden gerne begreiflich machen, wie sehr es ihn erleichterte, dass Betty nun gut versorgt war. Aber sie hielten so sehr zu ihrer Mutter, und sie waren so hart und stark.

»Ihr seid gute Mädchen«, sagte er.

Schweigen.

»Eure Mutter hat das verdient«, fügte er hinzu. »Sie ist eine ganz besondere Frau. Ein großartiger Mensch.«

Miranda brach in Tränen aus und fiel Josie um den Hals. Dann fauchte sie »ich hasse dich« und rannte aus dem Zimmer.

»Also tschüss dann«, sagte Annie und folgte ihrer Schwester, womit das Treffen beendet war.

Sie schüttelten Mr. Mole die Hand und bedankten sich bei ihm.

»Ach, Sie müssen sich nicht bedanken«, erwiderte er. »Für meinen alten Freund Roberts mache ich alles.«

Roberts bot den beiden Frauen an, sie nach Hause zu fahren, und auf dem Weg zum Auto verschwand Miranda in einem Laden, um sich eine Flasche Wasser zu kaufen.

»Danke«, sagte Annie zu Roberts. »Ich weiß gar nicht, wie ich Ihnen danken soll für alles, was Sie für uns getan haben.«

Sie nahm seine Hand und küsste sie, ohne auch nur eine Sekunde zu überlegen.

Ein breites Lächeln trat auf Roberts' Gesicht. Als ihm auffiel, dass seine Hand auch nach dem Kuss noch immer vor Annies Lippen verharrte, zog er sie wieder zurück, hüstelte, rückte seine Krawatte zurecht und sagte, das sei alles Mr. Mole zu verdanken, dem Magier Mr. Mole.

»Mole ist so ziemlich der beste Forensic Accountant des gesamten Landes«, erklärte er, als sie sich schließlich in den Verkehr auf dem West Side Highway einfädelten.

»Er muss Unglaubliches geleistet haben, wenn es ihm gelungen ist, Josie umzustimmen«, bemerkte Miranda.

»Ach, er hat gar nichts getan. Ich will es mal so sagen: Allein die Aussicht darauf, dass Mole sich ihre Buchhaltung vorknöpft, veranlasst die Leute sehr schnell dazu, ihre Haltung zu überdenken.«

»Noch mal vielen Dank«, sagte Annie. »Vielen Dank für Mr. Mole.«

Roberts errötete ein wenig. Annie bemerkte, wie sein Nacken sich rosa färbte.

»Danke«, sagte auch Miranda. »Ich danke Ihnen von ganzem Herzen, für die Familie.«

Eine Weile herrschte Schweigen im Auto. Sie hatten die Sonne im Rücken, und die Bäume mit ihren zarten jungen Blättern leuchteten grün im klaren Frühlingslicht.

»Bald sind wir dann wohl keine Nachbarn mehr«, sagte Annie nach einer Weile. »Nun wird es Zeit für die Weissmann-Frauen, in die Stadt zurückzukehren.«

Sie bemerkte, dass sowohl Roberts als auch Miranda bei ihren Worten zusammenzuckten.

»Erst muss Mom wieder aus dem Krankenhaus entlassen werden«, sagte Miranda nach einer Weile.

»Tja, wenn dann das große Auswandern beginnt«, sagte Roberts, »werde ich Sie jedenfalls sehr vermissen.«

Annie begegnete seinem Blick im Rückspiegel und schaute weg.

»Ja«, bekräftigte Roberts. »Ich werde Sie vermissen.«

Einige Wochen zuvor hatte Annie sich plötzlich gefragt, wie Roberts wohl mit Vornamen hieß, und hatte in einem regionalen Telefonbuch von 1993 nachgeschaut, das in einem Regal in der Küche lag. Sie hatte bei R aufgeschlagen und die dünnen grauen Seiten durchgesehen. Auf der Hälfte der zweiten Seite hatte sie das Gewünschte entdeckt.

Mr. und Mrs. Phineas Roberts, stand da. Annie hatte gelächelt. Kein Wunder. Mr. und Mrs. Phineas Roberts. *Mr. und Mrs.* Ein Paar, eine Einheit. Annie hatte tagelang immer wieder an diesen Eintrag denken müssen. Und sie fragte sich, ob es Roberts selbst wohl auch immer noch so ging.

Nachdem die Schwestern Betty im Krankenhaus besucht und ihr von dem Treffen erzählt hatten – von Josies Selbstgefälligkeit und von Mr. Mole, der wie Kröterich von Schloss Krötinhall aussah – und nachdem sie von ihrer hustenden Mutter erfahren hatten, wie Roberts ihr von sich aus beiläufig von seinem Plan berichtet hatte, Josie mit Mr. Mole zu erschrecken, setzte Miranda Annie zuhause ab und fuhr zu Charlotte Maybanks großem Anwesen an der Beachside Avenue.

»Miranda!«, sagte Leanne, als ihre Freundin vom Hausmädchen ins Wohnzimmer geleitet wurde. »Ich bin froh, dass du da bist.«

Leanne wirkte jedoch keineswegs froh. Sie lag mit einem Glas in der Hand auf dem Sofa, eine halb leere Flasche Johnnie Walker neben sich.

»Wie es deiner Mutter geht? Sie hat die ganze Zeit geschlafen, als ich da war. Und Henry schläft auch. Ich weiß, dass du deshalb hier bist – um Henry zu sehen. Aber er schläft. Tante Charlotte schläft auch. Nur ich schlafe nicht. Du wirst also mit mir vorliebnehmen müssen, fürchte ich.«

Sie streckte Miranda das Glas hin.

Miranda wusste nicht, ob diese Geste bedeutete, dass sie selbst trinken oder dass sie Leanne nachschenken sollte. Sie nahm ihrer Freundin das Glas aus der Hand und stellte es behutsam neben die Flasche. »Ich bin hier, um mit dir zu reden, Leanne, nicht mit Henry.«

»Mit mir? Mir armem Ding? Schön, dass du hier bist, um mit einem armen Ding wie mir zu reden. Wusstest du, dass ich arm bin? Ein armes Ding, das arm ist? Arm war ich immer, aber jetzt bin ich vollkommen pleite, weißt du, und Tante

Charlotte ist auch pleite, und weil sie mich beerben wollte, habe ich mir nie wirklich Sorgen wegen Geld gemacht, und weil ich ja auch Ärztin bin und immer arbeiten kann, also bin ich gar nicht wirklich arm, aber wenn man nach Afrika geht, um Epidemiologie zu studieren, bringt das nicht viel ein, auch wenn einem dabei klar wird, dass man dort reich wäre, wenn man hier arm ist. Doch Tante Charlotte war noch nie in Afrika, man kann also auch nicht von ihr erwarten, dass sie das versteht…«

Während Leanne ohne Unterlass weiterredete, ging Miranda im Zimmer auf und ab. Sie wusste, dass sie versuchen sollte, Leanne zu trösten. Es handelte sich hier offenbar um eine Finanzkatastrophe größeren Ausmaßes. Sie sollte sich zu Leanne setzen und beruhigend auf sie einreden. Doch stattdessen tigerte sie zwischen Fenster und Tür hin und her und sagte kein einziges Wort.

»Die arme Tante Charlotte ist jetzt verarmt, was sie ja immer geahnt hat, und jetzt müssen wir die Gemälde und die Sessel und die Silberlöffel tatsächlich versteigern, aber sie dachte, das wäre ihr Nachlass, so nennt sie das hochtrabend, aber jetzt gibt es den Nachlass, während sie noch am Leben ist, das verrückte alte Ding. Na ja, wenigstens erlebt sie auf diese Weise noch, wie ihre Fantasien Wirklichkeit werden, man kann's ja auch so sehen…«

Miranda traf eine Entscheidung. Sie war hier, um etwas zu sagen, nicht um zuzuhören und Mitgefühl an den Tag zu legen. Doch nun war sie in eine Katastrophe hineingeraten und musste ihr Vorhaben aufschieben. Leanne ging es nicht gut. Sie brauchte Miranda. Man musste geduldig mit ihr sprechen, die Details in Erfahrung bringen, Rat und Hoffnung vermitteln. »Was zum Teufel ist eigentlich los?«, fauchte Miranda. »Was faselst du da überhaupt?«

»Ich bin nicht schuld dran«, redete Leanne weiter. »Ich habe ihr gesagt, sie soll ihm nicht trauen, ich habe ihr gesagt, sie soll ihm keinen Cent geben, und sie hat gesagt, sie hat es so gemacht – hat ihm keinen Cent gegeben.«

»Wem hat sie keinen Cent gegeben?« Miranda merkte nun, wie betrunken Leanne tatsächlich war, und stellte die Whiskyflasche außer Reichweite auf einen anderen Tisch. Dann setzte sie sich zu Leanne. »Vom wem redest du?«

»Nein, keinen Cent, nicht einen Cent«, murmelte Leanne und schüttelte triumphierend den Kopf. »Nicht einen Cent – aber *jeden* Cent.« Sie schien Miranda gar nicht zu bemerken. »Nicht ihm, sagt sie. Nein, nein, nicht ihm, nur einem Fonds, von dem er ihr erzählt hat, einem schönen sicheren Fonds, einem Freund von ihm an der Wall Street, und er würde nur eine Art Vermittlungshonorar kriegen, das er außerdem für Henry anlegen würde, und das auch nicht von ihr, sondern von dem Fondsverwalter ...«

Miranda dämmerte allmählich, von wem die Rede war, und ihr schwante Übles. »Kit?«, fragte sie.

»Und es war ein geschlossener Investmentfonds, aber dieser Freund von ihm konnte sie noch aufnehmen. Der Neffe des Verwalters konnte sie in seinen geschlossenen Fonds aufnehmen. Und wenn sich was exklusiv anhörte, konnte sie nie widerstehen, die verrückte alte Henne.«

»Leanne, steh auf.« Miranda versuchte, die Freundin hochzuziehen. »Du bist grade ziemlich hysterisch, oder? Atme jetzt mal tief durch oder so.«

»Sie wollte ihn nicht mal im Haus haben, nicht mal, um sich um Henry zu kümmern, während ich weg war, hat ihn ins Bootshaus verbannt, als sei er die verrückte Frau von Mr. Rochester – und jetzt ist alles futsch. Sie konnte ihn nicht ertragen und hielt ihn für einen Schwindler, und dann gibt sie ihm plötzlich ihr ganzes Geld, und dann plötzlich, noch plötzlicher, ist alles weg. Alles weg… ich war nur sechs Wochen nicht hier, und nun schau dir an, was passiert ist…« Sie packte ein Kissen und schleuderte es durchs Zimmer.

Miranda fragte sich, ob sie selbst sich auch so aufführte, wenn sie einen ihrer Anfälle hatte.

»Hör auf!«, sagte sie. »Du benimmst dich ja wie ich!«

Sie packte Leanne, die sich wehrte, aber nur kurz. Dann brach sie schluchzend in Mirandas Armen zusammen.

Miranda barg ihr Gesicht in Leannes Haar. »Schon besser«, sagte sie.

»Es ist besser, wenn ich heule?«, murmelte Leanne an Mirandas Schulter.

»Besser für mich. Dann kann ich meine eigenen Gedanken wieder hören.«

»Na toll.«

»Lass uns rausgehen, okay? Frische Luft schnappen.«

»Frische Luft«, wiederholte Leanne dumpf.

Sie gingen bis zum Wasser und wanderten an dem kleinen Strand auf und ab. Der Mond, eine schmale Sichel, stand tief am schwarzen Himmel.

»Wieder nüchtern?«, fragte Miranda schließlich. Aber sie fühlte sich selbst wie berauscht. Berauscht von Konfusion, Verlangen, Ungeduld.

»Ja, ja. Da hast du Kit kennen gelernt.« Leanne deutete auf die Stelle am Strand, die Miranda ihr gezeigt hatte. »Das Finanzgenie.« Sie holte tief Luft. »Was soll ich jetzt tun?«, sagte sie leise. »Was soll ich mit Charlotte machen? Vielleicht stirbt sie ja, bevor sie von hier wegziehen muss, bevor sie versteht, was passiert ist.«

»Schon möglich.« Miranda bemühte sich, ihr zuzuhören, aber es fiel ihr schwer, sich zu konzentrieren. Sie war heute

Abend mit einem bestimmten Vorhaben hergekommen, und es hatte sie ihren ganzen Mut gekostet, die Herfahrt auf sich zu nehmen, an der Tür zu klingeln, Hilda ins Wohnzimmer zu folgen. Und jetzt: eine Katastrophe. »Tut mir leid für dich, Leanne«, gelang es ihr schließlich zu sagen. »Tut mir wirklich leid.«

Leanne trat gegen einen Haufen Muscheln. »Wieso bist du überhaupt hergekommen?«

Der Mond hing über ihnen, ein Schlitz im samtschwarzen Himmel. Die kühle Luft roch nach Ozean. Miranda warf einen Stein ins Wasser und starrte Leanne mit leerem Blick an. Dann ergriff sie Leannes Hand und spürte, wie Leanne zitterte. Miranda sah sie erstaunt an. Leanne trat einen Schritt auf sie zu, und Miranda fragte sich, ob sie selbst wohl auch so zitterte. Ja, stellte sie fest. Sie beobachtete sich selbst von fern, aus einem anderen Leben, und dachte: Das war's. Jetzt ist alles aus. Der Sprung ins Leere, die Füße zappeln noch, die Luft ist dünn, hoch über der harten rissigen Erde.

»Ich wollte mit dir reden«, sagte sie. Aber sie redete nicht. Ihre Finger glitten über Leannes Mund, berührten sachte ihre Lippen. Ihre Hand strich über Leannes Wange, glitt hinter ihr Ohr, umfasste ihren Kopf. Zog ihn näher zu sich heran. Und dann berührten ihre Lippen Leannes Lippen.

21

In der darauffolgenden Woche starb Betty. Die Infektion hatte ihr Herz erfasst. Das kleine Cottage erschien Annie und Miranda riesig, leer und bedrohlich. Der Himmel sank auf sie herab.

Im dünnen schwachen Mondlicht wanderte Miranda nachts durch die Zimmer. Sie stieg die Treppe hinauf und erinnerte sich an den Abend, als sie auf dem Absatz gestanden und ihre schlafende Mutter betrachtet hatte. Der Abend der Zikaden. Jetzt gab es keine Zikaden mehr.

Ihre Mutter hatte so klein und blass ausgesehen.

Miranda schaute auf das Bett, das Bett ihrer Mutter, in dem keine Mutter mehr lag.

»Ach, Mom«, sagte sie.

Oder hatte Annie das gesagt? Annie war plötzlich neben ihr. Und sie lagen im Bett ihrer Mutter und hielten sich in den Armen.

»Mom«, sagten sie. »Ach, Mom, Mom, Mom.«

»Siehst du?«, sagte Felicity. »Du bist wirklich sehr großzügig gewesen gegenüber deinen Stieftöchtern.«

Ja, das stimmte, meinte Joseph. Betty hatte ihnen alles vererbt. Die Wohnung und die Vermögensanteile fielen Miranda und Annie zu.

»Wie es sein sollte«, sagte Joseph.

»Nun ja, sollte, konnte, würde – das ist alles dir zu verdanken. Dank dir und deinem Gerechtigkeitssinn sind Annie und Miranda jetzt Erbinnen«, sagte Felicity. »Der Herr möge sie segnen.«

Joseph nickte. Seine Mädchen waren abgesichert, das stand fest.

»Ich bin so froh, dass ich dich und deine Beziehung zu deiner Familie unterstützen konnte. Familie ist das Wichtigste, das habe ich immer gesagt.«

Dennoch bat Joseph Felicity nicht, ihn zum Begräbnis zu begleiten.

»Familie ist das Wichtigste«, wiederholte Felicity mit ziemlich strenger Miene, aber Joseph reagierte nicht. An diesem Abend goss er sich seinen Whisky selbst ein, nahm ihn mit in sein Arbeitszimmer und machte die Tür hinter sich zu.

Annie und Miranda hörten für eine Weile zu weinen auf, um eine Tasse Kaffee zu trinken. Annie nahm wahr, dass sie die Kaffeekanne in der Hand hielt, dass sie die Tassen aus dem Schrank nahm, die guten, die Betty besonders gemocht hatte. Sie goss ein, und der Kaffee floss in die Tasse. Warum?, fragte sie sich. Warum gab der Kaffee sich solche Mühe? Das Telefon klingelte. Ein Cousin aus Buffalo war dran. Sie übermittelte die Information: *Morgen. Riverside. Danach in meiner Wohnung. Ja, danke. War sie. Ich weiß. Ja, alles Liebe auch für dich.*

»Wir sind Waisen«, sagte Miranda und begann wieder zu weinen.

Oh, Miranda, muss das sein? Aber auch Annie weinte und hielt ihre Schwester in den Armen. Sie hatten den ganzen Vormittag nichts anderes getan, als Leute anzurufen, zu informieren, zu organisieren und zu weinen. Die Nacht hatten sie in Bettys Bett zugebracht.

Jetzt tranken sie stumm und erschöpft ihren Kaffee.

»Ich werde dieses Haus hier vermissen«, sagte Annie nach einer Weile.

Miranda kratzte sich mit beiden Händen am Kopf, zerrte sich die Haare aus dem Gesicht, gab ein sonderbares Geräusch von sich, das halb Seufzer, halb Stöhnen war und sagte: »Ich bleibe hier.«

Und dann erzählte sie es Annie.

»Und Leanne hat schon seit Monaten dasselbe empfunden, aber auch nichts gesagt, weil es ihr, na ja …«

»Peinlich ist?« Annie war erschüttert. So etwas passierte einfach so, mir nichts, dir nichts? »Einfach so von heute auf morgen?«, sagte sie. »Einfach so?«

»Meinst du, ich hätte eine Ausbildung dafür machen sollen? Ja, sicher, einfach so, wie Veränderungen und Erkenntnisse sich eben ereignen oder … die Liebe.«

»Bei mir passiert nichts von heute auf morgen«, sagte Annie. »Sondern ganz allmählich.«

»Gut. Dann verliebst du dich eben ganz allmählich in eine wunderbare Frau.«

»Ach, Miranda, du weißt doch, wie ich das meine. Es ist nur … na ja, ich bin überrascht, das ist alles. Und vermutlich fühle ich mich ein bisschen betrogen.«

»Es ist ja nicht so, als wäre ich der Armee der Konföderierten beigetreten.«

»Und ich mache mir Sorgen«, fuhr Annie fort. »Ich meine, ist das wieder eine deiner Anwandlungen? Denn es geht ja auch um den kleinen Jungen, Miranda.«

Ein träumerischer Ausdruck trat auf das Gesicht ihrer Schwester. »Henry«, sagte sie.

»Du verhältst dich doch nicht etwa so, um an Henry zu kommen, oder? Das fände ich ganz furchtbar.«

»Weißt du was?«, erwiderte Miranda und küsste ihre Schwester. »Ausnahmsweise musst du dir mal keine Sorgen um mich machen, Annie. Wirklich und wahrhaftig nicht.«

Annie fragte sich, ob das jemals der Fall sein würde. Sie sagte: »Ich freue mich, wenn du glücklich bist, Miranda.

Mom wusste es, glaube ich«, fügte sie dann noch hinzu.

»Was?«

»Das mit Leanne.«

»Kann sein.« Miranda schürzte die Lippen und trommelte nervös mit den Fingern auf dem Tisch, während ihr Tränen über die Wangen rannen. »Kann sein. Sie wusste vieles.«

Miranda und Leanne hatten beschlossen, mit Henry in das kleine Cottage zu ziehen. »Und weißt du was?«

»Was?« Annie war der Überraschungen überdrüssig. Was konnte wirklich eine Überraschung sein außer dem Tod, jener unvermeidlichen Überraschung?

»Leanne und ich werden heiraten.«

»Ach, Miranda, um Himmels willen.«

Miranda lächelte. Unschuldig. Naiv. Entnervend.

»Ich dachte, du hältst nichts von der Ehe«, sagte Annie. »Du hältst also nur was von gleichgeschlechtlichen Ehen?«

»Ich halte viel von dieser Ehe.«

Die schlichte Aufrichtigkeit ihrer Worte, das Kindlich-Naive daran rührte Annie. Sie spürte fast, wie ihre Mutter sie in den Rücken stupste und flüsterte: *Na los, sei nett zu ihr, du weißt doch, wie deine Schwester ist …*

Miranda hielt eine ungeöffnete Packung Cracker hoch.

»Ihre Cracker«, sagte Annie.

Sie weinten ausgiebig und laut und wiegten sich dabei in den Armen wie alte Männer beim Gebet. Dann öffneten sie stumm und feierlich die Schachtel und verspeisten mit Mandelmus bestrichene Cracker.

Als Miranda erzählte, dass sie mit Leanne und Henry in das Cottage ziehen wollte, fragte sich Annie, was aus Tante Charlotte werden sollte. Würde sie mitsamt ihren Sesseln versteigert werden?

Doch Tante Charlotte würde sich an einen angenehmeren Ort begeben, an dem Leanne sie sogar täglich besuchen konnte. Sie zog nämlich bei Cousin Lou ein.

»Das kannst du nicht machen«, hatte Rosalyn gesagt, als Lou ihr sein Vorhaben unterbreitete. »Du kennst diese Frau doch kaum. Unser Haus ist kein Altersheim, Lou.«

Doch Lou war nicht umzustimmen. Eine Frau unter seine Fittiche zu nehmen, die sich als sehr entfernte vierte Cousine von Mrs. James Houghteling erwiesen hatte, war eine Versuchung, der er nicht widerstehen konnte.

»Gehört zur Familie«, erklärte er befriedigt.

Mr. Shpuntov, gefolgt von seiner Pflegerin, schlurfte an ihnen vorbei zur Küche.

»Und sie ist eine Gefährtin für deinen Vater«, fügte Lou hinzu.

»Lou, um alles in der Welt, was sollen die beiden denn zusammen machen? Handball spielen? Das geht jetzt wirklich zu weit. Viel zu weit. Wir haben ja nicht mal genug Zimmer.«

»Werden wir in Bälde haben«, erwiderte Lou. »Wenn wir nämlich in dieses bezaubernde alte Haus an der Beachside Avenue ziehen.«

»Das Maybank-Haus?«

»Genau. Das Maybank-Haus. Das ich soeben gekauft habe.«

Das Bestattungsinstitut war nicht weit von der Wohnung am Central Park West entfernt. Joseph und Felicity wohnten noch dort. Der Umzug war erst für den nächsten Monat geplant, und Joseph hatte angeboten, die Trauergäste nach der Beerdigung dorthin einzuladen.

»Ich glaube, das hätte Betty gefallen«, sagte er zu seinen Töchtern.

»Betty ist tot«, erwiderte Annie.

Sie empfing die Gäste stattdessen in ihrer Wohnung. Der Professor aus Frankreich war eine Woche zuvor nach Paris zurückgekehrt.

»Aha! Wenn Annie wieder in ihrer Wohnung ist und Miranda mit ihrer mittellosen lesbischen Geliebten in Westport bleibt, sollten wir den beiden vielleicht unsere Wohnung abkaufen«, sagte Felicity, als sie die Neuigkeiten hörte und ihr prompt einfiel, wie das Haus auf Cape Cod an Wert gewonnen hatte. »Ich meine, es bleibt ja in der Familie.«

»Nein, das sollten wir nicht«, erwiderte Joe.

Und so setzte Felicity ihre Suche nach einer zentral gelegenen Wohnung mit Portier fort.

Betty war bei ihrem Tod noch jung genug gewesen, um eine große Trauergemeinde zu haben, dachte sich Joseph, als er das Begräbnisinstitut betrat. Er sann darüber nach, ob das ihm auch vergönnt sein würde, und bemitleidete sich ein wenig, weil er wohl in so hohem Alter sterben würde, dass seine Freunde auch nicht mehr am Leben sein würden. Er kannte alle Anwesenden – Paare, Witwen, Witwer, neu verheiratete Paare, erwachsene Kinder, erwachsene Enkel. So viele Menschen aus seinem Leben mit Betty, die ihn allesamt mit einer Mischung aus Trauer und Neugierde begrüßten. *Wie er wohl damit zurechtkommt*?, schienen sie sich zu fragen. *Nicht gut*, hätte er gerne geantwortet. *Meine Betty ist nicht mehr da. Ich habe meine Betty gehen lassen*. Stattdessen lächelte er tapfer, drückte den Leuten herzlich die Hand, schaute sie ausdrucksvoll an, umarmte sie liebevoll, küsste sie zärtlich. *Ich habe meine Betty gehen lassen*, dachte er unter Tränen. *Und nun ist sie nicht mehr da.*

Lou sagte nichts zu Joseph, sondern drückte ihm nur die Hand und umarmte ihn dann. Rosalyn fragte nach Gwen.

Einen Moment lang wollte Joseph nicht einfallen, wer Gwen war.

Er entdeckte Annie und Miranda, und ihm fiel auf, wie sehr die beiden trotz ihrer Unterschiedlichkeit Betty ähnelten. Auch Annies Söhne waren gekommen. Sie lösten sich von ihrer Mutter und kamen zu ihm. Sie sagten »Opa Josie« zu ihm.

Dann kamen seine Töchter und weinten in seinen Armen.

Alle sind hier, dachte Joseph. Und doch niemand.

Auch Frederick Barrow kam zu Bettys Begräbnis.

»Ich hoffe, es macht dir nichts aus«, sagte er zu Annie und umarmte sie. »Ich weiß, dass es eigenartig ist – wegen Felicity und allem. Aber deine Mutter war eine wunderbare Frau. Und ...« Er hielt inne. »Und du bist das auch«, fügte er hinzu. Dann verstummte er erneut und sagte schließlich: »Leben ist nur ein wandelnd Schattenbild.«

Annie versuchte, sich ihre Betroffenheit nicht anmerken zu lassen. Betroffen zu reagieren auf die Beileidsbezeugungen eines Mannes, selbst wenn er ihnen ein etwas unpassendes Zitat aus *Macbeth* folgen ließ, war unhöflich. Aber wenn die eigene Mutter begraben wurde, durfte man wohl mal unhöflich sein. Man fühlte sich jedenfalls wie betäubt. Man schwankte zwischen Stummheit und bitteren Tränen. Man wusste mit Zitaten nichts anzufangen. Man lachte. Man war vollkommen außer sich. Und man reagierte betroffen.

Na und?, dachte Annie. Meine Mutter ist gestorben. Wieso

verschwinden die nicht alle, damit ich alleine sein kann mit meiner Mutterlosigkeit?

Frederick senkte fast schüchtern den Kopf und blickte dann wieder auf. In seinen Augen lag ein Funkeln. »Es ist eine ganze Weile her, nicht?«

War es wirklich möglich, dass Frederick am Tag der Beerdigung ihrer Mutter mit ihr flirtete? Annie wandte sich ab. Frederick ergriff rasch ihre Hand. »Annie«, sagte er mit heiserer Stimme. »Es ist mir ernst. Ich weiß, dass das jetzt nicht der richtige Zeitpunkt ist. Es tut mir so leid mit deiner Mutter. Aber ich möchte dir auch sagen, dass mir wohl bewusst ist, dass ich mich nicht … ich meine, ich habe mich nicht so verhalten, wie ich es gerne getan hätte … aber ich würde gerne dort wieder ansetzen, wo wir aufgehört haben … noch mal einen Versuch machen …«

Josie stand alleine da und starrte ins Leere. Wieso war er alleine? Wo war Betty? Wo ist meine Mutter?, fragte sich Annie. Meine Mutter soll da sein. Es war zu warm im Zimmer. Frederick wollte da weitermachen, wo sie aufgehört hatten.

Sie zog ihre Hand zurück. »Wie geht es Amber?«

»Amber?«, sagte Frederick verächtlich. »Ist auf Hochzeitsreise.«

Annie sah ihn verwirrt an. Amber war auf Hochzeitsreise. Frederick hatte nun auch noch ihre andere Hand ergriffen, als wolle er mit ihr tanzen. Sie sah, wie Miranda an Charlies Schulter weinte. Sie wollte auch an Charlies Schulter weinen. Aber Amber war auf Hochzeitsreise. »Auf Hochzeitsreise? *Alleine*?«

»Natürlich nicht alleine«, antwortete Frederick, sichtlich gereizt über die Unterbrechung seiner ernsthaften Erklärung. »Mit Evan.«

»Mit *Evan*?«

»Ah, Evan, mein missratener Sohn ... Aber nichts kann den Bund zwei treuer Herzen hindern, die wahrhaft gleichgestimmt ...«

Annie schlug die Hände über dem Kopf zusammen. Vielleicht war Frederick verrückt. Auf den Gedanken war sie noch nie zuvor gekommen. Wahrhaftig der Bund zweier Gleichgestimmter.

Frederick musste unwillkürlich lachen. Annie sah aus wie der Inbegriff der Verwirrtheit. »Jetzt hat die Höll' ihr Meisterstück gemacht!«

Wieder *Macbeth*?, dachte sie automatisch. Dann sagte sie: »Aber Amber und *Evan* ...«

»Ziemlich skandalös, ganz recht.«

»Heiliger Bimbam.« Annie dachte: Frederick, trotz deiner Fehltritte oder wegen deiner Fehltritte, dir muss sich doch der Kopf drehen. Mir dreht sich jedenfalls der Kopf. Sie hätte sich gerne hingesetzt. Angestrengt versuchte sie, sich auf Frederick zu konzentrieren. »Kommst du klar? Ich meine ...«

Frederick dachte einen Moment nach. Er lächelte ein wenig und schürzte die Lippen, dann schüttelte er langsam den Kopf und sagte: »Ganz ehrlich? Ich finde, das ist ein Traumpaar. Diese beiden werden sich gegenseitig die Hölle heißmachen.«

»Aber was ist ... mit ... dem Kind?«

Frederick stieß ein kurzes hässliches Lachen aus, bei dem er nicht fröhlich aussah. Annie bereute es, diese Frage gestellt zu haben. Hatte sie aus Neugierde gefragt? Wenn nun etwas Furchtbares passiert war, eine Fehlgeburt zum Beispiel? Und wenn nichts Furchtbares passiert war? Dann zog der Sohn das Kind des Vaters auf. Klang sehr nach *Tobacco Road.*

»Das Kind?«, sagte Frederick. Er sah sie prüfend an. »Du meinst bestimmt Gwens Kind.«

Annie sagte nichts. Ihre Mutter war nicht mehr da. Sie hatte keine Mutter mehr.

»Gwens Kind soll im nächsten Monat geboren werden.« Er warf ihr einen scharfen Blick zu. Diesmal funkelten seine Augen nicht.

Annie zwang sich zu einem Lächeln. »Ah«, sagte sie. Sie würde wohl nie erfahren, was wirklich geschehen war. Aber es würde vermutlich keinen Frederick junior geben. Wie erleichtert musste Frederick gewesen sein, als er hörte, dass sein Fehltritt keine Folgen hatte. Sie stellte sich vor, wie er davon erfahren hatte – eine Abtreibung? Oder einfach eine Lüge?

Was Amber auch getan oder nicht getan hatte, was sie gesagt oder nicht gesagt hatte – Annie merkte plötzlich, dass es ihr einerlei war.

»Manchmal entwickelt sich alles anders, als wir erwarten.« Ihr Tonfall geriet bedeutsamer, als sie beabsichtigt hatte.

Frederick zog eine Augenbraue hoch.

»Manches geht zu Ende«, fügte sie hinzu. »Nicht wahr?«

»Schade«, sagte er.

Er küsste sie auf die Wange, unbekümmert, scheinbar ungerührt ob des Tohuwabohus im Leben seiner Kinder und sogar in seinem eigenen. Dann lächelte er. Fredericks Lächeln war magnetisch, Annie spürte noch immer seine Kraft. Aber dieser Magnet verfügte über einen praktischen Kippschalter, mit dem man es an- und ausschalten konnte. Frederick war unantastbar, zog Menschen nur so dicht an sich heran, wie es ihm beliebte, gab nur so viel von sich, wie er geben wollte, ein autarker, selbstgenügsamer Kreislauf, sein ganz persönlicher Seelenmarxismus. Frederick konnte sich das Funkeln in den Augen erlauben.

Wird er jetzt sagen *Komödie der Irrungen*?, dachte Annie.

»Eine wahrhafte Komödie der Irrungen«, sagte er.

Annie dankte ihm im Stillen für das »wahrhaft«. Es würde sie beruhigen, wenn sie traurig sein würde, weil sie ihn verloren hatte. Sie war jetzt schon traurig, ihn verloren zu haben, obwohl er noch vor ihr stand.

»Ich muss los«, sagte sie.

Annie hielt ihre Söhne im Arm, zuerst Nick, dann Charlie, und spürte deren starke Schultern, während sie weinte. Sie strich den beiden über den Kopf, fühlte ihre Wärme. Wie sollte sie jemals wieder damit aufhören können? Sie hielt sich an ihnen fest. Während der Trauerfeier saß sie hinter ihnen und sah nur die beiden an. Sie erinnerte sich, wie sie als kleine Jungen auf dem breiten Bett in Bettys Wohnung geschlafen hatten. Charlie umklammerte seinen Hasen und einen angeknabberten Bagel, Nick lag in seinem Körbchen. Betty saß zwischen den beiden und schaute immer von einem zum anderen. Stundenlang.

Miranda setzte sich neben Annie und nahm ihre Hand.

Roberts ließ sich behutsam auf Annies anderer Seite nieder, die langen Beine seitlich abgewinkelt.

»Ich werde sie mein Leben lang vermissen«, sagte Annie. Die Köpfe ihrer Söhne waren wunderschön. Trotz des Tränenschleiers konnte sie ihre Umrisse erkennen.

»Dein Leben lang«, sagte Roberts, legte Annie zärtlich den Arm um die Schultern und zog sie an sich. »Das ist wahr.«

Als der Kantor die uralten Worte sprach, weinte Annie laut, so laut sogar wie ihre Schwester. Dann legte sie den Kopf an Roberts' feste Schulter und weinte noch ein wenig weiter.

Danksagung

Ich freue mich, bei dieser Gelegenheit erneut meiner Lektorin Sarah Crichton für ihre Geduld und Liebenswürdigkeit danken zu können, und meiner ebenso geduldigen und liebenswürdigen Agentin Molly Friedrich dafür, dass sie nicht die geringste Ähnlichkeit mit Miranda Weissmann hat. Dank auch an Adam und Liz fürs Lesen; Dank an Barbara für den Ort, an dem ich lesen konnte, und Dank an Janet fürs Lesen, Lesen und wieder Lesen.